ARMIN STROHMEYR

Ferdinandea

Die Insel
der verlorenen
Träume

Die vulkanische Insel Ferdinandea am 6. August 1831.
Zeichnung von C. Hullmandel.

ARMIN STROHMEYR

Ferdinandea

Die Insel der verlorenen Träume

ROMAN

für Tilman und Ulrike

Inhalt

PROLOG

Der Bomberpilot

WIR FLIEGEN MEHRMALS IN DER WOCHE, Tausende Kilometer, um in Übung zu bleiben. Eine F 111 ist ein hochkomplizierter, schlagkräftiger Bomber, mit Pave-Tack-Laserdesignator, Aufklärungsradar, passiven Infrarotsensoren, zwei Turbofans mit Nachbrennern. Meist fliegen wir über Sizilien. Die Insel ist groß, etwa wie Maryland, woher ich stamme. Aber trocken und versteppt. Wenn man darüberjagt, ist es, als ob man über Nordafrika fliegt. Zwar bin ich noch nie über Nordafrika geflogen, doch stelle ich es mir so vor. Genau genommen sieht man kaum Details. Wir haben eine irre Geschwindigkeit drauf, im Höhenflug bis zu anderthalbtausend Meilen pro Stunde, und müssen stets die Instrumente im Blick behalten. Ständig sind wir über Funk mit der Basis verbunden.

Ich bin seit drei Jahren auf Sizilien. Unsere Basis liegt in der Nähe von Sciacca. Hübsche Stadt, vor allem im Frühjahr, wenn die Bäume und Sträucher blühen und die Landschaft noch nicht gelb vom Staub ist. Mir gefällt's hier. Man kann an den freien Tagen am Hafen abhängen oder in der Altstadt ein Bier trinken gehen. Jedenfalls finde ich es hier schöner als in der Großstadt Palermo. Zwar gibt es dort jede Menge Kneipen und Mädchen, aber es ist dreckiger. Ich komme vom Land, aus der Nähe von Hagerstown, hinter Baltimore, und da hat man es gern ruhig und gemütlich. Ganz so ruhig ist es hier, auf der Basis der US-Air

Force, natürlich nicht. Aber Routine ist es doch. – Bis zu jenem 15. April 1986, einem Dienstag. Da kam alles anders ...

Zehn Tage zuvor, am 5. April 1986, hatte der libysche Geheimdienst ein Bombenattentat auf die Berliner Disco »La Belle« verübt, wo viele amerikanische GIs verkehrten: zwei Tote und über zweihundert Verletzte. In der Nacht vom 14. auf den 15. April war dann an unseren Verband der Befehl ergangen, strategische und machtpolitisch bedeutsame Ziele in Tripolis zu bombardieren. Vor allem Gaddafis Palast sollten wir in Schutt und Asche legen – das haben wir an jenem Tag auch prompt getan. Gaddafi selbst entkam zwar, aber es war ein gehöriger Denkzettel, den wir Amerikaner ihm verpassten. Das alles habe ich selbst allerdings nicht erlebt, erst von meinen Kameraden erfahren. Denn was mir an jenem 15. April widerfuhr, wurde zunächst geheim gehalten und kam erst Tage später durch die italienische Presse an die Öffentlichkeit.

Zusammen mit dem Verband waren mein Copilot und ich an jenem frühen Morgen gestartet und steuerten südwärts, Richtung Tripolis. Das erste Sonnenlicht zeigte sich am Horizont. Wir waren etwa neunzehn Meilen südlich der Küste Siziliens, unter uns die schier unendliche Weite des Meeres, da sagte mein Kamerad plötzlich: »Da unten, der Schatten im Wasser! Ist das ein U-Boot?« Ich verlangsamte, flog eine Kehrtwendung, und nochmals darüber hinweg. Und tatsächlich! Das sah eindeutig aus wie ein U-Boot! Aber nur ein einzelnes – absolut verdächtig. Ich funkte unsere Beobachtung sofort an die Basis. Die checkte innerhalb von zwei Minuten ab, ob da womöglich ein U-Boot von unseren Verbündeten unterwegs ist, von den Italienern oder Briten oder Franzosen. Dem war aber nicht so. Das muss man natürlich abklären, sonst verpasst man denen »friendly fire«, und danach geht das groß durch die Presse, und sie drehen einem einen Strick daraus ...

Also, unsere Leute von der Basis funkten zurück: »Libysches U-Boot in italienischen Hoheitsgewässern.« Dann der Feuerbefehl! Ich noch einmal eine Kehrtwendung gemacht. Die Koordinaten hatte ich über den Ziellaser auf dem Bildschirm und fixierte den Punkt: 37 Grad 11 Minuten nördlicher Breite, 12 Grad 44 Minuten östlicher Länge – die Daten weiß ich heute noch auswendig –, und als der Punkt auf dem Schirm im Fadenkreuz war, betätigte ich den Feuerhebel, die lasergelenkten Bomben klinkten aus. Mein Kamerad und ich, wir johlten und sangen die amerikanische Nationalhymne. Ich flog verlangsamt einen Bogen, während die Laser-Designation aufrechterhalten wurde. Da sahen wir die Bomben unten ins Wasser eintauchen und Fontänen aufspritzen, genau ins Ziel! »Volltreffer!«, funkte ich zur Basis. Wie waren wir stolz, den Libyern mitten in italienischen Hoheitsgewässern einen Schlag versetzt zu haben!

Drei Tage später, in der Basis, bekam der leitende Offizier einen Anruf von einem geologischen Institut in Neapel: Wir hätten gar kein U-Boot bombardiert, sondern eine Insel! Oder besser: An der Stelle war vor über hundertfünfzig Jahren eine Insel gewesen. »Ferdinandea«, so nannte sie der Institutsleiter. Die bildet jetzt ein Riff. Und auf unseren Karten war sie nicht eingezeichnet, im Bordcomputer auch nicht einprogrammiert gewesen. Megapeinlich! Als die Kameraden davon erfuhren, haben sie schallend gelacht und uns aufgezogen. Aber woher hätten wir das wissen sollen? Ich hatte ja nur einen Befehl ausgeführt. Und dabei waren wir so stolz gewesen. Noch heute habe ich das Geräusch vom Ausklinken der Bomben im Waffenschacht im Ohr. »Das ist die Vergeltung, Gaddafi!«, haben wir geschrien. Und dazu dieser irre Sonnenaufgang, der Horizont wie mit Gold überzogen!

Die schaumgeborene
Rosalia

ALS ROSALIA FIORINI AM MORGEN des 15. Juli 1831 erwachte, schien bereits die Sonne in ihr Bett. Sie wärmte ihr den nackten Rücken, denn Rosalia schlief ohne Nachthemd. Nicht, um ihrem Mann Michele zu gefallen. Der musste bereits früh hinaus auf See. Nein, Rosalia wusste schlicht um die Schönheit ihres Körpers, ihrer bronzefarbenen Haut, ihres langen, flachsfarbenen Haars (denn wie etliche Bewohner des Königreichs beider Sizilien war auch sie normannischer Abkunft). Und sie liebte es, ihren Leib von der Sonne liebkosen zu lassen.

Im Städtchen Sciacca schimpfte man Rosalia eine Spätaufsteherin und Nichtstuerin – sie nahm Spott und Schmähung mit der Souveränität einer Königin hin. Und eine Königin war sie, wenn sie wenig später in einem zinnoberroten Kleid die Felsenstufen zum Meer hinabstieg, verfolgt von den hungrigen Blicken der Männer. Bisweilen hatte es einer gewagt, ihr nachzuschleichen, um sich am Anblick ihrer drallen Weiblichkeit zu weiden. Hatte Rosalia einen Gaffer entdeckt, war sie zornentbrannt auf ihn losgegangen und hatte ihm mit der flachen Hand ins Gesicht geschlagen.

Mehr noch als die Sonne liebte Rosalia das Meer. Sie glich darin jener Göttin, die – schaumgeboren – in einer fernen, heiteren, sündenlosen Zeit den Fluten entstiegen war. Rosalia wusste nichts von Mythologie. Dennoch genoss sie die Vermählung mit dem Element, wenn sie sich den anrollenden Wellen überließ.

An jenem Morgen wurde Rosalia bei ihrem Bad jäh gestört.

»Mama! Mama!«

Sie blickte zu der schmalen, in den Fels gehauenen Treppe, die sich zum Strand herabwand. Es war Francesco, ihr achtjähriger Sohn. Sein schwarzes Haar glänzte im Sonnenschein. Der Knabe sprang, die Ellbogen angewinkelt, die letzten Stufen hinab, humpelte barfuß über die Kiesel.

»Mama!«

Rosalia lächelte. »Was ist, Igelchen?«

Sie watete zum Strand zurück und nahm den Knaben in die Arme.

»Mama, ein Fremder.«

»Wie?«

»Ja, aus Deutschland. Angelo sagt, die fressen die Kinder.«

»Angelo will dir nur Angst einjagen. Die Deutschen essen Brotsuppe.«

Francesco verzog das Gesicht. »Mama, der hat so komische Sachen dabei. Zwei Maulesel, voll bepackt. Und einen Träger hat er auch. Tausend Sachen, und so was Großes, wie ein Bilderrahmen, aber mit einem Gestell daran.«

»Da übertreibst du wohl.«

»Ich habe es doch gesehen. Frag Angelo.«

»Er hat recht.«

Rosalias Bruder Angelo stand auf der Treppe.

Hastig griff Rosalia nach ihrem Kleid und hielt es vor ihre Blöße. Ein Fluch lag ihr auf der Zunge. Was musste der Bengel sich so anschleichen?

»Was tust du hier?!«

Der Jüngling zog sich aus und sprang ins Wasser. Rosalia warf sich ihr Kleid über. Angelo plätscherte und prustete.

»Kannst du nicht warten, bis ich mit dem Bad fertig bin?«

Sie warf einen Kiesel nach ihm. Blitzschnell tauchte Angelo unter. Sie schleuderte einen zweiten Kiesel ... drei, vier, fünf Mal sah sie das Geschoss über das Wasser springen. Angelo tauchte noch immer. Sie wartete. Zählte bis zehn, bis fünfzehn, bis zwanzig. Angst packte Rosalia jetzt. Unschlüssig spähte sie hinaus. Nirgends ein Schemen ihres Bruders. Angezogen sprang sie ins Wasser, kämpfte sich ein Stück weit hinaus.

Hinter ihr schallte Gelächter. »Was suchst du da?«, feixte Angelo. Rosalia schwamm zurück ins hüfthohe Wasser und verpasste ihm eine Ohrfeige.

»Schluss, die Badezeit ist beendet. Sag, was ist mit diesem Deutschen, und was hat er auf seinen Mauleseln? Bratpfannen? Oder ist er ein Devotionalienhändler?«

Angelo rieb sich die Wange. »Ich weiß nicht, was er hat. Es sah aus wie eine Staffelei, wie der alte Grampi sie hat.«

»So? Der alte Grampi, mit seinen verhunzten Madonnenbildern ... Weißt du eigentlich, was Sache ist? Ein Deutscher mit Staffelei!«

Angelo sah seine Schwester verständnislos an.

»Das«, Rosalia gestikulierte erregt, »du Dummkopf, ist wahrscheinlich ein Maestro, der hierhergereist ist, um die Schönheiten Siziliens zu malen!«

»Ja und? Lass ihn doch!«

»Und ob! Aber auch ein Maestro hat Hunger und Durst und benötigt nachts ein Kissen unter dem Kopf und eine Matratze unter dem Hintern! Und diese Matratze wird der Deutsche nicht irgendwo mieten, nicht bei einer der gichtigen Vetteln im Ort, und auch nicht beim alten Grampi. Schließlich soll er nicht gleich Reißaus nehmen, wenn er dessen Madonnen sieht. Ich schau mir diesen Menschen jetzt einmal an.« Rosalia rieb Zeigefinger und Daumen erwartungsvoll aneinander.

»Aber doch nicht in diesem Aufzug?« Angelo grinste frech. »Man sieht ja alles.«

Rosalia blickte an sich hinab. Der nasse Stoff klebte an ihren Rundungen.

»O dio mio!« Schnell watete sie an Land, raffte das Kleid hoch und stieg in ihres Bruders Hose. Angelo protestierte. Doch bevor er aus dem Wasser war, hatte Rosalia auch schon sein Hemd übergestreift. Sie packte Francesco bei der Hand und rannte die Treppe hinauf.

»Rosalia! Bleib! Soll ich etwa in Unterhosen nach Hause gehen?«

Rosalia wandte sich um. »Warum nicht? Du gäbest einen hübschen Sebastian ab … o tutti santi!« Rosalia bekreuzigte sich. »Heute ist ja Santa Rosalia! Ich muss zur Kirche, eine Kerze anzünden! Aber zuerst der Deutsche. Das wird die Patronin mir verzeihen! Das Hemd ist schließlich näher als die Hose. Und ohne Geld keine Kerze.«

»Mama, was heißt das?«, fragte Francesco. »Du trägst das Hemd doch *über* der Hose. Und wie kommt Angelo ohne Hose zurück?«

Rosalia wuschelte ihm durchs Haar. »Das, mein kleiner Igel, überlassen wir der heiligen Rosalia!«

In diesem Augenblick spürte sie unter den Füßen ein Zittern. Der Boden schien zu schwanken. Sie hielt sich an einer Felskante fest. Am Horizont glaubte sie eine Rauchwolke zu erkennen. Oder täuschte sie sich? Sie kannte das Meer. Dort draußen war nichts, nur weit, weit im Südwesten die afrikanische Küste. Doch die war selbst bei bester Sicht nicht auszumachen.

»Komm, Francesco, gehen wir! Deiner Mama ist schwindelig.«

Rosalia stieg die letzten Stufen hinauf. Wieder musste sie sich einhalten. Ihr war, als kippte die Treppe unter ihr weg. »Dio«, murmelte sie, »Michele hat recht, wenn er mich immer mahnt, nicht überhitzt ins Wasser zu steigen.«

Kupffer begegnet
der Schönheit

ANTON RAPHAEL VON KUPFFER WAR EIN MANN des erlesenen Geschmacks. Ihm war, als wäre er mit einer zu dünnen Haut zur Welt gekommen. Bereits als Kind war er wochenlang ohne ersichtliche Ursache krank gelegen und hatte die Schattenspiele der Jalousie an der Zimmerdecke studiert. Alle Eigenschaften eines alten, aber verarmten Geschlechts waren auf ihn gekommen, gute wie schlechte: Er war empfindsam und melancholisch, intelligent, doch mit einem Hang zur Nachlässigkeit, ritterlich, aber in Augenblicken der Schwäche von Selbstmitleid geprägt.

Er war der Letzte seines Namens. Sein Werk betrachtete Kupffer als einen Gipfelpunkt. Was hatten seine Ahnen denn schon hervorgebracht, was geleistet? Der eine oder andere stand zwar im Konversationslexikon, doch alle waren sie nur Gutsverwalter oder Hofbeamte, im besten Falle hohe Militärs gewesen. Sie hatten Gelder verwaltet und Schlachten geschlagen. Doch während die Soldaten Mann gegen Mann gekämpft und ihre Säbel und Bajonette in die Leiber der Feinde gestoßen hatten, waren die Kupffer'schen Offiziere in sicherem Abstand auf dem Feldherrenhügel gestanden und hatten das blutige Geschehen mit heiser gebellten Befehlen dirigiert. Hatten die Bauern in den Domänen das Getreide vor heranrollenden Gewittern eilends eingebracht, in Furcht, die Ernte knapp vor dem Scheunentor durch Hagel und Regenguss zu verlieren, so hatten die Kupffer'schen Gutsverwalter zwar auch gebangt, doch ihr Verlust war in den Kontobüchern nur als unschöne Zahl aufgetaucht und hatte sich im Winter nicht als Kälte oder Hunger verspüren lassen.

Anton Raphael von Kupffer verachtete seine Ahnen dafür. Er glaubte, diesem Geschlecht etwas Höheres, Besseres hinzuzufügen: die Liebe zur Schönheit. Er empfand seine Liebe als Erhöhung und Demütigung zugleich. Die Schönheit beseligte und verletzte ihn gleichermaßen. Die Schönheit: Das waren für ihn die Leiber junger Männer.

Sein Talent betrachtete Kupffer als Sendung. Ihm war aufgetragen, die Schönheit, von der die antiken Dichter sangen, ins Bild zu fassen. Warum also nicht in das Ursprungsland der Antike reisen, um dort dem Schönen aufzuspüren? Kupffer hatte oft genug den Atlas aufgeschlagen, mit dem Finger die Küstenlinie von Hellas nachgezeichnet und sich vorgestellt, es wäre die Silhouette eines Nackens, eines Schulterblattes, einer Hüfte. Doch wie nach Griechenland kommen? Erst im Jahr zuvor war der Freiheitskampf der Hellenen zu Ende gegangen, der osmanische Sultan gestürzt worden. Kupffer traute dem Frieden noch nicht recht. So verfiel er auf die Idee, sein arkadisches Glück in Unteritalien, dem einstigen Kleingriechenland, zu suchen. Dort erwarteten ihn, wie er dachte, Menschen verschiedenster Völker: Abkömmlinge der alten Griechen, in ihrer schlanken Anmut unvergleichlich; ebenso die Nachfahren der Römer, etwas gedrungener von Gestalt, aber nicht minder begehrenswert; und schließlich jene Sizilianer, die ihren Stammbaum nach Haar- und Augenfarbe auf die Normannen zurückführen konnten, die einst die Insel nicht nur gebrandschatzt hatten.

Kupffer selbst war Mitte vierzig. Sein Haar, das er nach Art vieler Künstler schulterlang trug, war grau meliert, am Hinterkopf klaffte bereits eine handtellergroße Lücke. Seine Haut war von grauen Flecken überzogen. Um die Augen spannte sie wie Pergament.

Der Maler litt an der Schönheit, er verehrte sie wie ein Märtyrer die Folterwerkzeuge. Sein Verfallensein glich einem Opfergang. Und zum Opfer war er bereits wiederholt geworden: In

Triest war ihm einmal von einem Burschen aus dem Hafenviertel, der ihm Modell gestanden hatte, die Geldbörse gestohlen worden. Und in Rom – es war auf dem Palatin, wo einst der prunksüchtige Kaiser Heliogabal sich als Gott hatte verehren lassen – war er einmal nachts mit einem jungen Melonenverkäufer, den er porträtiert hatte, spazieren gegangen. Hinter einem Gebüsch hatte der andere ein Messer gezogen und es ihm an den Hals gesetzt. Kupffer hatte noch gefragt, ob er Geld wolle? Seine goldene Taschenuhr? Da hatte der junge Mann bereits zugestoßen, und nur einer reflexartigen Bewegung Kupffers war es zu verdanken gewesen, dass die Klinge lediglich die Haut aufgeschlitzt hatte. Der Bursche hatte das Blut gesehen, vor Schreck das Messer fallen gelassen und war in der Finsternis verschwunden. Kupffer war in einer Mischung von Scham und Erregung zurückgeblieben.

~ ~ ~

Auf der Suche nach der Schönheit kam Kupffer an jenem Morgen des 15. Juli 1831 nach Sciacca. Straßenjungen johlten und befingerten sein Gepäck und ließen sich vom Maultiertreiber nur schwer abwehren. Der Maler verhandelte mit ein paar Frauen, die ihm lauthals Zimmer anpriesen. Eben wollte er, des Palavers müde, einer Matrone, die ihm noch am vertrauenswürdigsten erschien, zusagen, als er plötzlich innehielt: Ein junger Mann mit rundlichen Formen, in Hemd und Hose, das lange, flachsfarbene Haar offen, drängte sich durch die Umstehenden, an der Hand einen dunkelhaarigen Knaben. Kupffer blickte in weiche Gesichtszüge, in blaue Augen, auf einen vollen Mund und wusste: Er hatte einen Abkömmling der normannischen Eroberer vor sich.

»Was steht ihr hier rum?« Der junge Mann schob die Matrone beiseite.

»Eh, Rosalia, was schert es dich? Geh wieder hinunter zum Strand und lass dich von den Kerlen begaffen, wenn du schon deinen Michele zu kurz kommen lässt!«

Rosalia? Kupffer war verwirrt. War damit der junge Mann gemeint? Der stieß die Matrone gerade mit beiden Händen zurück. »Lucia, du alte Vettel, halt den Mund! Habe ich dich um deine Meinung gefragt?«

»Bei allen Heiligen! Braucht's da eine Meinung? Die Spatzen pfeifen's ja von den Dächern!«

»Was pfeifen sie, du Kröte?«

»Lieber bin ich eine Kröte«, maulte die kurzatmige Matrone, »als ein Postmeisterliebchen.«

»Woher willst du das wissen, du schielendes Ungeheuer?«

Kupffer blickte auf die Matrone. Er konnte an ihren Augen keine Missbildung entdecken.

»Weil ich Augen im Kopf habe!«, schrie die Matrone. »Man braucht sich ja nur deinen Balg anzusehen«, sie zeigte auf den Knaben, »um zu kapieren, welcher Pflug den Acker bearbeitet hat. Oder hat dein Michele etwa schwarzes Haar? Blond ist er, dein gehörnter Mann, und du selbst auch, wenn du dir die Zotteln nicht färbst, du Hur'!«

Die Matrone sank, von einem Kinnhaken getroffen, zu Boden.

»Da hast du deine Hur'! Vor dir habe ich mich nicht zu verteidigen!«

Kupffer betrachtete Rosalia. Er musste sich eingestehen, dass er keinen jungen Mann, sondern ganz offensichtlich eine Amazone vor sich hatte.

Die Matrone rappelte sich ächzend auf. »Das sollst du mir büßen, du Schickse!«, schrie sie. Drohend reckte sie die Faust.

In diesem Augenblick hörte man vom Rand des Platzes eine Männerstimme rufen: »Eh, Leute, das müsst ihr euch anschauen! So etwas habt ihr noch nicht gesehen!«

Alle wandten sich um. Kupffer riss die Augen auf. Ein blonder Jüngling, etwa siebzehnjährig, stand dort. Er war beinahe nackt. Um die Hüften hatte er einen Stofffetzen geschlungen. Auf den Schultern, der Brust, dem Bauch, den Beinen – das Wort »kolossal« durchzuckte Kupffers Hirn – schimmerten Wasserperlen. Ein junger Gott, der eben den Fluten entstiegen war!

»Was soll der Aufzug?«, rief die Amazone dem Jüngling zu. »Mach, dass du nach Hause kommst!«

Kupffer trat ein paar Schritte näher, um die Erscheinung besser betrachten zu können.

»Ach, sei still, erst mir die Hose wegschnappen, und dann ...«

»Ich habe sie nun einmal an«, rief Rosalia, »damit musst du dich abfinden, Angelo!«

Alle lachten.

Ein Engel!, raunte es in Kupffers verworrenem Kopf.

»Kommt doch her«, rief der Engel, »so etwas habt ihr wirklich noch nie gesehen!«

Kupffer nickte zustimmend.

»Was?«, rief einer. »Einen halbnackten Trottel, der sich von seiner Schwester aufziehen lässt?«

Wieder lachten alle.

Angelo schüttelte unwillig den Kopf. »Eine Rauchsäule! Senkrecht zum Himmel hinauf!«

Ein Raunen ging durch die Menge. Einige rannten in die Richtung, die Angelos ausgestreckter Arm wies. Auch Rosalia tat ein paar Schritte, doch Kupffer verstellte ihr den Weg.

»Verzeihen Sie, Signora. Ich bin ein Maler aus Deutschland. Auf der Durchreise.« Umständlich zog er den Hut. »Antonio Raffaele di Kupffer mein Name. Ich suche Obdach, für ein paar Tage, vielleicht auf ein paar Wochen. Ich benötige keinen Luxus. Einfachheit ist eine Zier, nur sauber muss es sein ... Ich will hier malen, Sie wissen, die Schönheit ... Könnten Sie mir in Ihrem Hause vielleicht ...?« Hatte er sich zu weit vorgewagt?

»Eh, bene«, Rosalias Gesicht hellte sich auf. »Sie haben doch Geld? Und Sie sind ein Christenmensch?«

Kupffer nickte.

»Ich habe ein schönes Gästezimmer. Es ist ruhig, geht zum Hof hinaus. Eine Kammer für den Knecht ist auch da. Ich kann für Sie kochen, wenn Sie wollen. Zu einem guten Preis, Sie verstehen?« Sie rieb Zeigefinger und Daumen aneinander.

Kupffer nickte wieder. »Wir werden uns einigen. Ich bin kein geiziger Mensch.«

»Und ich keine ehrlose Frau«, antwortete Rosalia.

Angelo trat heran. »Komm doch, Rosalia, die Rauchsäule!«

»Sie sind also der Bruder der Signora?« Kupffer lächelte den Burschen an.

»Und Sie sind Maler?« Angelo deutete auf die Staffelei.

»Lieben Sie Bilder?«, fragte Kupffer zurück.

»Ja ... doch. Ich mag die Bilder in der Kirche. Die sind schön.«

»Himmel!«, rief Rosalia, »Heute ist Patronat! Ich muss zur Kirche. Angelo, bring den Herrn nach Hause. Das hintere Zimmer ist für ihn. Francesco, du kommst mit mir. Und Sie, Signore, entschuldigen mich. Die Heiligen gehen vor. Angelo kann schon einmal beim Abladen der Maultiere helfen. Ich komme gleich nach und bereite Ihnen ein Frühstück. Sie sind sicher hungrig.«

Kupffer verneigte sich wortlos.

»Eh, bene, Angelo, steh nicht herum. Zeig dem Herrn den Weg.« Rosalia nahm Francesco an die Hand und schlug den Weg zur Kirche ein.

»Ich bin selten so ... unkonventionell empfangen worden.« Der Maler suchte nach Worten. »Und Sie lieben also Bilder, junger Mann?«

»Sie können mich duzen: Ich bin Angelo.« Er streckte dem Deutschen die Hand hin.

Kupffers Stimme zitterte. »Ich werde dir zeigen, dass man nicht nur die Madonna und das Jesuskind malen kann.«

»Alles zu seiner Zeit. Lassen Sie uns gehen. Oder wollen Sie die Rauchsäule sehen?«

»Später.« Kupffers Blick ruhte auf dem Burschen.

Starker Wind war aufgekommen.

»Eigenartig, diese Böen«, meinte Angelo. Er nahm eines der Maultiere am Halfter. »Sehen Sie, wie unruhig die Tiere sind.«

»Ah, bah«, meinte der Knecht, »störrische Viecher sind das, der Teufel hol sie! Sie sind müde und brauchen zu fressen.«

»Na, dann los«, sagte Angelo.

Sie zogen die buckelige, mit Bruchsteinen gepflasterte Gasse hinan. Böen rissen an zum Trocknen gespannter Wäsche. An einer Wegbiegung sah man aufs Meer hinaus. Die Rauchsäule war größer geworden. Deutlich war ein Beben zu spüren. Unruhig blähten die Maultiere die Nüstern.

Micheles Frauen

MICHELE FIORINI LIEBTE ZWEI FRAUEN: Rosalia und Marina. Rosalia, weil sie seine Frau und weil sie schön war. Marina, weil sie schön, aber nicht seine Frau war. Rosalia, weil sie ein freies Wesen war, das man nicht zähmen konnte. Marina, weil sie ihn als sein Boot gehorsam aufs Meer hinausbegleitete.

Als Michele an jenem frühen Morgen des 15. Juli 1831 zum Hafen schlenderte, sog er genüsslich den Geruch von Tang, Salz und nassem Holz ein. Im Osten, wo die Küstenlinie an das Meer stieß, stieg vom Horizont eine zage Rötung in den Himmel. Michele blieb stehen. Er musste an Rosalia denken, an die Linie ihres Rückens und ihres Gesäßes, und wie er seine Frau begehrte – noch immer. Er wusste um die Geschichte mit dem Postmeister und wer der wahre Vater des kleinen Francesco war. Aber er liebte den Jungen dennoch.

Einmal hatte der Pfarrer Don Sebastiano ihn nach der Messe beiseitegenommen und erklärt, er, Michele, wisse doch, dass es die Pflicht eines Ehemannes sei, seine ungehörige Frau zur Räson zu bringen, notfalls mit dem Rohrstock? Und ob er auch wisse, dass nach der Lehre der Kirche gehörnte Ehemänner ebenso verdammt seien wie ihre Frauen, die ihnen Hörner aufsetzten? Schließlich sei es an den Männern, für ordentliche Verhältnisse zu sorgen und nicht Gottes Sakrament zu entehren! Ob er, Michele, denn so darauf erpicht sei, sich einst neben seiner Rosalia im Sudkessel des

Teufels wiederzufinden, umgeben von Wehgeschrei und Schwefelgestank? Michele hatte den Geistlichen nur verständnislos angeblickt. Er konnte ja dem studierten Mann nicht widersprechen. Doch änderte das nichts an seiner närrischen Liebe zu Rosalia. Er liebte sie gerade wegen ihrer Art, sich die Dinge des Lebens zu nehmen, sie zu erwählen und zu verwerfen, wie eine Königin es tun mochte.

Marina schien ihn zu grüßen, mit ihrem blauen Anstrich, blau wie das Meer in der Sommersonne. Michele pflegte sie aufwendig, kalfaterte im Winter liebevoll ihre Planken und Spanten und pinselte ihren Namen mit leuchtend weißer Farbe auf den Rumpf. Seine beiden Kollegen waren schon da. Michele löste die Taue. Mit wenigen Schlägen ruderten die drei Männer aus dem Hafenbecken. Dann hissten sie das Segel. Ein linder Morgenwind trug sie auf die offene See hinaus. Schweigend gingen sie ihrer Arbeit nach. Sicher saß jeder Handgriff, das Takeln, das Kurshalten mit dem Ruder, das Auswerfen und Einholen der Netze. Dazwischen Viertelstunden des Nichtstuns und Wartens. Michele schob sich ein Stückchen Kautabak in den Mund und blickte auf das Meer, das sich in der aufgehenden Sonne nun aprikosenrot färbte. Ein Maler hätte dieses Licht- und Wasserspiel im Bild festgehalten. Michele sah all das, nahm es aber als etwas Gewohntes hin.

Sein Vater und Großvater waren ebenfalls Fischer gewesen und hatten ihn früh mit hinausgenommen. Wie die meisten Leute von Sciacca kannte Michele nur das Städtchen und das Meer. Die Welt öffnete sich nicht zum Land, sondern zum Wasser. Das Meer war nicht Grenze, sondern verhieß Freiheit. Es schenkte Fische zum Verzehr und Seetang zum Düngen der spärlichen Äcker. Manchmal brachte es Handelsschiffe aus Neapel. Und es vertrieb durch seine Brise trübe Gedanken. Das Meer schien endlos, obwohl Michele wusste, dass sich gerade einmal zwanzig neapolitanische Meilen entfernt die Fremde auftat. Dort drüben war Afrika, war Tunesien, war die arabische Welt. Michele hatte den Pfarrer davon reden hören. Aber auch Don Sebastiano wusste über die überseeischen Heiden nur Ungenaues, allenfalls Grausiges zu erzählen: Dass in den dortigen Häfen Piraten Unterschlupf fänden, die Schiffe kaperten, Matrosen niedermetzelten, gefangene Frauen und Knaben an den Sultan verkauften – die Frauen für den Harem, die Knaben für den Eunuchendienst. Die Muselmanen, so der Pfarrer, seien Wüstlinge: Sie hätten oft ein Dutzend Frauen, gäben sich dem Glücksspiel hin und ließen im Haus und auf dem Feld Sklaven für sich schuften.

Das waren freilich Geschichten, und Michele hörte wie alle Sizilianer gerne Geschichten, die er für bare Münze hielt. Es erfüllte die Fischer mit wohligem Grusel, wenn sie sich etwas weiter aufs Meer hinauswagten und eine muselmanische Galeere oder eine arabische Feluke mit roten Segeln ausmachten, manchmal so nah, dass sie die Fremden mit bloßem Auge erkennen konnten. Dann holten sie rasch die Netze ein und segelten, was das Boot vor dem Winde hergab, zurück.

Auch heute fuhren Michele und seine Kollegen weiter hinaus als üblich. Der Wind hatte sich gedreht und blies von Nordosten. Michele erhoffte sich weit draußen einen besseren Fang. Es war gegen neun Uhr vormittags, als einer der Männer auf etwas deutete. Eine Rauchsäule stand am Horizont. War das ein brennendes Schiff? Waren Menschenleben zu retten? Der Fischer gab zu bedenken, dass sie sich nahe den arabischen Gewässern befänden. Michele schnitt ihm das Wort ab: Ob ein Muselman nicht auch ein Mensch sei?

Als sie näherkamen, sahen sie verwundert, dass die Rauchsäule aus dem Wasser aufzusteigen schien.

»Da ist kein Schiff! Nichts!«

Angestrengt starrten die Männer zu der Stelle. Das Wasser schien zu brodeln. Hin und wieder schoss eine Fontäne empor und ging zischend nieder, während die Rauchsäule immer dicker wurde. Mit Ekel blickten sie auf das Meer: Tote Fische trieben zu Tausenden umher, die Mäuler aufgerissen, die Augen stier ins Nichts gerichtet.

Unter Donnern und Grollen schoss die Rauchsäule jetzt auf. Eine Aschewolke wurde emporgeblasen, graue Flocken tanzten im trüben Licht.

»Michele! Weg von hier!« Der Fischer bekreuzigte sich. »Da hat der Teufel seine Hand im Spiel.«

»Nein, wartet!«, beschwichtigte Michele. »Das will ich mir genauer ansehen.«

Der Wind drehte und blies fette Rauchschwaden heran. Asche regnete aufs Deck. Den Fischern trieb es Tränen in die Augen.

Michele hielt die Nase in den Wind. »Riecht ihr das?«

»Schwefel!«

»Der Teufel!«

»Sogar die Möwen machen einen Bogen um die Stelle! Und die krepierten Fische! Lasst uns abdrehen!«

Der Schwefelgestank nahm zu. Die Gischt brodelte. Auch Michele bekam es jetzt mit der Angst zu tun und gab das Zeichen zur Umkehr.

Sie segelten vor dem Wind, so schnell sie konnten. Der Gestank verflüchtigte sich, die Gischt war nicht mehr zu sehen, die Rauchsäule wurde kleiner, die feine Ascheschicht auf den Planken wurde vom Fahrtwind fortgeblasen. Alles schien wie ein böser Traum gewesen zu sein. Plötzlich erfasste, wie aus dem Nichts gekommen, eine Welle den Kutter und hob ihn empor. Einen Augenblick lang schien das Boot in der Luft zu schweben, dann senkte es sich wieder und segelte ruhig weiter. Verwundert sahen die Fischer der Woge nach, die rasch auf Sciacca zurollte.

Als sie etwa eine Stunde später in den Hafen einliefen, hielten sie den Atem an: Die Boote, die sonst vor Anker dümpelten, waren auf den Kai geworfen, als hätte ein Riese damit gespielt.

Michele musste an das Gespräch mit Don Sebastiano denken. War das ein Fingerzeig Gottes? Stand das Jüngste Gericht bevor? War das die Strafe dafür, dass Michele sich hörnen ließ?

Nachdem sie festgemacht hatten, rannten die beiden anderen Fischer die Stufen zum Städtchen hinauf. Michele blieb allein

zurück. Er sah hinaus aufs Meer. Deutlich war jetzt die Rauchsäule auszumachen. Sie war größer geworden. Michele spuckte
aus. Der Pfarrer war ein Narr! Was wusste der von der Liebe? Er
prüfte die Knoten der Taue und tätschelte Marina zum Abschied
die hölzerne Flanke.

Rule, Britannia!

ENGLAND FÜHRTE DEN LÖWEN UND DAS EINHORN im Wappen. Besser hätte ein Krake gepasst. Denn dieses Tier beherrschte die Meere. Was trieb England dazu, ferne Länder zu unterwerfen und in Besitz zu nehmen? War es die feuchte Kälte der englischen Winter, die seine Bewohner veranlasste, Kolonien im Süden zu gründen? Wie sonst war zu erklären, dass englische Schiffe das Mittelmeer durchpflügten, auf dem Weg nach Malta, zu den Ionischen Inseln und nach Kreta, ja sogar bis nach Zypern und Ägypten? Sie brachten Gewürze aus dem Orient, Südfrüchte aus Italien, Weine aus Griechenland, Weihrauch vom Nil. Und sie lieferten Stoffe aus den Fabriken von Manchester, Maschinen aus Liverpool, Wolle aus Irland, Whiskey aus Schottland, Ale aus Devon. Doch nicht für die mittelmeerischen Einheimischen war all das bestimmt. Engländer bevölkerten mehr und mehr die südlichen Gefilde und setzten ihren blassen Teint der Sonne aus. Sie trieben Geschäfte und Politik, hielten Hof und Salon, philosophierten und besahen die Welt wie durch die Glasscheibe eines Terrariums: als eine Sensation, von der man nicht genug bekam, von der man sich nach Gutdünken aber doch abwenden konnte, etwa nachmittags um fünf, wenn ein silbernes Glöckchen zum Tee läutete.

Solch englischer Geschäftigkeit war es zuzuschreiben, dass am späten Vormittag des 15. Juli 1831 eine Brigg unter britischer

Flagge, von Malta kommend, in jenen Gewässern segelte, wo wenige Stunden zuvor die Fischer aus Sciacca ihr rauchendes Wunder erlebt hatten. Die »Gustavo« wurde von einem Malteser kommandiert: Francesco Trefiletti war ein loyaler Untertan Englands, der freilich sein südländisches Temperament und seine katholische Prägung nicht verleugnen konnte.

Als sich die »Gustavo« der nach Schwefel stinkenden Rauchsäule näherte, siegte in Kapitän Trefiletti das Pflichtgefühl über die Furcht. Er ließ direkt auf das Phänomen zusteuern und in kurzer Entfernung die Segel streichen. Die Matrosen warfen den schweren Anker aus und gaben Leine. Sie stutzten: Nach nur wenigen Dutzend Yards stieß das Eisen auf Grund. Trefiletti kannte die Gewässer zwischen Malta und Gibraltar wie seine Westentasche. Eine Untiefe, hier? Er beugte sich über eine Seekarte, ließ sich vom Steuermann die genaue Position nach englischer Messung ermitteln: 37 Grad 11 Minuten nördlicher Breite, 12 Grad 44 Minuten östlicher Länge von Greenwich.

»Rechnen Sie nochmals nach, Steuermann. Sie haben sich nicht vielleicht auf dem Sextanten verschaut?«

»Ich bin mir absolut sicher, Sir.«

»Wie viele Yards haben wir Leine gegeben?«

»Dreißig, Sir.«

»Dreißig? For Heaven's sake!« Trefiletti liebte es, seinen Untergebenen mit ein paar englischen Brocken zu imponieren. »Wir müssten hier eigentlich zweihundert Yards Tiefe haben. At least, isn't it?«

»Und der Gestank, Sir!«

»Quite interesting.«

»It seems coming from hell.«

»Nonsense!«, schnitt Trefiletti dem Steuermann das Wort ab. Er mochte es nicht, wenn seine Leute sich ihm gleichsetzten. »It's not hell, it's only sulphur.«

»Sulphur?« Der Steuermann war mit seinem Englisch am Ende.

»Zolfo! Esel!«, raunzte der Kapitän ihn an. »Die Rauchsäule wird stärker, die Gischt nimmt zu. Und all die toten Fische. Heißes Pflaster. Anker lichten! Wir gehen auf sicheren Abstand. Und bringen Sie mir Papier und Schreibzeug.«

»An wen wollen Sie schreiben, Sir?«

»Kapieren Sie nicht, was hier vor sich geht, Sie Idiot?« Trefiletti vergaß seine englischen Umgangsformen. »Wir wohnen einer Geburt bei.«

»Ich verstehe nicht ...«

»Auch nicht nötig. Vorwärts!«

Leise vor sich hin schimpfend, rannte der Steuermann unter Deck. Trefiletti lehnte sich an die Reling und schaute durch sein Fernrohr auf das brodelnde Meer. Bei allen Heiligen! Er bekreuzigte sich. Was braute sich da für das Empire zusammen? Krachend wurden feurige Klumpen aus dem Innern der Rauchsäule emporgeschleudert. Zischend gingen sie im Meer nieder und glühten noch ein paar Augenblicke fort, bevor die trübe, stinkende Suppe aus Wasser, Asche, Schwefel und toten Fischen darüber hinschwappte. Trefiletti zog instinktiv den Kopf ein und duckte sich hinter die Reling. Er musste sofort Bericht nach London erstatten!

~ ~ ~

Charles Earl of Grey hatte eben sein zweites Frühstück zu sich genommen. Er wischte sich mit der Serviette den Mund, prüfte nestelnd den Sitz von Halstuch und Vatermörder und strich sich mit der Hand über die Glatze – eine Gewohnheit aus Tagen, da er noch üppiges Haar gehabt hatte.

Der Sekretär betrat das Arbeitskabinett des Premierministers. »Sir, eine Depesche aus Malta. Vom Gouverneur persönlich!«

Earl Grey erbrach das Siegel und faltete das Blatt auseinander. Der Gouverneur hatte nur wenige Zeilen geschrieben: Der Premierminister möge den beigefügten, ins Englische übersetzten Bericht des Kapitäns Trefiletti zur Kenntnis nehmen und erwägen, ob englische Interessen im Mittelmeer, an strategisch wichtiger

Stelle, berührt seien. Die Position des Phänomens sei womöglich ähnlich bedeutsam wie die Maltas. Man erbitte aus London umgehend Weisung, zumal das Ereignis nicht lange geheim bleiben werde und andere europäische Mächte ihren Vorteil daraus ziehen könnten.

Earl Grey nippte an seinem Tee. Er fand ihn schal. Was sollte man von einem Empire halten, wo nicht einmal schmackhafter Tee zubereitet wurde? Lustlos faltete er den beigefügten Brief auseinander und las:

Bericht über seltsame und merkwürdige Vorgänge in der Meerenge zwischen Sizilien und Tunesien, 37 Grad 11 Minuten nördlicher Breite, 12 Grad 44 Minuten östlicher Länge von Greenwich.

Ich, Francesco Trefiletti, Kapitän der Brigg »Gustavo«, Bürger Maltas, treuer Untertan Seiner Majestät König Williams IV. von England, gebe am Tag der heiligen Rosalia von Palermo kund, ...

Der Premierminister seufzte. Wann zum Teufel war der Tag der heiligen Rosalia? Und handelte es sich womöglich um den Bericht über eine Wunderheilung oder die Auffindung neuer Reliquien? Missmutig las er weiter:

... dass wir am Vormittag gegen zehn Uhr, von Malta kommend, an besagter Stelle im Meer ein ungewöhnliches Sausen und Brausen, Gestöhn und Gedröhn vernommen, welches uns arg erschreckte. Doch mit Fürsprache der Heiligen ...

Earl Grey runzelte die Stirn und nahm einen Schluck von dem schalen Tee.

... hofften wir die Gefahr der wütenden Elemente zu bestehen. Wir warfen Anker, um das Phänomen genauer zu betrachten.

Erneut seufzte Earl Grey. Weshalb glaubten die Untertanen Englands in den fernsten Winkeln der Welt, ihre Memoiren ausgerechnet ihm anvertrauen zu müssen?

Nur unter Einsatz von Leib und Leben ist es uns gelungen, nahe genug heranzukommen. Ich, Kapitän Trefiletti, sah mich sogar gezwungen, eine drohende Meuterei mit aller Härte abzuwenden. Nur so glückte es mir, die nachfolgenden Beobachtungen zu machen ...

Earl Grey klingelte nach dem Diener.

»Bringen Sie mir ein Kännchen frischen Tee. Und vielleicht gelingt es der Küche, mir tatsächlich *Tee* zu kredenzen und nicht Spülwasser.«

»Jawohl, Sir.«

»Warten Sie, was wissen Sie über Malta?«

»Nun, Sir, mein Schwager war bis letztes Jahr dorthin abkommandiert.«

»Und wie war sein Urteil über Land und Leute?«

»Um ehrlich zu sein: bigott, erzkatholisch, zu maßlosen Übertreibungen und haltlosen Behauptungen neigend.«

Earl Grey brummte zufrieden. Der Diener verneigte sich und verließ das Kabinett. Erneut wandte sich der Premierminister dem maltesischen Seemannsgarn zu.

Aus der Tiefe des Meeres stieg eine Rauchsäule auf, die fürchterlich nach Schwefel stank. Überall schwammen tote Fische. In unregelmäßigen Abständen schoss eine Fontäne von heißem Wasser in die Höhe. Die Rauchsäule indes wuchs immer mehr in den Himmel und nahm gelbe und rötliche Farbe an. Feurige Klumpen wurden emporgeschleudert. Als der Wind drehte, trieb uns der Rauch entgegen und hüllte das Schiff mit höllischem Gestank und einer Aschewolke ein. Nur unter Gefahr für Leib und Leben konnten wir ausharren. Undeutlich erkannten wir, dass sich in kurzer Entfernung das Meer trichterförmig nach unten stülpte. Wir glaubten in einen Mahlstrom zu geraten, von dem die alten Seeleute oft berichteten, ...

»Und die Erde ist eine Scheibe«, seufzte Earl Grey.

... doch hob sich nach einiger Zeit dieser Trichter wieder, und inmitten der brodelnden Gischt nahmen wir ein grauenhaftes Phänomen wahr, ...

»Wahrscheinlich männerverschlingende Sirenen«, brummte er.

... aus dem Meer schossen jetzt keine Fontänen mehr, auch die Rauchsäule hatte sich verzogen. Deutlich sahen wir ein Feuer auflodern, bis sich nach mehreren Minuten das Wasser zischend darüberbreitete und es löschte. Plötzlich spürten wir, wie die Schiffs-

planken zitterten, wir hörten ein Donnern und Grollen, als entlüde sich in den Tiefen des Meeres ein Gewitter, ...

Der Premierminister rollte die Augen.

... wir holten den Anker ein und setzten die Segel. Aus einiger Entfernung blickten wir nochmals zurück, konnten jedoch nichts Bemerkenswertes mehr entdecken.

»Na also«, murmelte Earl Grey, »dann ist ja alles beim Alten.«

Den Rest des Schreibens schenkte er sich. Eben trat der Diener ein.

»Sir, der Tee. Die Köchin hat eine andere Mischung genommen und das Wasser zweimal aufgekocht.«

»Her damit. Mehr als das Leben wird er mich nicht kosten. Hier, dieses maltesische Seemannsgarn«, Earl Grey reichte dem Diener das Schreiben, »zu Händen des Sekretärs und ad acta! Ich möchte mit weiteren ›Berichten‹ über kochendes Wasser und Gewitter unter der Meeresoberfläche nicht belangt werden.« Er führte die Tasse an die Lippen. »Bei Gott! Jetzt schmeckt er nicht einmal mehr schlecht, er schmeckt nach gar nichts.«

»Soll ich nochmals anderen Tee bringen?«

Earl Grey winkte ab. Er fühlte sich müde. Die Amtsgeschäfte erschöpften ihn. Die Frage der Reform des Unterhauses zehrte an seinen Nerven. »Lassen Sie's gut sein, das Empire hat sich offensichtlich entschlossen unterzugehen. Was will man auch von einem Reich erwarten, dessen Kapitäne ihrem Premierminister Fabelgeschichten auftischen.«

Der Diener verließ den Raum.

Earl Grey trat ans Fenster. Ein frischer Geruch stieg ihm in die Nase. In einem Porzellanschälchen hatte seine Tochter Ophelia gestern ätherisches Öl, verdünnt mit Wasser, angerichtet. Das bessere die Raumluft und vertreibe schlechte Gedanken, hatte sie gemeint. Ophelia war eine wunderliche Person, fand er. Eine ältliche Jungfer, sonderlich geworden, die allen möglichen und unmöglichen Heilsideen anhing und exotische Gesundheitslehren zur Religion erhob. Sie besaß nur eine wahre Leidenschaft: das

Reisen. In fernen Ländern, so urteilte der Earl, fand seine Tochter etwas, das sie zu Hause in ihrer Ruhelosigkeit und Verworrenheit vergebens suchte: sich selbst.

Der Premierminister sog den Geruch ein. Es duftete ein wenig nach Zitrone, nur herber. Bergamotte, hatte Ophelia erklärt. Sie hatte es von einer Reise nach Kalabrien mitgebracht. Dort und im benachbarten Sizilien werde die birnenförmige Frucht, die mit der Zitrone und der Bitterorange verwandt sei, angepflanzt. Das Öl, so meinte sie, werde zur Parfümherstellung verwendet. »Mystère de la Sicile«, so hatte seine Tochter verraten, sei der Modeduft der Saison. Earl Grey fand die Lust der Frauen, sich jedes Jahr mit einem anderen und nur einem einzigen Wässerchen einzusprühen, bizarr. Er blickte hinaus. Die Sonne schien ins Zimmer. Der Bergamotteduft stieg in der Wärme noch intensiver empor. Earl Grey empfand ihn als angenehm, ja belebend.

Neben dem Schälchen stand eine kleine Phiole mit dem ätherischen Öl. Er nahm sie, zog den Korken ab, roch daran. Der Duft war stark, aber frisch, keineswegs aufdringlich. Earl Grey tupfte einen Tropfen auf den Löffel und rührte ihn in den Tee. Dann nippte er daran. Es schmeckte vorzüglich. Er nahm einen großen Schluck, schloss die Lider, das Gesicht zur Sonne. Eine von der Wärme träge gewordene Fliege setzte sich auf Earl Greys Glatze. Er bemerkte sie nicht. Vor seinem inneren Auge sah der Premierminister britische Handelsschiffe, beladen mit Kisten voller Bergamottefrüchten, durchs Mittelmeer segeln. Dann sah er adrette englische Frauen, die ihren Männern, die abgespannt aus dem Büro kamen, Tee aufbrühten, guten, duftenden Tee, Bergamottetee, Earl-Grey-Tee. Der Friede des Königreichs fußte auf der Ruhe des glücklichen Heims. Home, sweet home!

Plötzlich erfasste Earl Grey eine grauenvolle Vorstellung: Vor seinem inneren Auge erblickte er Hausfrauen, die sich über leere Teedosen beugten und die Hände rangen. Ehemänner, Familienväter, die verärgert die Tür hinter sich zuschlugen und zum Pub eilten, in der finsteren Absicht, ihren Zorn in Bier und Schnaps zu ertränken. Und er sah noch Schrecklicheres. Eine düstere Vision ergriff ihn: Die Schiffe von Sizilien, die den ersehnten Nachschub an Bergamotte bringen sollten, wurden vor einem finsteren Eiland von elenden Piraten aufgebracht, geentert, gebrandschatzt und versenkt! Er sah die Insel genau vor sich: Kahl war sie, sie stank nach Schwefel, als wäre sie die Hölle selbst, und aus ihrer Mitte ragte ein vulkanischer Gipfel, dessen Krater Glut und Lava spuckte!

»Hol's der Teufel!«, entfuhr es Earl Grey. Er war aus seiner Vision erwacht. Das war es! Die Natur schenkte dem Erdball ein neues Eiland, strategisch wichtiger gelegen als Malta, und er, Earl Grey, der Wahrer englischer Interessen, hätte es sich um ein Haar von dahergesegelten Freibeutern wegschnappen lassen!

Mit einem Ruck wandte sich der Premierminister vom Fenster ab, brummend flog die Fliege auf. Er stürzte zum Schreibtisch, griff nach dem Glöckchen, schellte wild. Der Sekretär stürzte herein.

»Rule, Britannia!«, rief Earl Grey ihm entgegen.

Der Sekretär antwortete verwirrt: »God save the King!«

»Den Brief!« befahl Earl Grey. »Von diesem maltesischen Kapitän! Und berufen Sie für heute Nachmittag eilends eine Konferenz ein: Lord Palmerston, Lord Goderich und Sir Graham! Rasch! Das Wohl des Empires steht auf dem Spiel! Hier!« Er griff zu der Phiole mit dem Bergamotte-Öl. »Riechen Sie das?!«

Der Sekretär schüttelte den Kopf, er fürchtete um seines Herren Verstand.

»Englands Wohlgeruch!«, rief der Premierminister. »Und wir wollen uns das wegnehmen lassen von stinkenden Piraten auf einer Schwefelinsel? Niemals!«

»Niemals!«, rief auch der Sekretär, ohne etwas zu begreifen. Sein Berufsleben hatte ihn gelehrt, immer dann Entschlossenheit zu zeigen, wenn die Angelegenheit am undurchsichtigsten war. Er stürzte hinaus, um die Befehle weiterzuleiten. Earl Grey goss nochmals einen Tropfen Öl in den Tee, nahm, um sich zu beruhigen, ein paar Schlucke davon. Teufel! Es schmeckte vorzüglich!

Moralische Predigten

MICHELE RANNTE VOM HAFEN ins Städtchen. Die Sonne stand inzwischen beinahe im Zenit, doch ihr Licht wärmte nicht, es leuchtete fahl wie hinter einer Kuppel aus grünlichem Glas. Die Gassen waren menschenleer, der Marktplatz verlassen. Nur ein paar Hunde streunten umher und suchten in den Abfällen. Michele eilte zu seinem Haus. Er freute sich auf Rosalia.

Leise öffnete er die Pforte, die auf einen oleanderbewachsenen Hof führte. Wie angewurzelt blieb er stehen: Mit dem Rücken zu ihm stand ein Mann vor einer Staffelei und malte. Er hatte Michele nicht bemerkt. Lautlos kam Michele näher und spitzte dem Fremden über die Schulter. Auf der Leinwand erkannte er die Umrisse seines Hauses. Das Dach, das obere Stockwerk, zwei der Fenster waren bereits in zarten Farben ausgeführt.

Der fremde Maler wandte sich um. »Ah, ein Zaungucker«, sagte er mit nordländischem Akzent, sich andeutungsweise verbeugend. »Gefällt es Ihnen?«

Michele war verärgert und berührt zugleich. Verärgert, weil dieser Fremde sich einfach in seinen Hof stellte, als sei er der König von Neapel. Berührt, weil er ahnte, dass das, was er auf der Leinwand sah, nicht zu vergleichen war mit der hilflosen Pinselei des Schmieds. Er bestaunte sein Haus, das auf der Leinwand zu einer zweiten Wirklichkeit heranwuchs, ja sie sogar übertraf. Denn was in Wirklichkeit angegraut und rissig war, wurde unter dem Pinsel des Fremden zu einer Vision – dieses Wort drängte sich Michele regelrecht auf. Ihm war, als wäre es nicht mehr sein Haus, das Haus eines kleinen Fischers, sondern das Domizil einer Gräfin. Was Mauer und rissiger Verputz war, löste sich auf dem Bild in Licht auf; was von der Zeit gezeichnet war, wurde in Farben getaucht, die unvergänglich schienen.

Michele konnte den Blick nicht abwenden. Selbst als der Fremde sich als pittore tedesco vorstellte und seinen Namen nannte, riss das Michele nicht aus seiner Betrachtung. Ein Detail an dem noch unfertigen Bild verwunderte ihn besonders. Ungefähr in der Mitte, wo mit Rötel der Mauersockel gezeichnet war, war eine Steinbank zu sehen. Gewiss, die Bank stand vor Micheles Haus, aber was darauf hingelagert war, konnte er in der Wirklichkeit weder ausmachen noch in seinem Verstand einordnen. Auf der Bank lehnte – noch nicht ausgeführt, aber mit Bleistift umrissen – ein junger Mann, nur spärlich mit einem Leintuch bekleidet, das ihm um Schulter und Hüften fiel. Mit anmutiger Geste warf der Bursche Tauben Futterkörner aus einem flachen Gefäß zu.

Die Haustür ging auf. Angelo trat heraus. Er hatte sich ein Leintuch umdrapiert, das mehr ahnen ließ, als es verhüllte. In der Hand trug er eine Schale mit Brotkrumen.

»Schon zurück vom Fang?«, fragte Angelo nebenbei.

»Was soll der Aufzug? Und dieser fremde Maler?«, raunzte Michele.

Angelo setzte sich auf die Bank und begann, die Tauben, die sogleich herbeiflogen, zu füttern.

»Signore Kupffer ist ein berühmter Künstler. Ich bin sein Modell. Er bezahlt gut. Außerdem kommt keiner in den Hof herein.«

»Bin ich etwa keiner?«, zischte Michele.

»Wir haben dich nicht so früh zurückerwartet.«

»Dort draußen tun sich ungeheuerliche Dinge!«

»Ich weiß. Deswegen sind alle in die Kirche gerannt. Don Sebastiano prophezeit den Weltuntergang. Weihrauch wird bis in die letzten Winkel geschwenkt. Rosalia ist auch dort.«

Michele stand unschlüssig da.

»Signore«, meldete sich der fremde Maler, »wir müssen weiterarbeiten.« Er drückte Michele eine Kupfermünze in die Hand. Dann wandte er sich seinem Modell zu: »Lehn dich etwas zurück, Angelo, das rechte Bein, das Spielbein, etwas nach vorne, locker lassen, ja, so, den Kopf etwas nach hinten, lass das Tuch etwas freier über den Schenkel fallen. So ist's gut! Nicht bewegen!«

Kupffer griff zu Palette und Pinsel, die Tauben gurrten. Michele sah nochmals ungläubig auf die Szenerie, schüttelte den Kopf, wandte sich um und verließ den Hof. *Seinen* Hof, wie er bis vor wenigen Minuten geglaubt hatte. Von der Kirche her läuteten die Glocken. Er schlug den Weg dorthin ein.

~ ~ ~

Als Michele das dämmerige Kirchenschiff betrat, waberten ihm Weihrauchwolken und die trockene Wärme brennender Kerzen entgegen. Der Raum glich einer Höhle. Im Wechselgesang zwischen Männern und Frauen wurde der Rosenkranz gebetet. Michele schlich zur hintersten Männerbank und ließ sich neben einem alten Schreiner aus seiner Nachbarschaft nieder. Eben wurde das letzte Gesätz aufgesagt. Michele sah den Pfarrer Don Sebastiano kurzatmig die Stiege zur Kanzel hinaufsteigen. Ächzend gaben die Stufen bei jedem Tritt nach.

Micheles Banknachbar tuschelte zahnlos: »Er wird bald durchbrechen, Teufel noch mal! Die Stufen sind morsch. Hab dem Alten schon mehrfach angeboten, sie zu erneuern. Aber zahlen will er nicht. Alles für Gotteslohn. Dabei gibt er genug Geld aus, für Bücher zum Beispiel.« Der Alte winkte ab und setzte nach: »Wenn er sich den Hals bricht, ist's nicht meine Schuld.«

Michele machte ihm ein Zeichen zu schweigen. Er suchte in den Frauenbänken nach Rosalia, konnte sie aber im Dämmer nicht ausmachen.

Der Pfarrer schlug das Kreuz: »In nomine patris et filii et spiritus sancti.«

36

Die Gemeinde antwortete mit einem verwischten »Amen«.

»Wie ihr wisst«, begann Don Sebastiano, »ist vor wenigen Stunden eine große Welle ans Ufer geschlagen und hat mehrere Kähne zertrümmert. Vorhin kamen drei Fischer zurück und berichteten von seltsamen Erscheinungen draußen im Meer, von Rauch und Schwefel, von toten Fischen und Ascheregen. Ist es Gott, der unser sündhaftes Treiben anmahnt, oder der Teufel, der die Elemente aufwühlt, um sein Kommen mit Gestank und Geheul anzukündigen? Wie dem auch sei: Laster und Gräuel nahmen in unserem Städtchen zu, und besonders die Sünden des Fleisches sind ein Dorn im Auge Gottes.« Der Pfarrer blickte streng in die Reihen. »Keiner glaube, er sei schuldlos. Denn was als Splitter im Auge des Nächsten erscheint, ist oft nur der Balken im eigenen. Deshalb gilt nach dem Wort des Alten Bundes: ›Wenn dich dein Auge ärgert, so reiße es aus. Und wenn du es nicht tust, so wirst du gerichtet werden von höherer Hand. Denn der Herr ist nicht gekommen zu bringen den Frieden, sondern das Schwert. Und mit dem Schwert werden am Jüngsten Tage die Verworfenen gerichtet werden ...‹«

Bislang hatte die Gemeinde eher gelangweilt zugehört. Die Mahnungen, ein gottgefälligeres Leben zu führen, waren allbekannt. Doch die nachfolgenden Worte ließen aufhorchen:

»Oder glaubt ihr vielleicht, solch eine Welle und solch ein großer Schwefelgestank vom Meer sind mit dem Tidenhub zu erklären oder dem im Sommer von Afrika blasenden Sturmwind? Glaubt ihr, unser Herr Jesus Christus ist wie ein Klabautermann, der über Nacht aus einem alten Fass erscheint? Nein, unser Herr wird nicht wie ein Dieb durchs Fenster einsteigen, sondern wie ein König durch das Tor eintreten; und wo es verschlossen ist und die Herzen verstockt sind, da wird er Tür und Tor mit seiner starken Hand einschlagen, und groß Jammern und Klagen wird sein. Denn es steht geschrieben in der Offenbarung des Johannes: ›Welche ich lieb habe, die strafe und züchtige ich. So mache dich auf und tue Buße! Siehe, ich stehe vor der Tür und klopfe an.‹ Es steht aber auch: ›Und der zweite Engel posaunte; und es fuhr wie ein großer Berg mit Feuer brennend ins Meer, und der dritte Teil des Meeres ward Blut, und der dritte Teil der lebendigen Kreaturen im Meer starb, und der dritte Teil der Schiffe ging zugrunde.‹«

Ein Raunen ging durch die Gemeinde. Don Sebastiano sprach weiter, immer eindringlicher und mit erhobenem Zeigefinger: »Und es steht da weiter: ›Und der dritte Engel posaunte; und es fiel ein großer Stern vom Himmel, der brannte wie eine Fackel und fiel auf den dritten Teil der Wasserströme und über die Wasserbrunnen. Und der Name des Sterns heißt Wermut. Und der dritte Teil der Wasser ward Wermut, und viele Menschen starben von den Wassern, denn sie waren bitter geworden.‹«

»Hochwürden!«, rief eine Stimme in den vorderen Reihen. »Was Sie da sagen, trifft ja auf uns zu!«

»Meinst du denn, ich suche die Verse aus der Heiligen Schrift von ungefähr aus?«

Einige lachten. Don Sebastiano blickte streng von der Kanzel.

»Ruhe! Sind wir auf dem Fischmarkt? Ihr fragt vielleicht in eurem einfältigen Innern: Gibt es Mittel und Wege, die Wiederkunft des Herrn und das große Gericht abzuwenden? Ich sage euch: Es ist dem Menschen nicht gegeben, Gottes Willen zu beeinflussen. Wohl aber können wir uns wappnen und beten und uns vorbereiten auf die Ankunft des Höchsten. Damit wir nicht wie die törichten Jungfrauen dastehen, ohne Öl in der Lampe! Ich fordere euch zur Buße auf. Denn die letzten Tage sind gekommen, und wir wollen dem Herrn entgegengehen ...«

»Wohin?«, fragte ein Vorlauter. »Nach Messina? Oder Palermo?«

»Idiot!«, stauchte ihn der Pfarrer zusammen. »Ich spreche doch in Bildern!«

»Wie Grampi sie pinselt?«

Don Sebastiano schwoll eine Ader auf der Stirn: »Ihr habt ja keine Ahnung von der Kunst! Es ist schon mehr als hundert Jahre her, dass wir zum letzten Mal ein Altarblatt für unsere Kirche gestiftet bekamen. Das spricht nicht für euch! Seht euch nur um!«

Er wies in den Halbdämmer der Seitenschiffe. »Leere Wände über mehreren Altären!«

»Man munkelt ja«, wandte sich der alte Schreiner erneut an Michele, »dass der Alte sich Romane aus Malta kommen lässt! So weit ist es mit seinen frommen Gedanken nicht her.«

»Pscht«, mahnte Michele.

»Nun, meine Brüder und Schwestern«, fuhr Don Sebastiano in versöhnlicherem Ton fort, »behaltet in euren armen Köpfen, was ich euch gesagt habe. Und nun wollen wir noch ein Gebet sprechen und auch unseren Heiligen Vater Gregor in Rom und unseren König Ferdinand in Neapel einbeziehen.«

Kaum war der Name des Königs gefallen, erhob sich ein Murren. Don Sebastiano leierte eine Gebetsformel. Der Klingelbeutel ging durch die Reihen. Kaum einer warf etwas hinein. Der Pfarrer stieg von der Kanzel herab, stolperte, fing sich wieder. Das Geländer wackelte bedenklich.

»Sag ich's doch«, raunte der Schreiner dem Fischer zu, »er bricht sich noch das Genick. Dann stehen wir beim Weltende allein da. Und er hat sich noch rechtzeitig aus dem Staub gemacht. Und was unseren König betrifft: Man erzählt sich ja so Sachen. Ein junger Heißsporn soll er sein, der gern Krieg spielt und den Frauen unter die Röcke greift ...«

»Still!«, zischte Michele.

Eben hatte er seine Frau ausgemacht. Sie hatte ein dunkles Seidentuch um Kopf und Schultern geschlungen und strebte durch das Seitenschiff dem Ausgang zu. Einige blickten sich nach ihr um. Michele eilte zur Vorhalle und wartete hinter einem Pfeiler. Als Rosalia vorbeiging, packte er sie am Arm und zog sie an sich.

»Michele! Hast du mich erschreckt!«

»Mein Meerstern! Ich habe mir Sorgen um dich gemacht!«

Sie schlug ihm scherzend den Fächer auf den Kopf: »Weshalb?«

»Wegen der großen Welle, die die Boote zertrümmert hat. Ich fürchtete, dir sei etwas passiert, bei deinem morgendlichen Bad.«

»Was soll denn passiert sein? Eine große Welle, ja, das gibt es alle fünfzig Jahre.« Rosalia entwand sich Micheles Umarmung. »Ich muss nach Hause, die Arbeit wartet. Wir haben einen Kostgänger, er zahlt gut, und ich werde mir diesen Fisch nicht wegfangen lassen, auch nicht von Hochwürden.«

»Dieser komische Deutsche?«

»Er ist ein vornehmer Herr. Lass mich nach Hause. Angelo weiß nicht einmal, wo der Wein steht oder wie man ein Bad bereitet. Der Signore ist sicherlich müde von der Reise.«

»Der Signore langweilt sich nicht.«

»Woher willst du das wissen? So ein feiner Herr ist etwas komplizierter gestrickt als du.«

Majestät erhalten eine Insel

WAS MACHT EINEN KÖNIG AUS? Ist es die Krone, sind es Szepter und Reichsapfel? Die lange Abstammung? Die Macht über Volk und Land? Ist es Gottes Gnade, die ihn über andere erhöht? Von all dem war Ferdinand II., König beider Sizilien, überzeugt. Selbst seine Jugend hinderte ihn nicht daran, an seine Auserwähltheit zu glauben. Aber war es denn Jugend? Ferdinand war wohl jung – gerade einmal einundzwanzig Jahre alt –, doch Jugendlichkeit war ihm fremd. Es war, als steckte der Körper eines alten Mannes in einer jungen Hülle und als hätte der Geist im Laufe der Jahre zwar an Breite zugenommen, nicht aber an Tiefe. Ferdinand verunsicherte das nicht. Schließlich zitterte alle Welt vor ihm, und alle Welt, das war sein Königreich, dessen Thron Ferdinand vor gut einem halben Jahr bestiegen hatte

Als der Monarch am Morgen jenes Julitages 1831 im Palazzo Reale in Neapel sein Gabelfrühstück einnahm und wiederholt aufstand, um auf einem großen Tableau mit Tausenden von Zinnsoldaten eine Schlacht nachzustellen, ahnte er noch nicht, welchen Zuwachs an Macht der Tag ihm bringen würde. Es schien ein Tag wie jeder andere zu werden: Der Vormittag würde mit Unterredungen und Audienzen vergehen. Ferdinand stand das nur in der Vorfreude auf den Nachmittag durch. Dann würde er vor die Stadt hinausreiten oder sich im Schlosspark beim Bocciaspiel und im Gespräch mit den jungen Hofdamen ergehen. Später würde er sich in seine Privatgemächer zurückziehen, eine Zigarre rauchen, mit den Zinnsoldaten spielen, die Journale durchblättern (Bücher las er aus Prinzip nicht) und sich vor dem dîner auf ein Stündchen hinlegen. Der Abend würde bei gutem Essen, Wein und Plauderei vergehen. Manchmal ging Ferdinand in das Operntheater San Carlo. Zwar hasste er das schrille Getriller der Sopranistinnen, doch schätzte er deren großzügige Dekolletees. Auch war er ein Bewunderer des tenoralen Fachs, dilettierte er doch selbst in dieser Stimmlage. Nach der Oper gab es stets noch Gelegenheit, in einem Boudoir mit der einen oder anderen neapolitanischen Schönheit bei Champagner beisammen zu sitzen und die schnöde Welt antichambrieren zu lassen.

Die Welt war dem König beider Sizilien an diesem Morgen besonders lästig. Er fühlte sich von ihr beschmutzt. Als er mit der Gabel den Kaviar vor sich aufschaufelte, geschah es wiederholt, dass etwas vom Seim der schwarzen Eier auf seine weiße Offiziershose spritzte. Ferdinands Gesicht, das von einem kurzen Bart gerahmt war und zu feisten Bäckchen und einem Doppelkinn neigte, nahm einen Ausdruck von Ekel an. Er glaubte sogar eine Weltverschwörung gegen sich zu erkennen. Instinktiv hob er die Schultern ein wenig, und die Epauletten seiner Parade-Uniform stellten sich wie Hahnenkämme.

In dieser innerlich gespreizten Stimmung erhielt Ferdinand einen Eilbrief des neapolitanischen Botschafters in London. Das Schreiben war von Ferdinands Sekretär mit dem Vermerk in roter Tinte »Sehr dringlich!« versehen. Ferdinand ließ die Gabel fallen, schob den Teller mit dem Kaviar beiseite und las:

Majestät, wie wir aus wohlunterrichteten Kreisen soeben erfahren, hat eine maltesische Brigg am 15. Juli, dem Tag der heiligen Rosalia, in der Meerenge zwischen Sizilien und Afrika eine seltsame Rauchsäule entdeckt, die nach Schwefel stank. Das Meer soll aufgewühlt gewesen sein. Die genaue Lage des Phänomens wird – wie unser Informant am englischen Hofe mitteilt – auf 37 Grad 11 Minuten

nördlicher Breite, 12 Grad 44 Minuten östlicher Länge nach Green-
wich-Koordination angegeben. Die Angelegenheit wäre nicht so
pikant, wenn wir nicht aus eben jener Quelle wüssten, dass der
britische Premierminister Earl Grey eine Depesche nach Malta
abgeschickt hat, mit dem Befehl, ein Kriegsschiff klar zu machen
und im Hafen von La Valetta auf weitere Order zu warten. Im
englischen Kabinett scheint man das Phänomen sehr ernst zu neh-
men. Earl Grey hat die Herren Minister Lord Palmerston, Lord
Goderich und Sir Graham zu einer geheimen Besprechung gebeten,
über deren Inhalt unser Gewährsmann jedoch nichts erkunden
konnte.

Ferdinand klingelte nach dem Diener. »Noch ein Glas Champagner.« Die Regierungsgeschäfte machten ihn durstig. »Sind die
Damen für heute Nachmittag zu einer kleinen Ausfahrt bereit?«

»Jawohl, Majestät. Sobald Ihre Regierungsgeschäfte es zulassen.«

»Die Welt wird warten können.« Ferdinand winkte den Diener
ungeduldig hinaus. Lustlos las er weiter:

Es ist zu ergänzen, dass ein Vertreter der Königlichen Geologischen
Gesellschaft in London zu den Geheimgesprächen hinzugezogen
wurde. Daher ist zu vermuten, dass es sich bei dem beobachteten
Meeresphänomen um ein Ereignis von einiger politischer Bedeutung
handelt. Sicherlich haben Eure Majestät inzwischen aus Sizilien
genauere Informationen erhalten.

Ferdinand warf das Schreiben erzürnt auf den Tisch. Er läutete.
Der Diener stürzte mit dem Glas Champagner herein.

»Den Polizeichef! Und dieser deutsche Professore soll kommen! Rasch!«

Wenig später erschien Polizeichef Lorenzo Graziani, ein kleiner, dicker Mann mit Oberlippenbart und pomadisiertem Haar,
der sich hüpfend fortbewegte.

»Hier, lesen Sie!«, herrschte der König ihn an.

Der Polizeichef klemmte umständlich ein Monokel ins Auge
und überflog das Schreiben des Botschafters in London. Dann
blickte er den Monarchen ratlos an.

»Wissen Sie Uns dazu nichts zu sagen?«, fragte Ferdinand mit drohendem Unterton.

»Majestät, was soll ich ... ich bin kein Seemann.«

»Halten Sie es für normal, dass Wir von bestimmten Vorgängen vor der Küste Unseres Königreichs über die Engländer erfahren müssen?«

»Dafür haben wir doch Spione«, meinte Graziani hilflos.

Ferdinand schleuderte das Champagnerglas zu Boden.

»Lauter Nichtsnutze!«, schrie er. »Wo sind Ihre Berichte? Was macht die Polizei auf Sizilien? Trinkt wohl Wein und lässt den lieben Gott einen guten Mann sein?«

»Majestät erlauben, die sizilianische Volksseele ist eine eigene Sache.«

»Wollen Sie Uns verhöhnen?!« Ferdinand trat an eine Wandkarte seines Königreiches. »Hier ungefähr muss sich dieses Phänomen abspielen«, er deutete mit seiner feisten Hand auf einen Punkt im Meer, »und hier, nicht weit entfernt, liegt Sciocca.«

»Sciacca«, verbesserte der Polizeichef.

»Egal. Was macht der Polizeibeamte in diesem Nest? Weshalb wurden Wir nicht über die seltsame Rauchsäule informiert?«

Graziani fuhr sich verlegen über seinen pomadisierten Scheitel. »Majestät erlauben, mir ist die Gegend nicht fremd. Es ist schwer, dort die Weisungen Seiner Majestät ... nun, die Sciacchitani ... ich meine, die Polizei ...«

»Zum Teufel!« Dem König zitterten die Epauletten. »Die Polizei! Wozu bezahlen Wir sie! Wo ist sie, die Polizei?!«

»Majestät ... in Sciacca ... es ist ein weltabgewandter Ort ... der vorletzte Polizist dort wurde nachts von Vermummten verprügelt ... der letzte musste entlassen werden ... wegen Trunksucht ... es ist ein heißes Pflaster.«

»Lassen Sie sich etwa von ein paar Halunken zu Boden zwingen?« Ferdinand blickte entgeistert.

»Majestät, es ist eine Frage der Taktik. Manchmal ist es besser, sich geordnet zurückzuziehen.«

»Was wollen Sie Uns von Taktik erzählen?« Der König fuhr mit der Hand über ein Bataillon von Zinnsoldaten. Hunderte starben den Heldentod. »Sind Sie betrunken?«

»Nein, Majestät. Es ist ... die Kirche ... in diesem Ort, in der ganzen Region ... nun, die Menschen horchen mehr auf die Geistlichkeit als auf staatliche Weisungen.«

»Und die Postmeister?«

»Arbeiten nur nach Aufforderung durch den Pfarrer.«

»Wollen Sie damit sagen, Unsere Macht reicht nicht einmal bis Sciacca?«

»Majestät, ich fürchte, sie reicht nicht einmal bis Messina.«

Ferdinand war mit zwei behänden Schritten auf den Polizeichef zugetreten und stand nun vor ihm. Der reichte dem König gerade einmal bis zum Kinn. Wütend riss Ferdinand Graziani die Abzeichen von der Brust. »Sie sind degradiert!«

Graziani verbeugte sich niedergeschlagen und verließ rückwärts den Raum. In der Tür stieß er mit einem jungen, schlanken Mann zusammen, der in seinen feinen Gesichtszügen den Gelehrten verriet. Das dunkelblonde Haar war à la mode in die Stirn gekämmt. Ein Backenbart rahmte das Gesicht. Blaue Augen blickten offen in die Welt. Korrekte Kleidung und eine gerade Haltung ließen Selbstdisziplin erahnen.

Graziani rollte mit den Augen und machte dem jungen Mann ein warnendes Zeichen. Der König hatte den Gelehrten erblickt.

»Offmanno! Treten Sie näher.«

Friedrich Hoffmann ging bis in die Mitte des Raums und verbeugte sich kurz.

»Offmanno, Sie sind doch Geograf ...«

»Verzeihung, Majestät, Geologe. Ein kleiner, doch nicht zu unterschätzender ...«

»Schon gut.« Ferdinand winkte ungeduldig ab. »Setzen Sie sich.«

Hoffmann nahm Platz.

»Lesen Sie das!«, befahl Ferdinand.

Hoffmann überflog den Brief. Das Blut schoss ihm in die Ohren.

»Das ist ... famos!« Er sprang auf, ergriff des Königs Hand, schüttelte sie.

»Professore, Sie vergessen sich!« Der Monarch entwand ihm die Hand. Er sah auf die Uhr. Höchste Zeit zur Ausfahrt in den Park! »Offmanno, Sie sind entlassen.«

»Entlassen?« Hoffmann blickte ungläubig.

»Für heute!«, berichtigte der König.

»Majestät! ... ich meine, Sie ...« Hoffmann suchte nach Worten.

»Wenn Sie die Fassung wiedererlangt haben, können Sie morgen erneut vorsprechen.«

»Majestät! Morgen mag es bereits zu spät sein!«

»Wie das?«

»Bis morgen könnte ich wohl warten, aber die Insel nicht!«

»Was schert Uns Sizilien? Dort hausen nur Pfaffen und Säufer.«

»Aber nein, Majestät, doch nicht Sizilien! Eine neue Insel, die aus der Tiefe des Meeres auftaucht!«

»Eine neue Insel?« Ferdinand verstand nicht. »Wie ist ihr Name?«

Hoffmann überlegte kurz. »Ihr Name ist ... *Ferdinandea!*«

Der König blickte Hoffmann ratlos an.

»Ferdinandea! Zu Ehren Eurer Majestät!«

»Und Sizilien?«, fragte Ferdinand unsicher. Der Deutsche erlaubte sich doch nicht etwa einen Scherz?

»Sizilien!«, lachte Hoffmann verächtlich. »Majestät, diese neue Insel könnte bald mehr wert sein als *beide* Sizilien!«

Philosophische Diskurse bei Seegang

LORENZO GRAZIANIS NERVEN HATTEN GELITTEN. Nicht nur sein Sturz vom Polizeichef Neapels zum Adlatus eines deutschen Professors (der sein Sohn hätte sein können) hatte ihn empfindlich gemacht, sondern auch die Seefahrt von Neapel nach Palermo und, nach eintägigem Aufenthalt, weiter an der Westküste Siziliens entlang.

Man hatte sich für eine Reise zu Wasser entschieden, da der Landweg als zu gefährlich galt: Räuber- und Diebesgesindel lauerte im Gebüsch; Schlaglöcher, Erdrutsche und Moskitoschwärme ließen den Weg zudem zu einem unliebsamen Abenteuer werden; und mit der sizilianischen Gastfreundschaft war es auch nicht weit her. Wenn man schon Fremde beherbergen musste, so sollten es zumindest reiche Ausländer sein: deutsche Künstler etwa oder englische Fräulein, die seit einigen Jahren Italien überzogen und nicht einmal vor dem Feuer des Ätna oder Wölfen zurückschreckten. Aber neapolitanisches Geschwerl im eigenen Haus? Niemals! So dachte man auf der Insel, die der Sage nach als Felsbrocken von der Göttin Athene dem Giganten Enkelados entgegengeschleudert worden war und die noch jetzt dem Königreich wie ein Pfund unreifer Pflaumen im Magen lag.

Im Magen lag es auch Lorenzo Graziani. Er fühlte sich so elend und schwach, dass er sich nicht einmal mehr das Haar pomadisierte. Seine Behändigkeit war verkommen. Das Grazile, das in seinem

Namen angedeutet war, wich einem schalen Welt- und Körpergefühl. Voller Neid blickte er, während er hundeelend an der Reling hing, auf den Deutschen, dessen zur Schau gestellte Geschäftigkeit den einstigen Polizeichef erzürnte und ihn seiner Ohnmacht bewusst werden ließ.

Offmanno, dieser preußische Laffe!, so dachte der Polizeichef. Wie der an einem Tisch auf Deck Karten studierte und mit allerlei Instrumenten hantierte, deren Sinn und Zweck, ja deren bloße Namen Graziani nicht kannte! Dieser Barbar, der noch nie in einer Oper gewesen war, der den Belcanto verachtete, Bier statt Wein trank, Pumpernickel aus Deutschland mitgebracht hatte – Brot, das wie getrockneter Pferdedreck aussah – und der sich einer Sprache bediente, die so klang, als hätte ein Esel Blähungen!

So hasserfüllt stierte Graziani auf den Professor, dass er für Augenblicke sogar sein Übelsein vergaß, während das Schiff stampfte und schlingerte und gegen den Scirocco ankämpfte.

Hoffmann waren die stechenden Blicke des dicken Haufens Elend gleichgültig. Er hätte die Karten unter Deck ungestörter studieren können. Doch er genoss den frischen Wind und das Klatschen der Wellen, die sich am Bug brachen.

»Signore Graziani, darf ich Sie um ein Glas Wasser bitten?«, fragte Hoffmann, ohne von seinen Karten aufzublicken.

»Wasser!«, grantelte Graziani und dachte: Soll er doch Meerwasser saufen, der Lump! Früher hätte er so einen Kerl ins Verlies gesperrt. Jetzt war er der Kellner eines deutschen Professors, der sich mit Vulkanologie abgab.

Einmal, als junger Mann, war Graziani an den Hängen des Vesuvs gewesen. Der rauchende, grollende Berg war ihm unheimlich gewesen. Nein, mit solchen Ausgeburten von Mutter Erde wollte er nichts zu schaffen haben. Damals schon hatte er die Menschen nicht verstehen können, die sich einfältig genug an den Hängen des Vulkans ansiedelten. Die Lava-Erde sei überaus fruchtbar, hieß es. Aber war das ein hinreichend tröstlicher Ersatz für drohendes Unglück? Nein!, hatte sich der junge Lorenzo Graziani gesagt und eine sichere Position im Staatsdienst angestrebt – bis die Widerborstigkeit des sizilianischen Packs und der Jähzorn seines jungen Königs ihn vor wenigen Tagen zu Fall gebracht hatten und er sich nun an Bord einer schwankenden Nussschale in der Rolle des Famulus eines preußischen Laffen wiederfand.

Graziani holte beim Schiffskoch einen Krug Wasser und einen Becher und stieg wieder hinauf an Deck.

Hoffmann nahm Becher und Krug wortlos entgegen, er blickte kaum von seinen Papieren auf. »Sehen Sie das, Graziani?« Er zeigte auf eine Seekarte.

Der Polizeichef deutete missmutig an, sich darüberzubeugen. »Nein.«

»Sie können auch gar nichts sehen.«

»Weshalb fragen Sie mich dann?« Graziani verwünschte den verrückten Deutschen.

»Weil ich Ihnen das Nichts zeigen wollte.«

»Das Nichts zeigen? Ein Widerspruch!«

»Philosophisch gesehen ja. Aber nicht, wenn es in Gegensatz zum Sein, zur Materie gestellt wird.«

»Wo zum Teufel soll hier Materie sein?« Graziani schnitt eine Grimasse und machte eine weit ausgreifende Handbewegung über das endlose Wasser. »Freilich«, setzte er spöttisch nach, »auch Wasser ist Materie, aber doch ein unwirtliches, ja, ich möchte sagen, ein unmenschliches Element.«

»Sie sind ein Philosoph.« Hoffmann sah verschmitzt auf. Im Sonnenlicht leuchteten das blonde Haar und der rötliche Backenbart.

Graziani blickte den Deutschen an. Er schätzte ihn auf Anfang dreißig. In diesem Alter hatte er selbst noch im niederen Dienst gearbeitet. Er hatte sich hocharbeiten müssen, ihm war nichts in den Schoß gefallen. »Gefallen« – das Wort schnitt ihm wie ein Messer durch die Eingeweide. Dreißig Jahre lang hatte Graziani mühsam jede Sprosse der Karriereleiter genommen. Und jetzt war er mit einem Mal gefallen und musste Weisungen von einem Grünschnabel entgegennehmen!

Hoffmann nahm den Faden wieder auf: »Weshalb schauen Sie mich so finster an? Ich weiß, was Ihnen durch den Kopf geht: Sie trauern Ihrer Karriere nach. Und Sie betrachten mich als Konkurrenten, wahrscheinlich als Grünschnabel ...«

Graziani blickte ostentativ hinaus aufs Meer.

»... aber Sie sollten mich nicht unterschätzen. Ich bin kein naiver Junge. Ich bin im Übrigen auch nicht König Ferdinands Geselle, den er glaubt an die Ränder seines Reichs scheuchen zu können ...«

Der Polizeichef hielt den Atem an. Was schwafelte der vermaledeite Kerl? Widerworte gegen den König? Majestätsbeleidigung? Er würde dem nicht tatenlos zusehen! Der Verräter sollte bluten!

»... ich bin auf Empfehlung Seiner Majestät, des preußischen Königs, hier«, fuhr Hoffmann fort, »und nur auf Zeit in Ferdinands Diensten. Es liegt dem preußischen König Federico Guglielmo und auch der berühmten Berliner Akademie der Wissenschaften daran, dass meine Beobachtungsexpedition Ergebnisse zeitigt.«

Beobachten? Was wollte dieser Eindringling auf Sizilien beobachten? Die Armut gar? Die Rückständigkeit? Graziani spitzte die Ohren, er wollte kein Wort der verräterischen Rede verpassen und nahm sich vor, Buch zu führen über die Äußerungen des Deutschen.

»Professore«, Graziani setzte die Miene der Beiläufigkeit auf, »Sie wissen vielleicht nicht, dass auch ich als Dilettant mich für die exakten Wissenschaften interessiere. Nicht von ungefähr ist Italiens Ruhm mit der kritischen Anschauung der Natur verbunden. Denken Sie nur an Leonardo da Vinci, an Galileo Galilei ...«

»Ich weiß«, winkte Hoffmann ab, »aber in jüngerer Zeit hat sich die Gewichtung verschoben. Ich bin nicht hier, um die Geschichte der italienischen Naturwissenschaft zu studieren, sondern weil es hier geologische und insbesondere vulkanische Vorgänge gibt, wie sie sich in Deutschland nicht zeigen. Wir werden zunächst auf Sizilien unser Basislager aufschlagen, bildlich gesprochen. Ich habe nicht die Absicht, in Zelten zu campieren, wie es die Engländer gerne tun. Wir werden schon eine Pension finden. Ich habe einen Ort ausgewählt«, Hoffmann zeigte auf einen Punkt der Landkarte, »der unserem Phänomen oder philosophisch gesprochen: dem großen Nichts, am nächsten liegt: Sciacca.«

»Sciacca? Ein übles Nest. Mir nur zu bekannt. Die Bewohner sind verstockt und verschlossen ...«

»Umso besser«, unterbrach ihn Hoffmann, »dann tratschen sie nicht so viel. Und dass eines klar ist: Wir sind auf Geheimexpedition. Die Bewohner dieses Nestes dürfen nicht wissen, weshalb wir gekommen sind. Schlimm genug, dass ein paar Fischer bereits Kontakt zu unserem Phänomen hatten. Aber ich denke, ich werde sie mit ein paar Erklärungen – falschen, versteht sich – zu befriedigen wissen. Und ich habe Vollmacht des Königs – *Ihres* Königs –«, der Deutsche zog aus einer Mappe ein Blatt mit Ferdinands Siegel und hielt es Graziani unter die Nase, »wonach Sie und die Beamten Siziliens verpflichtet sind, mir in allen Belangen, dem Phänomen auf die Spur zu kommen, zu dienen. Sprich: Ich bin weisungsbefugt.«

»Wir segeln südwärts, Professore.« Graziani spielte den Ungerührten. »Wir sollten weiter östlich fahren, um nach Sciacca zu gelangen.«

»Ich will zunächst ins vermeintliche Nichts fahren, um mir einen ersten Eindruck zu verschaffen.«

»Vom Nichts?«

»Von Siziliens künftigem Ruhm! Wir werden in Sciacca erst morgen Abend einlaufen. Ein kleines Intermezzo. Im Übrigen unterliegen Sie der Schweigepflicht! Streng geheime Mission! Es gibt Hinweise, dass die Engländer Lunte gerochen haben. Aber kommen Sie, es ist Essenszeit.«

Graziani hielt sich den Bauch. »Ich fürchte, ich muss verzichten.«

»Bedauerlich«, Hoffmann packte seine Papiere und Instrumente zusammen, »dann muss ich auf Ihre Konversation verzichten.«

Der Polizeichef presste die Zähne zusammen, um nicht aufzuschreien. Mit einem angedeuteten Neigen des Kopfes verabschiedete er sich und eilte in seine Kajüte. Statt sich hinzulegen, griff er zu Papier und Feder und begann mit seinem Bericht an den König – an *seinen* König. Was ging ihn dieser verdammte Federico Guglielmo an, der irgendwo im Norden zwischen treibenden Eisschollen hausen mochte? Lorenzo Grazianis Wut ließ die Feder hart übers Papier kratzen. Was wollte dieser preußische Schnösel hier, unter der Sonne Italiens, in der Wiege der Kultur? »Barbaro!«, fauchte er. Mochte der Professore auch nach dem existenten Nichts suchen, er konnte ihn mit seinen gedrechselten Reden nicht verwirren. Graziani wusste, was zu Neapels Nutzen war. Fester Boden! Wenn er den nur schon wieder spürte!

Von tief unten würgte es ihn, es war, als drückte ihm eine gewaltige Faust das Gedärm zusammen. Er konnte gerade noch zu dem in der Ecke stehenden Kübel stürzen. Das Schiff schlingerte. Graziani klammerte sich an den Eimer. Und dieser verdammte Deutsche, durchfuhr es ihn zwischen zwei Konvulsionen, saß gerade in der Offizierskajüte und schlemmte Täubchen in Portwein!

Offene Geheimnisse

DAS MEER MOCHTE BRODELN und ein neues Eiland gebären – Sciacca verharrte im Siesta-Schlaf eines trocken-heißen Sommers. Das Städtchen war wie leergefegt. Seine Bewohner hatten sich in die Kühle ihrer von Fensterläden geschützten Häuser verzogen und beachteten das launige Gebaren vulkanischer Kräfte draußen im Meer kaum. Dass weniger gegessen wurde, war eher der Hitze zuzuschreiben denn dem Bußaufruf des Pfarrers.

Alles lief wie gehabt: Frühmorgens fuhren die Fischer hinaus, nur blieben sie jetzt in Sichtnähe des Landes. Rosalia ging wie eh und je zum Baden an den Strand. Kupffer gab sich der Schönheit hin. Und Angelo entdeckte die Welt der Mythologie, weil der Maler ihn als Ganymed und Narcissos fantasievoll in Szene setzte.

Friedrich Hoffmann und Lorenzo Graziani, die Sendboten der neapolitanischen Königsmacht, waren daher verwundert, als sie an einem Spätnachmittag im Hafen von Sciacca einliefen und nur träge Gemächlichkeit vorfanden. Die flammende Predigt Don Sebastianos hatte sich aus den Köpfen seiner Schäfchen verflüchtigt wie der Weihrauch aus der Kirche. Nicht einmal der Geistliche selbst nahm die apokalyptischen Bilder, die er in den dunklen Kirchenraum hineingemalt hatte, recht ernst. Und im Gegensatz zu Friedrich Hoffmanns dunkel-kalter Heimat, in der hinter jedem Ofenwinkel Spukgeschichten hausten, besaß Sizilien die Gnade, sich unter südlich-heiterer Sonne gehen zu lassen, im dumpfen

Bewusstsein, schon einige vermeintliche Weltkatastrophen überdauert zu haben.

Hoffmann wollte den Bürgermeister sprechen, erhielt aber von einem Fischer, der sein Boot reparierte, die Auskunft, der habe sich vor Kurzem wegen seiner Spielschulden nach Palermo abgesetzt. Sie sollten sich besser an den Pfarrer wenden, der habe in Sciacca das Sagen.

Den Geistlichen fanden sie in seinem staudenbewachsenen Garten in einem Lehnstuhl sitzend, eingenickt über einem Buch. Hoffmann schüttelte ihn recht unsanft aus dem Schlaf. Der Pfarrer schlug traumverloren die Augen auf und sogleich, als wollte er etwas verbergen, das Buch zu und wies sie unwirsch ab. Das Haus Gottes – und dazu gehöre nicht nur die Kirche, sondern auch das Heim seines Dieners – sei keine Herberge, und wenn die Fremden ihm jetzt mit der Weihnachtsgeschichte kämen, so hätten sie sich geschnitten! Missmutig, in seiner Siesta gestört worden zu sein, erhob sich Don Sebastiano, ließ die Fremden grußlos stehen und verschwand im Haus.

Vergebens hatte Hoffmann das königliche Dekret gezückt und stand nun wie begossen da. Graziani nahm ihn am Arm. Ihm war ein besserer Gedanke gekommen: Es gab auch hier einen Postmeister, der in Diensten des Staates stand. Der konnte zwei Reisende, die im Namen Seiner Majestät unterwegs waren, schwerlich abweisen.

Alessandro Serna war erst dreißig Jahre alt. Das Amt des Postmeisters verdankte er dem Umstand, dass er lesen und schreiben konnte. Er hatte es bei den Dominikanern gelernt, wo er durch Vermittlung eines Onkels ein paar Jahre lang unterrichtet worden war. Bei den »Hunden des Herrn« hatte er aber auch die Kunst der Verstellung geübt. Er war kein falscher Mensch, doch wusste er Vorteile aus den Verhältnissen, wie sie nun einmal sind, schlau zu ziehen. Alessandro liebte seinen Beruf. Vor allem, weil er ihm nicht viel Arbeit bereitete. Der Briefverkehr zwischen Sciacca und der großen weiten Welt, die sich allenfalls bis aus Neapel bei ihm meldete, war überschaubar. Die restliche Zeit verbrachte er am liebsten mit Rosalia Fiorini. Den Liebenden wird der Augenblick zur Ewigkeit. In solch einer Ewigkeit hatte er Francesco gezeugt. Schwarzhaarig war der Bub – wie auch der Postmeister. Wer nicht eben blind war, konnte sich seinen Reim darauf machen. Auch Michele. Der aber schätzte den Postmeister, weil Alessandro ein angemessener Gegner beim Trick-Track oder Wurfzabel war, das die beiden Männer Abende lang mit Hingabe spielten.

~ ~ ~

Graziani hatte, entgegen Hoffmanns Verbot, dem Postmeister von der königlichen Mission wortreich erzählt und damit Eindruck geschunden. Hoffmann wäre Diskretion lieber gewesen. Doch nun war es heraus und verbreitete sich in Windeseile.

»Was hätte ich den Einheimischen denn sagen sollen?«, meinte Graziani.

»Jedenfalls nicht gleich die Wahrheit«, antwortete der Professor ungehalten und verließ ihre Unterkunft. Zwei Zimmer im Seitentrakt von Alessandros Haus waren rasch für die Neuankömmlinge hergerichtet worden.

Es dämmerte bereits. Hoffmann wollte ein wenig allein sein und seine Gedanken ordnen. Graziani zog sich – einen Siciliano pfeifend – auf sein Zimmer zurück und schrieb weiter an seinem Bericht nach Neapel.

Hoffmanns Hoffnung auf etwas Einsamkeit wurde freilich enttäuscht: Eine Schar neugieriger Kinder zog johlend hinter ihm her. Er gelangte zu einer kleinen, unbebauten Anhöhe in der Nähe des Hafens. Dort saß ein Maler vor einer Staffelei, in seine Arbeit versunken. Hoffmann stieg ein paar Stufen hinan auf das kleine Plateau, das eine prächtige Aussicht aufs Meer bot. Der Maler wandte sich um, verscheuchte mit ein paar rüden Worten die Straßenkinder und stellte sich zu des Professors Überraschung als ein Landsmann vor.

Hoffmann interessierte sich nur sonntäglich für die Schönen Künste. Dennoch schielte er an Kupffer vorbei auf die Leinwand.

Enttäuscht stellte er fest, dass der Maler ein schwarzes Tuch darübergeschlagen hatte. Kupffer ließ sich nicht gern in die künstlerische Werkstatt blicken. Also sah sich Hoffmann zu einer Alltagskonversation genötigt. Auf seine Frage, was den Maler denn in diesen abgeschiedenen Flecken geführt habe, antwortete Kupffer ausweichend: »Die Schönheit.«

Hoffmann machte ein etwas düpiertes Gesicht, woraufhin sich der Maler eines anderen besann, einen Skizzenblock hervorholte und dem Landsmann ein paar Zeichnungen in Bleistift, Sepia und Rötel zeigte. »Fingerübungen«, wie er beinahe entschuldigend betonte.

Der Professor machte große Augen: Er sah mythologische Szenen mit halbnackten jungen Männern. Nicht immer war das Gesicht ausgeführt, wo es aber zu erkennen war, schien es dasselbe zu sein.

»Ein hiesiges Modell?«

»Der jüngere Bruder meiner Wirtin. Auch sie, die Wirtin, ist von der Natur reich beschenkt worden. Sie badet des Morgens gern nackt im Meer.«

»Aha«, sagte Hoffmann peinlich berührt.

»Doch bisweilen gebiert die Natur auch Schreckenerregendes ...« Kupffer schlug das Tuch zurück.

Hoffmanns Blick fiel jetzt auf ein unfertiges Gemälde: ein Seestück. Stürmischer Wellengang hob ein paar Fischerboote empor. Andere wurden in Wogentäler hinabgerissen. Doch weit mehr war der Professor durch ein Ereignis gefesselt, das sich im linken Drittel des Bildes in perspektivischer Verkürzung abzeichnete: Wie ein Magnet schien es alles an sich zu ziehen, die Wolken umkreisten es, die Sonne warf ein paar Strahlen darauf und enthüllte Furchtbares. Und Furcht war auch in den Gesichtern der Fischer im Vordergrund zu lesen, die wie gebannt auf das Phänomen starrten. Auch in Hoffmanns Augen stand das Grauen. Am gemalten Horizont war eine giftige, grüngelbe Rauchsäule zu sehen. Rundherum ragten schwarze Felsnasen aus der Gischt, dahinter tat sich ein feuerroter Schlund auf, der Lavabrocken in den Himmel schleuderte.

Ferdinandea!, durchzuckte es Hoffmann.

Gestern erst hatte er auf die aus dem Londoner Geheimbericht bekannte Position zusteuern lassen und nur eine stinkende Rauchsäule erkennen können, die direkt aus dem Wasser zu steigen schien. Graziani hatte trotz seines Unwohlseins spöttisch gegrinst, und der Professor hatte enttäuscht – denn er hatte sich mehr erwartet – nach Sciacca abdrehen lassen. Doch dass er jetzt auf einem Gemälde erblickte, was in Wirklichkeit noch gar nicht existierte, verwirrte ihn. Was war wirklicher: die Anschauung oder die Fantasie? Was der Gegenwart näher: die Erfahrung oder die Fiktion? Und wenn der Maler tatsächlich ein Seher war: Was sah er noch? Gab es ein zweites Bild, eine Fortsetzung? Oder handelte es sich bei Kupffer nur um einen Scharlatan? Besaß der Maler ein ungekannt gutes Fernrohr, mit dem er Ferdinandea heranholen konnte? Oder hatte er, Hoffmann, es gar nicht mit einem Maler zu tun, sondern mit einem als Deutschen getarnten Agenten Englands?

»Was ist?«, fragte Kupffer. »Missfällt Ihnen mein Bild?«

Hoffmann zuckte die Schultern.

»Bereitet Ihnen«, fuhr der Maler fort, »die Erscheinung dort hinten Angst?« Mit einer leichten Drehung des Kopfes deutete er auf den fernen Horizont.

Hoffmann schluckte. Was wusste der Kerl?

»Lassen Sie uns offen sprechen«, begann er einlenkend. »Ihr Bild ist ausgezeichnet. Aber das dort hinten links: ein Vulkanausbruch? Haben Sie so etwas gesehen?«

»Gesehen? Nicht direkt. Ich las neulich den Bericht des jüngeren Plinius über den Ausbruch des Vesuvs und den Untergang Pompejis. Sie kennen ihn?«

Hoffmann nickte.

»Da bedurfte es nur noch eines kleinen Anstoßes in der Natur, um die Gedanken weiterzuspinnen und als Bild auf die Leinwand zu bringen. Sehen Sie ...«, Kupffer wies mit dem Pinsel auf den Horizont, »... erkennen Sie dort draußen die Rauchsäule?«

Hoffmann nickte erneut.

»Man sieht sie seit ein paar Tagen. Seit ich hier angekommen bin. Die Leute in Sciacca waren anfänglich ganz aus dem Häuschen. Im wörtlichen Sinn. Rannten in die Kirche, um das Geschwätz des Pfarrers anzuhören: Weltuntergang und Sündenstrafe.« Kupffer lachte kurz auf. »Aber inzwischen hat die träge Natur der Sizilianer wieder Oberhand gewonnen. Süßes Nichtstun. Und ich bin froh, meine Studien weiter in Ruhe betreiben zu können.«

»Aber der Vulkanausbruch?« Hoffmann deutete auf die Leinwand.

»Ein zweiter Vesuv, nichts weiter. Und nichts weniger. Als Wissenschaftler hegen Sie den Anspruch, den Geheimnissen dieser Welt auf den Grund zu gehen. Alles mit den Mitteln des Verstandes zu erforschen, damit Ihnen nicht widerfährt, was Ihnen soeben widerfahren ist ...«

»Was?«

»Sie hatten, als Sie mein Bild sahen, Angst im Blick. Die Angst vor dem Unerklärlichen. Deswegen meinen Menschen wie Sie, meint der moderne Mensch von heute, es genüge, den Verstand zu benutzen und damit alles, was untergründig ist, zu beherrschen. Aber selbst, wenn Ihnen das gelingen sollte: Sie werden damit nur die Fantasie verlieren. Und wenn auch die Fantasie Monstren und Alpgespinste gebiert, so lässt sie uns doch teilhaben am Abglanz der Schöpfung: der Schönheit. Sehen Sie, die Schönheit, das mag dieser junge Mann hier sein«, Kupffer zeigte erneut auf seine Skizzen, »es kann aber auch der blühende Ginster dort drüben sein oder der blaue Himmel, das weite Meer ... Aber das ist nur die *eine* Seite der Schönheit. Die Schönheit hat *zwei* Gesichter. Sie quält uns auch und droht uns zu zerstören: Die Schönheit eines fremden Leibes, den wir ansehen, aber nie besitzen werden. Die Schönheit eines blühenden Pfirsichzweiges, der bald verwelken wird. Aber auch die Schönheit eines feuerspeienden Berges, dessen rote Lavabrocken in den Himmel schießen und der den Menschen ringsum – sei es in Pompeji oder vielleicht auch einmal in Sciacca – Tod und Verderbnis bringen wird. Und diese schreckliche Seite der Schönheit ins Bild zu setzen, ist vielleicht die höchste Aufgabe der Kunst. Denn die Kunst will nichts kleinreden und nichts verbergen, nichts erklären und nichts lächerlich machen, sie will nur den Abglanz des Göttlichen wiedergeben.« Hoffmann nickte zögerlich. Ihm schwirrte der Kopf.

»Und so«, fuhr Kupffer, der sich warm geredet hatte, fort, »können Sie die Rauchsäule dort sehen: Ich weiß nicht genau, was sich da geologisch tut. Aber ich weiß, dass sich Großes vollzieht, die andere Seite der Schönheit, die schreckliche, aber nicht minder wertvolle. Wenn Sie, Professor, glauben, Sie könnten mit Ihren Formeln und Instrumenten näher an das Geheimnis gelangen, haben Sie sich getäuscht. Vielleicht entsteht dort draußen gerade eine Insel. Sie werden sie erkunden, untersuchen, beschreiben. Man wird Ihnen vielleicht die Ehrenwürde einer Akademie verleihen. Sie werden glauben, die Menschheit einen Schritt vorangebracht zu haben. Aber all das ändert die Insel dort draußen nicht. Sie wird dadurch in ihrer schrecklichen Schönheit weder verloren noch dazugewonnen haben. Sie steht über Ihnen, über uns. Sie wird noch existieren, wenn Sie längst vermodert sind, und mit Ihnen Ihre klugen Abhandlungen. Es liegt mir fern, Ihr ehrliches wissenschaftliches Bemühen zu verunglimpfen. Mir liegt vielmehr daran, mein Staunen über Schönheit, wie ich sie verstehe, in eine dem Menschen verständliche Sprache zu übersetzen. Diese Sprache ist meine Kunst. Und wenn der eine oder andere jetzt oder in künftigen Zeiten fasziniert vor meinen Bildern steht, habe ich den Abglanz dieser Schönheit in sein Herz gelegt. Mehr will ich nicht. Ich bin nur ein Mittler. Und nun muss ich wie Diogenes bitten: Gehen Sie mir aus der Sonne – auch wenn es der Mond ist, der bereits auf uns scheint.«

Kupffer wandte sich wieder seiner Staffelei zu und spachtelte Farbe auf die Leinwand. In Hoffmanns Kopf wirbelte vieles durcheinander. Er stammelte einen Gruß und ging im Dämmer der blauen Stunde ins Städtchen zurück.

Als er um die Ecke bog, sah er eine junge blonde Frau in rotem Kleid, um Kopf und Schultern ein schwarzes Seidentuch, zum Postmeisterhaus eilen. Der Professor überlegte kurz, ob er auf sein Zimmer gehen sollte. Vermutlich begegnete er Graziani. Auf den hatte er aber keine Lust. Nachdenklich schlug er daher die andere Richtung ein. Aus einigen Fenstern glaubte er Blicke auf sich zu spüren. Er kam sich wie ein Eindringling vor. Vergessen war das königliche Dekret, vergessen die Expedition. Rasch brach die Nacht herein. Die Luft lastete schwer und süß auf allem. Grillen zirpten, Glühwürmchen tanzten. Hoffmann stieg eine Gasse hinan, die aus dem Ort hinausführte. In der Ferne heulte ein Hund.

Zwei Damen und
ein romantischer Dichter

IN MADAME PAULINE DE CHERMETTES Londoner Salon trafen sich
Politiker und Künstler, Geschäftsleute und Gelehrte. Die sonst
eher kühlen Briten, denen Nieselregen und Nebel aufs Temperament schlugen, fingen in Anwesenheit der Französin stets
Feuer. Madames Gesellschaft löste Zunge und Herz. Dass sich bei
ihr Ober- und Unterhaus begegneten, trug erheblich zum Staats-
wesen bei.

Pauline de Chermette war eine gefragte Frau. Umso gelegener
kam ihr an einem Augusttag 1831 die Aussicht auf ein paar freie
Stunden, die sie bei jenem würzigen Tee zu verbringen gedachte,
den ihr vor wenigen Tagen ihre Freundin Ophelia Grey hatte
zukommen lassen. Pauline saß auf ihrer beschatteten Terrasse und
hatte sich in einem Roman festgelesen, der im Jahr zuvor erschienen war, das Buch eines Amerikaners namens George Washington
Custis, die rührende Geschichte um Pocahontas und Captain John
Smith. Pauline wischte sich eben eine Träne aus dem Augenwinkel, als die Dienerin meldete, Lady Grey sei gekommen. Ungern
legte Pauline »Pocahontas« beiseite, hatte aber Liebesfreud und
Liebesleid der schönen Indianerin bereits im nächsten Augenblick
vergessen. Lady Grey trat auf die Terrasse, ihr voran schwebte ein
Duft nach Zitrone und Pomeranze, gekrönt von einer Note Vetiver.

»Chérie«, Pauline küsste die Freundin auf die Wangen, »verrate mir, welches Parfüm das ist!«

»›Mystère de la Sicile‹«, antwortete Lady Grey. »Ich habe es aus Neapel mitgebracht.«

»Hast du den jungen König gesehen?«

»Ich wurde ihm vorgestellt, auf einem Ball bei Hofe. Ein attraktiver, strammer Mann. Er drückte mir die Hand und machte eine Bemerkung über die Noblesse von Englands Töchtern.«

»Tee, Ophelia? Es ist deine Mischung, oder besser: die deines Vaters.« Madame de Chermette goss ein. »Könnte man vielleicht noch mit Limette oder Kornblume verfeinern. Oder mit Pomeranze. Womit wir beim Thema wären: ›Mystère de la Sicile‹.«

»Ja, ich mag den Duft sehr.«

»Ich meine nicht den Duft, meine Liebe. Ich meine das Geheimnis. Sizilien schenkt uns ein Geheimnis.«

»Ein Geheimnis?«

»Ich verrate es dir von Freundin zu Freundin, unter dem Siegel strenger Vertraulichkeit, du verstehst …« Madame de Chermette legte ihren Finger auf den Mund. Lady Grey fasste sich verschwörerisch ans Herz. »… Also, ich weiß aus verlässlicher Quelle, einer der hohen Herren aus Regierungskreisen hat es mir beim Tête-à-tête gesteckt – es war übrigens nicht dein Vater –, dass vor der Küste Siziliens ein unterseeischer Vulkan vor dem Aufstieg ans Tageslicht steht. Wir erleben die Geburt einer Insel! Einer Insel, die für Großbritannien von Bedeutung sein kann, man denke nur an die Sicherung des Seewegs von Gibraltar nach Ägypten. Männerthemen, ich weiß, aber es geht um England. Und wir sollten, *du* solltest allen Einfluss geltend machen, für England das Beste zu tun. Diese Insel muss in britischen Besitz gelangen. Dein Einfluss auf deinen Vater …«

»Du erzählst mir nichts Neues«, unterbrach Lady Grey die Freundin, »ich habe bereits davon gehört.«

»Dachte ich's mir doch. Dein Vater kann in politischen Dingen vor seiner Familie anscheinend nicht schweigen?«

»Nein, von ihm weiß ich es nicht. Aus anderer Quelle. Ich vermute, dieselbe, aus der du schöpfst …«

»Du verkehrst mit Mitgliedern des Kabinetts?«

»Pauline, was denkst du von mir? ... Nein ... die ›Quelle‹ hat neulich beim Whist-Spielen mit einem befreundeten Dichter über die Angelegenheit gesprochen, so en passant. Von diesem Dichter wiederum, mit dem ich mich hin und wieder über die schöne Literatur austausche, habe ich davon erfahren.«

»Von wem sprichst du, meine Liebe?«

»Von Sir Walter Scott.«

»Nein!« Pauline erblasste.

»Doch! Meine Verbindungen reichen weiter, als du denkst. Sir Walter Scott ist auf das Eiland neugierig geworden. Ein ›romanesker Stoff‹, so äußerte er sich.«

»Er plädiert also auch dafür, die Insel für England in Besitz zu nehmen?«

»Pauline, Dichtung und Politik funktionieren verschieden. Hier ist natürlich auch von England die Rede, aber erst in zweiter Linie. Zuerst geht es um ein höheres Menschheitsgefühl, um das ›Romaneske‹. Und wo das ›Romaneske‹ ist, ist auch das ›Romantische‹ nicht weit.«

Madame de Chermette lächelte spöttisch.

»Du brauchst nicht so zu blicken!«, beharrte Lady Grey. »Scott ist ein Visionär. Das Romantische ist zunächst einmal die Einsamkeit. Und was könnte einsamer und daher romantischer sein als eine jüngferliche Insel?«

»Nur dass die Insel nicht lange jüngferlich bleiben wird. Bist du dir im Klaren darüber, dass wir das Eiland für England in Besitz nehmen müssen, bevor andere es tun? Dein strammer junger König, der dir in Neapel die Hand geküsst hat ...«

»Er hat sie nicht geküsst, er hat sie mir gereicht ...«

»Nun, dieser händereichende König wird seine Hand auch nach der Insel ausstrecken. Darum darf England nicht zögern.«

»England wird nicht zögern!«

»Ich fürchte, es wird. Mein Informant sagte mir, die Regierung sei sich unschlüssig.«

»Umso besser für Sir Walter«, meinte Lady Grey schnippisch. »Er weiß, was zu tun ist.«

»Was?«

»Es gibt Dinge, Pauline, die werde ich nicht einmal dir verraten.«

»Du spielst die Geheimniskrämerin?«

»Das ist schlicht Diplomatie.«

»Ein glattes Parkett, auf das du dich wagst.«

»Ein Parkett, das eine, die bereits auf einem Ball am Hof von Neapel getanzt hat, gut kennt.«

»Und würdest du auch auf einem Vulkan tanzen?«

»Wenn Sir Walter es wünscht, weshalb nicht?« Lady Grey fächelte sich kokett Luft zu.

»Heißt das, Sir Walter und du, ihr werdet gemeinsame Sache machen?«

»Wie sprichst du?« Lady Grey klappte den Fächer zu. »›Gemeinsame Sache machen.‹ Das klingt, als hätten wir ein Komplott geplant. Sir Walter und ich sind uns darin einig, dass sich in dieser Welt der Moderne das Romantische auf einen letzten Punkt zurückziehen muss, um von dort die Welt erneut zu entzünden.«

»Auch wenn es das Feuer eines Vulkans wäre?«

»Selbst dann!« Lady Grey stand trotzig auf. »Und jetzt entschuldige mich. Ich habe noch zu tun.«

»Bei Sir Walter Scott?«

»Genau! Mehr verrate ich aber nicht.«

»Es war mir eine Freude«, stichelte Madame de Chermette, »dich in meinem unromantischen Heim begrüßen zu dürfen. Auch ich habe noch zu tun. Ein französischer Diplomat hat sich angesagt.«

»Pauline, selbst du tanzt gern auf einem Vulkan! Vergiss nicht, was du vorhin über Englands Interessen gesagt hast. Und jetzt ein französischer Diplomat ...«

»Keine Sorge. Man muss falsche Fährten legen ...«

»Auf denen man sich bisweilen selbst nicht mehr zurechtfindet?«

»Eine Warnung, die auch du beherzigen solltest. Was weißt du schon groß über diesen Scott?«

»Dass er ein Gentleman ist.«

»Und das genügt dir?«

»Ja, Pauline. Leb wohl.«

»Auf Wiedersehen, Ophelia, und sei es auf einer fernen Insel.«

»Pauline, wir Engländer sind Inselmenschen.« Lady Grey wedelte erregt mit ihrem Fächer. »Was also wäre daran so ungewöhnlich?«

»Die romantische Situation vielleicht?« Madame de Chermette reichte der Freundin mit einem begütigenden Lächeln die Hand. »Dieses ›Mystère de la Sicile‹ – wirklich außergewöhnlich. Es kann einem fast Fernweh bereiten.«

Kupffers Visionen

KUPFFER LAG MIT HOHEM FIEBER, schweißdurchnässt und fantasierend im Bett. Rosalia flößte ihm Lindenblütentee ein, bereitete kalte Umschläge und zündete in der Kirche sogar eine große Opferkerze für ihn an. Diese Sonderausgabe wollte sie dem Maler auf die Zimmerrechnung setzen. Don Sebastiano, der die Kerzenspenderin von der Sakristei aus beobachtet hatte, musste bei ihrem Anblick an die heilige Maria Magdalena denken, die sich ebenfalls von der Sünderin zur frommen Frau gewandelt hatte.

Was war der Auslöser für Kupffers Fieber gewesen? Miasmen, die seit einigen Tagen vom offenen Meer an Land zogen? Hatte die sengende Sonne den Maler geschwächt? Er selbst kannte die Ursache. Sie hatte die Gestalt eines Engels: Angelo.

Die Schönheit, deren beide Gesichter der Maler zu kennen glaubte, hatte eine ganz neue Facette gezeigt. Und Finger bekommen, lange Finger. Aus Kupffers Geldsäckel, der unter seiner Matratze versteckt lag, waren vier Silbermünzen verschwunden. Der Verdacht war auf Angelo gefallen. Der hatte gesehen, wo der Beutel lag, als Kupffer sein Modell zuletzt bezahlt hatte. Für seine Vermutung hatte der Maler keinen Beweis – und schwieg. Aber Aufregung und Enttäuschung hatten seinen Nerven zugesetzt und sich in einem heftigen Fieber niedergeschlagen.

Kupffer erholte sich. Rosalia schob das auf die Fürsprache der Heiligen. Er allein wusste, was ihn wieder auf die Beine brachte.

Denn als am dritten Tage seines Fieberwahns ein blasser Engel an seinem Bett erschien, auf einem Tablett ein Stück Brot, ein Teller Suppe und vier Silbermünzen, verlangte Kupffer Papier, Pinsel und den Kasten mit den Aquarellfarben. Angelo stammelte wirre Entschuldigungen und begann, den Kranken zu füttern. Der aber stieß den Löffel weg und befahl mit klarer Stimme: »Die Farben!« Das Geld war vergessen, die Enttäuschung auch. Kupffer sah nicht Angelos schönes, schuldbewusstes Gesicht, sondern blickte in einen schwarzen, von gellenden Stimmen widerhallenden Tunnel, an dessen Ende aber ... – Im Nu war der Maler angezogen, heftete das dicke Papier mit Nadeln auf eine Holzplatte und grundierte es mit wenigen breiten Pinselstrichen.

Angelo war unheimlich zumute. Vielleicht, so dachte er, setzte die Krankheit Kupffers Hirnstübchen zu? Es schien ratsam, das Spiel mitzuspielen, denn recht bald würde das Fieber dem Maler den Pinsel ohnehin aus der Hand schlagen. Rosalia war nicht zu Hause. Und Michele flickte unten am Hafen Netze. Also ging Angelo in die Küche und holte noch Deftigeres zur Stärkung des Kranken: Räucherschinken und eine Karaffe mit Rotwein.

Als er wieder in Kupffers Zimmer kam, traute er seinen Augen kaum: Der Maler warf, als wäre er nicht eben noch fiebernd dagelegen, mit sicheren Pinselstrichen ein Bild aufs Papier. Angelo trat leise hinter ihn: Auf die Grundierung hatte Kupffer eine bleigraue, aufgepeitschte Meeresszenerie gelegt. Über dem Horizont gewitterte ein grüngelber Himmel. Aber nicht allein die schwefelige Giftigkeit der Wolken und die gleißende Helle der Blitze ließen Angelo den Atem stocken. Im Vordergrund sah er ein Fischerboot hilflos in den Wogenkämmen krängen. Seitlich des Bugs befand sich eine Plakette. Angelo entzifferte das Wort »Marina«. Das Boot seines Schwagers!

Die Fischer krallten sich an Ruder und Tauen fest, während ein Brecher über sie hinwegging. In der Mitte des Bildes, wo sich der Horizont zwischen aufgepeitschtem Meer und blitzdurchzucktem

Himmel schwach abzeichnete, erhob sich ein graues Ungetüm. Kupffer tunkte den Pinsel in weißgelbe Farbe. Mit sicherer Hand setzte er einen leuchtenden Fleck auf die Bergkuppe – das Auge eines Dämons. Mit einem weiteren Pinselstrich, jetzt glutrot, ließ er dieses Auge auslaufen. Ein Feuerbach strömte über die Bergflanke und ergoss sich ins Meer.

Angelo blickte erneut auf den Vordergrund. Jetzt erkannte er, dass einer der Fischer die Hand abwehrend hob – aber nicht gegen die Wellenkämme, nicht gegen die Blitze, die vom Himmel wütend in die Wogen hinabfuhren, sondern gegen den Berg. Kupffer hatte mit feuriger Farbe an ein paar Stellen die Flanke aufgerissen. Ein böses Tier aus der Urzeit schien im Berginnern zu hausen und ausbrechen zu wollen.

Mit einem Mal erwachte Kupffer aus seiner schöpferischen Ekstase. Er legte den Pinsel nieder und wandte sich um, sah Angelo mit seltsam geweiteten Augen an, sah durch ihn hindurch ...

»Es ist so weit«, murmelte er fast tonlos.

Angelo schluckte, flüsterte: »Was?«

»Die Insel!«

Angelo verstand. Die Erzählung der Fischer. Die Rauchsäule. Die große Welle, die die Boote im Hafen zerschmettert hatte. »Sie taucht also auf?«

»Sie ist bereits aufgetaucht!«

Es klopfte an der Tür. Rosalia trat ein.

»Geht es Ihnen besser, Signore?«

Kupffer nickte abwesend.

»Es ist ...«, Rosalia hielt einen Brief in Händen. »Ich war beim Postmeister. Hier ein Schreiben seines Untermieters, des deutschen Professore.« Sie blickte ihren Bruder scharf an: »Was tust du hier? Steh nicht herum und halte Maulaffen feil.«

»Ich habe doch nur etwas zu essen und zu trinken gebracht ... Er hat gemalt. Da!« Angelo zeigte auf das noch feuchte Bild.

Rosalia riss die Augen auf: »Die Insel im Meer!«

Kupffer überflog inzwischen den Brief. Hoffmann wollte anderntags sein Schiff rüsten und hinaussegeln, um die Rauchsäule zu beobachten. Ob Kupffer die Expedition als wissenschaftlicher Zeichner begleiten wolle? Der Maler nickte, als stünde Hoffmann vor ihm. »Bin selbst darauf gespannt …«, murmelte er.

Jemand polterte die Stiege herauf. Michele riss, nach Atem ringend, die Tür auf.

»Die Rauchsäule! Ich meine … es ist mehr! Durchs Fernrohr kann man es erkennen!«

»Haben Sie eines?«, wollte Kupffer wissen.

Michele schüttelte den Kopf. »Aber der Spitzel aus Neapel –«

»Graziani?«, fragte Rosalia.

»Ja, der hat eines. Er sagt, ein Berg steigt aus dem Meer empor.«

»Das Ende der Welt! Hochwürden hat recht!«

»Unsinn!«, erwiderte Kupffer scharf. »Ein Naturphänomen.« Er wandte sich an Rosalia: »Signora, gehen Sie zu Professore Hoffmann und sagen Sie ihm, ich bin bereit! Er soll mich morgen abholen kommen!«

»Aber Sie sind krank!«

»Ach was. Gehen Sie schon.« Kupffers Augen funkelten.

Rosalia machte einen ungeschickten Knicks, wobei der Saum ihres Kleides gefährlich verrutschte, und eilte hinaus, Michele ihr nach.

Angelo wollte das Tablett nehmen, doch Kupffer hielt ihn am Arm zurück.

»Warte. Wer weiß, ob ich lebend von der Expedition zurückkomme. Vielleicht werde ich ja zwischen Scylla und Charybdis zermalmt.« Er schmunzelte.

Angelo schauderte. Was waren das für Gestalten, die Menschen zermalmten?

Kupffer schob ihm die vier Silbermünzen zu. Angelo öffnete den Mund, wollte eine Erklärung, eine Entschuldigung stammeln, doch der Maler legte ihm den Zeigefinger auf die Lippen.

»Einmal noch, Angelo.« Kupffer hatte die Stimme verschwörerisch gesenkt.

Angelo nickte, schloss die Augen. Kupffer schob die Tür ins Schloss.

»Zieh dich aus!«

Der Maler zog den Vorhang zu. Das abgemilderte Licht ließ alle Konturen verschwimmen, als stünden sie unter Wasser. Angelos nackter Körper tauchte in dieses Licht ein. Kupffer griff zum Rötelstift. Von ferne hörte man Grollen. Hunde schlugen an.

Des Postmeisters
vaterländischer Eifer

ROSALIA ÜBERMITTELTE HOFFMANN die Zusage des Malers. Dann betrat sie Alessandro Sernas Büro, um ihm bei der Durchsicht der abgehenden Briefe zu helfen. Rosalia konnte zwar kaum lesen und schreiben, aber für manches Problem wusste sie doch eine pragmatische Lösung. Und Probleme gab es genug, seit sich dieser Graziani – ein abgehalfterter Polizeichef, so wurde gemunkelt – in der Stadt aufhielt. Alessandro hatte einige Tage zuvor dem dicken Mann das Vesperbrot aufs Zimmer gebracht. Der hatte rasch eine Schreibmappe zugeschlagen. »Da auf den Tisch«, hatte Graziani ihn angeblafft. Alessandro hatte in sich hineingelacht. Das Siegeln war eine vergebliche Mühe.

»Schieb den Riegel vor und setz dich her«, begrüßte Alessandro die Geliebte. »Ich habe hier einen Brief von diesem dicken Neapolitaner.«

Rosalia lümmelte sich in einen Korbsessel und legte die Beine auf den Tisch. Alessandro las ihr vor und streichelte dabei ihre Füße:

»*Lorenzo Graziani an Seine Majestät König Ferdinand.*

Eure Majestät!

Meine Befürchtungen haben sich bestätigt. Die neue Insel, zu deren Erkundung Professore Federico Offmanno ausgeschickt worden ist, scheint auf Sizilien mehr Unbill zu verursachen denn auf hoher See.«

»Unbill?«, fragte Rosalia.

»Ungemach«, erklärte Alessandro.

»Wie geschwollen«, lachte Rosalia.

»Sei still«, sagte Alessandro zärtlich, strich mit der flachen Hand über ihr Knie und las weiter:

»Die Insel ist heute Nachmittag aus den Fluten aufgetaucht. Ich konnte es durch ein Fernrohr beobachten. Der Vorgang ist noch nicht abgeschlossen. Bislang ragt eine vulkanische Bergspitze, die Feuer, Asche und Lava speit, ein Stück aus dem Wasser. Ich vermute, dass die Insel noch wachsen wird. In den nächsten Tagen wird Professore Offmanno hinausfahren und das Eiland erkunden. Angeblich wünscht er, dass ein hier weilender deutscher Maler namens Kupffer ihn als wissenschaftlicher Zeichner begleitet. Diese Ausweitung der Expedition um einen Mann, der meines Erachtens nicht zuverlässig ist und um dessen Reputation –«

»Repuwas?«, unterbrach Rosalia.

»Keine Ahnung«, Alessandro zuckte die Schultern, »also ...:

um dessen Reputation es nicht zum Besten steht, erweist sich als fragwürdig hinsichtlich der Geheimhaltung unseres Projekts und der Interessen Eurer Majestät und des Königreichs beider Sizilien.«

»Was will er damit sagen?«, fragte Rosalia.

»Ich glaube, der Kerl will uns am Zeug flicken. Aber weiter:

Majestät erlauben mir hinzuzufügen, dass ich sowohl Professore Offmanno als auch besagten deutschen Maler für nicht loyal halte, desgleichen die Bewohner von Sciacca. Mir ist in Gesprächen zum Ausdruck gebracht worden, dass das eine Angelegenheit des sizilianischen Volkes sei und sich die Herren aus Neapel nicht einzumischen hätten. Erlauben Sie, meine persönliche Meinung untertänigst anzubringen, derzufolge ich die Hiesigen für dumm, bösartig und gegenüber der huldreichen Herrschaft Eurer Majestät für renitent, ja aufrührerisch halte.«

»Dieser Schuft!« Rosalia streckte einem imaginären Gegenüber die Zunge heraus.

»Ich empfehle daher Eurer Majestät, Professore Offmanno Auftrag und Vertrauen zu entziehen. Es ist im Sinne der Staatsräson – wenn

ich mir diese persönliche Anmerkung gestatten darf – dringend
anzuraten, anstelle Offmannos einen neapolitanischen Landsmann
einzusetzen, darüber hinaus auf schnellstem Weg ein Korps Kaval-
lerie nach Sciacca zu entsenden, zudem ein Kriegsschiff mit aus-
reichend Soldaten und Artillerie. Majestät, das Volk folgt einzig der
Knute. Zudem gebe ich zu bedenken, dass man in London und Paris
durchaus Interesse an einer neuen, strategisch so exzellent gelege-
nen Insel finden kann.

Handeln Sie, Majestät, bevor es zu spät ist! Ich erbitte schnellstmög-
liche Weisung.

In ergebenster Unterwürfigkeit empfehle ich mich als Ihr allzeitiger
Diener Lorenzo Graziani.«

»Ergebenste Unterwürfigkeit?«, fragte Rosalia. »Was hat das alles
zu bedeuten?«

Alessandro zuckte mit den Schultern. »Genau hab ich's auch
nicht verstanden. Aber es hört sich nicht gut an.«

»Liebster«, meinte Rosalia – Alessandros Hand war höher
gewandert –, »›unterwürfig‹ hört sich gut an.«

Wenig später lagen Alessandro und Rosalia im Bett. Das Zimmer war nur spärlich von zwei Kerzen erleuchtet. Genug, um den
Postmeister seine Arbeit verrichten zu lassen. Wie alle treuen
Untertanen Seiner Majestät ruhte auch er nicht einmal bei Nacht,
wenn es um das Vaterland ging.

Bei seinem Mieter Hoffmann hatte er ein paar Bogen Bütten-
papier (mit dem Wasserzeichen der Göttin Berolina) organisiert.
Eifrig tunkte er den Federkiel in das Tintenfass, das auf dem
Nachttisch stand. Hin und wieder fiel ein Tropfen auf das Laken
oder Rosalias nackten Rücken. Alessandro achtete nicht darauf. Er
war ganz in seine Arbeit versunken. Grazianis Schrift nachzuah-
men, fiel ihm nicht allzu schwer. Schwieriger war es, die Kanzlei-
sprache zu imitieren.

Rosalia versuchte einmal, eine Formulierung vorzugeben, doch
er biss ihr ins Ohrläppchen und flüsterte: »Stillhalten, sonst ver-
wackelt alles.«

Die Feder kratzte über das Papier, was Rosalia spürte und ihr wohlige Schauer über den Körper jagte. Eine irdene Schüssel auf dem wackeligen Nachttisch begann zu vibrieren. Rosalias Haarspangen, Ringe und Perlenkette, die sie dort hineingeworfen hatte, klirrten leise.

~ ~ ~

Als König Ferdinand wenige Tage später das Schreiben seines treuen Dieners, des einstigen Polizeichefs, in Händen hielt und über den vorzüglichen Fortschritt der »Expedition Imperium« – so hatte der Postmeister es im Überschwang des Schäferstündchens genannt – informiert wurde, war er mit sich, Graziani, Professore Hoffmann, seinen Untertanen in Sciacca und mit Gott und der Welt zufrieden. Mit der nächsten Extrapost – einen eigenen berittenen Kurier zu schicken, erschien ihm angesichts des reibungslosen Ablaufs nicht vonnöten – sandte Ferdinand briefliche Weisungen, wobei er Graziani eine Rehabilitierung vage in Aussicht stellte.

Wir sind von Ihren besten Absichten überzeugt,
so endete das Schreiben des Monarchen,
   doch wollen Wir zuerst einen guten Ausgang der »Expedition Imperium« abwarten.
Ferdinand war von der Titulierung des Unternehmens so begeistert, dass er bereits glaubte, sie stamme von ihm.

~ ~ ~

Alessandro las den Brief seines Königs voller Genugtuung, bevor er ihn wieder versiegelte. Auch Graziani war höchst zufrieden, schüttelte aber den Kopf über die hochtrabende Bezeichnung der Expedition. Egal. Jedenfalls schien es nur eine Frage der Zeit, dass Hoffmann demissioniert würde. Er, Graziani, würde schon nachhelfen!

Hoffmann indes hatte sich mit Kupffer in seinem Arbeitszimmer eingeschlossen. Tage zuvor waren sie durch plötzlich einbrechendes Sturmwetter an der Ausfahrt gehindert worden. Jetzt saßen sie fest und betrachteten allein durch das Fernrohr der Imagination die Geburt einer Insel. Der Professor beschrieb dem Maler die geologischen Vorgänge und erklärte ihm, welche Erkenntnisse er sich von der Expedition erhoffte und wie wichtig exakte Zeichnungen hierfür wären.

Gegenüber dem Neapolitaner hüllte sich Hoffmann dagegen in Schweigen. Graziani verunsicherte das. Er wollte mehr über die Insel wissen, in ihr lesen wie in einem Buch. An dem aber schrieb Hoffmann in einer Sprache, die in Grazianis musikalischem Gehör wie das Schreien eines Maulesels klang.

Caillacs Schwäche und Frankreichs Ruhm

PAUL DE CAILLAC, FRANZÖSISCHER BOTSCHAFTER am Hof des englischen Königs, war nicht nur ein Landsmann von Madame de Chermette, sondern auch ein spendabler Gentleman. Mit Diamanten besetzte Ohrringe hatten Pauline hingerissen, dem Gesandten das jüngste Geheimnis aus dem Dunstkreis des Premiers anzuvertrauen. Sie empfand das nicht als Verrat, sondern als Vertrauensbeweis und Dank für Stunden gemeinsamer Freuden.

Kaum eine Woche, nachdem Earl Grey von der Rauchsäule vor Sizilien erfahren hatte, befand sich Paul de Caillac auf dem Weg nach Paris. Er hatte die laufenden Geschäfte unterbrochen, um so rasch wie möglich zu seinem König, den das Volk »den Bürger« nannte, zu gelangen. Das Wohl Frankreichs lag ihm näher am Herzen als der Duft von Madame de Chermettes Bett- und Leibwäsche. So hatte sich Caillac unter einem Vorwand aus London fortgestohlen, der eigentlich keiner war: seine Blasenschwäche. Ein Übel, das ältere Männer so häufig heimsucht, dass sein Billett, das er noch an Pauline de Chermette geschickt und worin er seine Abreise damit begründet hatte, er müsse sich in den Thermalbädern der Auvergne Linderung verschaffen, keinen Verdacht erregte.

Wenige Stunden nach seiner Ankunft in Paris machte sich Caillac auf den Weg zum Louvre, um eine Audienz beim König zu erbitten. Das Wetter war strahlend, und er entschied sich, noch kurz durch die angrenzenden Tuilerien-Gärten zu spazieren. Er sah dabei das eine oder andere ihm bekannte Gesicht und grüßte flüchtig. Nach den Unruhen der Julirevolution vom vergangenen Jahr hatte sich der Geist der Sorglosigkeit erneut breitgemacht. Belustigt nahm Caillac die Dandys wahr, die im Park promenierten. Einer führte eine griechische Landschildkröte an der Leine und strafte die Blicke der Gaffer mit Missachtung.

Caillacs Blasenschwäche machte sich bemerkbar. Er entschloss sich daher, eines der nahen Cafés aufzusuchen. Eben wollte er die große Allee verlassen, als ein Raunen durch die Menge ging: »Der König! Der König!«

Schon bog Louis Philippe, auf einem Pferd reitend, aus einem Querweg. Er trug ein bürgerliches Jabot über den mit Seitenstreifen verzierten Reithosen. Kein einziger Orden schmückte seine Brust. Auf dem Haupt trug der König einen Zweispitz, auf dem eine kleine Kokarde in den Nationalfarben prangte. Verwundert sah Caillac eine Bügelfalte in des Königs Hose – was für ein Missgeschick der Wäschefrau! –, da hatte ihn Louis Philippe bereits entdeckt. Der Botschafter verneigte sich.

»Monsieur de Caillac, welche Freude, Sie wieder an den Ufern der Seine zu erblicken.«

»Majestät«, erwiderte Caillac geschraubt, »die Sonne gibt meine Empfindung wieder, die mich erfüllte, als ich in Calais französischen Boden betrat.«

»Der Dienst in London so arg?«

»Keineswegs. Eine Pflicht, die ich für Frankreich mit Freuden tue.«

»Was führt sie her?« Der König dirigierte sein Pferd seitwärts. Caillac stand an dessen Flanke und stierte auf die von der Falte verunstaltete Hose. Seine Blase sandte einen stechenden Schmerz aus.

»Ich ... freue ... mich«, stöhnte er, »Eurer Majestät bereits heute zu begegnen ... zumal ich ... das dringende Begehren habe, Euch sofort zu sprechen ...«

»So?«

»... andererseits habe ich Angelegenheiten vorzutragen, die nicht für die Öffentlichkeit bestimmt sind«, Caillac wandte andeutend den Kopf zur Menge, »Dinge von äußerster Geheimhaltung.«

»So, so?« Louis Philippe hob fragend die Augenbrauen. Sein neben ihm zu Ross sitzender Adjutant tuschelte ihm etwas ins Ohr.

»Nun«, fuhr der König fort, »dann wollen wir uns schleunigst ins Schloss begeben, um die Angelegenheit unter vier Augen zu besprechen.«

Caillac nickte. Er konnte kaum noch aufrecht stehen.

Louis Philippe winkte seinem Adjutanten zu, der vom Pferd stieg und es Caillac anbot. Dem stand kalter Schweiß auf der Stirn.

»Ma-ma-jestät«, stammelte er, »ich ... kann nicht.«

»Sie! Ein bretonischer Edelmann!«, lachte Louis Philippe.

»Ein körperliches Gebrechen!« Caillac stiegen Tränen in die Augen.

»Dann wäre es doch besser, wir vertagen unser Rendezvous? – Es sei denn, Sie sagen mir kurz und bündig, worum es geht?«

»Eine ... Angelegenheit mit ... geheimem Charakter!«, keuchte Caillac.

»Aber Sie können mir doch wenigstens verraten, ob es sich um eine Person oder eine Sache handelt?«

»Eine Sache, Majestät.«

»Aha, kommen wir der Angelegenheit schon näher. Warm, wärmer, heiß, nicht wahr?« Der König hob belustigt die Augenbrauen. Der Botschafter starrte gekrümmt auf die Bügelfalte.

»Caillac?«

»Ja?«

»Ich warte auf weitere Hinweise. Auch wenn ich die blinde Kuh in Ihrem Spiel bin, will ich doch nicht der Ochse sein.«

»Es geht um eine Insel.«

»Eine Insel? England?«

»Eine Insel in einem südlichen Meer ... die Zahl der Zuhörer«, Caillac deutete mit von Tränen trüben Augen in die Runde, »verbietet es mir, die Position zu verraten ... eine Insel, die von den Engländern heiß begehrt wird.«

»Aaaah, ich verstehe«, nickte Louis Philippe. Er hatte in seiner Jugend Kapitän Cooks Bericht über die Weltumsegelung und die Entdeckung Tahitis gelesen, eine Insel, die als Garten Eden gelten konnte – von den Engländern entdeckt, von den Franzosen in Besitz genommen und besiedelt. »Ja, so ein glückliches Eiland«, schwärmte der König. »Wer würde es nicht gern selbst betreten und dort Nachkommen zeugen?«

»Zumindest«, meinte Caillac – das Stechen im Unterleib ließ gerade etwas nach –, »es für Frankreich in Besitz nehmen.«

»Eben das kam auch mir in den Sinn«, lachte der König. In seiner leutseligen Art hatte er Gefallen an dem Spiel gewonnen. »Sehen Sie, auch wenn ich eine blinde Kuh bin, so finde ich doch mein Fressen.«

»Majestät!«, Caillac machte eine abwehrende Geste.

»Nein, nein, *die* Freude müssen Sie mir lassen! Erst führen Sie mich als Kuh aufs Eis, und jetzt, wo ich eine Insel geschaut habe, dürfen Sie das arme Tier nicht schon wieder von dort verscheuchen!« Louis Philippe war stolz auf seine – wie ihm schien – originellen Metaphern.

Caillac suchte nach Worten. »Es ist ... nicht so einfach. Ein Schiff müsste beordert werden. Matrosen und Seesoldaten. Man bräuchte Vollmachten ...«

»Sollen Sie haben!« Der König schlug sich auf den Schenkel. »Schließlich weiß ich in Ihnen einen verantwortungsbewussten Mann.«

Caillac sackte vor Schrecken ein wenig zusammen. Der stechende Schmerz im Unterleib kehrte jetzt mit Gewalt zurück. »Ich ... weiß nicht, ob ich der richtige Mann ... ich habe im Seewesen keine Erfahrung.«

»Sie sollen ja nicht selbst das Steuer übernehmen.«

»Also ... ich ...«

»Keine Widerrede, Caillac! Sie segeln! Mein Adjutant wird die nötigen Ordres schreiben. Kommen Sie morgen Punkt zehn Uhr in den Louvre und holen Sie die Schriftstücke ab. Mehr will ich nicht wissen, schließlich ist Geheimhaltung angesagt.«

Caillac verneigte sich, soweit seine Blase es zuließ.

»Eines noch!« Der König beugte sich ein Stückchen zu seinem Botschafter hinab. »Eines müssen Sie mir schon noch verraten. Welche Schätze birgt denn das Eiland? Gold? Silberminen? Gibt es dort Muskatbäume? Zuckerrohr? Sind die Bewohner verständig und friedlich? Oder sind sie Menschenfresser?«

»Nichts von alledem, Majestät«, flüsterte Caillac beschämt.

»Wie? Ich höre nicht mehr so gut.«

»Nichts«, sprach Caillac lauter, »ich meine, nichts von diesen Dingen ... aber ... andere ... ungeahnte ...«

»Ungeahnte was?«

»Majestät, mit Rücksicht auf meine körperliche Lage ...«, flehte Caillac. Er konnte nur noch gekrümmt stehen.

»Körperliche Lage?« Der König verstand kein Wort.

»Meine Gesundheit ... oder vielmehr: mein Unwohlsein. Die Insel ...«

»Aaaah, verstehe! Die Insel besitzt heiße Quellen, heilsame Sprudel, ein angenehmes Klima, gute Luft, trockene Winde! Umso besser, Caillac, dann sind Sie ja nicht nur auserkoren, sondern wie geschaffen für die geheime Mission! Sie als der erste Patient des neuen Gartens Eden! Oder besser: der erste Rekonvaleszent! Gesund und munter werden Sie von der Inselkur zurückkehren! Wie eine Gämse werden Sie hier durch die Tuilerien springen!« Louis Philippe wurde von seiner Begeisterung mitgerissen. »Dann segeln Sie nur, und als zweite Ordre neben der Inbesitznahme für Frankreich gebe ich Ihnen mit auf den Weg, dort einen Kurort zu gründen, für die Bürgerinnen und Bürger Frankreichs. Denn mal ehrlich: jedes Jahr Vichy, das langweilt auf Dauer doch. Fahren Sie, Caillac, mit Gott und für Frankreich. Exportieren Sie französische Lebensart in die exotische Welt, kehren Sie zurück als gesundeter Mann und bringen Sie den Söhnen und Töchtern Frankreichs die frohe Kunde mit, dass es Heilung gibt von ihren Malaisen auf der wiedergefundenen Insel der ewigen Jugend! Adieu!«

Euphorisiert gab der König das Zeichen zum Aufbruch, der Tross setzte sich in Bewegung und trabte Richtung Louvre davon. Caillac, am Ende seiner Kraft, von Schmerzen schier übermannt, klammerte sich an ein Bäumchen. Auf See gehen? Die Insel für Frankreich in Besitz nehmen? Einen Kurort gründen? Wie um alles in der Welt hatte das Gespräch solch eine Wendung nehmen können?

Er wartete noch ein paar Augenblicke, bis die königliche Entourage in einer Staubwolke verschwunden war. Heiß und gnadenlos brannte die Sonne hernieder. Caillac nestelte an seiner Halsbinde. Die umstehenden Bürger hatten sich zerstreut. Er sah sich um. In etwa zwanzig Metern Entfernung war ein dichtes Rhododendron-Gehölz. Er schwankte darauf zu, fingerte, noch bevor er es erreicht hatte, an seinen Hosenknöpfen. Als er endlich in den Büschen kauerte und sich erleichterte, schaute er tränenfeuchten Blicks auf seine herabgelassene Hose. Morgen zum Bügeln geben!, war sein letzter Gedanke, bevor er von einem Weinkrampf geschüttelt wurde.

Willkommen auf Graham Island!

NOCH VOR TAG STAND FRIEDRICH HOFFMANN AUF. Bereits am
Abend zuvor hatte er eine Kiste mit Kleidung, Schreibzeug, Büchern
und Messgeräten gepackt. Jetzt nahm er nur einen Schluck Wein
zu sich und aß hastig ein Stück Brot, da hörte er schon Angelo vor
dem Haus. Als Hoffmann vor die Tür trat, schlug ihm eine emp-
findliche Kälte entgegen. Nach den Stürmen der letzten Tage war
die Nacht sternenklar und von unnahbarer Schönheit gewesen.
Nur eine Laterne in Angelos Hand strahlte an diesem frühen, noch
farblosen Morgen etwas Geborgenheit aus. Sie banden die Kiste
auf den Rücken eines Esels. Alles geschah wortlos. Hoffmann nahm
selbst die Zügel des Tiers.

Der Professor dachte an die Auseinandersetzung, die er tags
zuvor mit Graziani gehabt hatte. Er hatte sich geweigert, den Spitzel mit aufs Meer hinauszunehmen.

»Dann werde ich das Seiner Majestät nach Neapel berichten«,
hatte Graziani gebrüllt.

»Ich bitte darum«, hatte Hoffmann lakonisch geantwortet.

Graziani hatte sich daraufhin noch in der Nacht hingesetzt und
ein paar wütende Zeilen aufs Papier geworfen, worin er den Deutschen als »disfattista« und »traditore« bezeichnete. Das Schreiben
hatte er anschließend zusammen mit ein paar Münzen unter
Sernas Tür hindurchgeschoben und sich gewundert, dass ein heller Schein aus der Ritze hervorquoll. Was hatte ein Provinzpost-

meister so spät in der Nacht noch zu tun? Graziani war kopfschüttelnd zu Bett gegangen, ein tiefer Schlaf hatte ihn rasch aller
Fragen enthoben.

Wortlos gingen Hoffmann und Angelo zum Hafen hinab. Ein
erster Lichtschein glomm am östlichen Horizont. In dessen
Schimmer erschien die Szenerie beinahe gespenstisch: Auf dem
Schiff hantierten stumm die Matrosen. Angelo und ein Seemann
wuchteten die Kiste vom Rücken des Esels, der nun zum ersten
Mal in die Stille hinein schrie. Von den umgebenden Häuserwän-
den hallte es wider. Hoffmann ging über die Brücke zum Schiff.
Dort tauchte Kupffers müdes Gesicht auf. Die Männer begrüßten
einander.

»Na, eben ausgeschlafen sind Sie nicht«, meinte Hoffmann.

Kupffer winkte ab. »Ich habe bis in den Morgen hinein gearbeitet.«

»Sie wissen, wie wichtig die Expedition ist.«

»Die Schönheit kommt vor der Wissenschaft«, murmelte der
Maler. Sein Blick fiel auf Angelo, der am Kai stand und den Kopf
abwandte. Kupffer fühlte sich elend. Er suchte nach einem Wort.
In diesem Augenblick kam Graziani angeschnaubt. Er war unge-
kämmt, schweißnass glänzte die Stirn.

»Professore!«, geiferte er. »Glauben Sie, der König wird es gut-
heißen, wenn Sie sich auf eigene Faust aufmachen, die Expedition,
die von Seiner Majestät selbst ...«

Er fiel über ein Seil und kippte wie ein gefällter Baum vornüber.
Angelo eilte hinzu, um ihm hochzuhelfen, doch Graziani rappelte
sich unerwartet behände auf.

»Offmanno!«, keifte er. »Ich komme jetzt an Bord! Sie werden
mir das nicht verwehren!« Mit ein paar Sprüngen war er an Deck.

Hoffmann hob beschwichtigend die Hand und gab ihm ein Fernrohr: »Hier, damit Sie auch alles recht gut auskundschaften können.«

Schnell waren die letzten Handgriffe getan, der Anker gelichtet, die Leinen gelöst. Die Sonne stieg eben über die Hügel, ein
leichter Ostwind erhob sich.

»Ein gutes Omen«, meinte Hoffmann zu Kupffer. Der wiegte bedächtig den Kopf und blickte zu Angelo, der noch immer am Kai stand. Der Maler hob zum Abschied die Hand. Dann wandte er sich um und schloss die Augen. Er spürte den kühlen Morgenwind auf seiner Haut und hörte die Rufe der Seeleute.

Sie kamen zügig voran. Wie ein Messer schnitt das Schiff durch die Wogen. Kupffer nahm seinen Zeichenblock und skizzierte die Männer beim Reffen und Vertäuen der Segel.

Graziani stand in der Offizierskajüte. »Sind Sie sich der Position wirklich sicher?«, fragte er Hoffmann, der gerade eine Seekarte studierte.

»Die Angaben aus London sind so verlässlich, dass sich selbst die neapolitanische Marine danach richten könnte.«

»Sie zweifeln an den Fähigkeiten der königlichen Flotte?«

»Nicht doch«, antwortete Hoffmann.

»Aber Sie meinen, den Engländern gebührt der Vortritt?«

»Ich meine, die Weltmeere sind groß genug für alle seefahrenden Nationen.«

»Und was ist mit der neuen Insel, Ferdinandea?«, hakte Graziani nach. »Wenn sie zu klein wäre für zwei Nationen? Denn auf Wasser allein steht es sich schlecht.«

»Graziani, weshalb sind Sie nicht Advokat geworden?«

»Was gäbe es zu verteidigen?«

»Das Gute im Menschen?«

»Wenn ich in ihm aber eher das Schlechte vermute?«

»Dann eben ein advocatus diaboli.«

In diesem Augenblick läutete die Schiffsglocke. Hoffmann rannte die Stiege hinauf auf Deck, Graziani stolperte hinterher.

Der Kapitän zeigte auf einen Punkt in der Ferne und reichte Hoffmann ein Teleskop. Aber selbst mit bloßem Auge konnte Hoffmann im gleißenden Licht des Vormittags eine Insel erkennen: grauschwarz, mit gelben Einsprengseln, wie mit Pocken übersät. In der Mitte, zwischen zwei höckerförmigen Kuppen, ein feuerroter Fleck, wie ein aufgerissenes Maul, aus dem in unregelmäßigen Abständen etwas wie weißer und gelber Schleim gespien wurde und sich seinen Weg die Bergflanke hinab suchte.

Wortlos reicht Hoffmann Graziani das Fernrohr. Der äugte hindurch. Eben schleuderte der Krater Gesteinsbrocken und Lava in die Höhe. Die Schiffsplanken bebten.

»Nicht eben ein Garten Eden«, spöttelte Graziani.

»Der Wert einer Insel liegt anderswo«, entgegnete Hoffmann kühl.

»Halten Sie mich nicht für beschränkt«, antwortete Graziani. »Natürlich weiß ich vom strategischen Wert dieses Steinhaufens.«

»Meine Insel ist kein Steinhaufen!«, brauste der Professor auf.

»*Ihre* Insel?«, feixte Graziani und schlug sich auf den Schenkel. »Da hat Seine Majestät wohl auch ein Wörtchen mitzureden. Oder wie heißt es bei euch Deutschen: Wer zahlt, schafft an!«

»Ich fechte nicht das Eigentum König Ferdinands an. Aber erst einmal müssen wir die Insel in Besitz nehmen ...«

»Was wollen Sie denn? Sie liegt doch da wie ein überreifer Apfel. Mir scheint«, Graziani hob die Nase in den Wind, »der Apfel riecht schon faulig. Womit wir wieder beim Wert des Eilands wären.«

»Eine Insel bemisst man nicht nach Gold und Edelsteinen, auch nicht nach dem strategischen Wert, wie Sie sich auszudrücken beliebten. Eine solche Insel hat einen Wert an sich: Sie ist schön!«

»Schööön??« Graziani verdrehte die Augen.

»Jawohl, schööön!«, äffte Hoffmann ihn nach. »Weil sie so ist, wie sie ist, nämlich einzigartig.«

»Alle Achtung, Signore filòsofo! Ihr Deutschen habt allesamt einen Hang zum Tiefsinn. Aber das bewahrt euch nicht vor der Lächerlichkeit! Oder haben Sie diese ästhetischen Anschauungen von Signore pittore entliehen? Man munkelt im Städtchen allerhand über seine spezielle Ästhetik. Leider wird er auf dem Asche-Eiland vergebens nach nackten Jünglingen Ausschau halten!«

Hoffmann biss sich vor Wut auf die Lippe. Vom Achterdeck hörte er die Stimme des Steuermanns: »Menschen! Es sind Menschen am Strand!«

Der Professor riss Graziani das Teleskop aus der Hand. Angestrengt linste er hindurch. Am Ufer der Insel entdeckte er ein paar Matrosen. Die hatten sie ebenfalls gesichtet, sie winkten, rannten dann hinter eine Geröllnase und blieben verschwunden.

»Was mag das bedeuten?«, fragte Hoffmann den herbeigeeilten Kapitän.

»Ich weiß es nicht, Professore.«

Der Wind drehte sich und blies aus der Richtung der Insel. Graziani holte ein parfümiertes Taschentuch hervor und hielt es sich vor die Nase. »Das stinkt ja höllisch!«, rief er.

»Unsinn«, wies Hoffmann ihn zurecht. »Das ist Schwefel. Daher die schönen gelben Ausblühungen.«

Langsam driftete das Schiff weiter und passierte den Vorsprung. Dahinter öffnete sich eine Bucht. Ein Kriegsschiff lag dort vor Anker.

»Mindestens achtzig Kanonen«, schätzte der Kapitän. »Der Union Jack flattert an der Mastspitze. Es sind Engländer!«

Er ließ einen Signalwimpel zum Zeichen friedlicher Absichten hissen. Auf dem Kriegsschiff wurde ebenso geantwortet.

»Langsam in die Bucht einlaufen und ankern«, befahl der Kapitän.

Hoffmann war fahl geworden.

»Ist Ihnen nicht gut?«, fragte Graziani scheinheilig. »Der Schwefelgeruch scheint Ihrem Magen zuzusetzen?«

Der Professor löste sich aus der Gruppe und ging zum Bug. Dort klammerte er sich mit beiden Händen an die Reling. »Wir sind nicht die Ersten«, murmelte er. »Sie sind uns zuvorgekommen.«

Inzwischen waren sie in Rufweite des englischen Kriegsschiffs. Hoffmann blickte trüb hinüber: »St. Vincent« las er an der Bugwand. Dann sah er zur Insel, sein Blick wanderte die schwarzgrauen Geröllhalden hinauf. Auf einer Kuppe flatterte etwas im Wind. Hoffmann schloss vor Schmerz die Augen: der Union Jack!

»Lassen Sie eine Abordnung zu Boot!«, brüllte eine Stimme von drüben. »Vizeadmiral Sir Henry Hotham möchte die Herren empfangen! Er begrüßt Sie auf englischem Hoheitsgebiet! Willkommen auf Graham Island!«

Der wohlgeformte Sebastian

IM LAUFE DES VORMITTAGS schlug das Wetter um. Dicke Wolkenleiber jagten über den Himmel, gegen die Hafenmauer von Sciacca rollten mächtige Wellen. Die Ladys fühlten sich an Bord der »White Unicorn« wie auf einem bockenden Esel, mit dem Unterschied, dass man von einem Esel absteigen konnte. Als das Schiff in den Hafen einlief und dort zur Ruhe kam, konnten Ophelia Grey und Pauline de Chermette zwar noch über die Brücke an Land gehen, sanken dort aber schwindelig und entkräftet auf eine Bank, wobei sich Lady Grey an einem Nagel den Rock aufriss.

»Kein gutes Omen!« Madame de Chermette nestelte am Halssaum ihres Reisekleids, öffnete die oberste Spange und fächelte sich Luft zu. »Was hat uns nur bewogen, England zu verlassen?!«

Lady Grey öffnete ihr Necessaire, fischte eine Kleidernadel heraus und heftete den Riss in ihrem Kleid notdürftig zusammen.

»Pauline, an solch kleine Zwischenfälle wirst du dich gewöhnen müssen. Ich habe auf meinen Reisen weit Schlimmeres ertragen. Habe ich dir schon einmal erzählt, wie ich bei den Pyramiden von Gizeh das Opfer eines Überfalls wurde?«

»Haben sie dich beraubt?«

»Nur Geld und Schmuck, wenn du weißt, was ich meine.«

Pauline schüttelte entsetzt den Kopf.

»Unser Führer hatte uns geraten, uns während des Ritts durch die Wüste Hände und Gesicht mit Ruß zu schwärzen. Wir sahen

87

abstoßend aus. Eine Hässlichkeit, die sogar die Räuber von Weiterem abhielt.«

»Oh!« Pauline ließ den Fächer sinken. Sie öffnete eine weitere Kleiderspange und begann, wieder zu wedeln. »Mir ist schlecht.«

»Aber nicht doch, das mit den Wüstenräubern war ja noch gar nichts! Als ich einmal in Kleinasien war, unweit von Milet ...«

»Ophelia, mir ist *jetzt* schlecht! Diese grauenvolle Überfahrt! Ich kann nicht mehr lange dagegen an.«

»Da hilft nur Schnaps. Komm, wir schauen, ob es in diesem Tschatschatscha ein Gasthaus gibt.«

»Sciacca«, verbesserte Pauline die Freundin mit letzter Kraft.

»Egal, jedenfalls gibt es Wirtshäuser selbst an den Enden der Welt. Und hier ist allenfalls die Schwelle zum Ende. Das Ende der Welt«, Lady Grey beschattete die Augen mit der Hand und blickte aufs Meer hinaus, »das Ende ist irgendwo dort draußen ... dort muss dieses Eiland sein weißes und rotes Feuer hinausschleudern!«

Würgend übergab sich Madame de Chermette.

»Oh mein Gott!« Lady Grey beugte sich über Pauline, die seitwärts über der Bank hing, und versuchte, sie vor den Blicken der Schiffsbesatzung abzuschirmen.

»Myladies«, sagte eine schnarrende Stimme. »Beim Teufel, ein schrecklicher Trip hierher, so schlimm war es nicht einmal auf der Überfahrt von Baltimore ins alte Europa!«

Ein Herr mittleren Alters stand auf der Mole. Die Freundinnen kannten ihn vom Sehen, hatten aber auf der Fahrt eine förmliche Vorstellung wegen seiner seltsamen Aufmachung vermieden. Er trug eine speckige Melone zu einem Jabot von undefinierbarer Farbe. Über die Schultern hatte er ein kariertes Reiseplaid geschlagen. Seine Hosen waren ein wenig zu kurz und ließen karierte Socken zum Vorschein kommen. Die Schuhe, einst wohl von brauner Farbe, waren zerkratzt und aus der Mode. Im Gegensatz dazu nahm sich ein polierter, nussbrauner Spazierstock mit Messingspitze und elfenbeinernem Griff dandyhaft aus. Der Herr lüpfte den Hut. Ein kahler Rundschädel, nur von einem Haarkränzchen umgeben, kam zum Vorschein. Kranz und Backenbart waren von kastanienbrauner Farbe und verrieten, dass der Mann jünger war, als man auf den ersten Blick vermutete.

Pauline de Chermette wischte sich mit einem Taschentuch den kalten Schweiß von der Stirn. Der Herr zog das Plaid von den Schultern und breitete es ihr über den Schoß.

»Prachtvolle Sauerei«, sagte der Herr.

Madame de Chermette und Lady Grey sahen sich vielsagend an.

»Bei uns in Maryland sagen die Walfänger: steife Brise, steifer Grog. Dabei war die Brise gar nicht so schlimm. Aber dieser verdammte Kutter! Eher für einen Ausflug auf der Themse geeignet.«

»Dieser ›Kutter‹ ist eines der neuesten Personenschiffe der Reederei Watson and Sons in London«, protestierte Lady Grey.

»Ach was, Madam. Sie verzeihen, dass ich so frei heraus bin. Bei uns in den Staaten sagt man, was man denkt.«

»Ich befürchte es«, murmelte Lady Grey.

»Nun, Myladies, auf einem Bein steht es sich schlecht, und nach dieser Überfahrt glaubt man nur ein Bein zu haben, wie ein alter Pirat, Sie verstehen?«

»Verzeihung, nein«, Lady Grey schüttelte den Kopf.

Der Amerikaner drehte den elfenbeinernen Griff aus seinem Spazierstock. Ein Glasrohr kam zum Vorschein, das mit einer braunen Flüssigkeit gefüllt war. Er zog Verschlusskappe und Korken und goss ein. Dann reichte er die Kappe der grüngesichtigen Madame de Chermette: »Hier, Madam, das weckt Tote auf. Zum Wohl!«

Lady Grey wollte abwehren, doch Pauline griff dankbar danach. Ihre Übelkeit wog schwerer als die Etikette. Ohne daran zu riechen, kippte sie das Zeug hinunter.

»Teufel, gut, was?«, schäkerte der Herr.

Pauline verzog das Gesicht zu einer Grimasse. »Teufel, ja!«, keuchte sie.

»Pauline!«, wies Lady Grey sie zurecht.

»Teufel, ja!«, wiederholte Pauline. »Was ist das?«

»Alter Kentucky-Whiskey. »Jim Beam Gold«. Das Zeug ist besser als euer schottisches Spülwasser, darauf wette ich!«

»Mag sein. Ich kenne mich da nicht so aus. Ich bin gebürtige Französin.«

»Ah, Madame, sche parl lä fronzä trä bjeng, nässba.«

Pauline sah den Mann ratlos an und reichte ihm das Becherchen: »Pauline de Chermette. Kann ich noch einen haben?«

»Pauline!« Lady Grey spielte die Entrüstete. Der Amerikaner goss ein und reichte Pauline den Whiskey.

Pauline deutete mit dem Becherchen auf die Gefährtin: »Meine Freundin, Lady Ophelia Grey.«

Der Amerikaner verbeugte sich. »Lewis Newman, aus Baltimore, Maryland.« Er ergriff Paulines Hand und drückte sie beherzt.

»Zum Wohl«, sagte Pauline und stürzte den Whiskey hinunter.

»Pauline!« Lady Grey schüttelte den Kopf. »Ich muss schon –«

Weiter kam sie nicht, denn sie fühlte Newmans warme, fleischige Hand in der Ihren.

»Newman, Lewis Newman, leicht zu merken. Korrespondent des ›Baltimore Chronicle‹. Gewöhnlich berichte ich aus London. Gewisse Umstände führten mich hierher.« Die Damen nickten. Newman fuhr fort: »Lady Grey, sind Sie verwandt mit Mister Grey, dem Premierminister?«

Ophelia wischte ihre Hand am Rock ab. »Ich bin seine Tochter.« Brüsk wandte sie sich ab und raunte ihrer Freundin zu: »Lass uns von hier verschwinden. Ein Gasthaus werden wir ja wohl finden.«

Newman wandte sich an zwei der umstehenden Männer aus Sciacca, die kein Wort der fremdsprachigen Unterhaltung verstanden hatten. Er klimperte mit ein paar Münzen in der Hosentasche und radebrechte italienisch: »Ihr nix gucken hier, verstanden? Machen schnell, schnell, hier Koffer von Ladys. Wo sein Gasthaus? Aber flott, sonst nix Geld! Zeit sein Geld, wie wir in Amerika sagen!«

Eben kam ein junger Mann vorbei, es war Angelo. An einem Strick führte er einen Esel. Newman trat ihm in den Weg und redete auf ihn ein. Rasch waren sie sich einig. Der Bursche lud die Koffer auf den Esel und zurrte sie fest. Ohne ein Wort zu verlieren, zog er am Halfter und führte das Tier die Gasse entlang ins Städtchen hinein.

Die beiden Frauen waren wie erstarrt.

»Ophelia, was macht der Kerl?«

»Myladies«, schaltete sich Newman ein. »Sie erlauben, dass ich Sie begleite und beschütze. Taschendiebsgesindel, Sie verstehen.«

Pauline und Ophelia rafften die Röcke und eilten hinterher.

Angelo führte das Grüppchen zum Haus seiner Schwester. Als er die Hofpforte öffnete, sah er Rosalia an einem von Mauer zu Mauer gespannten Seil Wäsche aufhängen. Tücher und Hemden blähten sich im Durchzug. Rosalia stand hinter einem Laken, das Sonnenlicht ließ ihren Schattenriss zittern. Sie hatte das Öffnen der Pforte und die Hufe des Esels gehört und keifte hinter dem Tuch: »Angelo, glaubst du, ich bin blöd? Hab vorhin beim Aufräumen im Zimmer des Deutschen das Bild entdeckt! Eine Schande!« Sie schlug das Laken beiseite und verstummte. Zwei Damen mit Hüten und ein Herr mit Spazierstock standen neben Angelo und dem Esel.

Der fremde Herr radebrechte: »Signora, angenehm, Lewis Newman aus Amerika. Hier Gasthaus? Wie viel für Zimmer? Zwei Damen und ich, natürlich getrennt.« Er legte Angelo die Hand auf die Schulter. »Junger Mann hier sehr freundlich uns – «

Weiter kam er nicht. Ein nasses Hemd klatschte ihm ins Gesicht.

»Finger weg!«, zeterte Rosalia. »Lass meinen kleinen Bruder in Ruhe! Gesindel! Und du«, herrschte sie Angelo an, »glaubst wohl, du könntest dich ums Arbeiten drücken und dein Geld mit deinem kleinen Hintern verdienen?«

Geschickt wich Angelo der Ohrfeige seiner Schwester aus. Ihre kräftige Hand klatschte auf das Hinterteil des Esels. Der schlug aus und warf einen Koffer zu Boden. Der Deckel sprang auf. Weiße Leibwäsche quoll hervor.

»Um Himmels willen!«, rief Lady Grey und warf sich über ihre Mieder, Strümpfe und Unterröcke.

Im selben Augenblick kam Francesco aus dem Haus gelaufen. Seine Kinderarme konnten einen Rahmen mit Leinwand kaum umfassen.

»Mama«, rief er aufgeregt, »sieh mal, was ich oben gefunden habe: Das ist ja Angelo, mit bunten Farben gemalt. Und ganz nackig.«

Noch ehe Rosalia den Kleinen wegscheuchen konnte, hatten die Damen das Bild gesehen. »Nein!«, rief Lady Grey. Pauline sagte nichts. Sie starrte auf das Gemälde und drehte an einem ihrer Ohrringe.

Wütend riss Angelo das Bild an sich, gab Francesco eine Kopfnuss und stürmte ins Haus. Rosalia rief ihm nach: »Und was mach ich mit deinen feinen Herrschaften, eh?!«

»Signora«, sagte Lady Grey in bestem Konversationsitalienisch, »wir sind aus England, und wir sind auf Bildungsreise. Wir suchen Zimmer, für mehrere Wochen. Oder wissen Sie eine andere Herberge?«

»Nein, nein«, Rosalia machte mit den Händen eine Bewegung, als wollte sie etwas Böses verscheuchen. »Die anderen Herbergen in der Stadt sind schlecht und teuer. Bei mir werden Sie sich wohlfühlen. Verzeihen Sie das Malheur mit dem Esel, ich meine meinen Bruder. Er ist etwas dumm im Kopf. Es ist ein Kreuz. Möchten Sie bitte eintreten. Ich habe noch zwei Zimmer frei. Ein drittes ist von einem Deutschen belegt. Für den Herrn«, sie deutete auf Newman, »kann ich anderswo eine gute Bleibe vermitteln.«

Mit einer Geste bat Rosalia den Amerikaner, auf der Steinbank vor dem Haus Platz zu nehmen. »Nur einen Augenblick, ich bin gleich zurück. – Francesco! Bring dem Herrn ein Glas Wein!«

Rosalia führte die beiden Damen ins obere Stockwerk.

»Dort hinten sind zwei Zimmer, sauber und hell, mit den Fenstern nach hinten, zum Baumgarten.«

Als sie an der halboffenen Tür des Malers vorbeikamen, stieß Pauline ihre Freundin mit dem Ellbogen an und zeigte zwinkernd auf das Bild, das Angelo auf die Staffelei zurückgestellt hatte. »Ophelia«, flüsterte sie, »das ist der junge Mann, der mit dem Esel.«

»Ich weiß nicht, ob mich das interessiert.«

Rosalia rief vom Ende des Ganges: »Treten Sie ein, meine Damen, ich hoffe, es gefällt Ihnen.«

Rasch waren sie sich einig. Rosalia ging nach unten und befahl Angelo, den Damen die Koffer hinaufzutragen. Dann brachte sie Wasser und Handtücher. Als sie an Kupffers Zimmer vorbeilief, fiel ihr Blick auf das Gemälde. »Schamloser Kerl«, murmelte sie. Ein Gedanke überfiel sie. »Na warte, sauberer Maestro.« Sie nahm das Bild und schlug es in ein Laken. Dann holte sie aus dem Vorratskeller eine Flasche Grappa, steckte sie in einen Lederbeutel, den sie sich über die Schulter hängte, und trat vor das Haus.

Newman sprang von der Bank auf: »Sie wissen Zimmer? Habe zu tun Geschäfte.«

»Handeln Sie mit Öl? Oder Wein?«

»Signora, nein, mit Wahrheit. Ich Korrespondent für ›Baltimore Chronicle‹, Zeitung. Schreibe Neuigkeiten aus ganzer großer Welt.«

Rosalia nickte zögerlich. »Aber die große Welt ist doch in Palermo.«

»Signora, große Welt da, wo ich. Große Welt wird gemacht.«

»Aha.« Rosalia dachte sich ihren Teil. »Kommen Sie, ich zeige Ihnen eine schöne Herberge, ganz in der Nähe, beim hiesigen Postmeister. Sie werden dort viel Ruhe für Ihre Neuigkeiten haben.«

Sie schritt voran, den Esel mit Newmans Koffer am Halfter führend. Unter dem Arm trug sie das verhüllte Gemälde.

»Signora, ich tragen?«

»Nein, das ist mein kleines Geheimnis.«

»Verstehe.« Newman grinste blöde.

An einigen Fenstern erschienen Gesichter. Ohne auf die Gaffer zu achten, schritt Rosalia vorüber.

Sie traf Alessandro beim Schreiben an. Der Amerikaner wartete vor der Tür.

»Liebste, sieh dir an, was unser Spitzel über uns berichtet. Ich werde das ein wenig umformulieren.«

»Sandro, nicht jetzt. Draußen wartet ein Amerikaner, der ein Zimmer sucht.«

»Amerikaner haben Geld.«

»Er sagt, er kommt von einer Zeitung.«

»Aha. Die neue Insel«, seufzte er.

Rosalia nickte.

»Und so einen bringst du mir ins Haus?«, fragte Alessandro vorwurfsvoll. »Habe ich nicht mit dem Polizeispitzel und dieser verdammten Briefefälscherei genug am Hals?! Rosalia, wenn das aufkommt, kostet es uns Kopf und Kragen!«

»Eben!«

»Was soll das heißen?« Alessandro sah sie entgeistert an.

»Eben weil wir vorsichtig sein müssen, ist es besser, du hast den Amerikaner im eigenen Haus. Nur so kannst du auskundschaften, was er im Schilde führt.«

»Rosalia!« Alessandro gab ihr einen Kuss. »Du bist ein gwieftes Frauenzimmer. Manchmal bist du geradezu eine kleine Hexe.«

Rosalia lachte. »Eine Hexe soll ich sein? Dann muss ich etwas für mein Seelenheil tun, bevor es zu spät ist!«

»Willst du eine Messe stiften?«

»Das verrate ich nicht. Jedenfalls kümmerst du dich um den Amerikaner.«

Sie traten vors Haus. Alessandro begrüßte Newman und bat ihn hinein. Rosalia ging – das verschnürte Bild unter dem Arm – hinunter zur alten Schmiede. Es war Siesta, die Hämmer lagen herum, die Glut im Ofen war fast zusammengefallen. Vor der Werkstatt saß unter einer Eiche ein Lehrjunge und kaute an einem Stück Wurst.

»Wo ist dein Meister?«, fragte Rosalia.

Der Junge zeigte mit der Wurst zu einem Austragshäuschen,

das hinter der Schmiede zwischen mannshohem Unkraut stand. Rosalia folgte dem Pfad durch Disteln und Brennnesseln. Die Tür stand offen, sie trat ein. Auf einem durchgelegenen Kanapee lag der alte Grampi, eine Pfeife hing ihm aus dem Mundwinkel. Er machte eine müde Geste der Begrüßung.

»Na, Grampi, wie geht's? Bist du krank?«

Der Schmied nahm widerwillig die Pfeife aus dem Mund und krächzte: »Krank? Nein. Oder doch. Wie man's nimmt. Die Arbeit wird mir zu schwer. Das Feuer versengt mir die Zunge. Mir schmeckt das Essen nicht mehr.«

»Aber die Pfeife und der Schnaps schmecken dir noch?«

Grampi sah Rosalia misstrauisch an. »Kommst du mir so? Meine Tochter, das Mensch, will mir das Trinken auch verleiden. Da habe ich geglaubt, als meine Alte ins Gras gebissen hat, ich habe meine Ruhe, aber die Frauen mischen sich einfach immer ein.«

»Ruhig Blut, Grampi!« Rosalia holte aus ihrem Lederbeutel die Schnapsflasche und stellte sie auf den Tisch. »Da hast du etwas Gutes, um die Stimme zu ölen.«

Grampi schaute Rosalia ungläubig an. »Was verlangst du dafür?«

»Nichts. Das ist ein Geschenk.«

»Red keinen Unsinn, Rosalia. Geschenkt wird einem nichts auf dieser Erde. Sogar der Tod kostet das Leben und manche Münze für den Pfarrer.«

»Womit wir bei der Sache wären. Pass auf«, Rosalia angelte sich einen dreibeinigen Schemel, der gefährlich wackelte, und setzte sich direkt vor Grampi. »Ich habe etwas mitgebracht«, sie deutete auf das verhüllte Bild. »Du malst doch noch?«

Der Schmied nickte, ohne die Pfeife aus dem Mundwinkel zu nehmen. Dann murmelte er mit halb geschlossenen Lippen: »Bist du deswegen gekommen? Ihr macht euch doch über meine Madonnen nur lustig.«

»Aber nein. Ich nicht! Und weil ich weiß, dass du ein talentierter Künstler bist –«

Grampi hob abwehrend die Hand.

»– oh doch, Grampi, das bist du. Keine falsche Bescheidenheit. Und weil ich das weiß, dachte ich, du bist der einzige Mann, der mir, der uns, der ganzen Kirchengemeinde, weiterhelfen kann. Es handelt sich nämlich um einen etwas schwierigen Auftrag. Und um ein kleines Geheimnis.«

Grampi nahm die Pfeife aus dem Mund. »Ein Geheimnis?«

»Jawohl. Aber du kannst doch Geheimnisse wahren? Ich verspreche dir auch eine weitere Flasche Grappa, und das hier –« Rosalia griff in ihren Geldsäckel und legte ein paar Münzen neben die Schnapsflasche.

Der Schmied bekam große Augen. »Was muss ich tun?«

»Versprichst du Stillschweigen? Sonst muss ich das Geld leider wieder –« Sie legte die Hand auf die Münzen.

Grampis Blick verriet Angst. »Nein, nein, ich verspreche alles. Meine Zunge soll mir unter den Hammer geraten, wenn ich irgendein Sterbenswörtchen sage!«

Rosalia nahm das Bild, stellte es auf den Tisch, riss das Laken herunter. Grampi ließ seine Pfeife fallen und setzte sich ächzend auf.

»Das ist ... das ist ...«, stammelte er.

»Ein Heiligenbild, genau«, kam ihm Rosalia zuvor.

»Ein Heiligenbild?« Grampi sah sie verdutzt an. »Was zum Teufel soll das für ein Heiliger sein? Ich bin doch vom Schmiedefeuer noch nicht geblendet, dass ich nicht sehe, dass der da«, er deutete auf den nackten Mann auf dem Gemälde, »dass der da eindeutig –«

Rosalia unterbrach ihn mit einer unwirschen Geste: »Dass eines klar ist, Grampi! Kein Wort hierüber! Und nicht weitergeredet! Der hier –«

Sie zeigte auf den Jüngling, der nackt an einem mannshohen Baumstumpf lehnte. Ein Bein war spielerisch zurückgenommen, auf dem anderen Bein, dessen Muskeln und Sehnen hervortraten, stand er. Er hielt den Lockenkopf gesenkt und blickte in einen Handspiegel. Zwischen Daumen und Mittelfinger der anderen

Hand hielt er ein weißes Adonisröschen. Zu Füßen lag eine Leier, deren Hälse mit Blumen umwunden waren. Eine innige und weltabgewandte Versonnenheit ruhte in der Szenerie.

»Der hier«, wiederholte Rosalia beinahe feierlich, »ist kein Geringerer als der heilige Sebastian.«

»Der, den man mit Pfeilen durchbohrt hat?« Grampi sah sie ungläubig an.

»Genau der, aber eben in jüngeren Jahren, als er noch nicht bei den römischen Legionären war, sondern sich in Wald und Feld herumgetrieben hat.«

»War er das Kind armer Leute?«

»Wie kommst du darauf?«

»Weil er keine Kleider hat.«

»So war das bei den Römern. Es waren Barbaren. Erst die Lehre unseres Herrn Jesus hat die Heiden bekleidet.«

»Du sprichst wie unser Pfarrer.« Grampi zog ein paar Mal an der Pfeife und überlegte. »Dabei hätte ich schwören mögen, also eine Ähnlichkeit mit –«

»Papperlapapp!«, schnitt ihm Rosalia das Wort ab. »Es gibt keine Ähnlichkeit. Das ist Sebastian. Aber das Bild ist von einem schlechten Maler hingeschmiert und –«

»Schlechter Maler?!«, unterbrach Grampi sie. »Du weißt nicht, was du sprichst! Meine Pinseleien sind Feierabendübungen, aber der das gemalt hat, ist ein Meister!«

»Es ist der heilige Sebastian, basta! Aber das Bild ist unfertig und –«

»Ist es von dem Deutschen?«

Rosalia überging die Frage: »Das Bild ist unfertig, sage ich, und du sollst es fertig malen. Am besten heute noch.«

»Aber was soll ich denn da noch malen?«

»Du sollst noch ein paar Dinge hinzumalen. Denn ich will es für unsere Pfarrkirche stiften.«

Grampi stierte sie an. Dann überlegte er, zog nochmals an der Pfeife und sagte zögerlich: »Nun gut ... dann ... also, dann mach ich das ... aber kein Wort darüber, Rosalia. Ich will keine Händel mit dem Deutschen.«

»Dann sind wir uns ja einig«, Rosalia streckte dem Schmied die Hand hin, der schlug ein. »Und eine zweite Flasche und noch die gleiche Summe bekommst du, wenn du deine Arbeit gut gemacht hast.«

Grampi grinste.

»Und jetzt pass auf, ich erkläre dir, wie der heilige Sebastian aussehen soll ...«

~ ~ ~

Am Sonntag darauf konnte die Gemeinde über einem Seitenaltar der Pfarrkirche ein neues Gemälde bestaunen. Don Sebastiano hob in seiner Predigt die großzügige Stiftung einer frommen und zu Unrecht verleumdeten Frau aus Sciacca hervor, die aus Bescheidenheit ungenannt bleiben wolle, und erzählte vom heidnischen Legionär Sebastian, der zum wahren Glauben fand und dafür in den Tod ging. Wie Kaiser Diokletian die Christen verfolgen und töten ließ, falls sie nicht abschworen und die alten Götzen anbeteten. Sebastian aber sei ein aufrechter und furchtloser Jüngling gewesen und habe sich lieber an einen Baum binden und von Pfeilen durchbohren lassen. Als er blutend da hing, hätten die Peiniger von ihm abgelassen. Eine fromme Frau namens Irene sei des Nachts zur Richtstätte geschlichen, um den Leichnam abzunehmen und zu bestatten. Da habe sie zu ihrem Erstaunen festgestellt, dass der Soldat Sebastian noch schwach atmete. Sie habe ihn losgebunden und nach Hause getragen.

Ja, das habe sie – Don Sebastiano hob mahnend den Finger –, das sei kein Widerspruch, wenn eine zarte Frau einen schweren Männerkörper geschleppt habe, nein, im Gegenteil, gerade das Unwahrscheinliche sei Beweis für das Wunder der Heiligengeschichten. Sie habe den kaum noch atmenden Sebastian nach Hause gebracht, ihn in ihr jungfräuliches Bett gelegt und in Wochen zarter Anteilnahme gesund gepflegt.

Einige Frauen im Kirchenschiff seufzten vernehmlich.

Als der Märtyrer wieder bei Kräften war, fuhr Don Sebastiano fort, sei er zu seiner Kohorte zurückgekehrt. Doch wieder sei er nach seinem Glauben gefragt worden, und wieder habe Sebastian, ohne zu zögern, geantwortet, er habe nur *einen* Herrn, nämlich Jesus Christus. Und so hätten seine Widersacher ihn grimmig gepackt, mit Keulen erschlagen und den Leichnam in die übelste Gosse der Stadt, die cloaca maxima, geworfen. Doch wieder sei eine fromme Frau zu Hilfe gekommen, die edle Lucina Anicia. Sie habe den Leichnam aus dem Unrat geborgen, und wenn sie ihn schon nicht ins Leben zurückrufen konnte, so habe sie ihn doch würdig bestattet. Dort aber habe man später, als der wahre Glaube in Rom fest verankert war, eine Kirche zu Ehren des Märtyrers erbaut, die noch heute stehe.

Er selbst, Don Sebastiano, habe zu Hause in einem gelehrten Buch einen Kupferstich mit einer Ansicht. Und sie, seine Schäfchen, dürften sich glücklich schätzen, in ihrer Kirche nun einen Altar zu besitzen, der dem Heiligen geweiht sei – mit solch einem schönen Altarbild, das die Geschichte Sebastians so anspielungsreich wiedergebe. All das sei nur einer frommen Frau aus der Gemeinde zu verdanken, die aber nicht weiter Aufhebens davon machen wolle!

Die Predigt war zu Ende. Der Pfarrer schritt zum Seitenaltar, nahm einen Weihwasserschwengel und bespritzte den Heiligen. Dann schwenkte er das Weihrauchfass und sprach einen lateinischen Segen. Neugierig zog die Gemeinde an dem Gemälde vorbei. Gemurmel erhob sich.

Versonnen betrachtete Don Sebastiano das Altarblatt: Der Jüngling stand an einen Baum gebunden, von Pfeilen an Armen, Leib und Beinen durchbohrt. Sittsam war um Hüften und Lenden ein lederner Schurz geschlungen, der von herabsickerndem Blut rot gefärbt war. Doch der Anblick hatte nichts Schreckliches. Sebastian schien zu lächeln, was, so fand Don Sebastiano, die Wonnen des Martyriums schön andeutete. In der einen Hand hielt der Heilige einen Spiegel, worin aber nicht sein eigenes Gesicht, sondern das Antlitz Jesu Christi zu erblicken war. In der anderen Hand präsentierte er zwei Pfeile, die er sich offensichtlich aus dem eigenen Leib gezogen hatte. Zu Füßen Sebastians lag ein verbeulter Schild – Zeugnis eines erbitterten Kampfes, der stattgefunden haben musste. Don Sebastiano war dieses Detail der Heiligenlegende unbekannt, aber er konnte sich schon denken, dass sich ein kampferprobtes Mannsbild wie Sebastian nicht wehrlos den Häschern ausgeliefert hatte. Nur was die zwei oder drei Blumen bedeuteten, die hinter dem Schild hervorguckten, blieb dem Geistlichen unklar. Eine künstlerische Freiheit wohl, eine spielerische Zutat!

»Hat man so was schon gesehen?«, flüsterte die alte Lucia erbost ihrer Nachbarin zu. »Von wegen der heilige Sebastian! Ich müsste blind sein, wenn das nicht der kleine Angelo ist! Das pfeifen doch die Spatzen von den Dächern! Himmel! So viel nacktes Fleisch in einer Kirche!«

»Und der alte Grampi«, erwiderte die Angesprochene, »mit seinen zittrigen Händen und seinem Schnapsschädel soll das gemalt haben? Der würde nicht mal des Teufels Großmutter auf die Leinwand kriegen!«

»Ich sag dir was«, hakte Lucia ein, »wenn das mal mit rechten Dingen zugeht! Entweder hat der Leibhaftige seine schwarze Hand im Spiel –«, Lucia und ihre Nachbarin bekreuzigten sich, »oder es hat mit dem Deutschen zu tun, der bei den Fiorinis haust. Aber Teufel oder Deutscher, das läuft auf dasselbe hinaus.«

So weiterbrabbelnd, verließen die beiden Frauen die Kirche. Don Sebastiano hingegen stand noch lange da, vom Weihrauch berauscht, und betrachtete beifällig Anmut und Wohlgeformtheit seines Namenspatrons.

Gebietsstreitigkeiten

LORENZO GRAZIANIS WELT geriet ins Wanken. Es konnte nicht an der »St. Vincent« liegen, die ruhig in der Bucht des jungen Eilands ankerte. Der Portwein, den man den Delegierten des sizilianischen Erkundungsschiffs einflößte, mochte zwar auf das Hirn einlullend wirken, aber die Knie griff das gewöhnlich nicht an. Vielleicht waren es die Witze, Einwürfe, Bonmots, die wie Federbälle durch die Kajüte des englischen Vizeadmirals Hotham flogen.

Graziani fühlte sich inmitten der Menschen allein. Angestrengt lauschte er den fremdartigen Wortgirlanden, den Vokalraketen und Konsonantenböllern. Ihm war unverständlich, wie ein zivilisierter Mensch solche Zungenbrecher hervorbringen konnte. Neidisch blickte er auf Hoffmann, der am Kartentisch des Vizeadmirals stand, noch immer am ersten Becher Wein nippte (Graziani leerte bereits den vierten) und guter Dinge schien.

»Angeber!«, durchfuhr es Grazianis müden Kopf, und mit einem Mal wusste er nicht, ob er das nur gedacht oder laut eingeworfen hatte. Erschrocken blickte er sich um. Doch die heitere Runde nahm keine Notiz von ihm. Resigniert wandte er sich wieder dem Portwein zu, suchte Halt zu finden, während um ihn herum – so schien es ihm – jeglicher Grund in die Tiefen vor Ferdinandea stürzte.

Der Professor und Hotham unterhielten sich indes prächtig und brachten mehrere Toasts aus. Das ritzte sich Grazianis Erinnerung noch ein. Dann war da ein weiteres Gesicht undeutlich auszumachen: Ein kleiner, drahtiger Mann mit kahlem Schädel, den die anderen als »Captain« bezeichneten und dessen Name – wie Graziani später erfuhr – Humphrey Senhouse lautete.

Senhouse drängte die Gäste, endlich Fuß auf Graham Island zu setzen, sie seien ihnen, den Engländern, willkommen, man übe als Entdecker schließlich das Gastrecht aus und tue dies auch im Namen Seiner Majestät König Williams. So viel verstand Graziani, auch des Captains Antwort auf Hoffmanns Frage, nach wem die Engländer die Insel denn benannt hätten: »Zu Ehren Seiner Exzellenz Sir James Graham, des Ersten Lords der Admiralität.«

Damit riss Grazianis Erinnerungsschnur, und er bekam nach dem sechsten Becher Portwein nicht mehr mit, dass sich Hoffmann, Kupffer, Hotham und Senhouse in einem Beiboot ans nahe Land bringen ließen.

~ ~ ~

Als Graziani erwachte und sich mühsam erhob, wusste er nicht, wie viel Zeit verstrichen war. Er wankte aus der Kajüte und stieß mit einem englischen Steward zusammen, der leidlich Italienisch konnte.

»Wo sind die Herren?«, wollte Graziani wissen.

»Drüben auf Graham Island. Sie wollen den Gipfel ersteigen und unter dem Union Jack mit einem Glas Whiskey auf die Inbesitznahme durch England anstoßen. Der deutsche Professor hat zudem den Wunsch geäußert, die Insel zu erkunden.«

Graziani durchzuckte das Wort »Verräter«. Mühevoll setzte er ein süßliches Lächeln auf und fragte: »Wäre es mir erlaubt, die Insel zu betreten?«

»Selbstverständlich, wir hegen keine feindlichen Absichten gegen Ausländer, sofern sie die englischen Interessen respektieren.«

Graziani nickte. Trunkenheit und Müdigkeit waren wie weggewischt. Es galt, Neapels Ehre zu retten! Er ließ sich zunächst zum Expeditionsschiff rudern. Eilends stopfte er ein paar Sachen in ein Felleisen. Dann ließ er sich zur Insel übersetzen. Knirschend schob sich der Kiel in den Kies. Graziani sprang aus dem Boot und stapfte durchs Geröll.

Das Gelände stieg steil an. Er bereute es, Stiefel aus weichem Leder zu tragen, mit denen er einst im Park von Caserta promeniert war. Jeder Kiesel war durch die dünnen Sohlen zu spüren. Mehrmals strauchelte Graziani und fiel, wobei er sich die Hände aufschürfte und seine Kleidung beschmutzte. Sein Atem ging schwer. Es stank nach Schwefel. Aus zahlreichen Ritzen in dem losen, unter den Stiefeltritten wegrutschenden Geröll stieg gelber und schwarzer Qualm. Er musste husten, presste ein parfümiertes Taschentuch auf den Mund und stolperte weiter. Die Hitze überkam ihn in Wellen, Graziani schwitzte und wusste nicht, ob die Wärme aus seinem Körper drang oder vom Boden in ihn kroch.

Einmal ließ er sich erschöpft nieder, stand aber nach einer Minute wieder auf, als es unter ihm heiß wurde. Weiter quälte er sich bergan, gelangte zu einem Sattel zwischen zwei Kuppen. Er blickte hinab. Er hatte geglaubt, recht hoch gestiegen zu sein. Nun sah er den kleinen Geröllstrand, wo der Matrose im Kahn wartete, nicht allzu weit unter sich liegen. Graziani schätzte die Höhe auf etwa zweihundert neapolitanische Fuß. Zu seiner Rechten lag, etwa sechzig Fuß höher, einer der beiden Gipfel. Dort wehte der Union Jack.

Der Himmel hatte sich bedeckt. Bleifarbene Wolken zogen dahin. Nur hin und wieder verirrte sich ein Sonnenstrahl auf das grau daliegende Meer. Graziani fühlte eine unsägliche Traurigkeit in sich aufsteigen. Sein Blick schweifte über die Insel: Ihren Umfang schätzte er auf etwa zwanzigtausend neapolitanische Fuß, den Durchmesser auf gut sechstausend. Beinahe kreisrund erschien sie ihm, nur an der Südseite gab es eine Einbuchtung, in der die beiden Schiffe vor Anker lagen. Die Ufer stiegen fast überall steil aus dem Wasser. Wie abweisend und hässlich die Insel doch war!

Er wandte sich dem Inselinneren zu: In einer Mulde gähnten zwei Kraterlöcher, aus denen es rauchte. Manchmal glaubte

Graziani ein Grollen und Donnern aus dem Innern des Berges zu vernehmen. Ihm war unwohl, er zögerte weiterzugehen und entschied sich doch, zur anderen, weiter nördlich gelegenen Gipfelerhebung zu wandern. Er hatte eine Mission zu erfüllen!

Auf einem Grat wankte er weiter. Scharfkantiges Geröll schnitt in seine Stiefelsohlen und rollte bei jedem Schritt polternd in die Tiefe der Krater. Schauer überliefen Graziani. Er war nass geschwitzt, nestelte nach seinem Taschentuch. Seine Hände waren kalt. Plötzlich spürte er unter seinen Füßen einen Stoß. Er fiel auf die Knie und klammerte sich mit beiden Händen an einen Felsbrocken. Aus dem größeren der beiden Krater wurde eine Aschewolke ausgestoßen. Darunter glaubte er rote Zungen zu sehen. Es stank nach faulen Eiern. Es würgte ihn. Graziani musste sich übergeben.

Den sauren Geschmack im Mund, stand er unsicher auf und stolperte weiter. Heftige Böen zerrten an ihm. Er fürchtete, in den Abgrund zu stürzen, ging gebeugt, um dem Wind weniger Angriffsfläche zu bieten. Rücken und Füße schmerzten, seine Beleibtheit zog ihn immer mehr zu Boden. »Für Neapels Ehre!«, schrie Graziani in den Wind. Die letzten vierzig Fuß zur Kuppe legte er auf allen Vieren zurück. Seine Hände bluteten.

Endlich oben angekommen, suchte er Steine zusammen und schichtete sie zu einem drei Fuß hohen Haufen. Dann öffnete er das Felleisen, zog eine Flagge mit dem königlichen Wappen Ferdinands heraus und klemmte die kurze Stange zwischen die Steine. Der Wind erfasste das Tuch und faltete es auseinander. Die Flagge knatterte in den Böen. Graziani richtete sich auf und nahm militärische Haltung an, die Hand an die Schläfe gelegt. Der Wind riss ihm den Hut vom Kopf. Laut sprach er einen Toast auf Seine Majestät König Ferdinand, den glorreichen Herrscher dreier Sizilien, und erklärte die neue Insel zu neapolitanischem Besitz. Dann holte er eine kleine Blechflasche aus dem Felleisen, goss etwas Branntwein auf den Boden und taufte die Insel zu Ehren des Monarchen auf den Namen »Ferdinandea«. Den Rest trank

Graziani gierig aus. Erschöpft ging er zu Boden und kauerte eine Weile im Schutz des Steinhaufens. Als die Böen immer heftiger wurden, rappelte er sich auf und machte sich auf den Rückweg.

Er war noch keine hundert Schritte vorangekommen, als plötzlich unter seinem Tritt Geröll wegrutschte. Graziani verlor das Gleichgewicht, wollte mit den Armen gegenrudern, warf dabei das Felleisen in hohem Bogen von sich, fiel und kullerte – er wusste nicht, wie tief – ein Stück den Kegel hinab. Auf einem Vorsprung, nur zwanzig Fuß vom Kratermund entfernt, blieb er bewusstlos liegen.

~ ~ ~

Als er wieder zu sich kam, lag er auf einer Pritsche, in eine Wolldecke gehüllt. Erst langsam erkannte Graziani die Wände der Offizierskajüte, dann das Gesicht des sizilianischen Kapitäns und Hoffmanns Visage. Die »Visage«, so dachte er wirklich. Er fühlte sich von seinem Hass zurück ins Leben gestoßen.

»War ich lange bewusstlos?«, murmelte er.

»Sie können von Glück reden, dass Kupffer und ich Sie gefunden haben«, antwortete Hoffmann ausweichend. »Wir waren auf dem Rückweg von unserem Erkundungsgang – die Engländer waren bereits eine Viertelstunde früher hinabgestiegen –, da sahen wir in einiger Entfernung die neapolitanische Flagge wehen. Wir sind auf dem Grat entlang gekrochen, denn der Sturm legte zu. Und da haben wir Sie liegen sehen. Gar nicht weit vom Kraterloch entfernt. Ziemliche Maßarbeit, die Sie da hingelegt haben!«

Graziani wollte etwas Maliziöses antworten, aber da war noch immer die große Müdigkeit, die ihm die Zunge schwer machte, und er winkte resigniert ab. Hoffmann ließ ihn allein.

Graziani glitt in einen schweren Schlaf hinüber, aus dem er erst in seinem Zimmer erwachte. Das Erste, was ihm in die Augen stach, war auf seinem Schreibtisch die neapolitanische Flagge. Er sprang auf, stolperte zum Tisch, schlug sich am Stuhlbein die Zehen an. Er beachtete den Schmerz nicht. Fassungslos starrte er auf die Fahne: Ja, es war dieselbe, die er auf Ferdinandea gehisst hatte, er erkannte sie an einem Webfehler in der oberen rechten Ecke! Zitternd griffen seine Hände nach dem Tuch, knüllten es zusammen. Dann rannte er im Nachthemd, an den Füßen rotseidene Pantöffelchen, auf deren Rist zwei in Gold gestickte Windhunde jagten, die Treppe hinab und riss die Tür zu Hoffmanns Zimmer auf. Der hantierte mit einem Zirkel über Zeichnungen und Karten und blickte überrascht auf.

»Heute privatissime?«, kommentierte der Professor Grazianis Aufzug.

»Sparen Sie sich Ihre anzüglichen Bemerkungen!«

Hoffmann ließ den Zirkel auf die Tischplatte fallen.

»Was fällt Ihnen ein«, geiferte Graziani, »ein Hoheitszeichen König Ferdinands zu entfernen?! Auf wessen Seite stehen Sie?! Darauf gibt es nur *eine* Antwort: auf Seiten des Erzfeinds, auf Seiten Englands!«

Hoffmann deutete auf einen am Fenster stehenden Korbsessel: »Setzen Sie sich, ich will es Ihnen erklären –«

»Erklären?! *Sie* werden sich zu erklären haben, und zwar, wenn Sie in Neapel vor Gericht stehen!«

»Langsam, langsam, Sie täuschen sich in den realen Verhältnissen.«

»Und Sie, Professore, übertreten Ihre Befugnisse! Sie sind von Seiner Majestät angestellt worden, die gottverdammte Insel zu kartieren, nicht aber, den berechtigten Anspruch der Krone auf diese Weise zu untergraben!«

Hoffmann lehnte sich zurück, atmete tief durch und setzte erneut an: »Es mag aus Ihrer Sicht so erscheinen, als hätte ich meine Kompetenz überschritten. Aber ich erinnere Sie, dass wir uns auf Graham Island –«

»Ferdinandea!«, brüllte Graziani. »Dieser Name war sogar Ihre Idee!«

»– dass wir uns also auf Ferdinandea in englischer Hand befanden. England hat de facto die Insel als Erster in Besitz genommen.

Und selbst wenn dem nicht so wäre, würde die rohe Gewalt Fakten setzen. Sprich: achtzig Kanonen gegen meinen Zirkel, Kupffers Palette und Ihr Fähnchen.«

Graziani blickte verwirrt, seine Argumentation brach weg. Dann setzte er doch nach: »Sie sprechen von zweifelhaften Tatsachen, ich vom moralischen Recht, ja von einem Völkerrecht. Schließlich liegt Ferdinandea eindeutig in den Hoheitsgewässern Neapels.«

»Darin sind die Juristen anderer Meinung. Malta ist auch englisch und Gibraltar ebenfalls. Nur weil vor einigen Tagen noch ein Fischkutter aus Sciacca dort draußen dümpelte, leitet sich daraus kein Besitzanspruch ab.«

»Und wenn wir die Insel teilten? Mit einer Demarkationslinie zwischen England und Neapel?«

»Graziani, die Engländer werden nicht dulden, dass die Insel geteilt wird. Es geht hier nicht um eine halbe englische Quadratmeile zweifelhaften Landes –«

»Sizilianischer Heimaterde!«

»– sondern um die Beherrschung der Meerenge zwischen Sizilien und Tunesien. Übrigens glaube ich, dass die Franzosen ihre Flanke in Algerien und ihren Einfluss in der Levante gerne besser geschützt sähen, und eine kleine Insel just an dieser Position wäre hierfür ideal. Ich fürchte, wir sind nicht mehr lange allein vor Ort!«

»Wer vor Ort sein darf, bestimmt noch immer König Ferdinand. Und ich bin hier sein Repräsentant.«

»Sie sind strafversetzt.«

»Wollen Sie mit mir die Klingen kreuzen?«

»Nein, danke, die Wissenschaft benötigt mich noch länger. Übrigens ist vorgestern ein amerikanischer Reporter angekommen. Vom ›Baltimore Chronicle‹. Ein Schwatzmaul, wie es scheint. Und da er weder Mund noch Tinte wird im Zaum halten können, wird bald die ganze Welt wissen, welche Bescherung wir hier haben.«

»Umso besser! Die Welt wird Neapels Rechte anerkennen!«

»Die Welt wird entweder vor Englands Pranke oder vor Frankreichs Klauen kuschen.«

»Verräter!«, schrie Graziani. »Ich werde Seiner Majestät Bericht erstatten! Ihre Tage in Seinen Diensten sind gezählt!« Er stürmte hinaus. Hoffmann hörte die Pantoffeln über die Steinfliesen schlappen.

Im Dämmer stieß Graziani mit einem Mann in kariertem Tweed zusammen. Der andere grinste jovial und sagte: »Nice to see you.«

»Lassen Sie mich in Frieden!«, raunzte Graziani, rannte – die goldenen Windhunde auf seinen Pantoffeln schienen ihn anzutreiben – ins obere Stockwerk und schlug die Tür hinter sich zu. Er griff zu Papier und Feder und verfasste einen Bericht an König Ferdinand.

~ ~ ~

Als Rosalia nachmittags in Alessandros Büro kam, fand sie ihn mit einem Brief Grazianis vor, den er »ins Reine« schrieb.

»Hör dir das an. Wie klingt das:

So haben unsere Matrosen, verstärkt von einer Landwehr aus Sciacca, in einem nächtlichen Handstreich die Engländer bezwungen. Deren Schaluppe wurde in Brand gesetzt und versenkt. Gefangene wurden nicht gemacht. Die Insel, die wir Eurer Majestät zu Ehren Ferdinandea tauften, ist fest in sizilianischer Hand. Eine Intervention aus Neapel ist nicht nötig. Wir werden Majestät über Neuigkeiten auf dem Laufenden halten.

Ich ersterbe in untertänigster Demut, Lorenzo Graziani.«

»Ich ersterbe in was?« Rosalia musste lachen.

»So drücken sich die feinen Leute eben aus. Kriecher und Schmeichler sind sie. Wenn sie uns nur in Frieden lassen. Ich möchte nicht noch mehr Arbeit haben. Bin ich Postmeister, um mir vor lauter Schreiberei die Haare grau werden zu lassen?«

Zärtlich strich Rosalia Alessandro über den Kopf: »Oh nein, es reichen schon die, die ich sehe. Aber lass den Schreibkram, Sandro, es gibt angenehme Neuigkeiten: Eine fahrende Marionettenspielertruppe ist in der Stadt! Heute Abend geben sie auf dem Marktplatz eine Vorstellung. Du gehst doch hin?«

»Sizilianische Marionetten?«

Rosalia nickte. »Francesco nehme ich mit. Er redet von nichts anderem mehr.«

Es klopfte an der Tür. Alessandro öffnete. Es war der Amerikaner.

»Hier dringend Bericht. Wann nächstes Postschiff nach Malta? Für London, sehr dringend, für englische Zeitung und für amerikanische auch.«

»Nach Malta geht morgen früh ein Schiff. Ich kümmere mich darum.«

»Gut. Porto auf meine Zimmerrechnung. Danke sehr viel.«

Newman grüßte und ging.

Alessandro öffnete geschickt den Brief, ohne das Siegel zu zerbrechen.

»Englisch«, murmelte er enttäuscht.

Rosalia lachte: »Was hast denn du gedacht? Lass doch. Was weiß denn der Amerikaner schon? Er war ja nicht mit auf See. Er kann nicht mehr wissen, als man sich im Städtchen erzählt. Und das wird ohnehin über kurz oder lang nach außen dringen. Komm, lass den Schreibkram. Heute Abend kommen die Puppenspieler!«

Alessandro küsste sie. »Vielleicht hast du recht. Das gebe ich also morgen für das Postschiff nach Malta ab. Mir schwirrt eh der Kopf: Neapolitaner, Engländer, Deutsche, Amerikaner ... fehlen nur noch die Franzosen ...«

~ ~ ~

Als Rosalia ein Schäferstündchen später das Haus verließ und über den Marktplatz schlenderte, erblickte sie Kupffer. Die Sonne stand bereits knapp über den Häusern und tauchte alles in ein feierliches Licht. Die Mauern schienen zu glühen. Der Maler warf einen grotesken Schatten: Seine hagere Gestalt, noch um einen Zylinder verlängert, floss als Schemen über das Pflaster, knickte an einer Mauer ab und wand sich eine Fassade hinauf. Dort sah sein Profil noch scharfkantiger aus als sonst. Für einen Augenblick schauderte Rosalia vor ihm. Hinter dem Maler ging Francesco. Unter Mühen zog er einen Handwagen. In der Karre lagen Kupffers Koffer und Staffelei.

Der Maler kam quer über den Platz.

»Da sind Sie ja, Signora. Ich habe Sie überall gesucht.«

»Ich hatte außer Haus zu tun.«

»Ach ja? Was hatten Sie denn zu tun?«

»Das geht Sie nichts an.«

»Vielleicht geht es mich an, was Sie mit meinem Gemälde gemacht haben?«

»Welches Gemälde?«

»Sie wissen schon, welches Gemälde! Haben Sie es versteckt? Verkauft? Gar vernichtet?«

Rosalia trat die Offensive an: »Sie meinen die nackte Schweinerei?«

»Schweinerei??« Kupffers Stimme überschlug sich. »Sie haben keine Ahnung von der Schönheit! Sie wissen gar nicht, was das ist!«

»Vielleicht weiß ich nicht, *was* das ist. Aber ich weiß, *wer* das ist! Nämlich mein Bruder. Und ich mag es nicht, wenn Sie ihn malen und Schande über die Familie bringen!«

»Schande! Dieses Wort aus *Ihrem* Mund?! Mir scheint, die Schande in Ihrer Familie geht von jemand anderem aus!«

»Was wollen Sie damit andeuten, Sie Kleckser?!«

»Halten Sie den Mund und sagen Sie mir, was Sie mit meinem Bild gemacht haben! Es ist ein Meisterwerk, falls Sie das mit Ihrem Maushirn überhaupt begreifen!«

»Ich habe Ihr Machwerk ins Hafenbecken geschmissen, wohin es gehört! Dort kann es zwischen all dem anderen Unrat verrotten!«

Kupffer sank in sich zusammen, er wurde aschfahl. »Sie sind, Sie sind«, flüsterte er – er rang nach Worten, nach einem Gedanken. »Ich bin es leid, dass in meinen Sachen gewühlt wird! Dass Sie mich bestehlen! Niederträchtiges Pack! Alle steckt ihr unter einer Decke! Aber Angelo werdet ihr nicht hinabziehen in eure gemeine Welt!«

Mit hochmütigem Blick wandte er sich um, pfiff nach Francesco und ging die Straße hinab, ohne sich noch einmal umzusehen.

Rosalia rief: »He, Francesco, komm nicht zu spät zum Marionettenspiel!«

Francesco nickte und zog weiter.

Am Ende des Marktplatzes, gegenüber der Kirche, hatte die fahrende Schauspielertruppe inzwischen damit begonnen, ein Podest aufzubauen. Rosalia schlenderte vorüber. Sie freute sich auf die abendliche Vorstellung und summte eine Melodie. Eben verschwand die Sonne hinter den Häusern.

Viola silvatica

DER AUGUST JENES JAHRES 1831 war heiß und trocken wie seit Langem nicht. Berlin duckte sich unter einer Glocke aus Dunst und Staub. Die Spree stand beinahe still. Wer konnte, verließ die Stadt und ging in die Sommerfrische. Wer aber im Steinlabyrinth bleiben musste, verkroch sich in das Innerste seines Hauses, schlief tagsüber und arbeitete abends und des Nachts. Viele Geschäfte schlossen zur Mittagszeit, eine mittelmeerische Siesta hielt Einzug, und selbst preußischer Drill und märkische Zähigkeit konnten dem allmählichen Abbröckeln des gesellschaftlichen Lebens keinen Einhalt gebieten.

Alexander von Humboldt hielt im Kuppelsaal des Museums am Lustgarten, das vor Kurzem von König Friedrich Wilhelm III. dem Volk übergeben worden war, einen Vortrag über seine vor zwei Jahren unternommene Reise nach Russland und Innerasien.

Der Vortrag – eine Matinee – war auf elf Uhr angesetzt. Die Luft in den staubigen Straßen zitterte bereits. Selbst im Museum hatte sich die Hitze breitgemacht, und so erlagen einige der tapfer erschienenen Damen (wer konnte fehlen, wenn Humboldt mit seinen schön ondulierten Silberlocken dozierte?) der Schnürung ihres Leibes und dem Martyrium des Fischbeinkorsetts und mussten aus dem Kuppelsaal in die Vorhalle getragen werden, wo man sie mit Riechsalz wieder in die Welt beförderte. Auch etliche

Herren – angetan in Wams und gestärktem Hemd mit Vatermörder – wurden abtrünnig und suchten das Weite.

Doch Humboldt störte das nicht. Er hatte die Blutegel des
Orinoko, die Würgeschlangen des Amazonas und die Mücken-
schwärme der Tundra überlebt und nahm die langsame Lichtung
der Reihen kaum wahr. Während seines Vortrags atmete er die
Weite der Ebenen an der unteren Wolga und die flimmernde Luft
Kasachstans. Alles andere war für ihn nicht von Belang.

Den Applaus der Ausharrenden verscheuchte Humboldt wie
lästige Fliegen und verließ den Saal, ohne die nach einem Händedruck oder einem Autogramm Dürstenden überhaupt zu beach-
ten. Draußen auf der Freitreppe – unter sich das monumentale
Rund einer aus rosafarbenem Granit geschliffenen Schale, links
Schinkels Dom, weiter hinten die Fassade des Schlosses – hielt er
einen Moment lang nach einer Mietkalesche Ausschau. Es war
keine zu sehen, und so nahm er den Weg zu seiner Wohnung in
der Oranienburger Straße zu Fuß.

Der Dunst von der Spree stank nach schlammiger Fäule, die
Häuserwände glühten und schienen unter der Hitze Risse zu
bekommen, im Straßenstaub lagen zwei Köter und dösten oder
waren vielleicht schon verendet – Humboldt nahm diese Eindrü-
cke allenfalls wie flüchtige Erscheinungen wahr. Im Geiste sah er
sich bereits im Halbdunkel seines Arbeitszimmers. Als er wenig
später tatsächlich am Schreibtisch saß – trotz der Hitze bullerte
auf einem Vertiko ein russischer Samowar –, hätte er nicht zu
sagen gewusst, wo er seinen Überrock, den Zylinder und den Spazierstock gelassen hatte.

Humboldt studierte die Tagebücher und Exponate seiner Russ-
landreise und versuchte, Ordnung in etwas zu bringen, das wegen
der Überfülle kaum zu ordnen war. Die Kladden und Notizbücher,
Akten und Zeichnungen, Briefe und Skizzen häuften sich auf
Schreibtisch, Kartentischen und Kommoden, auf einer Chaise-
longue und zwei Fauteuils. Wenn Humboldt durch das Zimmer
schritt – im Gehen konnte er am besten nachdenken –, musste er

darauf achten, nicht auf Herbarbögen und Landkarten zu treten, die auf den Teppichen ausgebreitet lagen.

Gerade kauerte der Gelehrte über einer Detailkarte des Wolga-Deltas, als der Diener leise eintrat und auf einem silbernen Tablett die Briefe und Visitenkarten des Tages brachte. Das geschah, ohne anzuklopfen und ohne ein Wort. Humboldt wünschte es so, um nicht aus seinen Gedanken gerissen zu werden. Erst als er zum Schreibtisch zurückging und unter den Zetteln und aufgeschlagenen Büchern nach seiner Lupe suchte, bemerkte er die Post.

Die Visitenkarten und Billets – meist Buhlversuche von Verehrerinnen, alten und jungen Jungfern, reifen Matronen und unglücklichen Ehefrauen – schob Humboldt unwirsch in den genau unter der Tischkante stehenden Papierkorb. Die Briefe sortierte er nach den Absendern und warf einige ungelesen weg. Ein rot versiegeltes Schreiben mit amtlichen italienischen und deutschen Vermerken öffnete er. Es stammte von Friedrich Hoffmann. Humboldt war ihm vor ein paar Jahren in Berlin begegnet und hatte Hoffmanns naturkundlichen Eifer wohlwollend zur Kenntnis genommen.

Der Brief war von Sizilien per Schiff nach Genua und von dort per Eilboten über die Schweiz und quer durch Deutschland expediert worden. Humboldt sah auf das Datum: Das Schreiben hatte nur zwei Wochen gebraucht! Er staunte über das Tempo der gegenwärtigen Eilpost und nahm freudig den verkehrstechnischen Fortschritt der Moderne zur Kenntnis.

Hoffmanns Handschrift war fisselig. Humboldt ärgerte das. Es zwang ihn, seine Lesebrille aufzusetzen. In der Öffentlichkeit hatte er deren Gebrauch lange vermieden. Es erschien ihm peinlich, trotz seiner fast zweiundsechzig Jahre, und als Eingeständnis einer Schwäche. Humboldt ging, die Brille auf der Nasenspitze, zum Fenster, dessen Vorhang zu drei Vierteln zugezogen war, um die Hitze draußen zu halten, und las im Lichtspalt:

Exzellenz!

Sicher haben Sie es schon in den Gazetten gelesen – die Journaille ist ja schneller als die Taxis'sche Eilpost –, doch vermute ich, dass Halbwahrheiten und Übertreibungen darin stehen. Bei unserer letzten Begegnung Unter den Linden erzählte ich Ihnen, dass ich nach Neapel berufen würde, um Untersuchungen zur Geologie des Landes durchzuführen. Der König ist ein junger Mensch, hat aber trotz seiner Jugend das Benehmen eines alten absoluten Monarchen. Gleichwohl lässt es sich hier leben, sofern man sich nicht um die Kabalen bei Hofe und die Intrigen in den hiesigen akademischen Kreisen schert.

Das Räuspern des Dieners schreckte Humboldt auf.

»Exzellenz, Sophie von Prittwitz ersucht um eine Viertelstunde ...«

Humboldt blickte ihn entgeistert an.

»Die Dame, die neulich bei der Soiree im Hause Savigny ...«, erklärte der Diener.

»Ach, die«, Humboldt nickte. Die Silberlocken zitterten. »Sagen Sie ihr, dass ... keine Zeit ... ich meine ... also nicht so direkt ... Kopfschmerzen oder so.«

»Die Hitze vielleicht?«

»Welche Hitze?« Humboldt sah den Diener fragend an.

»Nun, die Hitze draußen. Sie macht jedermann zu schaffen.«

»Weiß nicht, wovon Sie sprechen. Hitze? Sagen Sie der Dame ... sie soll morgen, kann auch übermorgen, aber nicht vor fünf Uhr ... oder nein ... bleibt sonst zum Tee ... oder besser nicht ... bin krank und in Vorbereitung eines Vortrags ...«

»Exzellenz, beides geht nicht ... aber lassen Sie nur, ich deichsle das!«

»Ja, deichseln Sie! Frau von Pirschitz wird's verstehen.«

»Prittwitz.« Des Dieners Miene blieb unbewegt. Er wandte sich um und verließ das Zimmer.

Humboldt las weiter:

Ein Zufall hat mich auf eine Expedition gebracht, die an den Rand des Königreichs führte, genauer: nach Süden, an die mittelmeerische

Küste Siziliens. Wenngleich man mir eine Begleitung durch einen degradierten Polizeichef auferlegt hat, kann ich doch ungestört forschen und dem wissenschaftlichen Fortschritt dienen. In der zweiten Julihälfte gelangten erste, vage Berichte über ein seltsames Phänomen nach Neapel – pikanterweise aus London. Die Engländer sind wie so oft besser und schneller informiert. Fischer aus dem hiesigen Städtchen Sciacca entdeckten eine Dampf- und Rauchsäule, die nach Schwefel stank. Weitere Beobachtungen, auch seitens einer maltesischen Brigg, ließen vermuten, dass es sich um die vulkanische Geburt einer Insel handelt. Ich selbst konnte vorgestern, ...

Humboldt sah nochmals auf das Datum des Briefes.

... in Begleitung eines deutschen Kunstmalers ein Schiff besteigen und zu der Insel fahren, um das Land zu vermessen und die vulkanischen Vorgänge zu untersuchen. Erste und nicht kleinste Überraschung war, dass bereits ein englisches Kriegsschiff, die »St. Vincent«, vor Anker lag. Auf der Inselkuppe wehte der Union Jack. Das Schiff unter dem Befehl des Vizeadmirals Hotham wurde von der Londoner Regierung gesandt, um die Interessen Englands in der strategisch wichtigen Meerenge zu vertreten. Die Gentlemen haben dem Eiland bereits einen Namen gegeben und es zu Ehren von Sir James »Graham« getauft. Es ist müßig zu betonen, dass mich als Forscher solch politisches Geplänkel nicht interessiert und ich mich unter freundlicher Billigung der Engländer sofort an die Vermessung von Graham Island machte.

Der Diener berührte Humboldt an der Schulter. Der zuckte zusammen.

»Was zum Teufel! Erschreckt mich ...«

»Verzeihung, Exzellenz, aber die Hartnäckigkeit von Frau von Prittwitz ... Sie bat mich, Ihnen diesen Brief zu geben.« Der Diener reichte seinem Herrn ein versiegeltes Briefchen aus blauem Papier, das stark nach Veilchen roch.

Humboldt krauste die Nase und bog den Kopf zurück: »Viola odorata.«

»Wie?«, fragte der Diener.

»Viola odorata«, wiederholte Humboldt, »vielleicht auch mirabilis oder collina. Müsste ich genauer bestimmen. Mirabilis in der
Blüte etwas heller, collina bewimpert. Im Duft aber sehr ähnlich.«

»Mit Verlaub, Exzellenz, ich muss berichtigen: ›Mystères de
Paris‹, der Modeduft der Saison.«

»Unsinn. An der Seine riecht's anders. Das hier ist mirabilis,
allenfalls silvatica.«

»Und Frau von Prittwitz?«

»Sagen Sie ihr: Soll morgen kommen. Odorata oder mirabilis.
Genauere Analyse erst morgen möglich.«

Der Diener wollte etwas erwidern, sah aber seinen Herrn
bereits wieder in die Lektüre eines Briefes versunken und schlich
sich achselzuckend hinaus.

*Hier ein erster Kurzbericht, den ich in den nächsten Wochen bei
einem zweiten Landgang zu vervollständigen trachte, in der Hoffnung, dass ich bei meiner Rückkehr nach Preußen einen ausführlichen Report in Buchform werde vorlegen und an der Akademie der
Wissenschaften in Vorträgen darstellen können.*

*Graham Island hat einen Umfang von etwa fünfzehntausendneunhundert preußischen Fuß oder nullkommasechs preußischen
Meilen ...*

»Nullkommasechssechszwei«, murmelte Humboldt missbilligend.

*... sie ist beinahe kreisrund, nur an der Südseite weist sie eine kleine
Bucht auf.*

Breite? Tiefe? Humboldt schüttelte verärgert den Kopf.

... Der Gipfel der Insel ist etwa einhundertsiebzig bis zweihundertzehn preußische Fuß hoch.

Etwa! Etwa! Was waren das für Aussagen?

*Die Substanzen, aus denen sich die Insel zusammensetzt, sind in
der Hauptsache Asche und pulverisierte Kohle, aus welcher Bitumen
entzogen ist. Außerdem Eisenoxid und eine Art eisenhaltigen Lehms
oder oxidierter Erde.*

Oxidierte Erde! Wusste der Kerl überhaupt, was er schrieb?

Die eisenhaltigen Materialien kommen in unterschiedlichen Gewichts-

anteilen vor: Einige sind kompakt, dicht und voll, andere leicht,
krümelig und gestaltlos, mit metallischem Glanz ...

Genauer! Zum Teufel, genauer!

... sie sind leicht magnetisch. Ich fand nur ein Basisgestein, ein Stück
Kalkstein, etwa zwei Pfund schwer, zusammen mit der Erde aus-
geworfen, das keine Anzeichen von Brand oder Versengung trug. Es
gab kaum Spuren von Lava, nur vereinzelt Terra puzzolana ...

»Will der mich narren?«, murmelte Humboldt.

... kein Bimsstein oder Trass, keine Muscheln oder andere marine
Überreste, wie man sie gewöhnlich am Ätna und am Vesuv findet.
Um die Insel herum, wo Neptun seine Avancen macht ...

»Will der Kerl Sonette schreiben?!«, rief Humboldt ärgerlich und
klingelte nach dem Diener. »Eine Tasse Tee! Aber nicht dieses
schauderhafte englische Zeug. Guten märkischen Fencheltee!«

Der Diener nickte und wagte anzumerken: »Die Dame ...«

»Soll warten!«

Der Diener ging hinaus.

... fallen die Seitenwände der Insel jäh hinab. Wir konnten dort jedes
Stratum unterscheiden, das von jeder Eruption einzeln ausgeworfen
worden war ...

Das Wort »Stratum« versöhnte Humboldt.

... als das Wasser verdunstete, blieb eine Salzinkrustation zurück,
die nun als weiße, feste Schicht erscheint.

Der Diener brachte den Fencheltee. Humboldt nahm die Tasse
und las im Trinken weiter.

Die Oberfläche der Insel ist mit einer ähnlichen Inkrustation
bedeckt, an manchen Stellen so dick, dass sie bereits aus einiger
Entfernung zu sehen ist.

Der Diener räusperte sich.

»Exzellenz, Frau von Prittwitz ... Sie wollte Ihnen dies Sträuß-
chen gern selbst überreichen, bat nun aber mich, es zu tun.« Der
Diener streckte Humboldt ein Biedermeirsträußchen entgegen.

Humboldt betrachtete die blauvioletten Blüten, ohne den
Strauß entgegenzunehmen. »Also doch Viola silvatica«, sagte er.

Dann wandte er sich wieder Hoffmanns Bericht zu.

»Darf ich der Dame sagen, sie möge morgen zum Tee ...«

»Später, später.«

»Also später?!«

Humboldt brummte und las weiter. Der Diener goss aus einem Kännchen etwas Wasser in eine Kristallvase auf der Kommode und stellte die Veilchen hinein. Dann verließ er den Raum. Humboldt las weiter:

> Was die Natur der Insel anbelangt, so existiert keine Kohärenz in ihren heterogenen Partikeln. Wenn man das steile Abfallen der Bergflanken und das fortwährende Heranstürmen der Meereswellen bedenkt, glaube ich folgern zu können, dass es in der Zusammensetzung der Insel keine permanente Stabilität gibt. Der unstillbare Ozean ...

Der unstillbare Drang der Deutschen nach Poesie!, dachte Humboldt tadelnd.

> ... wird die Insel an ihrer Basis überfordern. Die Himmelswinde werden die staubige Oberfläche in alle Richtungen verstreuen. Der Regen wird die Salzkruste auflösen, und die zerbröckelnde Ruine ...

Welche Ruine? Die Insel war doch unbewohnt.

> ... die zerbröckelnde Ruine wird allmählich versinken und schließlich nicht mehr sein als eine Untiefe, die kaum über das Meeresniveau hinausreichen wird. Der schreiende Seevogel wird den dunklen und trostlosen Platz umgehen. Und selbst die Bewohner der Tiefe werden das verrufene Riff meiden.
>
> In vorzüglicher Hochachtung,
> Friedrich Hoffmann.
>
> Postskriptum: Könnten Sie veranlassen, ein Sortiment von Zinnsoldaten nach Neapel zu expedieren? Seine Majestät Ferdinand von Neapel belieben damit zu spielen. Das hält ihn bei Laune.
> Post Postskriptum: Vorzugsweise preußische Uniformen und Abzeichen. Danke!

»Unsinn!«, entfuhr es Humboldt. »Der schreiende Seevogel! Verrufenes Riff! Geschwalle!« Er klingelte erneut nach dem Diener.

»Noch einen Fencheltee!«

»Sehr wohl, Exzellenz. Aber die Dame ...«

»Später, später!«

Humboldt sah zum Fenster hinaus. Das mit dem Verschwinden der Insel war Humbug! Keine Insel wurde von der Natur unter wochenlangen Anstrengungen geboren, damit sie wenige Wochen später wie eine Fata Morgana wieder verschwand. Die Engländer hatten begriffen, was das Eiland wert war. Verstand Hoffmann überhaupt, was da geschah? Er war doch nicht vor Ort, um nur zu vermessen und zu spezifizieren und so zu tun, als wäre seine Aufgabe damit erledigt. Er war doch nicht nur Wissenschaftler, sondern auch Preuße!

Ein süßlicher Geruch stieg Humboldt in die Nase. Sein Blick traf auf den Veilchenstrauß. Erzürnt riss der Gelehrte die Blümchen aus der Vase, öffnete das Fenster einen Spalt, schleuderte den Strauß hinaus, grummelte ein bissiges »Viola silvatica« hinterher. Danach war ihm wohler.

Humboldt suchte seinen Zylinder, seinen Stock, fand beide nicht dort, wo sie immer hingen, auch der Sommerrock lag seltsamerweise nicht über dem Stuhl neben der Tür. Er griff aus dem Schrank den dicken Winterrock, warf ihn sich über und rannte die Treppe hinunter.

Im Vestibül saß eine vorzeitig verblühte Frauengestalt, der in der Hitze des Sommernachmittags der Schweiß über die Schläfen rann. Vergebens versuchte sie, ihn mit einem stark nach »Mystères de Paris« duftenden Taschentuch aufzusaugen.

Humboldt stürmte vorbei, ohne die Dame eines Blickes zu würdigen. Sie sprang entgeistert auf, rief ein »Herr Baron!«, das Humboldts Ohr allerdings nicht mehr erreichte. Schon war er draußen vor dem Haus, rannte die paar Stufen zum Trottoir hinab, winkte einer Mietkalesche und befahl: »Zum Schloss!«

»'N kleen Aujenblick, meen Herr, ick muss ma eben ditt Jeschirr richten, sonst brennt mir der Jaul durch. Een Aujenblick nur, denn kann's los ...«

Der Kutscher brachte seinen Satz nicht zu Ende und blickte ratlos dem Herrn im dicken Mantel nach, der bereits ein ganzes Stück weitergerannt war, eben mit der Schuhspitze einen am Boden liegenden Veilchenstrauß in den Rinnstein stieß und nun um die Ecke Richtung Schloss bog.

»Nee, nee«, murmelte der Kutscher und spuckte etwas Kautabak aus, »wohin ditt noch führen soll. Allet rennet, rettet, flüchtet. Keener hat mehr Zeit nich. Als hätten se ne Dampfmaschine unnern Hintern jebunden.«

Bühnenspektakel

IN ANDEREN WELTGEGENDEN mochten die Menschen einem Gespenst nachjagen, das sie hilflos »die Moderne« nannten – in Sciacca hingegen verlief alles wie bisher. Eine Insel war unter Feuer und Rauch den Fluten entstiegen. Nun ja, das kannten die Sizilianer von ihrem Ätna auch, nur dass der weit bedrohlicher war als jener stinkende Haufen in der Weite der See.

Wenn etwas die Sciacchitani erhitzte, so der Neid. Man tuschelte einander allerhand zu über Rosalia Fiorini, die unter dem Geldregen der beiden Damen aus England wie eine Blume aufging, und über den Vater ihres Bankerts, den Postmeister, der die Inseljäger beherbergte: den deutschen Professore, den neapolitanischen Spitzel und seit Neuestem auch einen Mister aus Amerika, von dem es hieß, er gehöre der schreibenden Zunft an. Die alte Lucia wollte gar gehört haben, es sei zwischen Rosalia und dem deutschen Maler zu einem Streit gekommen. Er habe daraufhin ihr Haus verlassen und sich mit Grampi zusammengetan. Freilich war diese Zeitung so frisch, dass sie noch färbte und nur mit spitzen Fingern anzufassen war. Man würde sehen, was davon übrig blieb, waren Rauch und Dunst erst verflogen!

Unter solchem Geschwätz verging in Erwartung des Marionettenspiels die Zeit, die man auf Sizilien seit jeher totzureden wusste. Bereits eine halbe Stunde vor Beginn der Vorstellung füllten sich an diesem Abend die Reihen – einfache Holzbänke, die im

Halbrund um ein erhöhtes und mit einem schwarzen Vorhang ver-
hülltes Podium standen. Hinter dem Tuch rumorte es, man hörte
aufgeregtes Flüstern, hin und wieder ein halblautes Fluchwort.
Rosalia saß neben Michele. Sie hatte sich gegen den kühlen
Abendwind eine schwarzwollene Stola umgelegt. Francesco drän-
gelte sich durch die Bankreihen. Er langte in seine Hosentasche
und fühlte nach dem Geldstück, das der deutsche Maler ihm als
Lohn für seinen Dienst zugesteckt hatte. Davon erzählte Francesco
aber nichts. Auch nichts davon, dass er mit seinem Freund Niccolò
in der unverschlossenen Kirche gewesen war.

Eben ging ein Bäcker durch die Reihen und pries Zuckerkringel
an, die an einer Stange aufgereiht waren. Francesco wollte schon
das Münzstück zücken, da kam ihm Alessandro, der zwei Reihen
hinter ihm saß, zuvor. Er kaufte einen Kringel und reichte ihn
nach vorne durch. Michele, der eine Wut auf den Postmeister
hatte, weil dieser tags zuvor beim Trick-Track sechs Mal hinterei-
nander gewonnen hatte, wandte sich um:»Glaubst du, ich kann
meinem Sohn nicht selbst so Zuckerkram kaufen?«

»Du Geizhals kriegst doch den Geldbeutel nicht auf!«

Michele sprang auf, machte eine drohende Geste. Rosalia zog
ihren Mann beschwichtigend auf die Bank zurück.

»Schreibtischhengst«, knurrte der noch nach hinten.

»Ja, ein Hengst wird er wohl sein«, mischte sich die alte Lucia
ein.

»Halt den Mund, du borstige Vettel, sonst schlag ich dir deine
letzten drei Zähne aus!«, fuhr Michele sie an.

Lucia duckte sich erschrocken. Rosalia tuschelte Michele etwas
ins Ohr und nötigte ihn, wieder nach vorne zu blicken. Hinter dem
Vorhang wurde noch immer eifrig gewerkelt.

»He, seid ihr bald so weit, oder wollt ihr den Sonnenaufgang
abwarten?!« Das war Angelo, der drei Reihen weiter vorne saß.

»Gleich, gleich, Signori«, knurrte einer der Puppenspieler.

Rosalia traute ihren Augen kaum: Eben schoben sich die beiden
Damen, die sich bei ihr einquartiert hatten, in die vordere Reihe

und verschafften sich mit quirligen Bewegungen ihrer Fächer neben Angelo Platz.

»Nun sieh dir das an!«, flüsterte Rosalia ihrem Mann zu. »Wie sie herausgeputzt sind! Als ging's zu einer Hochzeit.«

»Hüte deine Zunge, Rosalia«, mahnte Michele.

»Aber wie sie sich ausstaffiert haben! Diese Gänse!«

Michele zuckte mit den Schultern. »Ich weiß nicht, was du willst. Die eine geht doch, in ihrem blauen Kleid, das ist doch die Engländerin, nicht?«

»Ja, eine Signora Grey. Ich glaube, ihr Vater ist ein hohes Tier. Hat Hochwürden behauptet.«

»Als ob der sich in England auskennt! Und die andere?«

»Eine Französin, Pauline de Chermette.«

»Oh là là! Das klingt aber hübsch.«

»Ihr Männer seid so schnell zu umgarnen! Da reicht es schon, wenn eine einen ausgefallenen Namen trägt!«

»Die kleine Französin kam mit der Engländerin?«

»Ja, sie sind Freundinnen. Leben beide in London. Was sie hierhertreibt, bleibt mir ein Rätsel.«

»Was wird sie schon hertreiben? Der stinkende Steinhaufen draußen im Meer. Vielleicht pinseln sie auch, wie unser Maler ...«

»Soll ich dir etwas verraten?« Rosalia sah ihren Mann angriffslustig an. »*Unser* Maler hat heute das Haus verlassen.«

»Hat es ihm bei uns nicht gefallen?«

Rosalia starrte nach vorn.

»Rosalia!«, Michele sah seine Frau scharf an. »Du verschweigst mir doch etwas?«

»Weiß ich, was in dem wirren Kopf eines deutschen Malers vor sich geht?«

»Du hast bestimmt mit ihm gestritten?! Hat das mit seinen Bildern zu tun? Ich meine, dass er Angelo ...?«

»Still jetzt!«, fauchte Rosalia. »Ich glaube, es beginnt.«

Der Vorhang ging auf und gab eine etwa vier Meter breite Bühne frei. Im Hintergrund war eine Leinwand gespannt, auf die von ungelenker Hand eine Berglandschaft gemalt war. Auf zwei bewaldeten Kuppen thronten düstere Ritterburgen. Im Proszenium standen ein paar ärmliche, zerzauste Bäumchen.

»Der Deutsche hätte es besser gekonnt«, flüsterte Michele seiner Frau zu.

»Pscht!«, zischte jemand von hinten.

Das Spiel begann.

Herein trabte ein etwa hundsgroßer Rappe. Auf ihm, mit durchgedrückten Knien, ein wild blickender, schnauzbärtiger Ritter, der ein Schwert hielt. An zwei Eisenstangen geführt, ruckelten und zuckelten Ross und Reiter. Die Puppenspieler standen auf einem Gerüst, das vor den Zuschauern mit Tüchern verborgen war und dessen Bretter unter dem Gewicht ächzten.

Ein entzücktes Raunen ging durch das Publikum, das sofort abbrach, als der Ritter zu sprechen begann. Es war eine hölzerne Sprache, hölzern wie Rumpf und Gliedmaßen der Puppen, aber nicht aus einer abgeschiedenen Gegend stammend, sondern in altertümlichen Wendungen und Bildern, wie der Pfarrer sie in seinen Predigten gebrauchte, wenn er besonders feierlich sein wollte.

Von rechts erschien ein Mönch, auch er wurde an einer Stange geführt.

»Das ist ja Don Sebastiano!«, rief einer aus dem Publikum.

»Ruhe!«, schrie ein anderer.

Der Mönch verneigte sich vor dem Ritter: »Seid gegrüßt, edler Herr, Graf Raimon von Roussillon. Ihr seid wohlbehalten zurück vom Feldzug gegen die Heiden?«

»Jawohl«, sprach der Graf vom Pferd herab, »heldenmütig habe ich unser Land gegen die Sarazenen verteidigt. Gefangene wurden nicht gemacht! Das Blut stand knöchelhoch auf dem Schlachtfeld. Die Araber haben mich mit dem Beinamen ›der Grausame‹ geehrt!«

»Gesegnet seid Ihr«, sprach der Mönch unterwürfig, »im Namen der huldreichen Jungfrau Maria. Herr von Roussillon, Ihr seid streng, aber gerecht. Gottes Segen sei über Euch und Eurem Land. Der Herr sieht huldvoll auf Euch, hat er Euch doch nicht nur Macht und Reichtum gegeben, sondern auch die schönste Frau auf Erden, die edle und anmutige Dame Seremonda.«

»Da hast du recht, Mönch«, antwortete der Graf. »Doch wisse: Es gibt viele, die mich um Macht, Reichtum und meine schöne Gemahlin beneiden. Doch wer immer sich all dem in böser Absicht zu nähern wagt – ich werde ihn mit diesem Schwert«, er reckte es furchterregend in die Höhe, »in Stücke hauen!«

Der Mönch verneigte sich noch tiefer und sprach: »Edler Graf Raimon, erlaubt, dass ich auf Euer Schloss einen Jüngling schicke, der bei mir vorstellig wurde. Er will Euch als Junker dienen. Auch weiß er die Laute schön zu schlagen und Lieder zu singen und wäre eine Zierde für die Feste an Eurem Hof, jetzt, da Ihr Euren Sieg sicherlich feiern wollt?«

»Wie heißt der junge Mann?«

»Guilhem de Cabestanh«, antwortete der Mönch, »und er stammt aus einer angesehenen Familie.«

»So schick ihn aufs Schloss«, sprach Raimon. Daraufhin wandte er sein Pferd und trappelte von der Bühne.

Der Vorhang wurde zugezogen. Dahinter begann ein Schieben und Rumpeln.

»Was kommt jetzt?«, rief ein vorlauter Zuschauer. »Kriegen wir die schöne Frau zu sehen? Ist sie auch so ein Prachtweib wie Rosalia Fiorini?«

»Halt deinen frechen Mund!«, rief Michele nach hinten.

Der Vorhang öffnete sich wieder. Man sah einen kleinen Schlossgarten, von Mauern umgeben, an denen sich Rosen und Geißblatt hinaufrankten. In der Mitte eines Rasenplatzes war ein kleiner Brunnen eingelassen. Auf einer Bank saß eine schöne Dame. Sie trug ein kostbares, funkelndes Kleid. Vor ihr kniete ein junger Mann, eine Laute in Händen. Wieder kam ein vielstimmiges »Ah!« aus dem Publikum.

Der schöne Jüngling begann zu singen:

»In süßem Bangen, /
das Liebe mir beschied, /
sing ich befangen /
Euch, Fraue, all mein Lied; /
in scheuem Sinnen /
schau ich Euch Holde an /
und muss Euch minnen /
mehr, als ich's zeigen kann. /
Sei's wider alle Pflicht, /
ich lass Euch, Fraue, nicht, /
dien Euch in Zuversicht /
und lautrer Liebe immer; /
vor Eurer Schönheit Schimmer /
fühl ich mein Ich vergehn, /
kann nur noch knien und flehn.«

Da ließ der Jüngling seine Laute sinken und neigte sich zur schönen Seremonda. Die streichelte mit ihren zarten Holzfingern über Guilhems Holzkopf und bettete ihn in ihren Holzschoß.

Guilhem aber sprach zu seiner Dame Seremonda: »Ich liebe so sehr. Ein kleineres Maß an Liebe hat schon viele Männer getötet, und ich fürchte, dass der Tag, an dem ich sterbe, nicht mehr fern ist, weil Amor mir teuer ist, er mich dagegen als billig erachtet. Und nicht das ist es, was ich benötigte, da das Feuer, das mich brennt, nicht einmal vom Wasser des Nils gelöscht werden könnte, so wie ein Turm nicht von einem dünnen Faden aufrecht gehalten werden könnte.«

Ein Stöhnen entrang sich männlichen wie weiblichen Kehlen im Publikum. Gebannt verfolgten die Zuschauer jede Bewegung, lauschten sie jedem Wort.

Auch Pauline de Chermette hatte den Blick fest auf die Szenerie geheftet. Zu Beginn der Vorstellung hatte sie sich noch hin und wieder zu ihrer Freundin gebeugt und die eine oder andere süffisante Bemerkung über diese »gelungene Inszenierung eines klassischen Stoffes« fallen lassen. Lady Grey hatte das mit dem ernsten Wort von »unverbildeter Volkskunst« quittiert und ihre Freundin tadelnd angesehen. Daraufhin hatte sich Pauline ihrem Nachbarn zur Linken zugewandt. Es war Angelo, der Bruder der Zimmerwirtin, dessen wohlgeformten Leib sie neulich überraschenderweise auf Leinwand konterfeit gesehen hatte.

Nun sandte sie dem jungen Burschen heimliche Blicke zu, wagte auch ein Lächeln, das er beantwortete. Das trieb Pauline die Hitze in die Wangen. Das Spektakel versank ihr zunehmend in ein Gemenge aus Fantasie, Traumwelt und dem Blinken der Sterne, die – die Nacht war hereingebrochen – am Firmament zitterten. Pauline war es, als zöge ein geheimer Sog sie nach und nach in das Geschehen auf der Bühne, sie fand sich plötzlich in Seremonda wieder, in deren Hoffen und Bangen, deren Verschämtheit. Es war, als wäre der minnende Jüngling plötzlich nicht mehr aus Holz, sondern aus Fleisch und Blut. Pauline spürte, als sich die kräftigen Finger Guilhems mit den zarten Händen Seremondas verbanden, warm die Fingerspitzen Angelos über ihren Handrücken streichen. Ein Schauer durchzog sie, als die beiden sich ewige Liebe schworen und Angelos Daumen sich in ihre Handballen grub. Was dann folgte, ging im Fieber jener Blitze unter, die Pauline durchzuckten. Der Jüngling verabschiedete sich mit Küssen von seiner Dame und verließ den Schlosshof.

Gleich darauf kam Graf Raimon auf die Bühne gepoltert, seltsamerweise wieder auf seinem Pferd, das den Rasen und die zarten Blumen arg zertrampelte.

Er fragte seine Gattin, was sie denn mit seinem Junker Guilhem zu tuscheln gehabt habe.

Sie antwortete wahrheitsgemäß, er habe ihr, wie es seit einiger Zeit an allen Höfen üblich sei, zum Zeichen seiner ehrlich empfundenen Minne ein hübsches Lied vorgetragen.

Aha, meinte Raimon, ein hübsches Lied? Er habe aber vom Fenster aus gesehen, wie die Laute im Gras gelegen sei und der Jüngling in ihren, Seremondas Armen.

Da brach Seremonda in Tränen aus, und das Herz wollte Pauline schier zerspringen. Raimon aber machte seinem Beinamen des Grausamen alle Ehre und ließ sein schönes Ehgespons von zwei hölzernen Dienern in das oberste Turmzimmer sperren.

Sciaccas Frauen und Männern war schwer ums Herz. Wie würde der hübsche Jüngling die Nachricht von der hinterhältigen Tat aufnehmen? Würde er kühn an der Mauer emporklettern? Oder seiner angebeteten Dame am Turmsockel ein Ständchen bringen? Pauline litt um die beiden, Angstschweiß feuchtete ihre Finger – und so war es gut, Angelos trockene Hand in der ihren zu spüren ...

Wieder schloss sich der Vorhang, wieder öffnete er sich und gab den Blick frei auf das Wäldchen vom Beginn des Spiels. Arglos kam da der jugendliche Guilhem daher, die Laute geschultert, eine wehmütige Weise pfeifend. Plötzlich brachen aus dem Gebüsch vier finstere Burschen, Schergen des Grafen Raimon. Sie waren beritten, die Pferde waren in der Horizontalen auf einen Stab gespießt, als hätten sie ein und denselben Besen verschluckt.

»Das ist praktisch!«, rief einer aus dem Publikum, »dann muss man die Mähren auf der Koppel nicht einzeln einfangen!«

»Verdammt, könnt ihr nicht still sein?!«, rief ein Puppenspieler in die Menge.

Die finsteren Burschen warfen sich auf den Sänger. Verzweifelt wehrte er sich, zog sein Schwert, doch die Übermacht war zu groß: Die Schergen hieben Guilhem nieder, dass er tot zu Boden sank – und schnitten ihm das noch warme, zuckende Herz aus dem Leib!

Ein Schrei des Entsetzens gellte durchs Publikum. »Mörder!«, schrie die alte Lucia.

»Haltet ihn!«, rief ein Mann.

Doch kein strahlender Held erschien, kein ruhmvoller Rächer. Die Übeltäter auf ihren aneinandergespießten Pferden ritten davon.

Pauline rollten Tränen über die Wangen. Unter Angelos heißem Händedruck war ihr selbst, als würde ihr Herz aus der Brust gedreht.

Wieder gab es eine kurze Umbaupause. Das Publikum, noch benommen von der Untat, wagte kaum zu sprechen, tuschelte wie in der Kirche. Plötzlich wurde die unheimliche Stimmung durch den spitzen Schrei der alten Lucia zerrissen. Ein Nachtfalter war ihr an den Hals geflogen. Als sie ihn mit der Hand hatte wegschleudern wollen, war er in den Kragen gerutscht. Jetzt zappelte er im Labyrinth ihres faltigen Matronenbusens.

»Huuuu!«, schrie sie vor Ekel. Sie war von der Bank aufgesprungen und riss und schüttelte an ihrem Kleid, was den Falter aber nur noch tiefer rutschen ließ.

»He, Lucia!«, rief einer. »Hab dich nicht so wie eine Jungfer! Dir kommt doch sonst keiner mehr an die Wäsche!«

Es gab noch etwas Gelächter und Gezerre, bis eine Nachbarin der Fuchtelnden zwei, drei Mal kräftig auf die Brust schlug und dem Falter den Garaus machte.

»Mörder!«, rief eine Männerstimme. »Haltet ihn!«

Da ging der Vorhang erneut auf und gab einen Saal in der Burg des Grafen Raimon frei. Sofort setzte sich das Publikum und war mucksmäuschenstill. An der festlich geschmückten Tafel saßen Seremonda und ihr strenger Gemahl.

»Meine teure Gattin«, fragte Raimon scheinheilig, »habt Ihr wohl geruht?«

»Sehr wohl, mein Herr«, antwortete Seremonda kühl. »Ich habe so gut und fest geschlafen, dass ich sogar großen Appetit verspüre.«

»Das ist recht«, sprach Raimon, »ich habe den Koch angewiesen, eine besondere Speise für Euch zuzubereiten.«

Ein Aufwärter kam herein und brachte zwei Schüsseln. Aus der einen bediente er die arglose Seremonda, aus der anderen den finsteren Raimon. Beide aßen sie, wobei Raimon seine Frau argwöhnisch beobachtete.

Einmal wollte er wissen: »Ist es auch genügend gesalzen und gepfeffert?«

Sie antwortete: »Es fehlt an nichts.«

Als sie beide fertig gegessen und die Löffel beiseitegelegt hatten, fragte Raimon: »Wisst Ihr, was Ihr gegessen habt?«

Seremonda antwortete: »Nein, aber es war ein gutes und schmackhaftes Gericht.«

Höhnisch rief da Raimon: »Ihr habt soeben das Herz des Herrn Guilhem de Cabestanh verspeist!« Er winkte dem Aufwärter, der in einer Schale Guilhems abgeschlagenes Haupt präsentierte.

Pauline presste voller Entsetzen so fest den Daumennagel in Angelos Handfläche, dass der zusammenzuckte. Ein unterdrückter, hohler Schrei entrang sich den Kehlen einiger Zuschauer.

Seremonda aber betrachtete das Haupt des Geliebten ganz ruhig, ohne merkliche Regung, wandte dann das Gesicht zu Raimon und sagte mit unerhörter Gelassenheit: »Seigneur, Ihr habt mich mit so guter Speise bewirtet, wie ich sie niemals zuvor gegessen habe.«

Raimon war über dieses Maß an Selbstbeherrschung sprachlos und stierte seine Frau stumm an. Seremonda erhob sich langsam und würdevoll, ging zum Fenster, öffnete es weit und sah hinaus. Da erhob sich Raimon, zog das Schwert und wollte damit auf Seremonda losgehen. Die aber, ohne seine Absicht bemerkt zu haben, ließ sich klaglos vornüberfallen. Wie ein gefällter Baum stürzte sie durch das offene Fenster. Man hörte ihren Körper unten aufschlagen.

»Das arme Ding!«, rief eine empörte Frauenstimme. Eine leere Weinflasche wurde nach vorne geworfen und zerschellte an Raimons hartem Mörderschädel.

»Wollt ihr euch wohl benehmen!«, schrie ein Puppenspieler. »Ich kann auch abbrechen!«

Die Zuschauer beruhigten sich unter einigem Gemurmel. Raimon aber, dem das Attentat nichts ausgemacht hatte, lachte höhnisch ins Publikum und sprach Unzusammenhängendes von »Rache«, »Blutdurst« und »Metze«, bevor er die Szenerie verließ.

Wieder schloss sich der Vorhang. Kaum hatten die Zuschauer begonnen, über das ruchlose Geschehen erregt zu palavern –

während Pauline das Herz schier zum Hals herausspringen wollte –, als sich der Vorhang erneut öffnete. Man sah den gleichen Raum, nur stand in der Mitte statt der Tafel ein Thron. Darauf saß ein König mit Mantel, Szepter und Krone. Vor ihm kniete im Büßergewand Raimon von Roussillon.

Der König sprach zu ihm: »Warum warst du so hartherzig, Raimon? Du hast um der Gerechtigkeit willen Unrecht getan, um deiner Ehre willen Unehrenhaftes! Sieh, zu viel Gerechtigkeit macht ungerecht, zu viel Ehre bereitet Schande! Deswegen sprechen Wir, Alfons, König von Aragon, dein Lehensherr, das folgende Urteil: Deine Burgen und Schlösser werden beschlagnahmt und bis auf den letzten Stein geschleift. Deine Ländereien werden eingezogen und an andere Vasallen verpachtet. Du aber sollst in den tiefsten Kerker des Landes geworfen werden und dort schmachten, bis die Ratten und Läuse dich aufgefressen haben.«

»Recht so!«, brüllte einer der Zuschauer nach vorne.

»Zudem ist Unser Wille«, fuhr der König fort, »dass die Leichname des edlen Guilhem de Cabestanh und der edlen Dame Seremonda nach Perpignan gebracht und dort in einem gemeinsamen Grab vor dem Portal der Kathedrale bestattet werden. Auf dem Grabstein soll eingemeißelt werden, in welcher Weise sie ums Leben kamen. Und Wir ordnen an, dass alle Ritter und Damen der Grafschaft Roussillon alljährlich den Todestag der beiden feierlich begehen sollen.«

Der König machte eine unwillige Geste, zwei Soldaten schleppten Raimon fort.

Pauline neigte sich zu Angelo.

Alfons erhob sich vom Thron, segnete das Publikum – –

Plötzlich stürzte mit lautem Krachen und unter den Schreien von Publikum und Puppenspielern ein Teil des Gerüstes auf die Bühne. Einer der Spieler fiel hinterher und landete auf dem Thron. Fluchend hielt er sich den Schädel und wollte sich aufrappeln, da brach ein weiteres Teil herab und riss die obere Stoffverkleidung mit. Szenerie, Marionetten und Spieler verschwanden unter dem sich blähenden Tuch. Das Publikum schrie, johlte und trampelte – –

Mit einem Mal, keiner hätte sagen können, woher er gekommen war, stand vor der Bühne ein alter, würdig aussehender Herr mit weißen Schläfenlocken, Tränensäcken unter den großen Augen, im dunklen Reisepaletot, einen silbernen Stock in der Hand, und blickte verwundert zuerst auf die zerstörte Bühne, dann in die Menge.

»Was will der Vogel da?!«, rief einer.

Und ein anderer: »Ist das der liebe Gott?«

Der Fremde blickte etwas verschüchtert und verneigte sich andeutungsweise, was im Publikum rohes Gelächter hervorrief. Hinkend näherte er sich der ersten Sitzreihe.

»Der liebe Gott ist das nicht, sondern ein hinkender Teufel!«, brüllte einer.

Der alte Herr sprach einige Worte ins Publikum, die im allgemeinen Tumult aber untergingen. Pauline begriff, dass der Fremde ihre Freundin und sie anblickte.

Lady Grey rief laut, so laut, dass die Menge verstummte: »Sir Walter!«

Sie zwängte sich durch die Sitzreihe, rannte nach vorn, warf sich ihm in die Arme.

»Lady Ophelia, Sie sind also doch hier! Am Ende der Welt sehen wir uns wieder!«, murmelte der alte Herr.

»Wir haben Sie ja erwartet, Sir Walter, meine Freundin Pauline de Chermette und ich. Aber eigentlich erst für morgen.«

»Das Postschiff von Malta war schneller, die Winde waren günstig. So bin ich eben mitten in der Nacht hier gelandet. Aber kommen Sie, Ophelia, lassen Sie uns zu Ihrer Herberge gehen. Dann wollen wir zu dritt, Sie, Madame de Chermette und meine Wenigkeit, auf das Rencontre anstoßen.« Scotts Atem rasselte.

»Sind Sie krank?«

»So würde ich es nicht nennen. Jedenfalls nicht gesünder. Aber einen alten Ritter lässt das nicht von der Bühne stürzen.«

»He, was macht der Schmierendirektor da?«, rief eine Männerstimme. »Geht das Spektakel noch weiter, oder was?«

In diesem Moment kam Don Sebastiano angerannt, aus allen Poren schwitzend. Er kletterte über den Verhau auf die Bühne, schob einen der verdutzten Puppenspieler beiseite und rief: »Ein Wunder! Ein Wunder ist geschehen!«

Augenblicklich hörte der Tumult auf.

»Ein Wunder!«, wiederholte Don Sebastiano leiser. »Ich – war eben noch in – der Kirche«, er rang nach Luft, »kam an dem neuen – Altarblatt vorbei – der schöne – Sebastian. Da – da –«, er schlug die Hand vor die Stirn, »es ist nicht zu fassen –«

»Na, was denn, Hochwürden?«, rief einer. »Hat er etwa den Lendenschurz fallen lassen?«

Don Sebastiano hatte sich wieder gefasst. In die plötzliche Stille hinein flüsterte er: »Er weint! Der heilige Sebastian vergießt Tränen! Kommt, ihr Zweifler, und seht selbst!«

Heilige Tränen und französische List

WESHALB, SO GRÜBELTE DER PFARRER, weinte der heilige Sebastian, der Patron der Soldaten und Kreuzritter, der Schützengilden und Kriegsinvaliden? War Gefahr im Anmarsch? Hörte man schon die harten Stiefelabsätze von Soldaten auf den staubigen Wegen Siziliens? Der Blick ins Hinterland von Sciacca zeigte nur das Einerlei von schütterem Grasland, heruntergekommenen Weingärten, Brombeer- und Dornengestrüpp.

Was aber dann? Ließ sich der Heilige narren? Hatte er, Don Sebastiano, nicht mit eigenen Augen das Tränenwunder gesehen, ja, es gekostet? Denn er war nicht frei von den Zweifeln der Moderne. Mit dem Finger hatte er einen Tropfen aufgefangen und zum Mund geführt: Es schmeckte salzig! Die Tränen waren also echt! Echte Heiligentränen, ein unumstößliches Wunder! Also musste es auch einen Anlass für diesen Ausdruck heiligen Erbarmens geben.

War es das Sündenregister seiner Gemeinde? Don Sebastiano erinnerte sich seiner – wie er sich eingestand – etwas großmäuligen Predigt. Er hatte die Sünden seiner Schafe für die Himmels- und Meereszeichen verantwortlich gemacht und zur Umkehr gemahnt. Die freilich war versickert wie der spärliche Regen auf den steinigen Feldern. Und er selbst, Don Sebastiano, hatte sich nur allzu gern wieder dem gemächlichen Leben überlassen, dem Dolcefarniente.

Er liebte den kleinen, eingewachsenen Garten vor dem Pfarrhaus, wo er gerne im Schatten einer Jelängerjelieber-Laube saß, einen Becher Landwein auf dem Tisch, und in einem Buch las. Das waren wohl auch Heiligenviten, aber nicht nur ... Don Sebastianos Geheimnis, seine Schwäche, sein lässliches Laster: Er ließ sich von einem maltesischen Händler, der mit dem Postschiff alle paar Monate nach Sciacca kam, Romane liefern. Die neuesten Werke aus englischen Literatenfedern! Der Geistliche hatte sich diese Sprache mit Hilfe eines Lehrbuches selbst beigebracht, zumindest so, dass er sie lesen konnte. Mit der Aussprache freilich stand er auf Kriegsfuß. Abgesehen von dem Händler aus Malta hatte er noch nie einen Engländer sprechen hören. Seit Neuestem sollte sich ein Zeitungsskribent aus der Neuen Welt hier aufhalten. Don Sebastiano vermied ein Zusammentreffen. Er wollte nichts mit der Journaille zu schaffen haben.

Da waren sie, die Juwelen seiner Siesta: Shelley und Keats, Fielding und Johnson. Don Sebastiano liebte die Abenteuergeschichten Defoes, die heldenhafte Feurigkeit Lord Byrons, den schalkhaften Witz Swifts und die Historiengemälde Sir Walter Scotts. Ja, Scott war eigentlich sein Favorit. Mit Hingabe hatte er dessen »Rob Roy«, die »Bride of Lammermoor«, den »Quentin Durward«, den schwarzen Ritter »Ivanhoe« verschlungen. Aber – so durchzuckte es Don Sebastiano, als er die salzige Träne des heiligen Sebastian auf der Zunge schmeckte – war es vielleicht gar seine lüsterne Liebe zu den Dichtungen Albions, der ketzerischen Hochburg, was den Heiligen weinen machte? Waren seine Sünden gar ausschlaggebend auf der himmlischen Waage und nicht die kleinen Schlurereien seiner Gemeinde?

Don Sebastiano hatte diesen Gedanken verscheucht, war aus der Kirche gerannt und zum Marktplatz geeilt, wo die Puppenspieler ihr Stück darbrachten. Unterwegs war er so in Atemnot geraten, dass sogar dem schlechten Gewissen die Luft ausgegangen war und er über das Wunder eine gewisse Schadenfreude empfunden hatte. Denn egal, was dazu geführt haben mochte: Es war doch auch ein Gunstbeweis des Himmels! Wer weiß, was Gott und seine Heiligen noch mit Sciacca und mit ihm, Don Sebastiano, planten?

Dennoch: Weshalb weinte ausgerechnet der heilige Sebastian und nicht seine Kollegin, die heilige Rosalia, die ihm in der Kirche schräg gegenüber hing? Hatte das nicht doch einen soldatischen Hintergrund? Don Sebastiano wusste davon nichts, konnte davon nichts wissen, denn des Heiligen entrückter Blick reichte in die Ferne, über das Meer ...

~ ~ ~

Von dort näherte sich ein französisches Kriegsschiff mit vollen Bram- und Marssegeln der Küste Siziliens. Die »Gloire du Midi« trug sechsundneunzig Kanonen. Unter dem Oberbefehl Admiral Vincent Derussats befanden sich vierzig Matrosen und einhundertdreißig Soldaten an Bord, zudem der Wissenschaftler Constant Prévost, der Naturzeichner Edmond Joinville und der mit königlichen Sondervollmachten ausgestattete Leiter der Expedition, der französische Botschafter in London, Paul de Caillac. Der war mit Expresskutschen von Paris nach Marseille geeilt und hatte innerhalb von drei Tagen Schiff und Ladung, Waffen und Munition, Kapitän, Offiziere, Matrosen und Soldaten requiriert und angeheuert. Wenige Stunden vor dem Auslaufen waren noch die beiden Herren von der Geologischen Gesellschaft abgekämpft in der Hafenstadt eingetroffen, auch sie mit königlicher Order versehen. Die Herren sollten, so Louis Philippe, die klimatischen Bedingungen der sagenhaften Insel erkunden, um ein »neues Vichy« zu gründen. Die Zuversicht des Königs ließ Zweifel nicht zu.

Nun hatte er den Salat, dachte Caillac, als er in der Offizierskajüte saß und mit der Gabel lustlos in verkochtem Gemüse stocherte. Die Fahrt von Marseille war bislang nicht gut gewesen. Beim Auslaufen lachte noch die Sonne, folgten Möwen dem Schiff. Doch bereits tags darauf trübte sich der Himmel ein, kalter Wind – ungewöhnlich für die Jahreszeit – kam auf und peitschte die See.

Das Schiff stemmte sich gegen die Wogen, etliche der »Landratten«, wie der Kapitän, ein wildbärtiger Mann namens Turbot, die Soldaten nannte, mussten sich übergeben. Caillac hielt sich tapfer, zumindest in dieser Hinsicht. Sein Altherrenleiden jedoch war nicht besser geworden, und der verdreckte Abtritt war ihm nur allzu bekannt. Umso mehr verliebte sich Caillac in die Vorstellung des fernen, verheißungsvollen Eilands, das unter südlicher Sonne lag, im Schatten von Palmen und Zypressen, von heilsamen Quellen gespeist. Der Wunsch war Vater des Gedankens, und alles in der Welt mochte begehrenswerter erscheinen als ein in der aufgewühlten See krängendes, mit Männern und Waffen vollgestopftes Kriegsschiff.

Es war am Morgen des fünften Tages auf See, der Kalender zeigte den 21. August 1831. Sie hatten die Ägadischen Inseln umrundet, Marsala backbord gelassen und befanden sich in den Gewässern südwestlich von Sciacca. Die Wolken hingen tief und zogen sich zu Nebel zusammen, so dicht, dass man keine Schiffslänge weit blicken konnte.

»Kapitän, wollen Sie nicht besser die Segel einholen lassen?«, meinte Admiral Derussat.

»Keine Notwendigkeit. Wir sind noch zehn Seemeilen von besagter Position entfernt. Außerdem machen wir kaum Fahrt.«

»Nur zur Sicherheit ...«

Turbot zögerte einen Augenblick. Er mochte es nicht, wenn Landratten, und hatten sie noch so viel Silberblech auf der Brust, ihm ins Metier pfuschten. Andererseits: Wer konnte schon wissen, welche Riffe sich im Umkreis der neuen Insel befanden? Er winkte den Ersten Steuermann heran: »Halbe Fahrt!«

Mit leiser Verachtung blickte er zu Derussat. Sollte dieser Offiziersschnösel doch seinen Willen haben!

Derussat stierte durchs Fernrohr in die nebelige Suppe. Plötzlich schrie er: »Steuerbord, schnell! Hart nach Steuerbord!« Turbot war verdutzt. Was hatte der Kerl? Derussat rannte zum Steuermann: »Rasch! Hart nach Steuerbord!«

»Wieso?«

»Sofort!!«

»Hart nach Steuerbord!« Der Befehl pflanzte sich über Deck fort. Ein Knirschen und Zittern war in den Bohlen, Sprieten und Masten zu spüren.

Ein Matrose, der backbord stand, rief: »Ein Kutter! Direkt auf uns zu!« Matrosen, Soldaten und Offiziere rannten zur Reling. In diesem Augenblick spürte man einen dumpfen Schlag, hörte das Splittern von Holz.

»Teufel noch mal!« Kapitän Turbot war mit drei Sätzen zur Stelle, äugte über die Schiffswand nach unten: Dort hing ein mittelgroßes Fischerboot. Sein Bug hatte die Reibhölzer der »Gloire du Midi« gerammt und beschädigt. Mit Enterhaken hielten Matrosen den Kollisionär bei der Stange.

»Saupack! Habt ihr keine Augen im Kopf?!«, schrie Turbot.

Von unten kamen italienischen Flüche.

»Sie müssen schon italienisch sprechen«, meinte Derussat gehässig.

»Italienisch?« Turbot sah ihn groß an. »Woher, verflucht noch mal, soll ich Italienisch können? Befehlige ich eine neapolitanische Schaluppe?«

»Sie sind doch aus Marseille«, meinte Derussat. »Das sind doch so Nudelfresser.«

»Ich stamme aus Calais!«, eiferte sich Turbot. »Seit Jahrhunderten fährt meine Familie zur See. Wir waren in allen sieben Weltmeeren zu Hause, noch bevor die Engländer überhaupt Schiffe bauen konnten. Dass ich für dieses Himmelfahrtskommando ausersehen wurde, um nach einer italienischen Schlaraffeninsel zu suchen, dafür kann ich nichts, dafür ist dieser feine Herr aus London verantwortlich, der Pinkel, der schwachblasige Diplomat!«

»Kapitän Turbot«, drohte Derussat, »Ihre Ausdrucksweise –«

Der Admiral wandte sich verärgert ab. »Kann einer Italienisch?«, rief er in die Runde. Jemand zupfte ihn am Ärmel. Es war Caillac.

»Ah, Monsieur de Caillac«, Derussat lüpfte andeutungsweise den Hut, »wir haben Sie bereits vermisst. Haben Sie geruht?«, fragte er nicht ohne Hohn.

»Ein wenig«, antwortete Paul de Caillac, »bis ich von einem Schlag gegen die Bordwand aufwachte, mir schien, es war direkt neben meiner Kajüte.«

»Das muss ein großer Fisch gewesen sein«, spottete Derussat.

»Glauben Sie?«, Caillac rieb sich das Kinn. »Es hörte sich eher an, als ob der Schiffsjunge den – pardon – Fäkalienkübel gegen die Bordwand schleuderte.«

Derussat hob beipflichtend den Zeigefinger: »Das wird es gewesen sein!«

»Ja, Admiral, aber zu Ihrer Frage: Ich beherrsche Italienisch in Wort und Schrift. Auch das klassische Italienisch Petrarcas und Dantes –«

»Könnt ihr mit eurem Palaver aufhören, ihr französischen Schneckenfresser!«, brüllte eine Stimme von unten. »Ihr verdammten Stümper, habt ihr nicht gesehen, dass wir kommen?! Im Namen König Ferdinands, gebt uns endlich frei, ihr Hurenböcke!!« Die Stimme überschlug sich vor Wut.

»Festhalten!«, befahl Turbot barsch.

»Monsieur de Caillac, was hat der Kerl gesagt?«, fragte Derussat.

»Er ... also er«, Caillac wand sich, er fühlte sich von den Äußerungen des Italieners indigniert. »Er wünschte uns einen schönen Tag und fragte, ob die Gesundheit Seiner Majestät, Louis Philippes, befriedigend sei.«

»Das kann nicht sein«, meinte Derussat. »Ich hörte etwas von Ferdinand.«

»Da müssen Sie sich getäuscht haben.«

Caillac hatte die Würde des welterfahrenen Diplomaten zurückgewonnen. Er beugte sich über die Reling. Unten sah er vier Männer, offensichtlich sizilianische Fischer. Einer von ihnen, ein kleiner Dicker, war jedoch besser gekleidet. Von ihm stammte auch die Schimpftirade, denn nun setzte er von Neuem in seiner

Tenorstimme an: »Habt ihr nicht gehört, ihr Pastetenfresser, ihr Memmen! Loslassen! Was macht ihr hier überhaupt! In sizilianische Gewässer eindringen?!«

»Was sagt er?«, fragte Derussat über Caillacs Schulter hinweg.

Im Nachhinein hätte Caillac nicht mehr erklären können, warum er log. War es Mitleid mit den Sizilianern? Trotz gegen den hochmütigen Derussat und den grobschlächtigen Turbot? War es schlicht Schadenfreude, die sich – in einer Aufwallung atavistischen Gerechtigkeitsempfindens – gegen die scheinbar Stärkeren wandte?

»Er sagt«, übersetzte Caillac, »er schätze sich glücklich, auf Franzosen und nicht auf Araber getroffen zu sein, und wünsche, zur Begrüßung an Deck gebracht zu werden.« Da war es also heraus und konnte nicht an einem imaginären Faden zurückgezogen werden. Caillac wurde etwas schummrig, er klammerte sich an eine Wante. »Und er sei ein eifriger Bewunderer der Grande Nation.«

Derussat strich sich übers Kinn. »Na, wenn dem so ist ... lasst eine Strickleiter hinunter!«

Die drei Fischer kletterten behände an der Schiffswand hoch und waren mit einem Sprung an Deck. Der vierte Mann jedoch (es war der mit dem großen Mundwerk) verhedderte sich in einem Querholz der Strickleiter und kam weder vor noch zurück. Ein kräftiger Matrose wurde zu Hilfe geschickt, der den schnaufenden Dicken nach oben zerrte. Atemlos ließ sich der Neapolitaner auf die Planken plumpsen. Man half ihm hoch.

Noch immer wütend strich der Dicke sein Jabot glatt, reckte den halslosen Kopf und sagte mit scharfer Stimme: »Lorenzo Graziani, Sonderbevollmächtigter Seiner Majestät Ferdinands, des Königs dreier Sizilien.«

Caillac übersetzte. Dann stellte er sich selbst, Derussat, Turbot und die Herren Prévost und Joinville vor. Graziani schwitzte angesichts der Anhäufung dekorierter Herren noch mehr.

»Wer sind die Herren?«, flüsterte Michele Fiorini.

Graziani erwiderte auf Italienisch: »Französische Aggressoren, du Idiot.«

»Signore«, schaltete Caillac sich ein, »wir kommen in friedlicher Absicht und verbitten uns diesen Ton. Wir hätten Ihren Kutter mit einem Kanonenschuss ebenso versenken können.«

Der Neapolitaner machte einen unbeholfenen Diener, der sein Bedauern ausdrücken sollte.

»Ich frage Sie, Graziani: Weshalb sprechen Sie von *drei* Sizilien?«

Graziani riss empört den Mund auf: »Erst müsste ich wissen, was Sie in sizilianischen Gewässern tun, noch dazu –«, er bezeichnete mit dem Arm einen weiten Bogen, »noch dazu mit solch einem Schiff, bis obenhin bewaffnet.«

»Ich war lange genug Diplomat, um Ihnen eine diplomatische Antwort geben zu können, die weder falsch ist noch zu viel verrät«, antwortete Caillac mit einem aasigen Lächeln. »Doch befinden wir uns nicht auf diplomatischem Parkett, sondern auf den rohen Planken eines französischen Kriegsschiffes. Mithin auf französischem Boden. Ich erlaube mir daher, eine andere Sprache zu sprechen, als es mir sonst anstünde.«

Graziani blickte ihn ratlos an.

»Ich sagte, Sie befinden sich auf – wenngleich schwankendem – französischem Boden«, fuhr Caillac fort, »und insofern werden wir beide, Sie und ich, jetzt ein klares Wort sprechen. Tacheles, wie die Juden sagen.«

Graziani schwieg.

»Sie sind auf dem Weg zu der neuen Insel, stimmt's?«

Graziani schüttelte den Kopf.

»Also doch«, sagte Caillac.

Derussat schaltete sich ein: »Dürfen wir auch erfahren, was Sie verhandeln?«

»Später«, ließ Caillac ihn abblitzen, »in Fragen der Expedition, und dazu rechne ich dieses Verhör, habe ich, wie Sie wissen, vom König höchstselbst Befugnisse erhalten.«

Derussat brummte Unverständliches.

»Also, Graziani«, fuhr Caillac fort – er fühlte sich wie ein Detektiv auf der heißen Spur eines Verbrechens –, »Sie sind auf dem Weg zu der neuen Insel ...«

Wieder schüttelte der Neapolitaner den Kopf. Sein Blick verriet Entsetzen.

»... und da Sie vorhin leichtfertig von den *drei* Sizilien gesprochen haben, gehe ich davon aus, dass Sie die Insel für König Ferdinand entweder bereits in Besitz genommen haben, oder«, Caillac nagelte den heftig schwitzenden Graziani mit seinem Blick fest, »oder es soeben mit Hilfe dieser Schaluppe zu tun gedachten. Ergo sehe ich mich gezwungen, Sie und Ihre Männer in Gewahrsam zu nehmen.«

»Sie wollen uns verhaften?«

»Ich sorge mich nur um Ihre Sicherheit«, antwortete Caillac, »diese Gestade werden von Piraten heimgesucht, und so ein Kutter, unbewaffnet wie er ist, könnte allzu leicht Opfer eines Überfalls werden.«

»Aber Sie können nicht so mir nichts dir nichts vier unbescholtene Untertanen Seiner Majestät –«

»Ich weiß«, unterbrach ihn Caillac ungeduldig, »des Königs dreier Sizilien. Habe ich verstanden. Aber die Tatsachen sind andere. Zumindest sorge *ich* für andere.« Caillac wandte sich an Derussat. »Admiral, diese Männer sind in Gewahrsam zu nehmen. Den Kutter ans Schlepptau. Und lassen Sie das Boot durchsuchen.«

»Heißt das«, hakte Graziani ungläubig nach, »dass wir Gefangene sind?«

»Nein, Signore«, Caillac deutete eine galante Verbeugung an, »Sie sind Gäste des französischen Staates.«

»Und wie lange?«

»Bis zur Erledigung unseres Auftrags.«

»Und der ist?«

Caillac zögerte einen Augenblick. Dann huschte ein verschlagenes Lächeln über sein Gesicht. »Signore, Sie können uns bei der

Erledigung unseres Auftrags behilflich sein. Anders gesagt: Je schneller wir fertig sind, desto schneller werden Sie und ihre Landsleute aus der Rolle des Gastes entlassen.«

»Was verlangen Sie von uns?«

»Wir sind – wie Sie – auf dem Weg zu der neuen Insel.«

»Ferdinandea.«

»So nennen *Sie* sie. Wir kennen über Mittelsleute in London – jawohl, Sie haben richtig gehört – die genauen Koordinaten der Insel.«

»Wir auch.«

»Ach?«

Graziani grinste. »Wir wissen doch alle, wie zuverlässig der britische Geheimdienst arbeitet.«

»Nun –«, Caillac schien etwas aus dem Konzept, »so können wir ja am selben Strang ziehen. Ich schlage Ihnen ein Geschäft vor: Sie wissen über die Insel sicherlich mehr als nur die Koordinaten.«

»Misstrauen Sie der Allwissenheit des britischen Geheimdienstes?«

»Ich scherze über solche Angelegenheiten nicht. Aber zum Geschäftlichen: Sie verraten mir, was Sie über die Insel wissen, ich … eröffne Ihnen eine Karriere, die weit attraktiver ist als Ihre derzeitige Gastrolle.«

Graziani schaute Caillac groß an. Einen Augenblick besann er sich. Dann fasste er den Botschafter vertraulich am Arm und zog ihn ein wenig zur Seite. »Unter Gentlemen«, raunte er, »wir sollten das bei einem guten Glas Portwein unter vier Augen besprechen.«

Caillac nickte. Er wandte sich an Derussat: »Ich ziehe mich mit Monsieur Graziani in die Offizierskajüte zurück, wir haben ein Gespräch unter Ehrenmännern zu führen.«

Eine halbe Stunde später verkündete Caillac geschraubt kraft seiner königlichen Vollmachten einen »Wechsel in der Führungsebene«. Und zu Derussat gewandt flüsterte er: »Ist nur auf Zeit. Und nicht ernst gemeint. Wenn der Mohr seine Schuldigkeit getan hat, dann –« Er machte eine vielsagende Geste.

Aus dem verstoßenen neapolitanischen Polizeichef Lorenzo Graziani war der französische Citoyen Laurent Graziani geworden, Inselgouverneur und künftiger Bevollmächtigter für die Errichtung von Neu Vichy.

»Ein Baustellenleiter«, frotzelte Derussat, und Kapitän Turbot setzte nach: »Ein Polier.«

Graziani fühlte sich wie alle Verräter: siegestrunken und doch im Innersten nicht frei von Gewissensbissen. Hätte er warten sollen, bis König Ferdinand, überzeugt von Grazianis Fähigkeiten, sich eines Besseren besann und ihn rehabilitierte? Andererseits: Besser den Spatzen in der Hand als die Taube auf dem Dach, wie der Volksmund wusste. Dieser Caillac bot ihm exzellente Aufstiegschancen, und wer weiß ... vielleicht würde sein Leben noch eine andere Richtung nehmen, nach Norden hin, gen Marseille oder Paris?

~ ~ ~

Bereits am selben Abend ankerte die »Gloire du Midi« vor der Nordküste der neuen Insel. Man hatte es vermieden, in die Bucht an der Südseite einzufahren, wo die »St. Vincent« lag. Die Briten hatten an jenem Tag den Geburtstag Seiner Majestät König Williams gefeiert und dabei das neue Land mit reichlich Flüssigkeit begossen. Die Ankunft der Franzosen bemerkten sie daher nicht. Auch nicht, dass eine französische Abordnung unter Lorenzo Graziani das Land betrat. Caillac blieb auf dem Schiff. Er wollte einstweilen kein Risiko eingehen. Auch war er konsterniert: Sollte dieser Steinhaufen das ersehnte palmenbesetzte »neue Vichy« sein? Admiral Derussat indes wollte einer möglichen englischen Falle aus dem Weg gehen, denn selbst im Bienenstock würde die Königin geschützt, so erklärte er seinen Offizieren.

Graziani also führte das Erkundungskorps an, denn er hatte sich wort- und gestenreich seiner Ortskundigkeit gerühmt. Im Schutz der hereinbrechenden Nacht stiegen die Franzosen auf den zweiten Hügel und hissten die französische Trikolore. Als einer der

Offiziere, der etwas Italienisch sprach, fragte, wie man die Insel nennen wolle, zögerte Graziani. »Ferdinandea« kam ja nun nicht mehr in Betracht. Er fühlte sich von der Höhenluft berauscht, über ihm knatterte im Abendwind die Trikolore.

Der Offizier wiederholte seine Frage: »Wie soll die Insel heißen, Gouverneur?«

Graziani holte umständlich ein Schnupftuch aus der Tasche und schnäuzte sich.

»Giulia!«, rief er plötzlich aus. »Die Insel stieg im Juli aus den Fluten, also soll sie auch so heißen!«

»Sollte man sie nicht besser französisch benennen, ›Juillet‹?«, schlug der Offizier vor.

Graziani wurde sich seines Fehlers bewusst. Aber ein Gouverneur beging keinen Fehler.

»Giulia!«, wiederholte er störrisch. »Es bleibt bei Giulia! Zur Erinnerung, dass sie im Monat Juli auftauchte und dass wir sie den Neapolitanern abgeluchst haben!«

Er holte aus einem Felleisen eine Flasche Bordeaux, öffnete sie, schenkte den Wein in Blechbecher ein. Die Männer tranken auf die neue Kolonie. Als das letzte Abendrot im Meer verglühte und der Mond heraufstieg, machten sie sich auf den Rückweg. Am Ufer bestiegen sie den Kahn und ruderten zur »Gloire du Midi« zurück. Graziani bemerkte eine Sternschnuppe und träumte – von seiner Karriere, von der neuen Kolonie, von Paris und den schönen Frauen.

Eine Gelehrtenmamsell

GRAZIANIS VERSCHWINDEN wurde in Sciacca nicht betrauert. Ein neapolitanischer Lumpenhund weniger, so dachte man. Nur Alessandro Serna beklagte, auf den Mietzins verzichten zu müssen. Andererseits war er erleichtert, nicht mehr die Erlasse des Königs abfangen und Grazianis Berichte umdichten zu müssen. Schwerer trug Alessandro am Ausbleiben Micheles, dem einzigen ebenbürtigen Gegner im Trick-Track-Spiel. Auch Rosalia sorgte sich um ihren Mann. Das war nicht nur eine Frage des Anstands oder der praktischen Erwägung (wer sollte jetzt Fische fangen und Geld verdienen?), sondern auch der Eitelkeit. Einen Geliebten konnte schließlich jede haben, aber gleichzeitig einen Ehemann *und* einen Geliebten, das verriet doch einen höheren Status des Begehrtwerdens.

Eigentlich hätte alles wie gewohnt weitergehen können, wäre das Städtchen in jenen Tagen und Wochen nicht zu einer nie dagewesenen Geschäftigkeit erwacht. Eine Geschäftigkeit, die sich gerade auch in Geschäften niederschlug. Immer mehr Fremde tauchten auf. Kaum ein Tag verging, da nicht eine englische Dame oder ein deutscher Herr sonnenverbrannt und staubbedeckt eintraf und um Obdach anfragte. Zu Wasser und zu Lande kamen sie, hatten sich bereits vor Wochen aufgemacht, als die ersten Gerüchte von der neu erstandenen Feuerinsel in kühlere Regionen gedrungen waren.

Rosalia verbannte Angelo kurzentschlossen auf den Dachboden und vermietete seine Kammer und Kupffers ehemaliges Zimmer an ein vornehmes Fräulein aus Deutschland. Sie stamme aus Weimar, erklärte das etwas anämische, nicht mehr junge Wesen, das die angegrauten Locken nach oben toupiert trug und den dürren Hals unter einer Seidenbinde kaschierte. Weimar: Das sagte Rosalia freilich nichts. Für sie waren alle Menschen nördlich Siziliens Barbaren.

Else von Göchhausen reiste in Begleitung einer Gesellschafterin und bedurfte daher einer »Suite«, wie sie das nannte – ein Wort, das Rosalia für den Gebrauch in ihrer florierenden Fremdenpension dankbar aufgriff. Die Wirtin gab dem Logis überhaupt ein professionelleres Gepräge: dingte eine Weißwäscherin für Bettzeug und Handtücher, ließ Angelo in Küche und Keller arbeiten und bot den Gästen sizilianische Hausmannskost an.

Fräulein von Göchhausen übte sich im Aquarellieren. Auch schnitt sie anmutige Schattenrisse, frei von der Hand. Doch wollte sie ihre Wasser- und Schwarzbeschäftigung nicht als Kunst gewertet wissen. Sie hatte indes von Kupffers Aufenthalt gehört, kannte und schätzte einige seiner Arbeiten und fragte die Zimmerwirtin nach dem Logis des Landsmannes.

»Signorina, er ist in der Stadt, aber sprechen Sie nicht von ihm«, gab Rosalia verunsichert zur Antwort.

»Weshalb nicht?«

»Weil ... «, Rosalia zögerte. Was gingen die Deutsche ihre persönlichen Angelegenheiten an? Dann setzte sie doch an: »Was würden Sie sagen, wenn einer Ihren Bruder malt?«

»Das ist doch nichts Ungewöhnliches. So viele Leute lassen sich porträtieren.«

»Nein, so meine ich nicht. Also ... mit ... fast nichts ... oder gar nichts an.«

Else von Göchhausen war wenig erstaunt. »Aber ich bitte Sie, selbst die vornehmsten Leute lassen sich heute als Akt malen.«

»Als Akt?«

»Ja, so nennt man es, wenn man unbekleidet ist.«

»Und selbst vornehme Leute?«

»Signora, das ist Kunst! In meiner Heimatstadt Weimar frönt man seit einem halben Jahrhundert dem ›griechischen‹ Geschmack. Wir haben einen großen Dichter, Goethe ist sein Name – schon einmal gehört?«

Rosalia schüttelte den Kopf.

»Er ist inzwischen ein alter, aber noch wackerer Herr. Doch auch er war einmal jung und ein schöner Mann, wie es heißt. Sommers badete er gern nackt in der Ilm – das ist der Fluss, der durch unsere Stadt zieht.«

»Kann ich gut verstehen. Ich bade auch gern, unten am Strand, in aller Herrgottsfrühe. Aber sich so malen lassen?«

»Wer einen schönen Körper hat, kann ihn zeigen. Die Kunst veredelt alle fleischliche Begier in edle Anmut und stille Größe.«

»Und Sie meinen, dass dieser Kupffer mit meinem Bruder nichts Schlechtes gemacht hat?«

»Was sollte er denn gemacht haben? Er hat Ihren Bruder als Aktmodell gewählt. Ihr Bruder wird wahrscheinlich nie aus Sizilien herauskommen. Er wird wohl heiraten, Kinder zeugen. Schön und gut, aber was bleibt? Bereits seine Enkelkinder werden ihn vergessen haben. Aber ein Gemälde von Anton Raphael von Kupffer wird bleiben! Man wird es noch in zweihundert, was sage ich, in fünfhundert Jahren in einem der großen Museen in Berlin oder Paris oder London bestaunen!«

Else von Göchhausen hatte sich in Begeisterung geredet. Rosalia schwieg. Sie verspürte mit einem Mal ein flaues Gefühl.

»Also ... Sie meinen wirklich, das Bild ist viel wert gewesen?«

»Kupffers Bilder sind keine Michelangelos, keine Giottos – falls Sie die Namen kennen ...«

Rosalia schüttelte erneut den Kopf.

»... das dachte ich mir«, bemerkte Else von Göchhausen spitz, »aber seine Arbeiten sind gut genug, dass ich sie zu den besten Zeugnissen unseres Silbernen Zeitalters zählen würde.«

»Was meinen Sie damit?«

»Ich meine, wenn Maestro Kupffer Ihren Bruder gemalt hat, besitzt das Bild nicht nur ideellen Wert – das natürlich –, sondern auch materiellen. Besitzt Ihr Bruder das Gemälde? Oder hat Kupffer es noch? Und wo, Signora Fiorini, wohnt der Maestro jetzt?«

Rosalia brach in Tränen aus. »Es ... der heilige Sebastian ... in der Kirche ...«

»Wie?« Das deutsche Fräulein reichte Rosalia ein Taschentuch.

»Es ist so, Signorina ... lassen Sie mich eine Beichte ablegen ... von Frau zu Frau ...«

Else von Göchhausen lächelte. »Eine Beichte? Wäre dafür nicht der Pfarrer der geeignete Mann?«

»Das ist es ja. Der Pfarrer weiß gar nicht, was er hat.«

»Was soll er denn haben?«

»Einen falschen Sebastian!«

»Einen falschen?« Else von Göchhausen war ratlos. »Sie sprechen in Rätseln. Sie müssen mir das alles von vorne erzählen.«

Rosalia band sich ein Kopftuch um und warf eine Seidenstola über. »Kommen Sie, Signorina – statt vieler Worte –, gehen wir zur Kirche.« Sie hakte die Deutsche unter und zog sie hinaus auf die Gasse.

~ ~ ~

Eine Gruppe von sechs alten Frauen kniete vor dem Altar, über dem das Bildnis des heiligen Sebastian seit Tagen weinte. Die Perlen der Rosenkränze rieselten durch die knöchernen Finger. Der Pfarrer hatte ein immerwährendes Gebet angeordnet. Er selbst fand keine Ruhe mehr. Nicht nur, dass er sich das Hirn über Ursache und Botschaft des Wunders zermarterte und dabei vor Anspannung sogar den neuesten Roman Sir Walter Scotts, den der maltesische Händler mit der jüngsten Postsendung geliefert hatte, auf seinem Tisch links liegen ließ. Nein, Sorge bereitete ihm auch das allmähliche Versiegen der Tränen des Heiligen. Waren sie in den ersten Stunden noch wie in frischem Schmerz entsprungen, flossen sie nun recht zögerlich, fast widerwillig. Nur unter Anstrengung, so erschien es Don Sebastiano, sammelte sich alle paar Stunden in dem einen Auge des Heiligen (denn nur eines weinte) etwas Feuchtigkeit, die sich nach und nach zum Tropfen auswuchs, der sich schließlich zögerlich löste und ein paar Finger breit über die Wange rann.

Anfänglich war Don Sebastiano noch auf einer Leiter nach oben gestiegen und hatte mit einem Tuch vorsichtig Wange und Hals des Heiligen getrocknet. Jetzt erübrigte sich das: Die spärlichen Tränen verdampften in der aufsteigenden Hitze der vor dem Altarblatt brennenden Kerzen. In Don Sebastiano wuchs die Verzweiflung.

Ein Luftzug strich durch das Kirchenschiff. Don Sebastiano blickte sich um. Im Dämmer näherten sich zwei Gestalten. Der Pfarrer löste sich von den murmelnden Beterinnen und ging den beiden entgegen. Er erkannte Rosalia Fiorini, die fromme Stifterin des Heiligenbildes, der er früher – er gestand es sich ein – so unrecht getan hatte. Sie kam in Begleitung einer fremden Dame.

»Gott zum Gruß, Rosalia. Du kommst zum Tränenwunder?«

Rosalia machte einen Knicks. Else von Göchhausen blieb aufrecht stehen – was Don Sebastiano augenblicklich verstimmte.

»Hochwürden, ich habe es, seit Michele vermisst ist, nicht leicht. Die Sorge um ihn! Ist das Boot untergegangen? Oder von Piraten aufgebracht worden?«

»Nun, nun«, Don Sebastiano schlug flüchtig ein Segenszeichen, »wollen wir nicht gleich das Schlimmste befürchten. Schon manchmal wurde ein Boot vom Sturm abgetrieben und traf doch wieder zu Hause ein.«

»Aber es gab keinen Sturm, und die Männer sind seit drei Tagen verschwunden!«

»Es gab keinen Sturm, aber dichten Nebel. Gib nichts verloren, Rosalia! – Du hast Besuch mitgebracht?«, wechselte er das Thema.

»Das ist Signorina Gioccausi«, sagte Rosalia, »eine Deutsche.«

»Else von Göchhausen«, verbesserte das Fräulein.

»Sie ist hierhergekommen, um ... na ja, Hochwürden ... die Insel!« Rosalia zog vielsagend eine Augenbraue hoch.

»Ah«, sagte Don Sebastiano und reichte dem Fräulein die Hand, »die Insel! Mein Gott, eine Insel, nun ja! Deren gibt es auf Erden viele! Und deswegen die weite Reise?«

»Herr Pfarrer –«, sagte Else von Göchhausen.

»Hochwürden«, verbesserte er.

»Ja, eine Insel unter vielen, aber was für eine! In Weimar, meiner Heimatstadt –«

»Wo?«

»Wei – mar«, artikulierte die Deutsche übergenau, »eine Residenzstadt in Mitteldeutschland –«

»Nie dort gewesen«, brummte Don Sebastiano.

»– die gleichwohl eine Zierde des Landes ist«, dozierte das Fräulein.

»Signorina Gioccausi«, schaltete sich Rosalia ein, »ist meine Zimmermieterin. Sie wissen ja, Hochwürden, jetzt, wo mein armer Mann Michele vermisst ist – wie soll ich meinen Unterhalt bestreiten?«

Der Pfarrer machte ihr ein Zeichen zu schweigen.

»– die Zierde des Landes, sage ich«, fuhr das deutsche Fräulein unbeirrt fort. »Nicht nur, dass wir den berühmtesten zeitgenössischen Dichter beherbergen –«

»Sir Walter Scott?«, fragte Don Sebastiano erfreut.

»Aber nein!« Das Fräulein schüttelte den Kopf. »Den Geheimen Rat von Goethe!«

»Nie gehört«, brummte Don Sebastiano.

»Das ist keine Schande – für Goethe«, sagte das Fräulein pikiert. Don Sebastiano tat, als habe er die Spitze nicht bemerkt. »Seine Exzellenz Goethe hat sich schon mehrfach in Aufsätzen und in gelehrter Gesellschaft über die Theorie der Entstehung der Erdteile geäußert. Ich darf anmerken, dass auch ich Mitglied solch einer Gesellschaft bin, die sich einmal die Woche in den Privaträumen der Großfürstin Maria Pawlowna trifft.«

»Ah, eine gelehrte Dame?«, stellte Don Sebastiano spöttisch fest. Else von Göchhausen hatte die Verachtung in des Pfarrers

Stimme bemerkt. Selbstbewusst konterte sie: »Eine Gelehrtenmamsell, ein Blaustrumpf, genau! Im Übrigen auch eine Menschenfreundin, korrespondierendes Mitglied der Preußischen Gesellschaft der Philanthropen.«

Der Pfarrer hob abwehrend beide Hände. Rosalia schaute groß und begriff nichts. Aber dass er mit solch einer Frau zu parlieren wusste, bestätigte sie in ihrem Respekt vor den studierten Kirchenmännern.

»Ich sprach von unserem Goethe und den gelehrten Zirkeln in Weimar«, fuhr Else von Göchhausen fort. »Dort wird seit einiger Zeit die Frage kontrovers diskutiert, ob Vulkanismus oder Neptunismus für die Entstehung neuer Länder entscheidend ist ...«

»Was soll das heißen?«, fragte Don Sebastiano düpiert. »Sind nicht Himmel und Erde, Tag und Nacht, Mensch und Tier vom Allerhöchsten erschaffen, in sechs Tagen, auf dass er am siebten Tage ruhte und seine Werke wohlgefällig betrachtete?«

»Metaphern!«, widersprach ihm das deutsche Fräulein. »Nichts als Gleichnisse der altjüdischen Mythologie. Die naturwissenschaftliche Betrachtung weiß es besser. Wasser und Feuer stehen am Anfang. Welches von beiden aber größere Bedeutung hat, könnte sich jetzt, dort draußen im Meer, erweisen.«

Bislang hatte sich das Gespräch im Flüsterton vollzogen, eingebettet in das Gemurmel der betenden alten Frauen. Jetzt aber brach es aus dem Kirchenmann laut hervor: »Signorina, was Sie da sagen, ist Ketzerei!«

Else von Göchhausen hob verächtlich die Augenbrauen.

»Jawohl!«, donnerte Don Sebastiano. »Die Erde wurde von Gottvater in Seiner überreichen Vorsehung erschaffen, auf dass sie vom Menschen bewohnt und in Seiner Stellvertretung beherrscht werde!«

»Und die Erde ist eine Scheibe«, konterte Else von Göchhausen ironisch, »und Galileo Galilei hätte man besser verbrennen sollen, damit sich auch weiterhin papistische Finsternis in die Köpfe der Menschen senke!«

»Verlassen Sie mein Gotteshaus!«, brachte Don Sebastiano schnaubend hervor.

»Sie werden mir wohl erlauben, dass ich noch einen Blick auf den wundersamen Heiligen werfe«, sagte das Fräulein kühl.

Der Pfarrer war sprachlos. Konnte er das dulden? Sollte er diesem vorlauten Geschöpf nicht besser einen Fußtritt verpassen? Er spürte die neugierigen Blicke der alten Beterinnen im Rücken und riss sich zusammen. In seiner Kirche wollte er sich keine Blöße geben! Widerwillig machte er eine einladende Geste zur Seitenkapelle.

Else von Göchhausen ging schnurstracks darauf zu, achtlos an den noch immer starrenden alten Frauen vorbei. Ungeduldig machte ihnen der Pfarrer ein Zeichen, sie sollten weiterbeten. Sofort setzte das monotone Gemurmel wieder ein.

Verwundert starrte Else von Göchhausen auf das von Kerzen mystisch beleuchtete Bild.

»Eine fromme Frau, die ungenannt bleiben will«, Don Sebastianos Stimme nahm einen feierlichen Ton an, »hat dieses schöne Altarblatt gestiftet.«

Das deutsche Fräulein trat noch einen Schritt näher und versuchte, die Zeichnung des Gemäldes zu entschlüsseln. Die Haltung des Heiligen, das Gesicht, die Rundung des Nackens, das feine Gegeneinander von Spiel- und Standbein, die dezente Abstimmung der Farben vor dem weichen Ocker des Hintergrunds – all das verriet Kupffers meisterliche Hand. Aber der lederne Schurz, die ungelenken, aller Perspektive spottenden Pfeile und dieses seltsame Etwas zu Füßen der Figur – sollte das ein Schild sein? Und was sollten die paar Blumen, die dahinter hervorguckten? Tränen stiegen Else von Göchhausen in die Augen. Es war nicht zu fassen! Eine Stümperhand hatte sich an einem echten Kupffer vergriffen!

Don Sebastiano bemerkte den feuchten Schimmer in des Fräuleins Augenwinkeln. »Ja, Signorina, schauen Sie nur genau hin!« Seine Stimme bebte in verhaltenem Zorn. »Auch das ist nicht mit den Kniffen der Naturwissenschaft und Ihres Neptunismus und

Vulkanismus zu erklären! Der Heilige vergießt Tränen ... seit ein paar Tagen schon ... ein Wunder, das uns der Herr gesandt hat. Aber was will Er damit sagen? Will Er uns etwa wachrütteln? Uns unseren Zweifel vor Augen führen?«

Else von Göchhausen liefen Tränen herab. Das Bild des verschandelten Kupffer'schen Jünglings verschwamm vor ihrem Blick. Der Pfarrer sah sich als Sieger. Seine Worte und das Bild des weinenden Heiligen hatten also überzeugt, hatten ein verstocktes Häretikerherz, ein wirres Blaustrumpfhirn für die Wahrheit geöffnet! Ein »Danke« hauchend, blickte er zum heiligen Sebastian empor. Eben war wieder eine Träne im Augenwinkel des Heiligen zu schwer geworden und kullerte über dessen Wange hinab.

»Verschandelt ... verschandelt und zerstört«, flüsterte Else von Göchhausen auf Deutsch.

Auf den steinernen Bodenfliesen war jetzt das Trapsen barer Kinderfüße zu hören. Es war Francesco. Er rannte auf Rosalia zu. Sein Atem flog.

»Mama!«, rief er in die Stille hinein.

»Pscht!«, machte der Pfarrer. »In der Kirche schreit man nicht!«

»Mama! Sie sind zurück! Papa und die anderen!«

»Madonna! Sind sie gesund?«, rief Rosalia.

»Alles in Ordnung. Und sie haben viel zu erzählen! Und zwei andere Männer sind dabei!«

»Was für Männer?«

»Franzmänner, sagt Papa. So gescheit wie Signore Offmanno, sagt Onkel Sandro.«

»Franzosen? Und wieso weiß Sandro –«

»Onkel Sandro und ich sind am Hafen gewesen. Und da ist das Boot zurückgekommen. Und die Franzmänner haben nach Zimmern gefragt. Und ich habe gesagt, bei uns ist alles voll, wegen der Signorina«, Francesco deutete auf das deutsche Fräulein, »und da hat Onkel Sandro gesagt, dass bei ihm noch Zimmer frei sind.«

»Und was ist mit dem neapolitanischen Lumpenhund –«

»Rosalia!« Der Pfarrer schüttelte tadelnd den Kopf.

»Was ist mit Graziani?«, verbesserte Rosalia.

»Der war nicht mit dabei! Papa hat gesagt: der Hurensohn –« Don Sebastianos Ohrfeige saß. »Au! So hat mein Papa aber gesagt!« Francesco kämpfte mit den Tränen. »Er hat gesagt, dass Graziani nicht mit zurückkommt. Der ist nämlich ein Feigling! Der ist jetzt Chef von der Insel da draußen, sagt Papa.«

»Sind denn alle verrückt geworden?!«, brach es aus Don Sebastiano hervor. »Dreht sich denn alles nur um dieses Eiland? Während sich hier seit Tagen ein Wunder vollzieht!!«

»Komm, Mama, ich soll dich holen. Papa ist nach Hause. Und Angelo kommt nicht zurecht. Die Leute wollen etwas zu essen.«

»Himmel, muss man alles selbst machen!«, rief Rosalia. Sie kniete kurz vor dem heiligen Sebastian nieder, murmelte hastig ein Dankeswort. Dann sagte sie zu Don Sebastiano: »Verzeihung, Hochwürden, ich werde zu Hause gebraucht«, nahm Francesco an der Hand und wollte gehen.

»Halt, nicht so eilig!«, rief Don Sebastiano. »Francesco, mein Kleiner, du verdienst dir doch gern ein bisschen Geld? Du hast mir doch schon öfter ein wenig geholfen.«

Francesco blieb stehen, ohne sich umzublicken. Seine Finger krallten sich in Rosalias Hand.

»Was ist? Schaut man Hochwürden nicht an?«, tadelte Don Sebastiano. Francesco wandte den Kopf. »Hör zu«, sagte der Pfarrer, »der Mesmer hat schlechte Muscheln gegessen. Der Dummkopf! Im August! Also, du kannst mir helfen: abgebrannte Kerzenstummel wegräumen, ein wenig Ordnung in der Kirche und der Sakristei halten, den Staub fegen ... so Kleinigkeiten, keine schwere Arbeit, aber du hilfst mir doch, nicht?«

Francesco nickte unwillig.

»Was ist denn, mein Kleiner?« Rosalia fuhr ihm durchs Haar. »Du hast doch Hochwürden schon ein paar Mal geholfen.«

Francesco nickte und stierte zu Boden.

»Na, dann komm gleich morgen früh zu mir. Auch die Abstellkammer hinter der Sebastianskapelle muss aufgeräumt werden. Zu viel Gerümpel. Und jetzt, wo wir das Wunder haben ... wer weiß, wer noch alles nach Sciacca pilgern wird?«

Francesco nickte erneut.

»Und es werden ja nicht alle«, Don Sebastianos Blick strafte die deutsche Gelehrtenmamsell, »nur wegen dieser Schwefelinsel kommen, die Neapolitaner und Deutschen und die Franzmänner und – ach, Kruzitürken, hol sie der Teufel!«

Der Pfarrer schlug sich auf den Mund. Die alten Beterinnen schauten entgeistert. Else von Göchhausen grinste hämisch.

»Geht jetzt!«, sagte Don Sebastiano zu den beiden Frauen. »Auf morgen, Francesco!« Er wandte sich um. »Weiterbeten!«, herrschte er die Alten an.

~ ~ ~

Als Rosalia, Francesco und Else von Göchhausen die Kirche verließen, bog in einiger Entfernung Kupffer um die Ecke. Er hatte von der Ankunft der Franzosen gehört und war nun auf dem Weg zu Sernas Haus. Rosalia wollte eine Begegnung vermeiden, packte Francesco am Arm und verschwand in der nächstgelegenen Gasse. Else von Göchhausen nahm davon keine Notiz. Sie sah nur Kupffer! Der Maler war ihr bekannt. Von einem Medaillon, das ihr die Großfürstin Maria Pawlowna einmal gezeigt hatte.

Fräulein von Göchhausen eilte auf ihn zu.

»Verzeihung, mein Herr! Sie sind doch Anton Raphael von Kupffer?«

Kupffer blieb erstaunt stehen, lüpfte den Hut. »Hocherfreut, hier unter fremder Sonne eine Landsmännin ...«

Else von Göchhausen reichte ihm die behandschuhte Hand und stellt sich vor. »Ich bin erst gestern angekommen, wohne bei Signora Fiorini.«

»Ja, eine ... geschäftstüchtige Frau. – Was führt Sie hierher, ans Ende der Welt?«

»Oh, ich möchte noch weiter, wenn es sich ergibt. Die neue

Insel im Meer! Es geht um die alte Frage nach der Entstehung der Welt, nach den vulkanischen oder neptunischen Ursachen ...«

Kupffer zog erstaunt die Brauen hoch. »Dann sollten Sie mitkommen. In das Haus des Postmeisters. Dort sind vorhin zwei französische Herren eingetroffen, Forscher von der Königlichen Geologischen Gesellschaft zu Paris, so hörte ich. Genaueres weiß ich nicht.«

»Aber zuerst verraten Sie mir, was *Sie* hier tun, am ›Ende der Welt‹, wie Sie sich ausdrückten?«

Kupffer malte mit der Spitze seines Spazierstocks Kreise in den Sand. »Ich bin auf der Suche ... nach der Schönheit ... ja, so könnte man wohl sagen. Wenngleich manches in diesem Nest«, er machte eine verächtliche Geste über Sciacca, »geschmacklos erscheint, so gibt es doch auch Erscheinungen, die eines Künstlers Herz erfreuen.«

»Die Insel?«

»Ah, bah! Die Insel! Dort war ich vor Kurzem. Ein Berg Schutt, Schwefel und Staub. Vielleicht für Geologen interessant. Aber für einen Künstler? Ich rede von anderen Schönheiten, die aber unter der Dummheit der Hiesigen zu verkümmern drohen.«

Else von Göchhausen machte ein kluges Gesicht, obwohl sie nichts begriff. Sekunden peinlicher Stille dehnten sich. Schließlich hatte sie die rettende Idee, die Konversation nicht absterben zu lassen: »Übrigens komme ich eben aus der Kirche ...«

»Sind Sie zum Wunder des heiligen Sebastian gepilgert?«, spottete Kupffer.

»Sie müssen mir erzählen«, sprudelte Else von Göchhausen los, »wie es dazu kam. Ich meine: Ein echter Kupffer! Ganz Ihre Pinselführung, Ihre Sichtweise! Und dann so von fremder Hand – pardon! – verpfuscht.«

»Welches Bild aus meiner Hand?«

»Der heilige Sebastian, der angeblich weint!«

Kupffer hielt sich an der Hauswand fest. »Der heilige Sebastian?«

»Aber ja! Es ist ein Wunder! – Nicht die Tränen, sondern dass Sciacca so etwas Schönes besitzt! Denn schließlich bleibt es ein echter Kupffer, trotz der Übermalungen! – Meister, Sie sind so blass. Ist Ihnen nicht gut?«

Kupffer krümmte sich. Ihm war, als hätte ihm jemand einen Faustschlag in den Magen versetzt.

Beerdigung, Trauung und zwei Beichten

Don Sebastiano kannte zwei Mittel, der Welt auf ein paar Stunden Lebewohl zu sagen: seine geliebten englischen Romane und ein Glas heimischen Rotwein. Selten bedurfte er stärkerer geistiger Stimulanzien.

Einmal etwa – es war in seinen jüngeren Jahren – war es bei der Totenfeier für ein altes Weib, das im ganzen Städtchen als hartherzig gegolten hatte, zu einem Zwischenfall gekommen: Don Sebastiano hatte eben das Requiem gelesen, als plötzlich aus dem verschlossenen Sarg ein Wimmern zu hören gewesen war. Ein paar Schaulustige (zur Totenfeier waren nur Neugierige gekommen) hatten aufgeschrien und waren hinausgerannt. Er jedoch hatte mutig ein »Vade retro, Satanas« gesprochen und dem Mesmer befohlen, aus der Sakristei Hammer und Stemmeisen zu holen. Rasch hatten sie den Sarg aufgebrochen und zu Füßen des stark riechenden Leichnams eine Katze gefunden. Es war das Tier der Verstorbenen, das sich unter deren Kleidern versteckt und nun in der dumpfen Dunkelheit zu maunzen begonnen hatte. Don Sebastiano hatte trotzig das Requiem zu Ende gelesen, war dann aber in die Sakristei geeilt und hatte zu seinem Vorrat an Anisschnaps gegriffen, den ihm der Schmied besorgt hatte.

Ein andermal hatte Don Sebastiano ein junges Paar getraut. Die Braut war ein pummeliges Ding in sackartigem Kleid. Eben hatte er die Pomeranze gefragt, ob sie ihren Gemahl lieben und ehren wolle, bis dass der Tod sie scheide, da hatte die Braut mit heftigem Stöhnen geantwortet. Dann war alles ganz schnell gegangen: Zeit zum Anstecken der Ringe war nicht geblieben. Die Brautmutter und ein paar geburtskundige Frauen hatten die Kreißende in den Vorraum der Sakristei gezerrt. Nach wenigen Minuten hatte man das Geschrei eines Neugeborenen gehört. Der Bräutigam war mit dem Ring in der Hand wie versteinert dagestanden und hatte immer nur gestammelt: »Nicht von mir.« Als Don Sebastiano sich an den Frauen und dem Neugeborenen vorbei in die Sakristei gezwängt hatte, um dort Grampis Schnaps zu Rate zu ziehen, hatte er sich des Bräutigams erinnert. Er hatte die Flasche unter dem Messgewand verborgen und war in die Kirche zurückgegangen – das Kind hatte wie am Spieß geschrien –, hatte den Bräutigam in den Beichtstuhl gezogen und ihm zum Trost die Buddel in die Faust gedrückt.

Das waren die Höhepunkte in Don Sebastianos fünfunddreißigjährigem Pastoraldienst. An sie jedenfalls musste er denken, als er am Vormittag in die Sakristei eilte und an einem Schrank eine Leiste drückte, worauf sich mittels einer Feder ein Türchen öffnete und eine Schnapsflasche zum Vorschein kam. Die Hand des Geistlichen zitterte vor Erregung über das eben Entdeckte. Seine Finger brannten, so heftig hatte er im Zorn zugehauen. Francesco hatte sich rasch wieder aufgerappelt und war heulend aus der Kirche gerannt.

Nun war es also geschehen! Die unauslöschbare Schande! Das crimen non ultra, wie er es in seinem löchrig gewordenen Pfarrerslatein für sich titulierte. Aus und vorbei! Dabei hatte er so schöne Blütenträume gehegt: Sciacca als Wallfahrtsort, als Mittelpunkt einer neu erwachten Frömmigkeit. Und ging es denn nur um geistliche Erbauung? Nein, er war ja kein weltfremder Mann. Er sah doch, wie alle sich plagten, um sich mit etwas Fischfang und Weinbau, mit ein paar Kühen und Ziegen über Wasser zu halten. Jetzt aber, da eine neue Insel aufgetaucht war und immer mehr Fremde in Sciacca anlandeten, um dieses stinkende Etwas zu bestaunen –

konnte man da nicht eine Kelle voll Hoffnung schöpfen, dass das unwirtliche Meer, das solch ein Phänomen ausgespien hatte, Lebenswasser enthielt, auf dass die Menschen nicht mehr dürsteten? In solch biblischen Metaphern erging sich Don Sebastiano, als er von einem anderen Lebenswasser trank, das nicht nach Schwefel und Salz schmeckte, sondern scharf nach Kümmel und Anis.

So gestärkt verließ er die Sakristei. In einer Ecke des Kirchenschiffs sah er Angelo Fiorini hocken. Was wollte der? Wusste der Bursche vom lausigen Streich seines Neffen? Don Sebastianos Haltung straffte sich. Keinen Fingerbreit Bodens wollte er in dieser Angelegenheit preisgeben!

»Na, Angelo, dich habe ich ja längere Zeit nicht mehr hier gesehen!« Angelo sprang auf und machte einen unbeholfenen Diener. »Sind ja auch alle mit der neuen Insel beschäftigt«, brummte der Pfarrer.

Angelo blickte zu Boden und zeichnete mit der Schuhspitze eine Fliesenfuge nach. »Hochwürden, ich möchte beichten«, murmelte er.

»Ungewöhnliche Tageszeit. Scheint dringend zu sein.«

Angelo zuckte mit den Schultern.

»Na dann komm mal mit in die Seitenkapelle, dort, bei der heiligen Rosalia. Da sind wir ungestört.«

Don Sebastiano nahm auf einem Lehnstuhl in der Kapelle Platz. Mit der Hand wies er Angelo auf einen Betschemel daneben. Der kniete sich hin und faltete die Hände.

Don Sebastiano schlug das Kreuzzeichen: »In nomine patris et filii et spiritus sancti.«

»Amen.«

Don Sebastiano wechselte in die Volkssprache: »Gott, der unser Herz erleuchtet, schenke dir die wahre Erkenntnis deiner Sünden und seiner Barmherzigkeit.«

»Amen«, wiederholte Angelo.

»Was hat dich hergeführt, das du bereust und wofür du um Vergebung bittest?« Der Geistliche verkürzte den Ritus ein wenig. Er war zu neugierig.

»Hochwürden, ich habe gesündigt in Taten.«

Don Sebastiano zog die Augenbrauen hoch: »In welchen?«

»In fleischlichen.«

»Mit wem?«

»Mit ... mit einer Frau.«

Der Pfarrer hustete. »Das will ich doch hoffen ... ich meine ... wer ist sie?«

»Ist das wichtig für die Beichte?«

»Ich muss doch die Schwere deiner Sünde erkennen, um die Buße festsetzen zu können.«

»Sie ist ... nicht von hier. Eine Fremde ...«

»Da haben wir's!«, polterte Don Sebastiano los. »Nichts als Verworfenheit kommt durch diese Fremden in die Stadt! Mit eurer verdammten Insel! – Wer ist es? Und wie alt? Könnte sie deine Mutter sein?«

Angelo nickte.

»Dann hat sie dich also verführt?! O schändliche Eva!«

»Es ist ... Madame de Chermette.«

»Wer?«

»Pauline de Chermette«, wiederholte Angelo. »Eine Französin, die in London wohnt. Sie und ihre Freundin Lady Grey ...«

»Was, die war auch dabei?!«, rief Don Sebastiano entsetzt.

Knarrend ging die Kirchentür auf. Die alte Lucia kam herein. Schwerfällig schlurfte sie durch das Kirchenschiff und kniete ächzend vor dem Altarbild des heiligen Sebastian nieder.

»Großer Gott«, murmelte Don Sebastiano.

Die Alte fing an, laut den Rosenkranz zu beten.

»He, Lucia«, rief der Geistliche quer durch die Kirche. »Geht's etwas leiser?!«

Sofort verebbte das Beten zu einem Murmeln.

»Na also«, brummte er. »Nun zu uns beiden«, flüsterte er. »Sie hat dich also verführt?«

Angelo blickte zu Boden.

»Ist sie verheiratet?«

»Ich weiß nicht.«

»Wie soll ich dann wissen, ob es nur Fleischessünde oder gar Ehebruch war?«

»Ich weiß nicht!«

»Einfaltspinsel!« Don Sebastiano seufzte. »Und du bereust?«
Angelo nickte.

»Und was war nun mit der anderen?«

»Nichts. Ich wollte nur sagen, dass Madame de Chermette aus London kommt, in Begleitung ihrer Freundin, Lady Grey.«

»Und die wollen zur Insel?«

»Lady Grey war schon in halb Europa, überall, sogar in Rom.«

»Ist sie katholisch?«

»Nein.«

»Heilige Muttergottes!« Don Sebastiano bekreuzigte sich. »Und die andere? Diese Madame?«

»Katholisch!«, gab Angelo zur Antwort.

»Na, wenigstens etwas ... und sonst?«

»Was sonst?«

»Antworte anständig!«, fuhr Don Sebastiano auf. »Und du«, rief er Lucia zu, »brauchst deine Ohren nicht tellergroß aufzufalten!«

»Also«, wiederholte er leise seine Frage: »Was hast du sonst noch zu beichten?«

»Nichts ... das Übliche: schlechte Gedanken, ein bisschen gelogen, mit meiner Schwester gestritten, einmal ein Stück Speck aus der Kammer geklaut.«

Don Sebastiano seufzte. »Und sonst war nichts mit dieser Madame?«

Angelo schüttelte den Kopf.

»Nun gut, das heißt ... ich hoffe, du hast dir bei dieser Französin nichts geholt.«

»Was soll ich denn ...?«

»Nichts, nichts. Also: Da diese Madame katholisch ist, sehe ich mildernde Umstände.« Er schlug das Kreuz über Angelo. »Gott, der barmherzige Vater, hat durch den Tod und die Auferstehung seines Sohnes die Welt mit sich versöhnt. Durch den Dienst der Kirche schenke er dir Verzeihung und Frieden. So spreche ich dich los von deinen Sünden. Te absolvo in nomine patris et filii et spiritus sancti.«

»Amen.«

»Zur Buße ...«, der Geistliche überlegte einen Augenblick, »erlege ich dir zwanzig Vaterunser und dreißig Ave-Maria auf. Außerdem sollst du mir an zehn Tagen den Kirchendienst versehen, denn der Mesmer ist noch immer krank und ... und ...«

»Langt das nicht?«

»Sei still, ich werde schon wissen, ist schließlich eine schwere Sünde ... und ... eine Engländerin, sagst du, ist auch hier?«

Angelo nickte.

»Hervorragend!«

Angelo verstand nicht.

»Wo wohnt sie?«

»Bei uns zu Hause.«

»Ah. Ob ... die Dame geneigt wäre, ich meine, du weißt wahrscheinlich nicht, dass ich ein Freund der englischen Kultur bin ... also, ich kann auch Bücher in dieser Sprache lesen ... und ...«, der Pfarrer legte Angelo vertraulich die Hand auf die Schulter. »Angelo, was ich dir jetzt sage, bleibt unser Geheimnis, verstehst du?«

Angelo nickte.

»Also, ich liebe englische Bücher, manchmal lasse ich mir aus Malta welche bringen. Ich lese und verstehe sie, aber ich kann diese Sprache kaum sprechen. Und ... ich meine ... da diese Engländerin schon einmal in der Stadt ist ... du könntest uns einander vorstellen, oder?«

»Klar.«

»Es ginge mir um etwas Konversation.«

»Konwas?«

»So nennt man es, wenn man miteinander spricht.«

»Wollen Sie ihr die Beichte abnehmen?«

Don Sebastiano musste schmunzeln. »Noch nicht. Ich will mich mit ihr nur etwas unterhalten, über Gott und die Welt, und dabei ihre Sprache besser erlernen.«

»Klar, Hochwürden, kann ich machen. Ich frage gleich nachher. Und was ist mit der Buße?«

»Was soll damit sein?«

»Sie waren doch noch nicht fertig?«

»Ach ja. Nun, wenn du mich dieser Lady vorstellst, dann kann ich es auf den genannten Gebeten und dem Mesmerdienst beruhen lassen.«

Angelo atmete auf. Dann setzte er nach: »Und gibt's einen Nachlass, vielleicht nur fünf Tage Mesmerdienst –«

Der Geistliche verpasste Angelo eine Ohrfeige. Die alte Lucia wandte sich um.

»Augen zum Altar!«, rief Don Sebastiano zu ihr hinüber. Stracks gehorchte sie.

»Ich meinte ja nur«, Angelo rieb sich die Wange, »weil, da ist ja noch ein Engländer, der wär' auch etwas für Ihre Konversadings.«

»Will der auch zur Insel?«

Angelo nickte.

»Und was ist das für einer?«

Angelo zuckte mit den Schultern. »Ein alter Mann. Hinkt. Ist etwas krank. Scheint Geld zu haben. Die beiden Frauen nennen ihn immer nur ›Meister‹ und ›Söör‹.«

»Sir«, verbesserte ihn Don Sebastiano. »Das heißt so viel wie edler Herr.«

»Aha.«

»Und wie noch? Wie heißt er?«

»Söör Wolda Skodd.«

»Wie?« Don Sebastiano hielt sich an der Armlehne fest. »Was sagst du da?!«

»Söör Wolda Skodd, oder so ähnlich.«

Don Sebastiano wurde fahl. Die alte Lucia hatte aufgehört zu beten und schlurfte neugierig herbei.

»Scher dich zum Teufel!«, zischte Don Sebastiano sie an. Erschrocken wandte sie sich dem Ausgang zu.

»Angelo!«, murmelte er. Schweiß stand auf seiner Stirn. »Walter Scott, sagst du? Himmel, ist's möglich! Sir Walter Scott, hier in Sciacca!! Angelo, einigen wir uns auf nur drei Tage Mesmerdienst. Und nur fünf Vaterunser und fünf Ave-Maria. Und das mit Francesco muss unter uns bleiben.«

»Hat er etwas ausgefressen?«

»Ja ... jetzt beichte ich dir etwas, Angelo ...«

»Sie mir, Hochwürden?!«

»Ja, ich erzähle dir etwas, was ich vorhin beim Aufräumen in der Kammer hinter der Sebastianskapelle entdeckt habe. Ein Lausbubenstreich deines Neffen. Ich habe ihm eine gelangt. Du musst mir versprechen, dass das unter uns bleibt! Rede Francesco ins Gewissen! Er muss alles für sich behalten! Hier hast du eine Silbermünze. Die gibst du ihm. Das ist zwar Bestechung, aber der Herrgott wird's mir verzeihen. Und gib acht, dass niemand, hörst du, niemand davon erfährt! Versprichst du es mir?«

Angelo nickte, ohne zu verstehen.

»Auch deine Schwester Rosalia darf um Himmels willen nichts davon erfahren! Der heilige Sebastian muss, ich betone: *muss* weiter weinen! Sciacca soll Wallfahrtsort werden. Ich will, dass es euch einmal besser geht als jetzt. Und dass Ausländer nicht nur wegen dieser rauchenden Insel hierherkommen, sondern wegen des Tränenwunders. Ich will eine fromme Stadt. Und eine wohlhabende! Gott wird mir diesen kleinen Betrug verzeihen. Also: wie vereinbart die Gebete und drei Tage Mesmerdienst. Aber du hilfst mir! Und Sir Walter Scott stellst du mir vor, ja?«

Don Sebastianos Augen glänzten. Angelo nickte. Noch immer begriff er nichts. Insgeheim fürchtete er um des Pfarrers Verstand.

»Lass uns in die Sakristei gehen. Ich brauche meine kleine Medizin, fürs Herz. Und dort werde ich dir mehr erzählen. Und da du schon ein Mann bist«, Don Sebastiano zwinkerte Angelo zu, »bekommst du auch ein Gläschen.«

Geheime Berichte und zweifelhafte Geschenke

DIE POSTSCHIFFE FLOGEN VOR DEM WIND nach Norden und Süden. Berittene Kuriere galoppierten in die Hauptstädte Europas. Eisenbeschlagene Hufe krachten aufs Pflaster, dass die Funken stoben. Zwischen Marseille und Paris schwenkten die Türme der Semaphor-Telegrafenlinie ihre Arme wie wildgewordene Vogelscheuchen und jagten die Signale in Windeseile über Land. Die Geheimdienste Frankreichs, Englands und Preußens schrieben Berichte und schrieben sie ab, denn nichts ist so schwer zu wahren wie ein Geheimnis. Was die Agenten eben versiegelt hatten, trugen die Spione bereits weiter.

Ein Brief an Earl Grey, den der Premierminister öffnete, während er genüsslich Bergamottetee trank, lag in Abschrift bereits seit einem Tag auf dem Schreibtisch König Louis Philippes. Der aber las schon eine Antwort auf eine Anfrage König Friedrich Wilhelms in Berlin, was es denn mit der französischen Okkupation Ferdinandeas auf sich habe? Preußen besitze zwar keine Kriegsflotte, auch hege man nicht die Absicht, in Übersee Kolonien zu gründen, dennoch habe man ein starkes Interesse am Gleichgewicht der Kräfte. Eine Krise im Mittelmeer gefährde ernsthaft das labile Friedenskonstrukt.

Louis Philippe beruhigte seinen königlichen Kollegen, Frankreich habe keineswegs ein Kriegsschiff ausgesandt. Vielmehr sei das Interesse an der Insel rein wissenschaftlicher Natur. Zwei Forscher von der Königlichen Geologischen Gesellschaft seien auf einer kleinen Brigg in die südlichen Gewässer geschickt worden. Man gehe davon aus, dass die Expedition in spätestens zwei Wochen beendet sei. Im Übrigen bitte man die preußische Regierung, die Insel auf keinen Fall »Ferdinandea« zu nennen, um nicht Neapels Anspruch indirekt zu akzeptieren. König Ferdinand – so Louis Philippe – plane eine international nicht annehmbare Annexion. Das habe man aus sicherer Quelle des britischen Geheimdienstes erfahren, der in solchen Dingen absolut zuverlässig sei. In puncto Namensgebung schlage Frankreich eine neutrale Lösung vor, nämlich »Giulia«. Das verweise auf den Monat des Auftauchens des Ereignisses und nehme überdies volkssprachlich Rücksicht auf die Bevölkerung Siziliens, die man freundlich gestimmt halten wolle.

Louis Philippe unterzeichnete das vorgefertigte Schreiben und klingelte seinem Sekretär. »Siegeln und nach Berlin expedieren!«

Der Sekretär nahm den Brief entgegen.

»Ach ja«, Louis Philippe fasste sich an die Stirn, »wir sollten dem preußischen König ein kleines Geschenk mitschicken. Gerade in solch einer heiklen Angelegenheit ... aber was nur?«

»Eine Vase aus Sèvres?«, schlug der Sekretär vor.

Louis Philippe winkte ab. »Die Preußen stellen inzwischen ihr eigenes Porzellan her.«

»Ist aber nicht so geschmackvoll wie französische Ware.«

»Mag sein«, sagte der König, »aber eben deswegen wüssten sie es nicht zu schätzen. Vergessen Sie nicht: Die Preußen sind halbe Slawen. In meinen Augen. Schnell im Schießen, aber zur feineren Lebensart taugen sie nicht.«

»Es müsste etwas ureigen Französisches sein«, meinte der Sekretär.

»Und etwas, das Frédéric Guillaumes Herz erfreut. Ich meine, er ist doch seit vielen Jahren Witwer und hat seine ... wie hieß die verstorbene Königin doch gleich?«

»Louise.«.

»Richtig, Louise! Er soll sie sehr geliebt haben?«

»So erzählt man sich. Sie war eine schöne und furchtlose Frau. Trat 1807 sogar dem Empereur in Tilsit entgegen, als Preußen am Boden lag.«

»Sie trat Napoléon Bonaparte entgegen?« Louis Philippe war in der Geschichte des Empire aus Abneigung gegen den korsischen Emporkömmling wenig bewandert. Der Sekretär nickte. »Alle Achtung«, murmelte der König, »dann hat sie ihren Mann wirklich geliebt.«

Aus dem angrenzenden Salon hörte man leise Klaviermusik und Gelächter der Hofdamen.

»Was ist das?«, fragte der Monarch.

»Stört es Eure Majestät? Soll ich die Damen auffordern aufzuhören?«

Louis Philippe winkte ab. »Nein, im Gegenteil. Das ist ... nicht schlecht.«

»Majestät, ich selbst – erlauben Sie diese persönliche Anmerkung – traktiere in meinen abendlichen Mußestunden ein wenig das Pianoforte. Was die Damen nebenan spielen, ist zurzeit der letzte Schrei ... auch wenn es mit Geschrei nichts zu tun hat. Im Gegenteil: Das ist vollendeter Gesang. Eine neue Behandlung des Instruments, moderne Harmonien, gewagte Melodiebildungen und Umspielungen, eine neue Auffassung von Musik ...« Die Begeisterung riss den Sekretär mit.

»Ah?« Louis Philippe fürchtete eine Blöße. Er war nicht einmal fähig, ein Pianoforte von einem Cembalo zu unterscheiden. Wie sollte er dann einschätzen, was an dieser Musik neuartig ist? Dennoch ... es klang liebreich, was er da bruchstückhaft wahrnahm. Er hielt den Kopf schief und versuchte, mehr zu erlauschen.

»Majestät!« Der Sekretär sah sich in einer Mission. »Erlauben Sie!« Er eilte zur Tür, die in den Musiksalon führte, und öffnete sie leise einen Spalt breit. Die Töne perlten wie an einer Seidenschnur in den Raum. Der Sekretär schloss genießerisch die Augen, folgte in Gedanken den Melodiebögen, den neckischen Verzierungen, den überraschenden Zusammenklängen.

Louis Philippe horchte ebenfalls. Nun ja, das war ganz nett, aber es blieb doch irgendwie Damenmusik, Jungfrauengeklimper. Er fühlte sich von seinem Sekretär diskreditiert und machte ein Zeichen, die Tür zu schließen.

»Ja, hübsch«, meinte der König. Er konnte seine Ungeduld nicht verbergen. »Von wem ist diese moderne Musik?«

»Ein Meister seines Instruments, erst seit Kurzem in der Stadt. Man spielt ihn in allen Salons. Ein Mann nicht nur von künstlerischen Fähigkeiten, sondern auch von chevalereskem Charme –«

»Schon gut. Und wer ist dieser Tastenzauberer?«

»Er heißt Frédéric Chopin.«

»Nie gehört.«

»Er ist erst Anfang zwanzig.«

»Aha, ein Wunderkind«, meinte Louis Philippe skeptisch.

Der Sekretär wurde von missionarischem Eifer fortgerissen: »Mit Verlaub, kein Wunderkind, nein, ein Genie!«

»Und Sie meinen, das könnte dem König von Preußen gefallen?«

»Aber ja! Es gibt da ein neues Werk des jungen Mannes, Variationen über ein Thema von Mozart, ›Là ci darem la mano‹.« Der Sekretär piff die Melodie vor.

Louis Philippe kannte sie nicht. »Aaaah«, heuchelte er Gefallen und versuchte, den Takt mitzuschlagen. »Und dieser Mozart, wohnt der auch in Paris?«

»Majestät, nein, der ist bereits verstorben.«

»Schade, so talentiert und schon tot. Aber der andere befindet sich bei Gesundheit?«

»Chopin?«

»Ja, der.«

»Er hüstelt, man munkelt, er habe die Schwindsucht.«

»Na, dann täte ihm frische Luft gut. Paris ist in solch einem Fall nicht das Wahre.«

»Vichy vielleicht? Oder die Berge?«

»Eher der Süden«, meinte Louis Philippe. »Vielleicht ... Giulia?« Noch bevor der Sekretär antworten konnte, machte der Monarch eine Bewegung, als wollte er den Tisch leer fegen. »Also, wir schicken dem preußischen König einen Band Noten als Geschenk? Mit einer hübschen Widmung aufs Vorsatzblatt. Wenn er so ein feinfühliger Mann ist und seine Louise so sehr geliebt hat, wird ihm solch sentimentale Musik wohl gefallen?!«

»Majestät!« Der Sekretär war entrüstet.

»Aber ja! Und Frédéric Guillaume soll schließlich auch sehen oder hören, zu welch großen kulturellen Leistungen unsere Nation fähig ist, auch in diesen modernen Zeiten!«

»Majestät erlauben mir die Bemerkung, dass ich das für eine ausgesprochen gute Idee halte ... wenngleich ... Monsieur Chopin kein Franzose ist.«

»Ach? Woher stammt er denn?«

»Aus Polen.«

»Wie dem auch sei, aber er wohnt hier in Paris. Und das Slawische dürfte den Preußen ja gefallen. Veranlassen Sie!«

Als Louis Philippe allein war, lauschte er nach dem Nebenzimmer. War das noch immer Musik von diesem Polen? Es klang recht phlegmatisch, fand er. Auf so etwas konnte man nicht einmal tanzen! Egal, Tanzen war ohnehin nicht seine Sache.

~ ~ ~

Es war später Abend. Die königliche Kutsche rollte vom Operntheater San Carlo zum Palazzo Reale. Ferdinand sang eine üppige Melodie und gestikulierte dazu. Vincenzo Bellinis »Bianca e Fernando« war gegeben worden. Ferdinand schätzte dessen Melodienreichtum und angenehme Sanglichkeit und liebte es, ein paar Arien in seinem samtenen Tenor anzustimmen.

Er freute sich auf eine mitternächtliche Stunde in seinen Gemächern, auf ein Glas schweren Wein, auf das Gemetzel, das er derzeit mit seinen Zinnsoldaten detailgetreu nachstellte. Es war die Schlacht von Austerlitz, in der Napoleon 1805 die Österreicher und Russen aufgerieben hatte. Dynastisch hätte Ferdinand eigentlich ein Feind des Korsen sein sollen. Immerhin hatte der sich im Windschatten der Revolution auf den Bourbonenthron gesetzt. Andererseits bewunderte er Napoleons Machtdrang, seine Tyrannis, seine Virilität, sich zu nehmen, wonach ihn gelüstete. Und die Habsburger, diese großgewordenen Älpler mit ihrer lächerlich vorgeschobenen Unterlippe, konnte Ferdinand ohnehin nicht leiden. Also war Austerlitz nicht nur eine napoleonische Schlacht, sondern ein Exempel, ein Fanal, ein – Ferdinands Wortschatz versagte, er verfiel erneut in eine Melodie Bellinis. Ja, und wenn er heute Abend die Schlacht von Austerlitz würde geschlagen haben, wollte er, ein Glas Rotwein in der Hand, noch ein wenig vor der großen Wandkarte seines Reiches stehen und sinnieren. Und er würde sich ergötzen an den Umrissen der Insel Ferdinandea, *seiner* Insel, die Ferdinand höchstselbst nach brieflichen Angaben Grazianis mit königsblauer Tinte in die Weiten des Meeres gezeichnet hatte – etwas zu groß, das wusste er, aber doch der Bedeutung des dritten Siziliens angemessen!

Die Kutsche fuhr in den Innenhof des Palazzo Reale. Ein Lakai öffnete den Wagenschlag und klappte die Leiter herunter. Ferdinand schritt über den ausgerollten Teppich auf eines der Portale zu. Rechts und links standen Wachen mit brennenden Fackeln. Die Nacht war lau und süß. Auf dem Treppenabsatz erwartete ihn sein persönlicher Adjutant, er salutierte und überreichte einen versiegelten Brief und ein in Leinen gebundenes, großformatiges Buch.

»Von Seiner Majestät Federico Guglielmo von Preußen.«

»Ah, der alte Federico Guglielmo!«, meinte Ferdinand jovial.

Seit ihm der Kollege vor Kurzem eine ganze Kompanie Zinnsoldaten in preußischen Infanterie- und Artillerie-Uniformen hatte zukommen lassen, war Ferdinand auf ihn nachsichtig zu sprechen. Schade nur, dass er zurzeit die Schlacht von Austerlitz aufgebaut hatte – so etwas kostete Wochen genauester Recherche, Planung und Ausführung –, und nicht den Sieg über Preußen bei

Jena und Auerstedt. Da hätte er die neu eingetroffenen Truppen gleich wirkungsvoll einsetzen und niedermetzeln können! Ferdinand hatte von einer venezianischen Spielwarenmanufaktur eine Batterie kleiner Kanonen bezogen, die man mit winzigen Lunten und kleinsten Mengen Schwarzpulvers richtig zünden konnte. Füllte man die kleinen Rohre mit Bleikügelchen, konnte man Pappmachébauten durchschlagen und feindliche Soldaten wegsprengen! Aber nun war erst das Blutbad von Austerlitz dran! Die Preußen mussten noch ein wenig warten.

»Aufgeschohooben ist nicht aufgehohooben«, sang Ferdinand auf einen Melodiefetzen Bellinis.

Er öffnete das Schreiben, überflog es. Es war belanglos. Nicht einmal neue Zinnsoldaten hatte der Preuße geschickt! Stattdessen einen Band mit Klaviernoten, von einem gewissen Scopini oder so. Und das Vorsatzblatt war herausgerissen! Als wäre der Band schon einmal in Gebrauch gewesen. Missmutig ließ Ferdinand die Seitenkanten über den Daumen gleiten. Nicht einmal singen konnte man darauf! Was sollte er damit? Achtlos warf er den Band auf einen Stapel alter Zeitungen.

Erneut nahm er den Brief zur Hand. Ein paar Höflichkeitsfloskeln und Empfehlungen, auch der Wunsch, Ferdinand möge die wissenschaftliche Arbeit dieses Federico Offmanno tatkräftig unterstützen. Das sei auch die höfliche Bitte eines gewissen Alessandro di Humboldt – zum Teufel, wer immer das sein mochte! Und was glaubte Federico Guglielmo eigentlich? Stand Offmanno nicht unter seiner, Ferdinands, Ägide? War der Professore nicht ausgesandt, die neue Insel zu erkunden und für Neapel in Besitz zu nehmen? *Seine* neue Insel! Das dritte Sizilien! Ferdinandea!

»Fähähärrrdiiiiiiinaaandäääääääääääääaaa!!«, schmetterte Ferdinand auf ein Motiv Bellinis.

Danach fühlte er sich freier, goss sich ein Glas Dessertwein ein, öffnete ein Fenster, ließ den linden Duft der Spätsommernacht herein – und warf das lästige Schreiben des Preußenkönigs in den Papierkorb.

Als er an den großen Tisch mit der Nachstellung der Schlacht von Austerlitz herantrat, fiel ihm Lorenzo Graziani ein. Was machte der eigentlich? War denn Ferdinandea nun sicher in Neapels Besitz? Die Flagge beider Sizilien war gehisst, hatte es im letzten Brief geheißen. Was bedeutete das? Hatten womöglich andere europäische Mächte ein gieriges Auge auf das neue Land geworfen? Und wie sah es auf der Insel eigentlich aus? Ferdinand hatte diesen deutschen Besserwisser, diesen Offmanno, schließlich nicht mit Weisungen, Schiff, Ausrüstung, Mann und Maus versehen, damit er sich dort auf der Insel verschanzte, zwischen gelehrten Büchern und Botanisiertrommeln mit Blumen, Blättern und Schmetterlingen! Am Ende gar mit aufgespießten Käfern, Spinnen und sonstigem Gekreuch! Ferdinand schüttelte es. Er wollte von diesem Geografen oder Geologen, oder wie immer er sich bezeichnete, keine Käfer, er wollte wissen, was es an Bodenschätzen gab.

Neapel war in schwieriger Position. Die Staatskasse leer, die Wirtschaft am Boden. Im Mittelmeer machten ihm Franzosen und Engländer die Hoheit streitig. Die Briten auf Malta und in der Levante, sogar in Ägypten! Die Franzosen hatten vor einem Jahr Algier erobert und machten sich im Maghreb breit. Zu allem Unglück auch noch die Piraten, die sich in ihren Nestern an der tunesischen und libyschen Küste zäh hielten und immer wieder neapolitanische Fischerboote und Handelsschiffe überfielen und plünderten. Neapel brauchte Erz zum Gießen von Kanonen! Und Gold! Gold und Silber! Damit der Staat Waffen kaufen konnte. Und natürlich sollte auch ein wenig Geld in seine, Ferdinands, private Schatulle fließen. Caserta war schön, aber noch nicht prächtig genug! Er wollte noch einen Flügel anbauen, die Gartenanlagen erweitern, ein neues Operntheater errichten. Doch womit? Mit aufgespießten Käfern und getrockneten Blüten bestimmt nicht! Und Graziani? Noch war er degradiert! Wenngleich er sich in letzter Zeit mit Spitzelbriefen regelrecht andienerte. Nur zu! Er sollte ruhig noch ein wenig im Staub kriechen, bevor er, Ferdinand, sich ihm gnädig wieder zuwandte!

Der König warf das leere Weinglas nonchalant aus dem Fenster, trat an den Schlachtentisch und zündete eine Batterie der kleinen Kanonen. Das Feuer entlud sich, ein ganzes Bataillon von Österreichern fiel, starb den Heldentod. Ferdinand empfand Genugtuung. Einem einzelnen Offizier, der inmitten des Blutbads noch aufrecht stand, machte er mit einem Fingerschnippen den Garaus.

~ ~ ~

Den Garaus! Den wollte Earl Grey den Franzosen machen, die sich wie die Zecken auf Graham Island festgesetzt hatten. Er nippte vom Bergamottetee (oh, er dankte seiner Tochter Ophelia für das Öl – wo trieb sie sich zurzeit eigentlich herum? War sie nicht wieder nach Italien aufgebrochen?). Dann erbrach er das Siegel des geheimdienstlichen Berichts. Er wusste sehr wohl, dass Louis Philippe in Paris eine Abschrift bereits vorliegen hatte. Der englische Geheimdienst, der beste in der Welt, ließ mitlesen, entschied aber selbst, was. Auch das war Teil der Strategie. Man musste dem Gegner das Gefühl vermitteln, überlegen, schlauer, schneller zu sein. Wohlgemerkt, das Gefühl! Ein Geheimdienst war nicht da, um zu verbergen, sondern um gezielt zu offenbaren. Umgekehrt wollte man die Ziele des Gegners nicht zu verhindern suchen, sondern sie unterstützen. Jedoch so, dass man den Gegner schwächte. Man konnte den Feind aushungern oder zu Tode füttern. Letzteres führte zum selben Ergebnis, war jedoch unauffälliger.

Neben dem Geheimbericht, der – wie Earl Grey wusste – auch in französischen Händen war, gab es noch einen weiteren. Nicht auf Papier geschrieben – denn Papier war geduldig und verräterisch –, sondern mündlich durch einen Sonderkurier hinterbracht. Der war sechs Tage zu Schiff und Pferd unterwegs gewesen und mehr tot als lebendig in London angekommen. Doch bevor er in das bereitstehende Bett gefallen war, hatte er eigenzüngig dem Premierminister Bericht erstattet: von Graham Island, das die Engländer besetzt hielten, die Neapolitaner als Ferdinandea zu besetzen wünschten und die Franzosen als Giulia besetzt zu haben glaubten.

Nicht überraschend war für Earl Grey gewesen, dass sich Paul de Caillac, bis vor Kurzem französischer Botschafter in London, auf dem Eiland befand – körperlich geschwächt, wie der Premierminister gehört hatte, doch gewillt, der Wüstenei von Geröll und Staub ein Paradies abzutrotzen. Amüsiert hatte Earl Grey auch von einem neapolitanischen Überläufer vernommen, einem degradierten Polizeichef, der von den Franzosen gekauft worden war, geködert mit dem Versprechen, er sei künftiger Gouverneur der Insel, des thermalen Utopia. Vizeadmiral Hotham hatte fragen lassen, ob man das französische Schiff bei Nacht und Nebel einfach in den Meeresgrund bombardieren solle, und Weisung erbeten. Es war beobachtet worden, dass die Franzosen am Nordufer von Graham Island aus mitgeführten Brettern einfache Unterkünfte zimmerten. Der Zweck der Besiedelung eines unwirtlichen Steinhaufens, der nur strategischen Wert besitze, war Hotham zunächst verschlossen geblieben. Bis man die Franzosen beim Graben und Bohren beobachtet hatte. Der Spähtrupp hatte einen französischen Arbeiter arretieren können, als dieser abseits der Bohrstelle sein Wasser abschlug. Der Arbeiter hatte – nach Einflößung einer halben Flasche Branntwein – lallend, aber vernehmlich verraten, man suche heiße und heilsame Quellen und habe königliche Order, auf Giulia das »neue Vichy« zu gründen. – Er selbst – so der erschöpfte Sonderkurier am Ende seines Berichts an den Premierminister – sei ebenfalls ein Anwärter auf Erholung, und wenn schon nicht Vichy und Branntwein winkten, so doch wenigstens ein Bett. Earl Grey hatte gelacht und dem hohlwangigen Mann, dessen Augen vor Erschöpfung blutunterlaufen waren, eine Tasse Tee angeboten, »ganz besonders anregenden Tee«, so der Premierminister. Der Kurier hatte dankend abgelehnt und darum gebeten – von plötzlicher Schwäche in den Beinen übermannt –, sich setzen zu dürfen. Earl Grey hatte gönnerisch auf einen Stuhl gewiesen, der Kurier war darauf zusammengesackt.

Statt zur Teekanne, aus der ein feinherber Bergamotteduft stieg, hatte Earl Grey nach einer Whiskey-Flasche im unteren Fach seines Schreibtischs gegriffen und drei Finger breit in ein Glas gegossen. Schottischer Whiskey, »The Black Grouse«. Der Kurier hatte lächelnd das Glas genommen und den malzfarbenen, samtigen Scotch hinuntergekippt. Dann hatte er sich kerzengerade aufgerichtet, mit fester Stimme »God save the King!« gesagt, salutiert und war hinausgegangen, als hätte er statt mehrerer Tausend Meilen nur einen Spaziergang durch den Hydepark hinter sich.

Daran musste Earl Grey jetzt denken. Ein Lächeln stand ihm im Gesicht, als er einem anderen Sonderkurier eine Weisung mit auf den Weg gab – mündlich, denn was nicht als Schriftstück bestand, konnte nicht abgeschrieben werden.

Der Premier hatte den Beschluss in Absprache mit dem Ersten Lord der Admiralität getroffen. Schließlich hatte Sir James Graham den Oberbefehl über die maritimen Interessengebiete Großbritanniens, und außerdem trug er die Ehre, Namensgeber des Eilands zu sein, auf dem man sich wohl mit den Franzosen zu arrangieren hatte. Statt ihr Schiff zu versenken oder ihre Bohrungen in die Luft zu jagen, sollte man sie »totfüttern« – bildlich gesprochen. Graham freilich hatte zunächst von Kanonen und Schwarzpulver geschwärmt, war aber durch Earl Greys Ausführungen umgestimmt worden. Weshalb eine Demarkationslinie ziehen, Hoheitsgebiete beanspruchen, Claims abstecken, wenn einem das Meer gehörte? Es galt, zwischen Malta und Graham Island einen Linienverkehr einzurichten, zunächst für militärische Zwecke, später vielleicht auch für zivile – das hing vom Erfolg der Franzosen, von der Ergiebigkeit ihrer Bohrungen ab. Sollte dieser Erfolg eintreten, wäre es England, das das Wasser abgrübe und die Touristenströme lenkte!

Vielleicht, so dachte Earl Grey, als er sich zurücklehnte und den fruchtigen Geschmack des Bergamottetees auf der Zunge zergehen ließ, vielleicht war seine Tochter, die Globetrotterin, doch nicht so verrückt, wie es den Anschein hatte. Freilich lag das Glück nicht im Reisen, nicht in der Bewegung. Aber vielleicht im Glauben an ein Glück, in der Hoffnung auf eine Ankunft, in der Suche nach dem Elysium? Das »neue Vichy«: Was für eine aberwitzige Idee dieses närrischen Louis Philippe! Aber in ihrer Aberwitzigkeit beinahe genial. Die Franzosen brauchten Proviant, Bauholz, Ziegelsteine, bessere Bohrer, technisches Gerät? Sollten sie haben! Die Franzosen hatten Geld. Und von überall kam Geld. Es gab in Europa genug verrückte alte Jungfern und kränkliche betagte Herren, die ihr Erspartes auf der Suche nach dem Jungbrunnen und dem späten Liebesglück gern zum Fenster hinauswarfen. Und wenn es das Fenster eines Kurhotels auf Graham Island war. Die Franzosen wollten bauen? Sie sollten bauen! Und England würde mitbauen und mitkalkulieren und das große Kontenbuch aufschlagen und Soll und Haben eintragen, zum Wohle der Welt und zum Nutzen des Empires! Timeo Danaos, et dona ferentes! Ich fürchte die Griechen, selbst wenn sie Geschenke bringen! So viel Schullatein brachte Earl Grey noch zusammen.

»Können Sie Latein?«, fragte er den Kurier.

»Nein, Sir.«

»Macht nichts«, lächelte Earl Grey, »die Franzosen auch nicht.«

Der Kurier sah den Premierminister ratlos an.

Earl Grey war leutselig zumute. »Darf ich Ihnen vor Ihrer Abreise noch einen Scotch Whiskey anbieten?«

Der Kurier winkte energisch ab. »Danke, Sir, ich bin Antialkoholiker. Ich trinke nur Wasser.«

»Nur Wasser?«

»Thermalwasser, Sir.«

»Na, dann reisen Sie rasch ab. Vielleicht findet sich auf Graham Island welches.«

Der Kurier salutierte und verließ das Amtszimmer. Earl Grey goss einen Schuss Whiskey in den Bergamottetee. Die Franzosen sollten die englischen Geschenke noch fürchten lernen! Er nahm einen Schluck. »Auch nicht übel«, murmelte er anerkennend.

Lob des Wassers

WAS NÜTZTE ALLER REICHTUM, alle Macht der Welt, wenn es an Wasser mangelte? Kein Anisschnaps könnte gebrannt, kein Tee aufgegossen werden. Weintrauben und Bergamottefrüchte könnten ihr saftiges Fleisch nicht schwellen lassen. Kurbäder könnten ihr heilendes Nass den Kranken nicht spenden. Aber auch nach geistigen Ergüssen lechzende Wallfahrer, die sich gern heiliges Wasser in Flaschen füllen, gingen leer aus.

Solche Gedanken gingen Don Sebastiano durch den Kopf, als er Angelo die Wahrheit über seinen Wasser weinenden Namenspatron beibrachte. Er setzte ihm auseinander, welche Folgen ein Ausbleiben der Tränen und damit des Pilgerstroms für Sciacca hätte. Sein Kummer war nicht gespielt, als er die Verelendung des Städtchens in düsteren Farben malte.

Angelo, durch die Absolution seelisch gestärkt, konnte die Verfinsterung nicht so einfach nachvollziehen. Ihm stand, seit er von Hoffmann Näheres über Ferdinandea gehört hatte, das Bild der Insel prächtig vor Augen. Der Professor hatte freilich nichts beschönigt: die Kargheit des Eilands, das lose, nach Schwefel stinkende Gemergel, Staub und Schutt. Angelo jedoch war vom Feuer der Jugend entzündet. Das Neue, Andersartige, Fremde der Insel beflügelte seine Fantasie. Was die Insel wohl an inneren Schätzen barg, die es nur zu heben galt!

Was also brachte Don Sebastiano so gegen Ferdinandea auf? Kamen nicht jetzt schon etliche Fremde in die Stadt? Brachten sie nicht Geld mit? Er selbst, Angelo, arbeitete seit Kurzem als Küchenjunge und Bedienung in Rosalias Betrieb, der sich in eine Zimmerpension und eine neu eröffnete Schenke aufteilte und sich in Anspielung auf die Schwimmfreuden der Wirtin »Zur Meermaid« nannte. Das Geschäft lief gut, und außer einigen Neuankömmlingen verkehrte hier auch die wachsende Fraktion der heimischen Ferdinandea-Begeisterten, die sich mit frischem Pioniergeist die Zukunft der Insel und des Städtchens bei etlichen Glas Wein in schillernden Farben ausmalten.

Angelo hörte sich die Beichte des Pfarrers verdrossen an. Was war das mit Francescos Lausbubenstreich? Und was hatte er, Angelo, mit dem Bildnis zu tun? In Angelos Kopf mochten sich die Beichtsplitter Don Sebastianos nicht zusammenfügen. Bis der ihn am Arm packte und zu der Seitenkapelle führte. Angelo hatte in den letzten Tagen mit dem Küchendienst so viel um die Ohren gehabt, dass er die Wundermär wohl vernommen, aber nicht weiter beachtet hatte. Ein weinender Heiliger! Nun ja, warum nicht? Es gab schließlich noch anderes Wunderbares unter Gottes Sonne – etwa die den Wassern entstiegene Insel draußen im Meer!

Nun stand Angelo endlich vor dem Altarblatt. Der Mund blieb ihm offen. Was tat *er* dort oben? Und wieso die seltsame Aufmachung mit Pfeilen und Lendenschurz? Auch an den Heiligenschein, der über seinem, Angelos, Haupt schief schwebte, konnte er sich beim besten Willen nicht erinnern. Hatte den Kupffer nachträglich hineingemalt?

»Da staunst du, was?«, fragte Don Sebastiano. Noch immer schien ihm von dem Bildnis Wunderbares auszugehen, trotz der Entdeckung des geschmacklosen Bubenstreichs. War die Darstellung deswegen weniger ehrbar? Mit Tränen in den Augen blickte er auf Angelo. Auch der hatte einen feuchten Schimmer im Blick, wie er gerührt bemerkte.

»Das ... das ... kann nicht sein ...«, stotterte Angelo.

»Nicht wahr?«, pflichtete ihm der Pfarrer bei. »Ein übler Streich.«

Angelo nickte.

»Dein kleiner Neffe hat sich Gott weiß was dabei gedacht … wahrscheinlich hat er sich gar nichts gedacht, aber … nun ist es geschehen, das Wunder, meine ich, und wir können ein Wunder doch nicht einfach versiegen lassen?!« Er deutete mit der Hand zum Antlitz des Heiligen hinauf, das weniger tränenfeucht war als die Wangen der beiden Betrachter.

»Ich muss gestehen«, fuhr Don Sebastiano fort, »dein Neffe hat es geschickt angestellt, die Konstruktion als solche, meine ich: Von der Rückseite die Leinwand mit einer Nadel durchstoßen, genau an der Stelle des einen Auges – wie er die gefunden hat, muss er mir noch verraten –, dann einen Strohhalm in das Löchlein gesteckt, aber so, dass man es von vorne nicht sehen kann, und an das obere Ende des Halms eine Schweinsblase gehängt, gefüllt mit Salzwasser. Ein altes Tuch darüber, sodass das in der Rumpelkammer nicht auffiel. Der Strohhalm war so dünn, dass das Wasser nur langsam, Tropfen für Tropfen, hindurchsickerte. Eh bene, fertig war das Tränenwunder.«

Mit einer gewissen Erleichterung, nicht mehr allein die Bürde eines Geheimnisses tragen zu müssen, blickte Don Sebastiano auf den Burschen, dem nun seinerseits Tränen über die Wangen flossen. Angelo schmerzte das verhunzte Gemälde, sein eigenes Ebenbild. Hatte der deutsche Maler ihm nicht versichert, das Bild sei wertvoll, und er, Angelo, würde dadurch einst berühmt werden, wenn es irgendwann in einem Museum in Berlin oder sonstwo hinge?

»Nun weißt du um das Geheimnis, Angelo. Du hast mir gebeichtet, ich dir. Ich habe dir Absolution erteilt, nun musst du mir weiterhelfen. Aus deinen Tränen schließe ich, dass dir die Sache, ich meine das Wunder, ebenso zu Herzen geht wie mir. Deswegen aber, und zum Wohle der Gemeinde und der ganzen Stadt, darf das Tränenwunder nicht versiegen, hörst du?«

Angelo nickte mechanisch.

»Du wirst also«, Angelo spürte den festen Griff des Pfarrers, »dafür sorgen, dass das Wunder wieder in Fluss kommt. Das ist Teil der Buße, die ich dir auferlege ...«

Wieder nickte Angelo.

»Und du musst dafür sorgen, dass Francesco nicht plaudert. Und dass Rosalia nichts davon erfährt, schließlich ist sie die Stifterin des Bildes.«

»Sie ist was?«

»Sie hat das Bild der Kirche geschenkt. Wusstest du das nicht?«

Angelo lag das Nein auf der Zunge. Gerade noch konnte er es hinunterschlucken. »Ja ... ja natürlich.«

»Sie hat nicht gesagt, woher sie es hat. Selbst gegenüber dieser deutschen Signorina nicht, dieser Gelehrtenmamsell, die glaubte, Nachteiliges über das Bild äußern zu müssen. Was weiß die schon, dieser Blaustrumpf! Das Bild ist meisterlich gemalt.«

»Das ist es«, murmelte Angelo.

»Und außerdem: Was es darstellt, das ist wichtig! Es ist der heilige Sebastian, alles andere interessiert nicht. Hast du schon einmal von Ikonen gehört?«

»Nein.«

»Das sind Heiligendarstellungen der griechischen Kirche. Sie sind oft uralt, man weiß nicht, von wem sie stammen. Man ahnt aber, dass es wahre Meister waren, die diese wundersamen Bilder vollbrachten. Und ähnlich verhält es sich mit unserem Sebastian!«

»Ja, Hochwürden.«

»So sind wir uns in allem einig?«

»Ich glaube schon.«

»Dann schlag ein! Ein Wort unter Männern. Und die Absolution inbegriffen.« Don Sebastiano streckte Angelo die Hand hin.

»Ich schlage ein, aber nur unter einer Bedingung.«

»Du willst Bedingungen stellen?«

»Ja.«

Don Sebastiano war fassungslos. »Und wenn ich dir die Bedingung abschlage?«

»Dann erfährt Sciacca von der Kehrseite des Tränenwunders.«

»Maledetto ... so einer bist du also!«

»Sie wollen etwas von mir und ich von Ihnen.«

»Also ... in Teufels Namen ... was verlangst du?«

»Ich will zur Insel.«

»Zur Insel! Alle Welt will zur Insel! Die verrückten Engländer und die Franzosen und dieser deutsche Professor und der Maler und das gelehrte Fräulein!! Ja, um Himmels willen, was wollt ihr denn dort?!«

»Ich will eine neue Welt entstehen sehen. Und ich will mit Signore Kupffer dorthin. Er soll das malen, damit es nicht in Vergessenheit gerät.«

»Und was geht mich das an? Habe ich dort meine Schäfchen oder hier? Und wie soll ich dir dabei helfen? Besitze ich ein Boot? Steig doch in den Kutter deines Schwagers!«

»Hochwürden, Michele nimmt mich nicht mit. Rosalia hat ihm das eingebläut. Aber ... Professore Offmanno ... er war schon einmal dort ... und er braucht vielleicht Gehilfen ...«

»Aber selbst wenn? Dieser Mensch ist Preuße! Was soll ich einem Lutheraner denn vorschreiben?« Angelo sah den Pfarrer flehentlich an. »Nun gut, in Gottes Namen. Das mit dem Teufel vorhin nehme ich übrigens zurück. Das ist mir so rausgerutscht. Gut, ich rede mit Offmanno. Er scheint ja doch ein Mann von Verstand zu sein.« Don Sebastiano klopfte Angelo auf die Schulter. »Und mit Rosalia will ich auch sprechen. Immerhin hat sie den Sebastian in die Kirche gebracht, und das Tränenwunder ist ja auch deiner Familie zuzuschreiben ... ich meine dem kleinen Francesco. Du sollst zur Insel rüberkommen, Angelo.«

»Vielen Dank, Hochwürden.«

»Ist schon gut. Eine Hand wäscht die andere. Wollen hoffen, dass das Wasser dabei sauber bleibt ... Also schlag ein.«

Angelo schlug ein.

»Du kannst gleich jetzt das Wunder wieder in Fluss bringen«, sagte Don Sebastiano. »Warte, ich sperre vorsichtshalber die Kirchentür zu. Dort hinten ist eine Leiter. Wasser ist in der Sakristei. Magst du noch einen Schnaps?«

Angelo verneinte. Er ging in den Winkel hinter der Kapelle, um die Leiter aufzustellen.

Don Sebastiano verharrte noch vor dem Altarbild. »Weißt du eigentlich, Angelo, dass eine gewisse Ähnlichkeit zwischen dem Heiligen und dir nicht zu leugnen ist?«

Angelo biss sich auf die Lippen. »Ich glaube, da täuschen Sie sich, Hochwürden«, rief er nach vorne.

»Meinst du? Vielleicht hast du recht. Mir war so.«

Zehn Minuten später rannen wieder Tränen über die Wange des Heiligen. Don Sebastiano war feierlich zumute.

»Tränen, Tränen, was ist das doch für ein besonderer Saft!« Wäre er Dichter gewesen, er hätte darüber ein Sonett geschrieben. Aber er war ja keiner. Ja, Sir Walter Scott, dem fiele sicherlich etwas Schönes ein! »Angelo, du stellst mich doch dem alten schottischen Herrn vor?!«

»Klar, Hochwürden.«

»Wann und wo?«

»Morgen Abend vielleicht? Er verkehrt auch in der ›Meermaid‹.«

»In was?«

»Die Schenke, wo ich bediene.«

Don Sebastiano wiegelte ab: »Das ist kein Ort für einen Pfarrer!«

»Weshalb? Sie trinken doch auch gern ein Glas Wein?«

»Nun ... da hast du recht ... also gut. Gleich *heute* Abend?«

»Gut. Heute Abend!«

»Komm, darauf müssen wir noch ein Gläschen Anisschnaps trinken. Nein, nicht ablehnen! Angelo, ein Bursche in deinem Alter, schon ein Mann, der muss auch ein wenig trinken können. Und ... ganz im Vertrauen – aber das behältst du für dich –, von Wasser allein, auch von geweihtem, kann keiner leben.«

Es lebe Neu Vichy!

NEIN, WEDER VON GEWEIHTEM noch von gebranntem Wasser allein kann einer leben! Das merkten die Franzosen auf Giulia rasch. Gouverneur Laurent Graziani machte Kapitän Turbot Vorwürfe: Weshalb er in Marseille Wasser für nur zwei Wochen habe laden lassen? Der gab die Beschwerde grantig an Admiral Derussat weiter, schließlich söffen dessen Soldaten so viel! Neulich hatte man sogar einen Schnösel bei der Körperwäsche ertappt! War nicht genug Wasser rings um die gottverdammte Insel vorhanden, um die Füße hineinzutunken? Daraufhin schalt Derussat den Kapitän einen Esel und drohte ihm mit dem Kriegsgericht in Marseille.

»Wenn wir jemals nach Frankreich zurückkehren«, frotzelte Turbot. »Die Engländer werden uns eh einen Kopf kürzer machen.«

»Wir haben genug Kanonen und Pulver an Bord, um die halbe Insel samt Engländern wegzublasen!«, konterte Derussat.

»Aber wir werden zu vertrocknet sein, um überhaupt noch die Lunte ans Kanonenrohr zu halten«, maulte Turbot.

Derussat ging in die Offizierskajüte und machte Caillac Vorhaltungen. Der wies alles von sich: »Admiral, ich bin ausgesandt worden, die Insel in Besitz zu nehmen und das ›neue Vichy‹ zu gründen. Es geht hier um die Idee einer neuen Welt und nicht um Banalitäten des Alltags.«

»Ich wette, Ihr ›neues Vichy‹ wird nicht mit Champagner bewässert werden.«

»Wir bohren ja intensiv nach Wasser.«

»Das wir in diesem Schuttberg nicht finden werden.«

»Wir werden.«

»Sie sind sich dessen so sicher?«

»Frankreich ist eine große Nation und noch nie an einer Idee gescheitert«, beharrte Caillac.

»Vielleicht nicht an einer Idee, aber an Dürre und Durst schon.«

»Admiral, ich sagte bereits: Wir werden Wasser finden! Im Übrigen ist für die Bohrung Gouverneur Graziani zuständig.«

»*Gouverneur* Graziani!«, schrie Derussat. »Ein Überläufer als Gouverneur! Eine Schnapsidee! Die gesamte Mannschaft murrt bereits!«

»Mäßigen Sie sich!«, fauchte Caillac. »Ich habe königliche Vollmachten! Und es ist Ihre Aufgabe als Admiral, Disziplin und Gehorsam innerhalb der Mannschaft durchzusetzen, notfalls mit drakonischen Strafen.«

»Mischen Sie sich nicht in die Belange der Marine ein«, drohte Derussat.

»Und Sie sich, Admiral, gefälligst nicht in die Belange auf Giulia! Außerdem kann uns Graziani dazu dienen, uns Informationen zuzuspielen, über die Insel, die Engländer, König Ferdinand.«

»Er ist ein Fähnchen nach dem Wind. Und apropos Schnapsidee: Ich habe Durst.«

»Wasser ist seit heute rationiert«, entgegnete Caillac kühl. »Nur noch zwei Becher pro Tag und Mann.«

Wutschnaubend verließ Derussat die Kajüte und warf die Tür hinter sich zu.

In eben jener Stunde staunten die französischen Arbeiter auf Giulia nicht schlecht: Am Ende der Küstenlinie tauchten zwei mit allerlei Material beladene Lastenschlitten auf …

~ ~ ~

Graziani saß unterdessen auf dem Gipfel unter der Trikolore und prüfte den Wind. Regen war auch an diesem trockenen, spätsommerlichen Septembertag nicht zu erwarten. Die Luft war nahezu reglos. Die Trikolore und weiter drüben der Union Jack hingen schlaff herab. Es war, als begehrten nicht einmal mehr die Flaggen gegeneinander auf. Unten, in der Südbucht, sah Graziani die »St. Vincent« ruhig vor Anker liegen. Die erwartete Auseinandersetzung mit den Engländern war ausgeblieben. Er wusste nicht recht, ob er sich darüber freuen sollte. Insgeheim hatte er eine Schlacht der beiden Kriegsschiffe befürchtet, mit Detonationen, splitterndem Holz, spritzendem Blut, zerfetzten Leibern, Brüllen der Verwundeten. Doch der Waffenstillstand bedeutete ein Machtvakuum. Und was war ein Gouverneur ohne Macht? Und fußte Macht nicht auf Landbesitz?

Da saß er nun, auf dem zweithöchsten Hügel der Insel (aber eben nur auf dem zweithöchsten), um sich herum knapp zwei Quadratkilometer neuen Landes (rund dreieinhalbtausend neapolitanische Versura, überschlug er), von Caillac versehen mit dem Titel eines Gouverneurs der neuen Kolonie Giulia – und besaß doch weder Amtsresidenz noch Leibgarde, weder Siegel noch Territorium. Denn wem gehörte Giulia? Und wie hieß die Insel nun? »Graham Island« nannten sie die Engländer. Ihr Schiff lag ruhig dort unten. Einige englische Matrosen hockten am Strand und spielten Karten, die Offiziere sogar Tennis – und dachten nicht daran, Krieg zu führen. Feindliche Matrosen und Soldaten auf *seiner* Insel, in *seinem* Gouvernement! Und er, Graziani, konnte es ihnen nicht verwehren, konnte nicht auf Hoheitszeichen und territoriale Souveränität pochen! Er fühlte sich einsam, und um seinen Schmerz allein auszukosten, hatte er den französischen Hügel erklommen.

Graziani lehnte an dem Steinhaufen, in den die Fahnenstange eingerammt war, einen Flachmann mit Cognac in der Hand (Wasser war rationiert und hätte für seine Wehmut wenig getaugt), und betrachtete das Territorium, das ihn in seiner trägen Friedlichkeit mehr ärgerte, denn freute. Ihn machten die sorglos wie Halbwüchsige herumtollenden englischen Matrosen wütend, die eitlen, ballspielenden Offiziere, die dicke, herausgeputzte »St. Vincent«, der schlaff hängende Union Jack dort drüben – bah! Schlaff und verlumpt und verludert wie die ganze überkommene Zivilisation Albions! Graziani spuckte aus, ein Stückchen in den Krater hinein. Am liebsten hätte er sich hinterhergeworfen.

Ein wenig bedauerte er, dass er damals, als er das erste Mal auf der Insel gewesen war, nicht in den Abgrund gestürzt war. Damals hatte er noch an sich und seine Sache geglaubt ... und ... ja, auch an das Königreich dreier Sizilien und an König Ferdinand, für den er eine neue Insel hatte gewinnen wollen! Jetzt aber lag alles in Erstarrung da, selbst die Möwen waren zu träge, den Hügel zu umkreisen, und saßen blöde auf der Takelage des englischen Schiffs. Einzig die Insel gab hin und wieder noch einen Muckser von sich. Ein leises Rumpeln, ein Husten, ein Grollen und Donnern, für wenige Sekunden nur, dann war wieder Totenstille.

Die Insel war seit Grazianis erstem Besuch nicht mehr gewachsen. Hätte sie sich nicht noch ein wenig höher erheben können, damit aus den zwei Hügeln zwei Bergketten geworden wären? Und was sollten die beiden Krater in ihrer Mitte? War das ein Platz, sich daran niederzulassen, auszuruhen, auf andere Gedanken zu kommen? Das eine Loch hatte sich inzwischen mit gelblichem Schwefelwasser gefüllt. Aber konnte man das trinken? Konnte man darin baden? Konnte man an diesem Anblick das Auge weiden? Und hätte die Insel nicht etwas mehr in die Breite wachsen können, mit ein paar Tälern und verschwiegenen Winkeln, einladend zur Besiedelung und Urbarmachung? So aber ... was war das schon? Ein Kegel im Wasser, aus Mergel, Schutt, Staub, mit einem Schwefelloch in der Mitte und einem anderen, aus dem es rauchte und stank!

Graziani lauschte in die Stille: Von der Nordseite war ein rhythmisches Klopfen zu hören. Der Hammer, der auf ein Bohrgestänge schlug und es in den Grund trieb. Man suchte Wasser, man brauchte Wasser, die Franzosen mühten sich verzweifelt ab.

Am Tag zuvor hatten die Engländer den Affront besessen und waren auf der Nordseite aufgetaucht, eine Delegation von sechs Mann. Sie erschienen in friedlicher Absicht, so Vizeadmiral Hotham, und seien – obschon zuerst auf der Insel – keineswegs gewillt, sie zu vertreiben. Graziani hatte protestieren wollen, doch Caillac hatte ihm mit eindeutiger Geste das Wort abgeschnitten.

»Sir«, hatte Caillac dem Vizeadmiral geantwortet, »wir streben keineswegs eine Inbesitznahme der Insel an, sondern verfolgen nur die wissenschaftliche Erforschung zum Zweck der Klärung der Kontroverse zwischen Neptunisten und Vulkanisten.«

Hotham hatte nicht recht verstanden. Das war seinem Gesicht abzulesen. Er hatte durch die stark behaarten Nasenlöcher geschnaubt und gesagt: »Monsieur, England kann nichts gegen Wissenschaftler haben. Aber weshalb tauchen Sie mit einem Kriegsschiff vor Graham Island auf?«

»Graham Island?«, hatte Caillac zurückgefragt.

»So haben wir die Insel bei der Inbesitznahme getauft.«

»Und was, glauben Sie, wird die französische Regierung dazu sagen?«

»Es wird ihr wenig gefallen.«

Caillac war durch Hothams Offenheit entwaffnet. »Ich fürchte, es wird in dieser Angelegenheit zu diplomatischen Verwicklungen kommen. Der Umstand, dass wir nur Interesse an wissenschaftlichen Experimenten haben, heißt nicht, dass Frankreich einer Annexion der Insel durch England zustimmen wird.«

»Monsieur«, hatte Hotham erwidert, wobei er durch seine Nasenhaare blies, »dass Sie mit einem Kriegsschiff in englischen Hoheitsgewässern auftauchten, wäre Anlass und Berechtigung genug, Sie alle auf der Stelle festzunehmen.«

Caillac hatte den Atem angehalten.

»Doch«, war Hotham blasend fortgefahren, »sind wir geneigt, über die Verletzung der territorialen Souveränität hinwegzusehen und Ihnen vielmehr unsere Hilfe anzubieten.«

»Wie?«

»Im Dienste der Wissenschaft und aus humanitären Gründen.«

»Aus was?«

»Glauben Sie, wir wüssten nicht, dass Sie verzweifelt nach Wasser bohren?«

»Woher wollen Sie –«

»Sie müssen schon erheblich tiefer bohren. Doch dazu – das haben unsere Späher ausgekundschaftet – fehlt Ihnen das nötige Gerät.«

»Wir haben alles, was wir benötigen, aus Marseille mitgebracht.«

Hotham hatte gegrinst. »Der britische Geheimdienst ist weltbekannt. Wir wissen sogar, dass Frankreich sich gerne seiner Erkenntnisse bedient ...«

Caillac war rot angelaufen.

»... und dennoch wissen wir mehr als Frankreich: Zum Beispiel, dass Sie in der Annahme, hier das ›neue Vichy‹ vorzufinden, falsche Ausrüstung und zu wenig Wasser mitgenommen haben. Der Wunsch war Vater des Gedankens. Nun bohren Sie also verzweifelt, nicht nur, um dereinst Kurgäste anlocken zu können, sondern auch, um nicht im wiedergefundenen Paradies verdursten zu müssen.«

Caillac und die anderen Franzosen hatten wie überführte Falschspieler dreingeblickt.

»Meine Herren«, war Hotham süßlich fortgefahren, »es ist uns eine Ehre, Sie als Gäste auf britischem Boden begrüßen zu dürfen. Ihr Wohlergehen liegt uns am Herzen. Ihr Projekt eines ›neuen Vichy‹ stellt einen edlen Dienst an der Menschheit dar. Deswegen bieten wir an, Ihnen besseres Bohrgerät, Baumaterial und Trinkwasser zur Verfügung zu stellen.«

»Und Sie?«, hatte sich Derussat eingeschaltet. »Woher beziehen Sie Ihr Wasser?«

»Von Malta. Von Sizilien jedenfalls dürfen Sie keine Hilfe erwarten.«

»Weshalb nicht?«

»Die Bewohner sind misstrauisch und verstockt, und König Ferdinand glaubt, einen Anspruch auf Graham Island zu haben. Neulich waren hier sogar ein deutscher Professor und ein neapolitanischer Gesandter, um die Insel auszukundschaften. Sie haben sich seither nicht wieder blicken lassen. Übrigens«, Hotham hatte auf Graziani gedeutet, »sah der Sizilianer diesem Herrn recht ähnlich. Wenn ich nicht wüsste, dass Sie aus Frankreich kommen ...«

»Oh, das«, hatte sich Caillac rasch eingeschaltet, »das erscheint uns Westeuropäern beim mittelmeerischen Menschenschlag des Öfteren so. Es beruht auf Täuschung oder vielmehr: mangelndem Unterscheidungsvermögen unsererseits ...«

»Schon gut«, hatte Hotham abgewunken, »also: Sie sind Gäste. Die Trikolore holen Sie binnen vierundzwanzig Stunden ein! Die Souveränität ist ja wohl klar, falls nicht, könnten wir aus Malta jederzeit noch ein oder zwei weitere Kriegsschiffe ordern ... in aller Freundlichkeit gesagt.«

Caillac und Derussat hatten Hotham wie Schuljungen angeblickt, die man beim Abschreiben ertappt hatte.

Hotham hatte kühl gesagt: »Wir verabschieden uns jetzt, Messieurs. Auf gute Nachbarschaft! Morgen lasse ich bessere Bohrausrüstung und weiteres Material herüberschicken. Es lebe Neu Vichy!«

»Es lebe Neu Vichy!«, hatten die Franzosen kraftlos gemurmelt.

Hotham hatte sich mit einem Lächeln an Caillac gewandt: »Monsieur, ohne Ihnen nahetreten zu wollen, aber Ihre Haushälterin scheint ihr Handwerk nicht recht zu verstehen.« Boshaft hatte er auf die Bügelfalten in dessen Hose gedeutet.

Caillac hatte den Engländer herablassend angesehen. »Sir, ich sehe, Sie sind schon längere Zeit auf der Insel und haben die gängigen Tageszeitungen nicht abonniert. Ganz Paris trägt seit Wochen Bügelfalten. Der letzte Schrei, wie wir in Frankreich sagen. Beiläufig königliche Raffinesse. Seine Majestät Louis Philippe höchstpersönlich haben es kreiert und sind so in den Tuilerien ausgeritten.«

»So, so«, hatte Hotham gebrummt, durch die Nasenhaare geblasen und nachgesetzt: »Ich hoffe, Sie haben Ihre Bügelfrau mitgebracht.«

Dann waren die Engländer abgezogen. Hinüber, in ihre Bucht, zu ihrem Schiff, ihrem Trinkwasser, ihrem Strand, ihrem Tennisplatz. Das war gestern gewesen.

~ ~ ~

Graziani saß auf dem Hügel unter der noch nicht eingeholten Trikolore und zog mit dem Stiefelabsatz Zeichen in den Sand. Zeichen, die er selbst nicht begriff. Schon seit Längerem verstand er die Ereignisse nicht mehr, die sich um die kleine Insel auftürmten und sie wieder in die Meerestiefen hinabzudrücken drohten. Was hatte er eigentlich damit zu schaffen, dass sich Engländer und Franzosen, Neapolitaner und Deutsche um das Eiland schlugen, als hinge ein Weltreich davon ab oder als wäre der Stein der Weisen hier verborgen? Wie war er, Graziani, eigentlich dazu gekommen? Musste den Gouverneur spielen und war doch nur eine Spielfigur!

Wie gerne säße er wieder zu Hause, in seiner Wohnung in Neapel, bei einem Glas Rotwein, einem Teller voll dampfender Spaghetti, oder im Teatro San Carlo, in einer Oper von Donizetti oder Bellini ... Aber – würde er je wieder nach Hause zurückkehren können? Weshalb nur hatte er sich von den Franzosen über den Tisch ziehen lassen? Jetzt musste er König Ferdinand als Hochverräter erscheinen! Man würde ihm, Graziani, sollte er jemals nach Neapel zurückkommen, den Prozess machen, ihn köpfen oder füsilieren. Er verfluchte seine verletzte Eitelkeit, seine Ruhmsucht. Daran war nur dieser deutsche Professor schuld! Der und seine verfluchte Geologie! Er hatte Ferdinand um den Finger gewickelt, ihm Honig ums Maul geschmiert, Süßholz geraspelt und Fangeisen gestellt! Und ihn, Graziani, schlecht gemacht, ihn ausgebootet und kalt gestellt! Zum Teufel! Er verfluchte Hoffmann, er verfluchte die Insel, mochte sie nun Ferdinandea oder Giulia oder Graham Island heißen, und er verfluchte sich selbst, weil er so dumm gewesen war, nach Höherem zu streben, statt einfach seine Spitzelberichte nach Neapel zu verfassen und sich im Übrigen verträglich mit den Sciacchitani zu stellen.

Mühsam stand Graziani auf und schleppte sich durch das Geröll zur Küste hinab. Dort unten lag »Neu Vichy« – »Nouvelle-Vichy«. Ein Ortsschild, auf einem Pflock befestigt, verhieß es allen Fremden. Welchen Fremden? Wo war es denn, das neue Vichy? Graziani blickte sich um: Die Franzosen arbeiteten wie gegen einen unsichtbaren Feind an. Der hieß: Enttäuschung. Sie wollten die Enttäuschung in Grund und Boden rammen. Deshalb hoben sie mit Schaufeln und Spitzhacken Gräben aus, setzten Fundamente, hämmerten, sägten und hieben.

~ ~ ~

Am Vormittag waren wie angekündigt englische Soldaten erschienen und hatten auf zwei Lastenschlitten Geräte und Material herangekarrt.

»Die lassen sich nicht lumpen, die Tommys, anständige Burschen, muss man ihnen lassen!«, meinte Turbot.

Auch fünf Fässer Wasser waren dabei. War das Proviantschiff aus Malta eingetroffen? Oder waren die Engländer Lügner und Trickser? Caillac und Derussat steckten die Köpfe zusammen und beratschlagten erregt, um schließlich die Lieferung doch anzunehmen.

Neu Vichy wuchs. Um einen Platz gruppierten sich Fundamente eines kleinen Kurhotels, einer Kurdirektion, eines Badehauses mit kleiner Wandelhalle (nicht größer als ein Hühnerstall, dachte Graziani verächtlich) und einer Gouverneursresidenz (kaum größer als ein Taubenhaus, stellte er erbittert fest). Alles aus Holz. Eine Bretterstadt. Bäckerei, Wäscherei und Küche sollten auch noch gebaut werden – hinter einem Palisadenzaun, um die künftigen Kurgäste nicht mit den Alltäglichkeiten der Ökonomie zu belästigen.

Caillac hatte die Idee gehabt, Neu Vichy auch mit einem Seebad auszustatten. Damit war es sogar dem alten Vichy überlegen, wo von salzigem Meerwasser und würziger Seeluft weit und breit nichts zu sehen und zu riechen war. An der Förderung von Süßwasser wurde noch gearbeitet – jetzt sogar mit Hilfe eines englischen Bohrers, guten Stahls aus Birmingham –, aber das Meerwasser lag ja vor den Füßen. Also wurde ein Bretterzaun gezimmert, der ein Stück ins Wasser hinein führen und badende Damen und Herren schicklich voneinander trennen sollte. »Und eine Orchestermuschel!« Graziani hatte das eingeworfen. Denn die Kurgäste wollten nicht nur baden und Thermalwasser trinken, nein, sie sollten auch geistige Bedürfnisse befriedigen. Und wer war hierfür besser geeignet als die edle Frau Musica? Graziani hatte in seiner Begeisterung eine Arie aus Rossinis Oper »La cenerentola« angestimmt: »Il mondo è un gran teatro«. Mit seiner schlanken Tenorstimme hatte er das so schmelzend dargebracht, dass einige der französischen Arbeiter die Melodie nun ebenfalls sangen – auf einen Fantasietext, aus dem Graziani nicht schlau wurde.

So hatten die Franzosen eine Baustelle, auf der italienische Arien gegrölt und englische Balken verbaut wurden. Neu Vichy wuchs und gedieh, erstand aus Schutt und Staub zu erster Blüte.

Caillac sah dem regen Treiben mit der Freude des Pioniers zu. Sein Altherrenleiden hatte sich merklich gebessert. War es die verminderte Flüssigkeitszufuhr oder das wohltuende, warme Klima? Er schob es auf Letzteres. Dass er von König Louis Philippe auch den Auftrag erhalten hatte, Natur und Struktur von Giulia wissenschaftlich zu erkunden, hatte er beinahe vergessen. Joinville und Prévost waren ja mit den sizilianischen Fischern nach Sciacca hin entlassen worden. Sie wollten dort ihre Expedition in Ruhe vorbereiten und sich mit dem deutschen Professor – Caillac hatte dessen Namen vergessen, wusste von ihm aber aus den englischen Geheimberichten – akademisch beratschlagen. Sollten die Gelehrten salbadern, solange sie wollten! Caillac hatte die Absicht, die Menschheit mit einem Thermal- und Seebad zu beglücken, wie man es noch nicht gesehen hatte. Bald, sehr bald würden die ersten heilsuchenden Patienten nach Giulia strömen! Nach Neu Vichy!

»Und was ist mit einem Kurorchester?«, unterbrach Graziani Caillacs äskulapeischen Gedankenflug.

Caillac blickte ihn groß an.

»Wozu sonst die Orchestermuschel?«, meinte Graziani.

Das leuchtete Caillac ein. Er brummte etwas vor sich hin. Das konnten ihm selbst die Engländer nicht liefern. Also hieß es, nach Sciacca zu schicken, um dort ein paar Musiker zusammenzutrommeln! Trommeln! Ja, die brauchte man. Auch Pauken, Holzbläser, Fiedeln, Bratschen, einen Bass. Vielleicht auch Gitarren und Mandolinen? Mal sehen, was Sizilien akustisch so hergab. »Und Celli!«, sagte er zu sich selbst.

»Celli?«, fragte Graziani skeptisch. »Auf Sizilien? Geht's nicht eine Nummer kleiner? Schalmeien vielleicht? Oder Maultrommeln?«

Internationale Wirtschaftskonferenz

AUCH MAULTROMMELN VERLANGEN Musikalität und Geschick, Finger- und Zungenfertigkeit. Italienische Brummeisen sind Instrumente der Heiterkeit, nicht des stubenhockerischen Trübsinns. Sie verscheuchen Sorgen und tragen das in ihrem Namen: »spassapensieri«. Doch nicht jedem gelingt es, die Zunge so virtuos zu schlagen und zu rollen oder überhaupt den Mund so weit aufzusperren. Und selbst Großmäuligkeit ist keine Gewähr für die Befähigung zum Maultrommelspiel.

Wäre dem so, hätte Lewis Newman die Virtuosenlaufbahn einschlagen können. Seine Berichte strotzten vor Kraftausdrücken, Superlativen, Abwegigkeiten. Er glaubte gerne den Geschichten der Leute und ließ sich in der »Meermaid« vom Seemannsgarn umwickeln. Von der »Todesinsel« war in Newmans Artikeln die Rede, dem »Eiland des Grauens«, vom »giftigen Dunstkreis des Hexenküchenfelsens«.

Sciaccas Postmeister Alessandro Serna erfuhr hiervon nichts. Einmal hatte er einen Bericht des Amerikaners abgefangen und vorsichtig geöffnet, sich aber auf die englischen Wörter keinen Reim machen können. Also hatte er Newmans Brief wieder verschlossen und pflichtgetreu expediert.

Arbeitslos war Serna gleichwohl nicht. Als Imitator war er gefragter denn je. König Ferdinand verlangte nach Neuigkeiten aus dem dritten Sizilien. Graziani, der körperlich abhandengekommen war, lebte doch im Geiste fort. Seine Existenz wollte unterfüttert sein. Ferdinand würde, sollte er von Grazianis Überläufertum Wind bekommen, recht ungemütlich reagieren. Ein neues Überwachungskommando unter einem anderen, wohl befähigteren Offizier wäre die Folge, am Ende gar Truppen aus Neapel, militärische Einquartierungen, Störung des eben erst begonnenen Fremdenverkehrs! Also galt es weiterzuflunkern.

Vieles wollte bedacht sein, wenn Briefe nach Neapel zu formulieren waren. Da konnte es schon einmal zu Stockungen kommen, zumal wenn Rosalias Haut verführerisch nach Bergamotte-Öl duftete und Alessandro wegen der am Vorabend gegen Michele gewonnenen Wurfzabel-Partie übermütig geworden war. Schnell waren Tintenfass und Brief an Seine Majestät beiseitegeschoben. Das feine Klirren von Rosalias Haarspangen und Perlenkette in der Fayence-Schüssel auf dem Nachttisch verriet die Bewegtheit zweier Herzen im Dienst der königlichen Post.

~ ~ ~

Majestät waren mit dem Fortgang der Dinge hochzufrieden. Ferdinand hatte seine Insel liebgewonnen. In Gedanken promenierte er – wenn er vor der Wandkarte seines Reiches stand und auf das recht großzügig eingezeichnete Ferdinandea blickte – durch die sanften Täler des Eilands und genoss in seiner Einbildung das milde Klima, das reiche Ernten erwarten ließ.

Graziani hatte den König in den letzten Wochen regelmäßig über die Beschaffenheit der Insel und den Fortgang der wissenschaftlichen Expedition in Kenntnis gesetzt. Der Kerl machte sich!

Freilich, Palmen, Hibiskus und Orangenbäume wüchsen dort nicht, noch nicht. Ferdinandea sei zu jungfräulich, eben erst Feuer und Wasser entstiegen. Aber der Lavaboden, so hatte Graziani versichert, böte allen Anlass zur Hoffnung. Ähnliches sei allenfalls an den Berghängen des Vesuvs und des Ätnas vorhanden, und die dortigen zwei bis drei Ernten im Jahr sprächen für sich. Mit einem Unterschied, so Graziani: Der Ätna spucke seit eh und je und könne jeden Tag wieder Tod und Verderben bringen, und auch der leise vor sich hin schnarchende Vesuv gleiche eher einem Pulverfass denn einem dösenden Großvater. Ferdinandea hingegen! Graziani hatte sich in seinen Berichten vor Begeisterung gar nicht mehr halten können. Ferdinandea! Reicher Lavaboden, günstiges, stets ein wenig feuchtes, dabei warmes Klima, sanfte Westwinde, der inzwischen erstickte Vulkan, reichlich Süßwasser! Alles zittere nur so vor Fruchtbarkeit, bebe vor Energie, warte auf Urbarmachung und Nutzung!

~ ~ ~

Diese Energie, diese geistige Erregung war nicht Illusion. Hätte sich Graziani nicht nach Neu Vichy abgesetzt, hätte er Zeuge sein können, wie seine angeblichen Prophezeiungen eintrafen. Zwar nicht auf Ferdinandea, wohl aber in dessen quirligem Vorhof: In Rosalia Fiorinis »Meermaid« herrschte die Aufbruchstimmung einer Goldgräberstadt. Abend für Abend trafen sich hier Pioniere und solche, die es werden wollten, und tauschten ihre jüngsten Meinungen über das Eiland aus. Rosalia hatte sogar ihr morgendliches Bad aufgegeben, denn bis weit in die Nacht stand sie nun in der Küche und kochte Suppe und Pasta und beaufsichtigte Angelo bei seinen Spülarbeiten und Kellnerdiensten. Jede Nacht fiel sie so zerschlagen ins Bett, dass sie des Morgens länger liegen blieb, auch wenn die Sonne bereits in ihr Schlafzimmer schien. Das Geschwätz der Marktfrauen scherte sie nicht. Die neideten ihr nur die allabendlich gefüllte Kasse. Selbst Michele hatte inzwischen den Platz auf Marinas Planken mit dem an der hölzernen Theke vertauscht. Statt seiner Netze flickte er das Garn seiner Inselgeschichten. Aus dem Fischer war ein Menschenfischer geworden, denn immer mehr Glückssucher wurden von seinen Ausschmückungen so angefacht, dass sie lieber heute denn morgen nach Ferdinandea aufgebrochen wären. Ein Feuer freilich, das von Wein und Bier rasch gelöscht war und sich anderntags nur noch in Schädelbrummen andeutete.

Immer neuen Sauerstoff erhielten die Flammen auch durch die Reden und Widerreden der gelehrten Herren, die sich in Sciacca aufhielten und vorgaben, so bald wie möglich zur Insel übersetzen zu wollen. Auch ein gebildetes und philanthropisches deutsches Fräulein war seit einigen Tagen im Städtchen und hatte bereits – so munkelten einige Betweiber – einen Strauß mit dem Pfarrer ausgefochten. Eine wunderliche Pflanze, so meinten die Einheimischen in der »Meermaid«, wie sie wohl nur in den kühlen Wäldern des Nordens gedieh. Aber jenen Gefilden entsprangen ja noch andere seltsame Gestalten, der Maler Kupffer etwa oder der deutsche Professore, dieser Offmanno. Hatte den nicht König Ferdinand geschickt, sogar in Begleitung des ehemaligen Polizeichefs? Graziani hatte sich verflüchtigt, man munkelte, er lebe auf der Insel und mache sich dort einen spätsommerlichen Lenz. Aber Offmanno? Wonach suchte der?

»Nach Steinen«, versicherte Alessandro. Er hatte beim Aufräumen des Zimmers seines Mieters Papiere liegen sehen, Grund- und Aufrisse von Ferdinandea, daneben, in einer Holzschachtel, sauber geordnete und beschriftete Gesteinsproben, in allerlei Farben und Formen, einige davon hatten recht giftig ausgesehen.

»Ein Naturforscher, ja und?«, meinte Michele. »Vor ein paar Jahren ist schon einmal einer in Sciacca aufgetaucht. Der hat Schmetterlinge mit einem Netz gefangen und auf Nadeln gespießt. Mit Steinen ist das nichts anderes.«

»Dann ist der andere Deutsche, der Maler, also auch ein Naturforscher«, schaltete sich ein am Tisch sitzender Schneider ein.

»Wie meinst du das?«, fragte Michele.

»Der kennt sich aus mit Nadeln. Mancher ist schon aufgespießt worden, und es hat ihm sogar gefallen!«

Michele schlug ihm in die knochige Visage. Der Schneider kippte vom Hocker.

»Nochmals etwas über meinen Schwager gesagt, und ich dreh dir deinen dürren Hals – «

Seine Tirade riss ab. Die Tür war aufgegangen. Herein kamen

Hoffmann, Kupffer, das deutsche Fräulein und die beiden Franzosen, die vor Kurzem ebenfalls beim Postmeister Logis genommen hatten. Die fünf setzten sich an einen freien Tisch in der Ecke. Alessandro riss den Schneider hoch und machte ihm ein Zeichen zu verschwinden. Michele ging wieder hinter die Theke und spülte Gläser und Becher.

»Messieurs, Mademoiselle!«, ergriff Friedrich Hoffmann auf Französisch das Wort. »Es ist mir eine Freude, Sie begrüßen zu dürfen ... zu dieser ...«

»Was reden die da?«, fragte Michele den Postmeister.

»Französisch. Haben wohl Geheimnisse, die Herrschaften.«

»... nennen wir das Kind beim Namen, zu dieser internationalen Konferenz ...«, sagte Hoffmann feierlich in die Runde.

Kupffer fasste ihn am Arm: »Pardon, Hoffmann, die Zunge klebt mir am Gaumen.« Die anderen murmelten zustimmend.

»Wirt!«, rief Kupffer. »Gibt es etwas zu trinken?«

»Sofort, sofort«, brummte Michele. Und in die Küche hinein: »Angelo! Kümmere dich um die Gäste!«

Angelo erschien. Er trug ein blau-weiß gestreiftes Seemannshemd, die Ärmel hatte er bis über die Ellenbogen hochgekrempelt. Über der Schulter hing ein Geschirrtuch. Er balancierte ein Tablett mit Gläsern und einer Karaffe mit Wasser. Er setzte das Tablett ab, stellte die Karaffe in die Mitte des Tisches, verteilte die Gläser. Kupffer blickte wie gebannt auf Angelos Hände, die Geschmeidigkeit ihrer Bewegungen.

»Was wünschen die Herrschaften?«, fragte Angelo. »Wein? Bier?«

Alle entschieden sich für Wein, den trockenen und zugleich samtweichen aus der Gegend. Angelo verschwand kurz, kehrte mit einem irdenen Krug und Weinbechern zurück und goss reihum ein. »Zum Wohle«, sagte er und wollte wieder gehen.

Kupffer hielt ihn am Arm fest. »Nicht so schnell, Angelo. Erst bringen wir einen Toast aus.«

»Ja«, griff Hoffmann den Vorschlag auf. Er erhob seinen

Becher: »Einen Toast auf Ferdinandea! Und auf die Erkenntnisse für die Wissenschaft!«

»Und zum Wohle der Menschheit!«, ergänzte der Geologe Constant Prévost mit von Pathos zitternder Stimme.

Sie prosteten einander zu. Selbst Else von Göchhausen, die sonst heiße Schokolade bevorzugte, griff zum Weinbecher und rief im Überschwang des Augenblicks: »Und darauf, dass die Insel nicht nur ein Land der Männer, sondern auch der Frauen werde!«

Der Zeichner Edmond Joinville beugte sich über den Tisch, ergriff ihre Hand und küsste sie. Sein Schnurrbart kitzelte. Vor Schreck hätte sie beinahe den roten Wein über ihr Kleid verschüttet. »Wenn es denn solch wunderbare Geschöpfe sind wie Sie, Mademoiselle!« Joinvilles Blick bohrte sich in des Fräuleins Dekolletee.

»Möchten die Herrschaften etwas essen?«, unterbrach Angelo die Komplimentierlaune. »Wir haben Pasta con le Sarde, Pomodori alla siciliana und Scaloppine al marsala.«

»Na, Schnitzel hört sich doch famos an«, sagte Hoffmann auf Deutsch zu Kupffer.

Der Maler nickte und betrachtete Angelo.

»Dann schlage ich vor«, der Professor blickte in die Runde, »dass wir Scaloppine nehmen?« Alle nickten gutgelaunt.

»Si, Signori«, sagte Angelo. Umständlich notierte er das auf einem Zettel.

Kupffer schmunzelte, nahm ihm Stift und Papier aus der Hand und skizzierte rasch etwas.

»Was gibt das?«, fragte Else von Göchhausen.

»Oh, ein Nichts, ein Petit-Rien«, antwortete Kupffer. Er setzte noch ein paar Striche, dann wandte er das Blatt und schrieb etwas auf die Rückseite. »Wollen das Werkchen noch signieren, mit Ort und Datum, für spätere Zeiten.« Er schützte die linke Hand davor. Dann zeigte er die Zeichnung kurz in die Runde. In wenigen prägnanten Strichen war Angelo zu sehen, wie er mit dem Tablett aus der Küchentür trat, das Serviertuch über die Schulter geworfen.

Kupffer reichte ihm das Blatt. »Behalte es.« Angelo schlug die Augen nieder und verschwand in der Küche.

Rosalia stand am Herd, mit dem Rücken zur Tür.

»Fünf Mal Scaloppine al marsala«, rief Angelo lauter als nötig.

»Dauert aber ein wenig«, sagte Rosalia über die Schulter hinweg. »Wer ist denn gekommen?«

»Die Deutschen und die beiden Franzosen.«

»Ah?« Rosalia unterdrückte eine Bemerkung.

War nun mit »die Deutschen« auch der Maler gemeint? Sie hatte keine Lust, ihm zu begegnen, seit der Geschichte um das Sebastiansbild. Kupffer wusste von der Umwidmung des Gemäldes – dank des deutschen Fräuleins, wie Rosalia erfahren hatte. Eine schnippische, siebengescheite Person, fand sie. Aber sie zahlte ihr Zimmer im Voraus. Und sie stellte Angelo nicht nach. Das hätte noch gefehlt! Aber die Sache mit dem Bild – unangenehm! Musste die Tratsche das dem Maler verraten?! Auch mit Grampi gab es nun Unfrieden. Denn Kupffer hatte, als er von dessen Pinselei erfuhr, erneut sein Zimmer gekündigt und war ausgezogen, in ein leerstehendes Austragshäuschen vor der Stadt. Es gehörte einem schlecht beleumundeten Kerl, der sich nie in der Kirche blicken ließ. Dort hatte sich Kupffer nun verbarrikadiert, hatte die Vorhänge zugezogen und das Gartentor verriegelt. Das hatte ihr Francesco erzählt.

Rosalia riss sich aus ihren Gedanken zurück. »Geh in die Vorratskammer und hol Knoblauch«, befahl sie Angelo. »Und eine Flasche Marsala.« Sie langte in ihre Kitteltasche und reichte ihm den Schlüssel über die Schulter.

Angelo ging durch die Hintertür hinaus und über einen kleinen Hof in die Vorratskammer. Durch ein vergittertes Fenster schien der Mond. In dessen Licht sah er auf das von Kupffer gezeichnete Blatt. Das Porträt, auch wenn es nur eine flüchtig hingeworfene Skizze war, gefiel ihm. Angelo dachte daran, wie er Modell gestanden hatte. Kupffer hatte ihm versprochen, ihn berühmt zu machen. Das große Gemälde, es hätte später vielleicht seinen Platz in einem

Museum in Berlin oder Paris gefunden! Nun hing es in der Kirche und weinte unablässig vor sich hin. Angelo verdammte sein Dasein im Haus seiner Schwester. Eine oftmals strenge, unduldsame Person, fand er. Aufs Geld versessen. Und Michele stand unter ihrer Fuchtel und spielte Wurfzabel mit dem Mann, der ihn hörnte. Er wandte das Blatt um. Dort stand von Kupffers Hand: »Komm am Sonntag zu mir, in das Haus vor der Stadt.«

Als Angelo wieder den Gastraum betrat, waren alle Tische gut besetzt. Geschrei und Gelächter stiegen zur Decke und blieben dort als Lärmglocke hängen.

Am Tisch der Fremden war das Gespräch in vollem Gange.

»Ich sage, in der Hauptsache Asche«, referierte Hoffmann, »pulverisierte Kohle, aus der Bitumen entzogen ist. Aus meinen Gesteinsproben lese ich zudem Eisenoxid heraus, allenfalls noch oxidierte Erde.«

»Erde?«, meinte Prévost. »Wohl kaum.«

»Aber ich habe Proben mitgebracht. Es war mir dank der Erlaubnis der Engländer möglich, die Insel zu durchwandern, mir ein Gesamtbild ...«

»Monsieur«, unterbrach ihn Prévost, »ein Gesamtbild? Auf einer kleinen Promenade?«

»Eine Promenade?«, schaltete sich Else von Göchhausen ein. »Sie untertreiben.«

Joinville sprang seinem Landsmann bei: »Mademoiselle! Ein Gang entlang des Strands ...«

»Nein, ich habe den Gipfel erstiegen«, verteidigte sich Hoffmann.

»Sie haben aber doch eben ...«

»Nein, habe ich nicht!«

»Und wie ist es mit Neptunismus und Vulkanismus?«, fragte das Fräulein.

»Was soll damit sein?«, rief Prévost entgeistert.

»Nun ja, unser Goethe hat doch mehrmals den Antagonismus ...«

»Welch vereinfachtes Denken«, fiel ihr Prévost unwirsch ins Wort. »Als ob sämtliche Erscheinungen in der Natur nur auf das eine oder andere zurückzuführen ...«

»Und die Urpflanze?!«, beharrte Else von Göchhausen.

»Mademoiselle, Sie haben keine Ahnung!« Prévost war rot geworden.

»Die Urpflanze ...«, setzte das Fräulein unbeirrt fort, den Finger belehrend in die Luft gestreckt.

Ein Mann trat an den Tisch. »May I disturb you?« Alle sahen auf. Es war der Amerikaner.

»Ah, Mister Newman«, sagte Hoffmann auf Englisch. »Wie geht es Ihnen?«

Prévost raunte Joinville zu: »Dieser Deutsche muss immer hervorkehren, wie polyglott er ist.«

»Thanks a lot«, sagte Newman. »Darf ich mich dazusetzen?«

Noch bevor Hoffmann etwas erwidern konnte, hatte sich Newman schon einen Stuhl vom Nebentisch geangelt und sich neben Else von Göchhausen gezwängt.

»Nettes Mädchen.«

Das Fräulein sah ihn groß an. Hoffmann bemühte sich, es etwas galanter zu übersetzen. Er wusste nicht, dass Else von Göchhausen des Englischen sehr wohl mächtig war.

»Was für eine müde Party! He!«, Newman winkte Angelo heran. »Bier.« Angelo nickte und verschwand. Newman wandte sich seinen Tischnachbarn zu: »Was ist los mit der Todesinsel?«

Hoffmann übersetzte, rot im Gesicht.

»Wir besprechen wissenschaftliche Desiderate hinsichtlich einer Expedition nach Giulia«, sagte Joinville in feinstem Französisch.

Hoffmann übersetzte.

»Graham Island, meinen Sie?« Newman grinste. »Also, warum um alles in der Welt wollt ihr denn überhaupt hinüber zu der Monsterinsel?«

Hoffmann übersetzte. Die Franzosen blickten verständnislos.

»Weil wir im Dienste einer höheren Instanz stehen«, sagte Prévost.

»Genau«, schaltete sich Else von Göchhausen ein, »es geht um Neptuni –«

Hoffmann übersetzte.

»Im Dienste«, unterbrach Prévost, »der exakten Wissenschaften: Geologie, Physik, Botanik, Zoologie –«

»Letztlich läuft alles auf Neptunismus und Vulkanismus hinaus!«, rief das Fräulein unverbesserlich. »Und die Urpflanze!«

Hoffmann übersetzte. Er kam nicht dazu, sich mit seiner eigenen Meinung einzubringen.

»Urpflanze?« Newman lachte. »Was zum Teufel ist das für ein fleischfressendes Monster?«

Hoffmann übersetzte.

Prévost schlug auf den Tisch. »Genug! Was wollen Sie eigentlich?«

Hoffmann übersetzte.

»Ich will hinüber zur Horrorinsel und mir die tiefen Erdspalten und den feuerspeienden Berg ansehen!«

Hoffmann übersetzte.

»Mister«, fuhr Prévost fort. »Es gibt keine Monsterpflanzen und keine Horrorinsel!«

Hoffmann übersetzte.

»Völlig egal.« Newman setzte ein überlegenes Gesicht auf. »Aber ich habe es so beschrieben.«

Hoffmann übersetzte.

»So beschrieben?«

Hoffmann übersetzte.

»Aber ja, in einem großen Artikel für den ›Baltimore Chronicle‹. Und eine Abschrift ging nach London, an die ›Times‹.«

Hoffmann vergaß zu übersetzen. »Und die Artikel sind erschienen?«, fragte er entgeistert.

»Ich hoffe doch«, antwortete Newman. »Ich bin mir sicher, das wird diesen Geröllhaufen schlagartig berühmt machen.«

»Das ist kein Geröllhaufen!« Wütend schlug Hoffmann auf den Tisch. »Das ist eines der interessantesten geologischen Objekte seit Menschengedenken!«

»Mister, cool down!« Newman hob beschwichtigend die Hände. Die Tür ging auf, und Don Sebastiano trat ein. Das Gerede verstummte.

»Lasst euch nicht stören, Kinder«, sagte der Pfarrer leutselig in die Runde. »Wer ein anstrengendes Tagwerk hinter sich hat, darf abends auch gut essen und trinken und den lieben Gott einen guten Mann sein lassen.«

Er schüttelte ein paar Leuten freundlich die Hand. Dann ging er zum Tisch der Fremden. Die Gespräche an den anderen Tischen kamen langsam wieder in Gang.

Der Geistliche nahm den Hut ab. »Einen gesegneten Abend«, wünschte er in die Runde.

Hoffmann und die Franzosen erhoben sich. Newman, Kupffer und Else von Göchhausen blieben demonstrativ sitzen. Don Sebastiano machte eine Geste, wieder Platz zu nehmen.

Zu Newman sagte er in seinem besten Lektüre-Englisch: »Mein Härrr, es ist iblich in diesäm Lant, dass man stäht auf, wänn därr Pfarrer kommt hinein die Tiir.«

Newman erhob das Glas: »Zum Wohl, Reverend. Wo zum Teufel haben Sie so gut Englisch gelernt?«

»Aus Bichärrn, die ich gärn lässä. Ich liebe särrr die änglische Littäraturr, lässe särr gärn Defoe und Johnson und Scott.«

»Ah«, brummte Newman ratlos.

Don Sebastiano wandte sich an Hoffmann: »Professore, ich bin gekommen, um mit Ihnen zu sprechen. Ich wollte eigentlich unter vier Augen ...«

Hoffmann deutete in die Runde: »Meinen Freund Antonio Raffaele di Kupffer kennen Sie wohl schon ...«

Der Maler vermied, den Pfarrer anzusehen.

»Und diese Dame«, Hoffmann wies auf das Fräulein, »ist Signorina Else von Göchhausen, eine Vertraute Goethes.«

Das Fräulein blickte frech. Don Sebastiano übersah sie. Er wandte sich um und rief zu Angelo: »Junge, bring mir ein Viertelchen Wein.«

Hoffmann zeigte auf die Franzosen und stellte sie namentlich vor. Der Geistliche sagte: »Es freut mich, Gäste aus dem katholischen Frankreich hier zu sehen. Die Heilige Messe wird jeden Abend um sieben Uhr gefeiert, sonntags um neun Uhr morgens. Ich erwarte Sie!«

Hoffmann übersetzte. Prévost und Joinville nickten und beteuerten ihre Absicht, bei nächster Gelegenheit in die Kirche zu kommen. Don Sebastiano nahm das gefällig auf.

»Und was bringt die Herrschaften so einträchtig zusammen?«, fragte er.

»Die Insel«, antwortete Prévost, »Giulia.«

Else von Göchhausen schaltete sich ein: »Ich würde mich einer Expedition übrigens gern anschließen.«

Der Pfarrer schlug mit der flachen Hand auf den Tisch. »Dann fahren Sie also bald hinaus?!«, rief er freudig.

»Hochwürden«, Kupffer lächelte verschlagen, »ich dachte, Sie sehen in der Insel Teufelszeug?«

»It's a monster island«, schaltete sich Newman ein. Hoffmann übersetzte nicht. Keiner beachtete den Amerikaner.

»Mitnichten!«, Don Sebastiano machte eine abwehrende Geste. »Im Gegenteil, ich war immer ein Freund des Geistes, der Aufklärung.«

»Ach?«, sagte Kupffer.

»Und deswegen«, fuhr der Pfarrer unbeirrt fort, »bin ich auch gekommen ...«

Angelo trat mit einer Schüssel Scaloppine an den Tisch.

»Ah, das duftet herrlich nach Marsala!« Joinville fächelte sich den Geruch zu.

Der Bursche servierte.

»Herrschaften, lassen Sie es mich kurz und knapp sagen«, fuhr Don Sebastiano fort, »bevor Sie dem Mahle zusprechen. Ich wollte

fragen, speziell Sie, Professore Offmanno, ob es möglich wäre ...«
Angelo sah den Pfarrer flehentlich an. »Ob es möglich wäre, diesen
jungen Mann hier«, der Pfarrer griff Angelo am Arm, »bei der nächsten Expedition mitzunehmen, als Schiffsjungen. Ich meine, ein
Bursche in seinem Alter und bedient in einer Wirtschaft, das kann
doch auf Dauer nichts sein. Er braucht doch Betätigung und Bestä-
tigung und soll nicht statt Meerwasser nur Spülwasser riechen!«

Kupffer erhob sich und stammelte: »Ja ... ich bin ... derselben
Meinung ... unbedingt!«

Hoffmann überlegte: »Nun, warum nicht?« Er blickte in die
Runde: »Wenn den anderen Herren das recht ist?«

»Was haben wir denn mit Ihrer Expedition zu tun, Monsieur le
Professeur?«, fragte Prévost.

»Was Sie damit zu tun haben?«, fragte Hoffmann zurück. »Ich
dachte, auch wenn wir strittiger Meinung in einigen Details sind,
so sind wir doch keine Gegner. Wir dienen doch alle derselben
Herrin, der Wissenschaft. Und egal, wer Ferdinandea oder Giulia
oder Graham Island unter seine Souveränität bringen wird ... uns
Männer des Geistes –«

»Männer und Frauen des Geistes«, korrigierte Else von Göchhausen.

»... soll das nicht davon abhalten«, fuhr Hoffmann fort, »gemeinsam hinauszufahren, um Geheimnisse zu lüften, Rätsel zu lösen,
die Erkenntnis zu bereichern, im Dienste der Wissenschaft und
zum Nutzen der Menschheit. Darauf lassen Sie uns anstoßen!« Er
war aufgestanden und erhob feierlich seinen Weinbecher.

Die anderen taten es ihm nach: »Im Dienste der Wissenschaft
und zum Nutzen der Menschheit!«

»So, Herrschaften«, sagte Don Sebastiano, »nun wollen wir
aber essen!« Er griff sich Hoffmanns Teller. »Angelo«, mümmelte
er mit vollem Mund, »geh in die Küche und hol noch ein Schnitzel, es ist eines zu wenig.«

Die Tür ging erneut auf. Herein kamen zwei Damen und ein
alter Herr, der hinkte.

Else von Göchhausen und Kupffer sprangen auf.

»Wie reizend«, meinte das Fräulein, »die beiden Damen aus meiner Pension. Und dann noch der besondere Gast.«

Michele eilte herbei und schob einen zweiten Tisch und drei weitere Stühle heran. Die neu Hinzugekommenen nahmen Platz. Angelo brachte eine Karaffe und zusätzliche Becher und stellte sie etwas zögerlich auf den Tisch. Pauline de Chermette sah ihn herausfordernd an und tuschelte ihrer Freundin etwas ins Ohr. Die kicherte.

»Herrschaften, erlauben Sie, dass ich Sie miteinander bekannt mache«, sagte Else von Göchhausen in die Runde. »Das ist Madame Pauline de Chermette, Lady Ophelia Grey – beide aus London –, und hier –«, sie machte eine dramatische Kunstpause und zeigte auf den weißhaarigen Herrn, »ebenfalls aus Britannien, aber aus dem Norden, aus Schottland ... Sir Walter Scott!«

Alle raunten. Don Sebastiano hustete. Er hatte sich verschluckt. Michele klopfte ihm energisch auf den Rücken.

»Hör auf«, röchelte der Pfarrer, »willst du ... mich tothauen ... Dummkopf!« Er hustete weiter. Endlich löste sich der Brocken. Don Sebastiano griff zum vollen Becher und stürzte den Wein hinunter. Dann stand er auf, stierte den Dichter mit vom Husten geröteten Augen an und fragte krächzend: »Der Dichter Sir Walter Scott?«

Alle nickten.

»Ivanhoe, der schwarze Ritter?«

Alle nickten.

»Die Braut von Lammermoor?«

Alle nickten.

»Anne von Geierstein?«

Die Runde war überfragt. Nur der alte Herr nickte.

Der Pfarrer sank auf seinen Stuhl. Er hatte bereits durch Angelo von Scotts Aufenthalt erfahren. Aber dem berühmten Mann nun von Angesicht zu Angesicht gegenüberzusitzen, überstieg seine Kräfte. Er griff nach seinem leeren Becher, führte ihn zum Mund, merkte nicht, dass er Luft trank.

Draußen gab es einen ohrenbetäubenden Knall. Die Anwesenden blickten zum Fenster. In der Ferne sah man einen rötlichen Schein.

»Die Insel! Sie explodiert! Sie speit Feuer!«

»That's the proof!«, wieherte Newman. »It's really a monster isle!«

Alle stürzten hinaus. Selbst Sir Walter Scott hinkte, so schnell er konnte, hinterher. Nur Don Sebastiano und Else von Göchhausen blieben sitzen. Das Fräulein legte dem Pfarrer versöhnlich die Hand auf den Arm. Mit der anderen Hand schenkte sie Wein ein und reichte ihm den Becher.

»Hier, trinken Sie.« Sie empfand plötzlich Mitleid. »Trinken Sie, das beruhigt.«

Gehorsam trank Don Sebastiano.

Else von Göchhausen empfand auch Genugtuung. »Also doch«, murmelte sie, »also haben doch die einen recht.«

Der Geistliche blickte sie verständnislos an.

»Das muss ich Goethe schreiben«, sagte sie für sich, »die Vulkanisten!«

Tod, Auferstehung und ein Breakfast

DER KRATER BRACH UNERWARTET AUS. In Neu Vichy wurden die Franzosen vom Rütteln der Erde, dem Grollen des Berges, der Explosion und dem anschließenden Gesteinshagel im Schlaf überrascht.

In den Tagen zuvor hatten die Rohbauten der Kuranlage dank der englischen Materiallieferung große Fortschritte gemacht. Schon standen die Außenwände einiger Holzgebäude, das Halbrund der Orchestermuschel war abgesteckt, der Dachstuhl des Kurhotels ragte auf. Zum Richtfest hatte Caillac – ein Bäumchen war nicht aufzutreiben – seinen Schirm gestiftet, der ihm im nasskalten London Dienste geleistet hatte. Ein Matrose hatte das geflochtene und mit Waid blau gefärbte Band seines Strohhuts an den Parapluie gebunden. Und Derussat hatte Branntwein für die Mannschaft und Champagner für die Offiziere ausschenken lassen. Am Tag nach dem Richtfest hatte man sich mit schweren Schädeln weiter daran gemacht, Neu Vichy zu errichten, der Wildnis einen Flecken Zivilisation abzutrotzen.

Und dann der Einbruch der zerstörerischen Mächte in die menschliche Ordnung, der Faustschlag sinnentleerter Gewalt!

Als die Erde bebte und sich die Geröllhalden an der Flanke des Berges in Bewegung setzten, stürzten die Franzosen in Nachthemden und Unterkleidern aus den Bretterbuden und liefen zum Meeressaum, wo die Beiboote lagen. Schnell ruderten sie durch das aufgewühlte Wasser hinüber zur »Gloire du Midi«. Derussat ließ die Mannschaft zählen. Es fehlten zwei Soldaten und Graziani.

Entsetzt blickten die Männer zur Insel zurück: Der Berg bebte, mit einem Mal schoss ein weißlich-gelber Feuerstrahl in die Schwärze des Himmels. Selbst die Sterne wurden davon überstrahlt. Kurz darauf wand sich ein glühendroter Lindwurm die Bergflanke hinab, fand seinen Weg in einer Rinne und ergoss sich knapp neben Neu Vichy zischend ins Meer.

Als es im Osten dämmerte, ließ das Beben nach, der Lavastrom riss ab. Es war, als hätte das Morgenlicht einen Nachtmahr verscheucht. Derussat und Caillac ließen sich zur Insel rudern. Sie stiegen über Geröll und Baumaterial und begutachteten die Schäden: Die Fundamente der künftigen Orchestermuschel waren von einer kniehohen, teerähnlichen Masse bedeckt. Hier und da glühte sie noch unter einer faltigen Haut und zeigte blutige Zysten, eitrige Einschlüsse. Das Warenlager war unversehrt. Aus dem Schuppen kamen ihnen die beiden vermissten Soldaten entgegen. Über Grazianis Verbleib wussten sie nichts.

Als Derussat und Caillac zur Amtsresidenz des Gouverneurs gelangten, ahnten sie Schlimmes. Gesteinsbrocken hatten das Dach durchschlagen. Der Lavastrom hatte einen Teil des Gebäudes zermalmt. Wo eine Wand mit Tür und Fenster gestanden hatte, fläzte sich nun eine dicke, schwarze und rote Zunge, als habe ein Ungeheuer nach einem Opfer verlangt. Caillac schauderte. Er warf Derussat einen wissenden Blick zu. Der nickte nur und sah zur Seite. Er wollte nicht, dass Caillac die Tränen in seinen Augenwinkeln sah.

Derussat riss sich als Erster aus der Lähmung. Er ging auf eine noch stehende Wand des Gebäudes zu und stieg durch das Fenster ins Innere. Caillac folgte ihm. An einem Nagel im Fensterstock riss er sich das Jabot auf. Er fluchte. Da hörte er den Admiral aufschreien. Erst nach ein paar Sekunden hatten sich Caillacs Augen an das Dämmerlicht gewöhnt: Derussat stand vor der Lavazunge, die tief ins Innere des Raumes geleckt hatte. Mit der Stiefelspitze stocherte der Admiral in der Masse, zog den Fuß aber schnell wieder zurück.

»Verdammt heiß ist das noch!«

Derussat bückte sich und zog vorsichtig an einem Stück Stoff, das in die Lava eingegossen war. Nur zögerlich löste sich der Fetzen, der noch heiße Brei hing daran. Derussat und Caillac erkannten das Fundstück sofort: ein Ärmel von Grazianis Jacke. Er hatte sich vom Schiffsschneider am Aufschlag eine kleine französische Kokarde aufnähen lassen, als Zeichen seiner Amtswürde. Wortlos starrten die beiden Franzosen darauf. Nach einer kleinen Weile sagte Derussat: »Er … Graziani liegt wohl darunter … zerdrückt … erstickt …«

Sie wagten nicht, an das Grab zu rühren, aus Angst vor der glühenden Lava, aber auch aus Furcht, auf Grazianis verunstalteten Leichnam zu stoßen. Nach einigen Minuten gingen Derussat und Caillac zum Boot und ließen sich zur »Gloire du Midi« zurückrudern.

~ ~ ~

Tags darauf sah die kleine Welt von Neu Vichy bereits wieder heller aus. Die Franzosen begannen, die Trümmer zu beseitigen, die erkaltete Lava abzutragen, die Schäden zu reparieren. Grazianis Grab näherten sie sich nicht. Ein Holzkreuz stak an der Stelle, wo sie seine sterblichen Überreste vermuteten.

Die Engländer hatten das bockige Gehabe der Natur unbeschadet überstanden. Geruhsam schaukelte die »St. Vincent« im seichten Wasser der Südbucht, die von Lava und Geröll verschont geblieben war. Die Versorgungslinie von Malta war intakt, Proviant im Übermaß vorhanden. Earl Greys Anweisung, den Feind »totzufüttern«, war zwar deutlich genug, doch Hotham legte den Befehl leger aus: Sie hatten den Franzosen Pökelfleisch und

Sauerkraut geliefert, Bohnen und sogar ein paar angeschlagene Südfrüchte. Hotham war mitleidig genug, ihnen auch den minderwertigen maltesischen Wein zu überlassen, Fusel, der eigentlich dazu bestimmt gewesen war, nach Schweden exportiert zu werden. Die guten Tropfen von Zyperns Südhängen behielten die Engländer lieber für sich selbst. Ebenso das frische Gemüse. Hotham misstraute ohnehin der Fama vom feinen Gaumen der Franzosen. Schlürften die nicht auch Austernschlotze und Schneckenseim? Wer so etwas über sich brachte, ohne sich zu übergeben, dem mussten auch Sauerkraut und anrüchiges Pökelfleisch munden!

Solchen Gedanken hing Hotham nach, als er am Tag nach dem Beben in seinem Korbsessel saß, die nackten Füße in die sonnenwarmen Strandkiesel wühlte und dem ausgelassenen Treiben seiner Mannschaft zusah: Die Männer spielten Tennis und Kricket oder hockten einfach nur müßig in der wohligen Oktobersonne.

~ ~ ~

Neidvoll betrachtete Graziani die Szenerie. Graziani? Jawohl, Gouverneur Laurent Graziani war am Leben. Außer seiner Jacke hatte er nichts eingebüßt. Allenfalls den Glauben an seine Mission, das Gouvernement von Giulia. Mehr als der Feuer, Steine und Lava speiende Krater hatte das Nervenkostüm ihm zu schaffen gemacht. Als es draußen zu rumpeln begonnen hatte, war er aus seinem seichten Schlaf hochgeschreckt und ins Freie gestürmt. Bevor die Franzosen recht zu sich kamen und spürten, dass ihnen der Boden unter den Füßen heiß zu werden begann, war Graziani schon über alle zwei Berge – geflohen vor der Lavazunge, die seinen Amtssitz auffraß, die Gouverneursjacke inbegriffen, die er am Bettpfosten vergessen hatte.

Der Neapolitaner betrachtete den englischen Müßiggang und fühlte sich dabei hundeelend. Er saß, wo er schon mehrmals gesessen war: auf der Hügelkuppe, wo einst die französische Trikolore stolz geweht hatte. Nichts war davon übrig, nicht einmal der Kegel aus Steinen. Die Engländer hatten alles beseitigt. Graziani blickte hinüber zum anderen Hügel, wo der Union Jack flatterte und im Herbstlicht leuchtete. In der Oktobersonne strahlte das Meer. Königlich blau, dachte Graziani. Aber zu wessen Königs Ehre? Ferdinands? Williams? Louis Philippes? Wie war doch alles verfahren!

Er wandte sich um: Dort unten, auf der Nordseite, sah er die Franzosen beharrlich an Neu Vichy bauen. Er hörte sogar das Hämmern und Sägen und hin und wieder den derben Ruf eines Arbeiters. Graziani verfluchte den stieren Stumpfsinn, mit dem die Franzosen an ihrem Kurbad festhielten. Nie würden hier Palmen grünen und Hibiskushecken blühen! Nie würden Kurgäste hierherkommen und die armseligen Baracken bevölkern und vor der Orchestermuschel einer schlechten Tschuschenkapelle aus Sizilien lauschen! Nie! Denn es gab kein Wasser auf diesem gottverdammten Giulia. Staubtrocken war alles, von der Sonne ausgedorrt, von schwefeligen Miasmen durchwabert, von qualmenden Laveströmen durchzogen. Ringsumher nichts als Ödnis und Wasserwüste, salzig, dass einem die Zunge am Gaumen klebte und der Rachen rau aufsprang, wenn man nur einen Schluck davon kostete!

Graziani blickte nach Nordosten. Irgendwo dort drüben war Sizilien. Bei klarer Sicht konnte man die Küstenlinie erkennen. Heute jedoch war die Ferne milchig. Angestrengt spähte er: Was löste sich dort aus dem Dunst? Ein Schiff? Langsam kam es näher. Es hatte nur zwei Segel. Ein Fischerboot musste das sein! Es steuerte auf Giulia zu. Grazianis Schwermut war verflogen. Wer mochte hierherkommen? Freund oder Feind? Brachten sie Nachrichten aus Sciacca, aus Neapel gar? Und waren es Nachrichten, die man besser abfangen sollte? Kamen die Besucher nach Neu Vichy? Oder machten sie mit den Engländern gemeinsame Sache? Graziani beschloss, die Franzosen zu informieren. Vielleicht konnte man die Fremden mit einer Signalfahne anlocken, bevor sie in die Südbucht gerieten.

Rasch verließ er seinen Aussichtspunkt. Der direkte Weg war von noch dampfenden Lavarinnsalen versperrt. Er entschied sich daher, einen Bogen westwärts zu schlagen, vorbei an dem zweiten Kraterloch, das mit Schwefelwasser gefüllt war. Dort, so schien es, war die Bergflanke durch die Eruption kaum zu Schaden gekommen. Graziani suchte einen Pfad durch Geröllhalden, vorbei an dem rauchenden Krater und dem Schwefelsee. Dahinter ging es wieder etwas bergauf, bevor die Insel im Westen steil ins Wasser abfiel. Als er an der Bergkante stand, stutzte Graziani. Hier war er schon einmal gewesen, bei seinem ersten Besuch auf der Insel. Er konnte sich nicht erinnern, damals eine Schlucht gesehen zu haben. Jetzt aber tat sich vor seinem Blick eine Klamm auf. Sie schien unzugänglich. Er wollte bereits umkehren, als er weiter unten einen Einstieg ausmachte. Neugier packte ihn. Langsam und vorsichtig, sich mit den Händen festhaltend, kletterte und rutschte er nach unten, hinein ins Innere von Ferdinandea. Den Fischkutter am Horizont hatte er vergessen.

~ ~ ~

Der hatte sich Ferdinandea genähert, ohne weiter bemerkt zu werden. Die Engländer pflegten ihre süße Ruhe, die Franzosen waren ganz in der Wut des Wiederaufbaus gefangen. Die »Marina« ankerte, nachdem sie die Insel in weitem Bogen umschifft hatte, unbehelligt am westlichen Küstensaum. Michele hatte eine Stelle gewählt, die durch zwei vorspringende Muren geschützt war und einen winzigen Strand besaß.

»Ist's hier recht?«, fragte er.

Ein Blick über die Schulter bestätigte ihn: Die Passagiere standen schon bereit, mit Decken und zwei großen Körben. Mit sicheren Griffen ließen Michele und seine beiden Kollegen den Ruderkahn zu Wasser und warfen eine Strickleiter aus. Michele stieg voran.

Newman war der Nächste. Er brannte vor Ungeduld, endlich selbst Fuß auf das Eiland zu setzen, das er in Berichten nach

Baltimore und London bereits eindrücklich beschrieben hatte. »Monster isle, I'm coming! It's our part now!«, rief er den Geröllbrocken entgegen, als er im Kahn stand und auf die nur noch wenige Meter entfernte Küste starrte wie das Kaninchen auf die Schlange.

Schwierig war es, den alten Herrn, Sir Walter Scott, ins Boot zu hieven. Hilflos hing er in der Strickleiter. Michele und Pauline zerrten an ihm, von oben drückte einer der Fischer.

»Langsam, langsam«, krächzte der Dichter. Seine Stimme hatte unter dem Fahrtwind gelitten. »Ich bin kein hurtiger Jüngling mehr. Es will alles seine Weile haben.«

Michele wurde ungeduldig und riss am lahmen Bein des Alten. Der wehrte sich mit seinem Spazierstock. Michele, vom Stock getroffen, zerrte nur noch heftiger. Endlich war Scott wohlbehalten im Kahn, hingelagert auf einer Decke.

»Ach, Kinder«, seufzte der Schotte, »es ist doch nicht mehr so wie früher. Aber was habe ich zu Gott gebetet, diesen Tag noch erleben zu dürfen. Die Insel soll mir die Wiedergeburt meiner romantischen Seele sein!«

Newman blickte sich um. Der Alte war ihm unheimlich. Er, Newman, hatte die Story seines Lebens im Kopf, und dieser kindische Greis mit seinen skurrilen Hofdamen faselte von Romantik!

Michele ruderte den Kahn mit wenigen Schlägen ans Ufer. Knirschend setzte der Kiel auf dem Kieselstrand auf. Behände sprang Newman an Land.

»Da bin ich, Todesinsel! Ich will dich zähmen wie eine räudige Hündin!«, rief er.

»Ist der übergeschnappt?«, fragte Pauline de Chermette ihre Freundin.

»Ich fürchte, er ist.«

Sie zerrten Sir Walter Scott aus dem Kahn. Der kniete sich ächzend nieder, schöpfte eine Handvoll Kiesel, hob sie empor und flüsterte: »Gelobtes Land! Du Traum meiner Jugend und Glanz meines Alters! Sei gegrüßt, jungfräuliches Eiland! Bar jeglichen

Menschenfußes! Ungeschlacht, doch eben aus des Schöpfers Hand entlassen!«

Verzückt verharrte der Dichter. Die Damen wagten kaum zu atmen.

»Ich lasse Sie jetzt mal allein, Herrschaften«, platzte Newman in die feierliche Stille. »Sie benötigen mich bei Ihren Ritualen wohl nicht. Ich will mich nur ein bisschen umsehen, brauche Material für meine Story.«

Entzaubert ließ Scott die Hand sinken und rappelte sich mühselig hoch. »Na denn, schlagen wir unser Lager auf.«

Newman stapfte ohne ein weiteres Wort davon.

Pauline machte Michele ein ungeduldiges Zeichen, er solle zum Kutter zurückrudern und dort warten: »Wir möchten etwas allein sein.«

Die Frauen breiteten die mitgebrachten Decken aus und knüpften die Tücher an den Weidenkörben auf. Wenige Minuten später saßen Pauline de Chermette, Ophelia Grey und Sir Walter Scott einander gegenüber, zwischen sich Teller mit Obst, Käse, Schinken, Würsten und gekochten Eiern, Körbchen mit frischem Brot, eine Feldflasche mit Orangensaft, eine mit Tee, eine Flasche sizilianischen Rotwein und eine Flasche französischen Champagner, den Michele beim Pfarrer organisiert hatte.

»Was gibt es Besseres als ein English Breakfast?«, schwärmte Lady Grey.

»Scottish Breakfast«, verbesserte der Dichter.

»Verzeihung, Meister«, hauchte Ophelia. In der Nähe des Idols fühlte sie alle Erdenschwere von sich abfallen, sogar die piksenden Kiesel unter ihrem Hintern verwandelten sich in Perlen, die ein Gott hingeworfen hatte, diese Stunde noch kostbarer zu machen.

Scott ließ den Flaschenkorken in die Luft schießen und schenkte in die mitgebrachten Champagnergläser ein.

Er erhob sein Glas: »Lassen Sie uns anstoßen, meine Damen, auf die neue Insel, auf ...«, er stockte, »... ja, wie nennen wir das Eiland denn?«

»In Sciacca sprechen sie immer von ›Ferdinandea‹«, warf Lady Grey ein.

Sir Walter machte eine verneinende Geste. »Ach was«, sagte er verärgert, »so kann man eine Sammlung Aphorismen nennen oder sein Dienstmädchen, aber doch keine jungfräuliche Insel!«

»Nennen wir sie doch«, Lady Grey roch eben ihr eigenes Parfüm, »nennen wir sie doch ›Mystère de la Sicile‹!«

»Nein, nein«, Scott schüttelte erneut den Kopf, »diese Insel ist doch kein Anhängsel von Sizilien, sie ist etwas ganz Eigenes, sie hat Charakter, Individualität, Profil! Nein, wir sollten einen poetischen Namen finden!«

»Dann nennen wir sie doch ›Prosperos Reich‹!«, schlug Pauline vor.

Der Dichter riss die Augen auf: »Ja, ›Prosperos Reich‹! Das ist's! Könnte glatt von mir stammen! Danke, Verehrteste!« Er ergriff Paulines Hand und drückte galant einen Kuss darauf. Erneut erhob er das Glas: »Also auf ›Prosperos Reich‹!«

Sie stießen an. Pauline kicherte. »Verehrter Meister, wer von uns Prospero ist, ist klar. Doch frage ich Sie: Wen stellen wir beide dar, Ophelia und ich?«

»Nun, Miranda und … und«, Scott griff sich an die Stirn. Es war schon so lange her, dass er Shakespeares Stück gelesen hatte.

»Und Sykorax, die Hexe?«, schmunzelte Pauline.

»Fragt sich nur, meine Liebe«, meinte Lady Grey schnippisch, »wer hier Miranda ist und wer die Hexe.« Sie stürzte aus Ärger den Champagner in einem Zug hinunter.

»Na, na, meine Damen«, tadelte Sir Walter Scott sanft, »deswegen sollten wir nicht hadern. Wir könnten uns allerdings fragen, wer Caliban ist.«

»Der wilde, grauenerregende Sklave?«, fragte Lady Grey.

»Ist doch klar«, meinte Pauline, »natürlich unser Monsterfänger.«

»Apropos Monsterinsel«, sagte Lady Grey, »ich finde, die Insel bräuchte dringend etwas Pflege.« Sie griff in einen der Körbe und holte ein Leinensäckchen hervor, schnürte es auf und hob ein kleines Bäumchen heraus, das seine Blätter bereits hängen ließ. Rasch hob sie mit den Händen eine Kuhle aus und setzte das Bäumchen ein. Dann begoss sie es mit einem Schuss Champagner.

»Auf dass es wachse und gedeihe, wie auch Prosperos Reich!«, sprach sie feierlich.

»Was ist das?«, fragte Scott.

»Ein Bergamottebäumchen. Das Öl wird in der Parfümherstellung verwendet. Und auch Tee kann man damit verfeinern.«

»Ah«, meinte der Dichter anerkennend und prostete dem Bäumchen zu.

Plötzlich hörten sie von der Bergflanke herab einen Ruf. Erschrocken blickten sie nach oben. Eine staubige Gestalt rutschte durchs Geröll.

Pauline tuschelte: »Das ist doch ... ja ... das ist doch dieser neapolitanische Spitzel, dieser Graziani, der sich neulich abgesetzt hat und zu den Franzosen übergelaufen ist!«

Madame de Chermette, Lady Grey und Sir Walter Scott standen auf und gingen der Gestalt ein paar Schritte entgegen. Graziani stand verschwitzt, verdreckt und nach Atem ringend vor ihnen.

»Es ist ... es ... ist«, keuchte er.

Sir Walter Scott goss ein Glas Champagner ein und reichte es Graziani. »Nur ruhig, guter Mann. Hier, nehmen Sie. Das weckt die Lebensgeister.«

Graziani nickte dankend und stürzte den Champagner hinunter. Dann setzte er erneut an: »Es ... ist ... ein Wunder!«

»Ein Wunder?«, fragte Sir Walter Scott skeptisch.

»Dort oben! Durch das Beben hat sich eine Klamm geöffnet. Ich war dort! Ein Wunder! Dort gibt es Wasser!«, rief Graziani entgeistert. »Endlich Wasser! Jetzt kann Neu Vichy seine Gäste empfangen!«

»Na, ist ja schön«, unterbrach ihn Lady Grey kühl. Sie deutete auf das Bergamottebäumchen. »Dann können wir es ja gießen. Ich machte mir bereits Sorgen.«

Die Freiheit der Presse

DIE ENGLÄNDER STAUNTEN NICHT SCHLECHT, als zur späten Vormittagszeit – sie erholten sich gerade von der Mühsal des Müßiggangs – ein Fremder in kariertem Jabot und mit Sonnenhut, in der Hand Schreibblock und Bleistift, wie aus dem Nichts auftauchte. Ohne zu grüßen, schlenderte er quer über den provisorischen Tennisplatz, zwischen den sich fläzenden Besatzungssoldaten hindurch, und machte sich eifrig Notizen.

Vizeadmiral Hotham, der in seinem Korbsessel saß und eine Pfeife schmauchte, seine bloßen Füße in den warmen Kieseln vergraben hatte und sie langsam backen ließ, sah sich veranlasst, die Hoheitsrechte Englands zu betonen, und erhob sich ächzend.

»Monsieur, was tun Sie hier?« Hotham stellte die Frage in holprigem Französisch. Er musste glauben, einen der Sommerfrischler aus Neu Vichy vor sich zu haben.

Lewis Newman hatte beim Näherkommen den Union Jack auf der Mastspitze der »St. Vincent« entdeckt. Er schob den Sonnenhut in den Nacken und meinte: »Na, alter Junge, prima Wetter, nicht?«

Hotham fiel die Pfeife aus der Hand. Er blies durch die Nasenlöcher.

Newman deutete auf den Korbsessel: »Nettes Plätzchen. Da lässt sich's aushalten. Nebenbei: Verdammt heiß heute. Ich hab ziemlich Staub in der Kehle. Gibt's hier was hinter die Binde?«

Der Vizeadmiral nahm Haltung an. Er wusste allerdings, dass sein legerer Aufzug dadurch nur unvollkommen ausgeglichen wurde. »Sir«, sagte er mit betontem Londoner Akzent, »ich fürchte, Sie haben sich im Ton vergriffen. Selbstverständlich ist es der Königlichen Admiralität eine Ehre, Gäste willkommen zu heißen. Doch sind wir hier keine Kneipe, auch kein Western Saloon.«

»Kein Ale?«

»Nein, kein Ale! Und ich bin sicher, wir werden in den nächsten Wochen auch keines hereinbekommen. Im Übrigen, darf ich nach Ihrem Namen fragen?«

Newman kramte in der Hosentasche und hielt Hotham ein paar Münzen entgegen. »In Amerika reicht das als Ausweis.«

Hotham schnappte nach Luft. »Wir sind aber nicht im gottverdammten Amerika!«, brüllte er.

Newman machte eine Geste der Beschwichtigung. »Ruhig Blut! Mit einem Schluck Ale sähe alles besser aus.«

»Ihr Name?! Und Ihr Begehr?!«

»Lewis Newman, Korrespondent des ›Baltimore Chronicle‹. Auch für Blätter in England berichtend.«

»Für englische Blätter?«

»Für *wichtige* englische Blätter. Und Ihr Name?«

»Sir Henry Hotham, Vizeadmiral der englischen Admiralität – und Chef dieser –«, er deutete auf die »St. Vincent«, »dieser Schaluppe, wie man sich in Amerika wohl ausdrücken würde.«

»Ah«, Newman schnalzte anerkennend mit der Zunge, »ganz schön großer Kasten. Alle Achtung. Eine hübsche Karriere, die Sie da hingelegt haben.«

Hotham bemühte sich, das zu überhören. »Sie sind also hier auf Graham Island, um den Bürgerinnen und Bürgern zu Hause von der jüngsten Bastion des British Empire zu berichten?«

»Ich habe da eine heiße Story im Kopf. Hier«, Newman wedelte mit seinem Schreibblock, »hab mir schon eine Menge Notizen gemacht. Nicht schlecht, die Monsterinsel. Natürlich ein öder Geröllhaufen, aber die Eruption gestern, Lava und Feuer! Teufel!

Das gibt was her für eine Schlagzeile, ist unbedingt einen Aufmacher wert, schlägt bei der Leserschaft ein!«

Hotham schaute den Reporter schweigend an. Er verstand nicht recht.

»Also«, fuhr Newman fort, »so eine Insel, im Grunde ja die langweiligste Sache der Welt. Ich meine, ein Haufen Steine, der hin und wieder Feuer spuckt. Ja und? Da tut sich in jeder amerikanischen Küche am offenen Herd mehr.«

Der Vizeadmiral hatte die Sprache wiedergefunden: »Und weshalb sind Sie dann nicht in Amerika bei den Kochtöpfen Ihrer Frau geblieben?«

»Weil ich keine Frau habe und weil es mein Job ist, in der Welt umherzureisen und Sensationen aufzuspüren.«

»Und Graham Island ist eine Sensation? Sie sagten doch selbst, es sei die langweiligste Sache der Welt.«

»Eben deswegen benötigt man mich.«

»Wie??« Hotham glaubte es mit einem Verrückten zu tun zu haben.

»Man benötigt mich, um aus einem Geröllhaufen etwas zu machen«, erklärte Newman selbstbewusst.

»Was wollen Sie denn daraus machen?«, fragte der Vizeadmiral entgeistert. »Etwa wie die Verrückten auf der anderen Seite der Insel ein paar Baracken bauen und sie ›Neu Vichy‹ nennen? Oder noch eine dritte Fahne auf die Hügel setzen und einen vierten Namen aushecken?«

»Die Verrückten auf der anderen Seite? Interessant, davon müssen Sie mir nachher noch erzählen. – Doch nein, ich will aus einem Geröllhaufen eine Monsterinsel kreieren.«

»Aha. Möchten Sie nicht doch besser etwas zu trinken?«, versuchte Hotham abzulenken.

»Aber nur ein Glas. Ich muss noch an meiner Story basteln, da braucht's einen klaren Kopf.«

»Verstehe. Um die Monsterinsel nicht doppelt zu sehen.«

»Genau.« Newman freute sich, dass der Engländer langsam

Vernunft anzunehmen schien. Hotham winkte einen Schiffsjungen heran und orderte Wein.

»Für mich verdünnt«, sagte Newman. »Eine Mission ist kein Pappenstiel.«

Der Schiffsjunge kam mit einem Tablett zurück und stellte es auf einer Holzkiste ab, die als Tisch diente. Der Vizeadmiral goss ein und reichte dem Gast einen Becher. Sie prosteten einander zu.

»Wie lange gedenken Sie auf der Insel zu bleiben?«, fragte Hotham.

»Nun ... ich weiß noch nicht ... um ehrlich zu sein, ich wüsste nicht, was Sie das angeht.«

Hotham hätte sich beinahe verschluckt.

»Sie haben wohl noch immer nicht verstanden«, polterte der Vizeadmiral. »Sie befinden sich auf englischem Boden. Punkt. Wenn ich wollte, könnte ich Sie im Meer ersäufen oder zum Brunnenbohren schicken, zu den Verrückten auf der anderen Seite.«

Newman zeigte sich unbeeindruckt. »Ich erinnere daran«, sagte er, »dass Ihre Nation und die meinige in einem freundschaftlichen Verhältnis stehen.«

»Freundschaftlich? Eher tolerierend, würde ich sagen.«

»Jedenfalls würde Gewalt gegen meine Person zu unabsehbaren Belastungen führen.«

Hotham biss sich auf die Lippe. Er verfluchte seinen verbalen Ausfall und schlug einen diplomatischen Ton an: »Ich erinnere an die Doktrin Ihres ehemaligen Präsidenten James Monroe. ›Amerika den Amerikanern!‹ So lautete sie doch?«

Newman war verunsichert. »Ja, ich glaube ja. Und?«

»Und ›Europa den Europäern!‹«

Newman nickte beifällig.

»Eben!«, sagte Hotham und blies durch die Nasenlöcher. »Sie werden doch nicht ›unabsehbare Belastungen‹, wie Sie sich auszudrücken beliebten, herbeiführen wollen, indem Sie gegen die Monroe-Doktrin verstoßen? Hier ist Europa, und europäische Angelegenheiten werden von den Europäern geregelt.«

»Hoffentlich friedlich«, meinte Newman mit sardonischem Lächeln.

»Selbstverständlich!« Der Vizeadmiral war ungehalten. »Die europäischen Völker sind Kulturnationen! Gibt es einen Anlass, an unseren friedlichen Absichten zu zweifeln?«

»Wenn Sie mir drohen, mich zu ersäufen: ja!«

»Ach was«, Hotham spielte jetzt den Kumpel und schlug dem Amerikaner zutraulich, aber unbeholfen auf die Schulter. »Kommen Sie, Newman, alter ... äh ... Junge ... also, ich meine, Sir ... wer wird denn ein Späßchen nachtragen wollen?«

Newman schwieg.

»Ich meine«, fuhr Hotham verlegen fort, »nichts für ungut ... aber Sie kommen so mir nichts dir nichts auf unsere Insel und meinen, wir müssten uns gleich vor Begeisterung überschlagen.«

Newman schwieg beharrlich.

»Und ... also Gastrecht in Ehren ... aber ich bin ja hier kein Privatmann, bin schließlich im Dienst der Königlichen Admiralität. Ein verantwortungsvoller Dienst, das können Sie mir glauben.«

Gelangweilt zeigte Newman auf Hothams Korbsessel. »Und das da? Wohl das geeignete Mittel, das Empire zu festigen? Wird sich in einer Schlagzeile für die ›Times‹ gut ausmachen.«

»Ah, das ... wissen Sie«, Hotham räusperte sich, »das ist nur ein kleiner Ausgleich für die außerordentlichen Belastungen, denen wir hier ausgesetzt sind. Schließlich halten wir hier nicht nur Wacht, jawohl, Wacht gegen Annexionsversuche von außen; nein, wir haben uns auch tatkräftig um unsere französischen Freunde zu kümmern, denen wir drüben, auf der anderen Seite, bei der Erschließung der Insel beistehen, alles zum Wohle der Menschheit!«

Der Vizeadmiral hatte sich in Fluss geredet, was seiner eher wortkargen Mentalität widersprach. Sein Mund war trocken. Er leerte den Becher und goss sich nochmals ein.

»Also«, ergriff Newman das Wort, »Sie haben von den ›Verrückten‹ erzählt, so drückten Sie sich aus. Franzosen? Ich habe drüben in Sciacca«, er machte eine Geste über das Meer hin, »mit zwei dieser ›Verrückten‹ gesprochen, gelehrte Herren von der Königlichen Geologischen Gesellschaft in Paris. Ich hatte nicht den Eindruck, dass es sich um Blöde handelt!«

Hotham schwieg.

»Will heißen«, fuhr Newman fort, »dass mir Ihre ... *Rolle* hier in diesem Stück ... komisch vorkommt!«

»Wie?!«

»Die Admiralität in London dürfte das interessieren.«

»Was erlauben Sie sich! Ich habe höchste Order, vom Premierminister persönlich!«

»Aber diese Order umfasst sicherlich nicht Ihr Dolcefarniente.«

»Schweigen Sie!«

»Sie wollen doch nicht einem Vertreter der Presse, und noch dazu einem freiheitsliebenden Amerikaner, den Mund verbieten?«

»Und ob!«

»Das sieht Ihnen ähnlich, Mann! Aber das hat England schon einmal Kopf und Kragen gekostet! Ich sage nur Unabhängigkeitskrieg! Und Boston Tea Party! Und der Sieg von Yorktown! Und General George Washington!«

»Was faseln Sie da?« Der Vizeadmiral war wutentbrannt.

»Ich spreche von der Freiheit der Meinung, die mit dem ruhmreichen Sieg der Vereinigten Staaten über die englischen Usurpatoren in die Welt gekommen und nicht mehr zu verjagen ist! Ein Sieg, der – das werden Sie wissen – mit Hilfe der Franzosen errungen wurde. Und ich«, Newman zeigte übertrieben feierlich auf sich selbst, »bin als Vertreter der Presse quasi ein Leuchtturm dieser Freiheit der Meinung!«

»Und was schert mich das?«, fragte Hotham grob.

»Es wird Sie scheren, wenn man in London entsprechende Berichte über Ihr Verhalten gegenüber einem amerikanischen Bürger lesen wird.«

»Vielleicht sollte ich Sie doch gleich hier in der Bucht ersäufen lassen!«, knurrte der Vizeadmiral.

»Das rate ich Ihnen nicht, alter Mann.« In Newman erwachte der Stolz eines Märtyrers. »Erste Berichte nach London und Baltimore sind unterwegs. Die Welt weiß bereits von meinem Aufenthalt. Die Blätter stehen mir zu Gebote!«

»Es sind Berichte unterwegs?«

»Natürlich! Ich bin ja schon seit Wochen vor Ort, in Sciacca. Und bereits mehrere Berichte sind an die Redaktionen der Welt gegangen.«

Hotham wandte sich ab. Seine Mimik entglitt ihm. Der Kerl hatte ihn in der Hand! Wenn der Amerikaner abfällig über ihn und die Expedition der Engländer berichtete, würde das eine Lawine auslösen. Er, Hotham, verlöre den Rückhalt bei der Admiralität. Geheimnisse würden in ganz Europa ausgeplaudert. Die anderen Regierungen würden England die Souveränität auf Graham Island streitig machen und damit die Vorherrschaft im ganzen Mittelmeerraum! Das wäre eine Breitseite gegen das Empire, ausgelöst von einem einzelnen vorlauten Yankee! Mehrmals atmete der Vizeadmiral tief durch, schnaubte durch die Nasenlöcher, dann hatte er sich wieder im Griff. Er wandte sich dem Reporter zu.

»Gut, Mister, im Namen der englischen Krone, deren oberster Vertreter ich auf Graham Island bin, erlaube ich Ihnen, sich auf der Insel frei zu bewegen. Gerne auch drüben bei den Franzosen. Selbstverständlich dürfen Sie ungehindert recherchieren und Berichte verfassen. Wie Sie diese Berichte transferieren, bleibt Ihre Angelegenheit –«

»Oh, die Wahrheit findet ihren Weg.«

»Davon bin ich überzeugt«, Hotham knirschte mit den Zähnen. »Dann also auf die ... Wahrheit!« Er erhob den Becher.

Newman winkte dankend ab. »Die Wahrheit braucht einen klaren Kopf.«

»Dann schlage ich vor, Sie bleiben bei uns zum Mittagessen ...«, lenkte der Vizeadmiral ein.

»Die Wahrheit kann nicht warten«, sagte Newman gespreizt. »Ich gehe jetzt gleich zu den Franzosen.«

»Jetzt, in der Mittagshitze?«

»Habe schon Schlimmeres erlebt. Einmal, in den Sümpfen Floridas ...«

»Schon gut, schon gut!« Hotham winkte müde ab.

~ ~ ~

Eine knappe Stunde später war Lewis Newman in Neu Vichy und hielt den erstaunten Franzosen einen Vortrag über die Freiheit der Meinung. Er tat das mit vollen Backen, denn er saß an der Gemeinschaftstafel und ließ sich die französische Cuisine schmecken – nur den Wein verschmähte er, mit Rücksicht auf den klaren Kopf der freien Presse.

Die Arbeiter, Matrosen und Soldaten erfuhren vom glorreichen Kampf, den die Franzosen gemeinsam mit den rebellischen Provinzen Amerikas vor Yorktown geführt hatten. Sie erfuhren von der englischen Usurpationspolitik diesseits und jenseits des Atlantiks. Newman erzählte von der Vorreiterrolle der Grande Nation für die Freiheit, und dass es ihm unverständlich sei, weshalb die Franzosen noch immer einen bourbonischen Monarchen über sich duldeten. Dessen bürgerliches Gehabe sei doch nur eine billige Finte. Louis Philippe habe ja nicht einmal eine fähige Bügelfrau, laufe mit Falten in den Hosen herum. Was sie denn mit solch einem König wollten, der sich in halb Europa zum Gespött mache?

Die Franzosen nickten. Nicht nur die Mannschaft. Auch Derussat fühlte sich von diesem Yankee verstanden. Die Worte »Grande Nation« und »Bourbon« und »Louis Philippe« wirkten, auch von »victoire« und »gloire« und »amitié« war viel die Rede. Was der Amerikaner im Einzelnen sagen wollte, blieb hinter dem Schleier seiner grauenvollen Aussprache verborgen. Die Franzosen wunderten sich also über die wortreiche Bekundung der Völkerfreundschaft, doch setzte die Trinkseligkeit der Verwunderung Grenzen. Der Geist des Weines machte sich in den Köpfen breit.

Lewis Newman sah sich im Triumph: Das Senfkorn der Wahrheit ging unter diesen Baskenmützen auf! Nach dem Essen ließ er sich von Derussat durch Neu Vichy führen. Wortreich schilderte der Admiral die großen Fortschritte und Wohltaten, die sich hier dereinst über die Menschheit ergössen. Leider sei der Verantwortliche des Projekts gerade nicht anwesend: Monsieur de Caillac befinde sich auf der »Gloire du Midi« und zeichne in der Offizierskajüte an den Bauplänen. Freilich, das mit dem Wasser sei derzeit noch ein Problem, an dessen Lösung man aber tiefschürfend arbeite – dabei zeigte Derussat auf das Bohrloch, das sich etwas abseits der künftigen Kurpromenade auftat.

Newman nickte eifrig und versuchte zu verstehen. Er notierte Begriffe wie »kein Wasser«, »Boulevard«, »New Whishy« (»Wo ist Whishy? Eruieren!«), »Frankreichs Ruhm«, »Baracken«, »Staub«, »Ödnis«, »Lavaströme«, »zerstörte Anlagen«, »ein Todesopfer bei der Höllen-Eruption«, »Grabkreuz auf der erkalteten Lava«, »Familie? Ehefrau? Kinder? Noch eruieren! Wichtig für die Story!«, und »Hitze! Fata Morgana in der Ferne!«.

Was Newman als flimmernde Luftvision erachtete, kam indessen näher. Er machte Derussat, der im Eifer des Fremdenführers noch nichts bemerkt hatte, darauf aufmerksam: Von Westen bewegte sich ein Grüppchen von vier Personen über Steine und erkaltete Lava auf Neu Vichy zu.

Wenige Minuten später standen ein alter Herr, der sich auf einen Stock stützte, zwei Damen mittleren Alters und ein von Geröllstaub bedecktes Gespenst vor ihnen. Newman erkannte seine Reisegefährten wieder. Aber wen hatten sie da aufgegabelt?

Das Gespenst öffnete den Mund und gab menschliche Laute von sich: »Admiral Derussat! Hiermit übernehme ich wieder das Gouvernement von Neu Vichy!«

Newman notierte: »Machtwechsel auf Graham Island! Von den Engländern gewollt? Putschversuch?«

»Zum Teufel, Graziani! Wo waren Sie? Wir dachten, Sie sind tot! Unter der Lava begraben!«, zischte Derussat.

Beim Wort »Graziani« ging Newman ein Licht auf. Er notierte: »Neapel putscht mit Hilfe seines Geheimagenten!«

Graziani antwortete: »Nein, nur meine Jacke wurde begraben. Der Rest lebt, und nicht schlecht.«

Newman notierte: »Scheinbares Einverständnis zwischen Frankreich und Neapel! Geheimallianz aufgedeckt?«

Der Admiral rief: »Sie sind nicht umzubringen! Wen haben Sie denn da mitgebracht?!«

Der alte Herr trat einen Schritt vor und sagte müde, in altertümlichem, literarisiertem Französisch: »Sire, es ist mir eine Freude, in meinen alten Tagen hier an den Ufern der Hesperiden stehen zu dürfen. Auch wenn meine Beine nicht mehr recht taugen, so ist mein Geist noch rege. Ich entbiete Ihnen meinen Gruß. Ich bin ein Wandersmann aus dem fernen Königreich Schottland, erlauben Sie: Sir Walter Scott!«

Newman ging, was den alten Herrn anbelangte, ein Licht auf. Er notierte: »Der König von Schottland auf Ferdinandea! Ein Gegenkönig? Bricht das Vereinigte Königreich auseinander? Steht Europa vor einem Krieg?«

Derussat machte andeutungsweise eine Verbeugung und sagte: »Es ist mir eine Ehre!«

Newman notierte: »Der Gegenkönig von Schottland wird von Frankreich gedeckt! Kriegsgrund für England?!«

Scott deutete auf die beiden Damen: »Darf ich vorstellen: Madame Pauline de Chermette, im Übrigen eine Landsmännin von Ihnen ...«

Für Newman klärten sich die Zusammenhänge blitzartig. Er notierte: »Französische Agentin eingetroffen!«

»... und hier Lady Ophelia Grey, mithin die Tochter des englischen Premierministers, des Earl of Grey.«

Derussat verbeugte sich tief.

Newman schüttelte fassungslos den Kopf und notierte: »Verschwörung in der englischen Regierung. Die Tochter des Earl of Grey in die schottischen Unabhängigkeitsbestrebungen verstrickt!«

»Es ist mir eine Freude«, sagte Lady Grey in einem wenig literarisierten Französisch, »hier auf Nachbarn zu treffen. Haben zur Begrüßung schon lecker Scottish Breakfast gefeiert ...«

»Gehalten«, verbesserte Sir Walter Scott.

»... gehalten und eine Bergamottebaum ...«

»Der Baum, das Bäumchen«, korrigierte Scott.

»Eine Bäumchen getan.«

»Gepflanzt«, sagte Scott.

»Ja«, bestätigte Lady Grey. »Und jetzt wir haben dafür sogar Wasser.«

»Wasser?« Derussat verstand nicht.

Newman notierte: »Wieder quälende Frage nach Wasser!«

»Ja, Wasser!«, schaltete sich Graziani ein. »Wir haben Wasser! Es gibt Wasser! Wasser!«

Newman notierte: »Allgemeine Verzweiflung angesichts der ausweglosen Trockenheit.«

»Wasser?!«, frage Derussat heiser.

Newman notierte: »Selbst die Admiralität verzweifelt. Droht Meuterei unter den Matrosen?«

»Wasser!!« Graziani hatte es laut geschrien. Auf seinen Schrei hin ließen die Arbeiter alles stehen und liegen und kamen herbeigerannt.

»Wasser?!«, brüllten sie im Chor.

Newman notierte: »Meuterei! Wird der Schotte neuer Machthaber? Gelingt der Putsch?«

»Dort hinten«, brüllte Graziani, »hat sich bei der Eruption eine Klamm aufgetan. Und unten, auf dem Grund, gibt es ein Wasserloch, eine Quelle, aus dem Innern des Berges! Süßwasser! Reinstes, klares Süßwasser!«

»Sire, ich kann diese Aussage bestätigen«, bemerkte Scott, »ich habe selbst davon gekostet, und ich kann sagen, ich habe nicht einmal auf den Höhen der schottischen Grampian Mountains so wohlschmeckende Labsal genossen!«

Die Franzosen brachen in fröhliches Gejohle aus. Einige warfen ihre Mützen in die Luft, andere fingen zu tanzen an. Zwei waren so ausgelassen und hoben Sir Walter Scott, der sich nicht sträubte, auf ihre Schultern.

Newman notierte: »Putschversuch geglückt! Ein Schotte ist Gegenkönig auf Ferdinandea!«

Allerlei Berichte und königliche Sorgen

FERDINAND LIESS FEIERN. Die Nachrichten, die er jüngst von Graziani erhalten hatte, stellten selbst seine kühnsten Erwartungen in den Schatten. In recht verschnörkeltem Stil hatte Graziani dem König mitgeteilt, dass Fischer aus Sciacca von ihm als Landwehr aufgestellt und mit Flinten, langen Messern und Enterhaken bewaffnet worden seien. Man habe eine englische Schaluppe, die sich in den Gewässern vor Ferdinandea herumtrieb, aufgebracht, die Besatzung massakriert und das Schiff mit dem an Bord befindlichen Schwarzpulver in die Luft gejagt. Die neapolitanische Herrschaft auf Ferdinandea sei unbestritten. Selbst das Franzosengesindel traue sich nicht mehr in die Hoheitsgewässer, seit ein Kriegsschiff aus sicherer Entfernung das Versenken der englischen Schaluppe beobachtet und voller Entsetzen über den Heldenmut der Sciacchitani abgedreht habe. Professore Offmanno erkunde derzeit die Insel und forsche nach Bodenschätzen.

Der König las den Brief nicht zum ersten Mal. Bereits vor zwei Tagen war ihm das versiegelte Schreiben zugekommen. Er ging zum Schreibtisch, stellte sein Likörglas ab, schob mit dem Arm ein paar österreichische Zinnsoldaten beiseite – Opfer der Schlacht von Austerlitz – und unterzeichnete einen Beförderungserlass, den er bereits am Vortag von seinem Sekretär hatte ausfertigen lassen. Graziani würde staunen: Wiedereinsetzung in das Amt des Polizeichefs und Verleihung eines von Ferdinand neu gestifteten

Ordens, des Kreuzes am Bande mit der Inschrift »Numquam rece-
do et pereo!«. Niemals weiche ich, und sollte ich auch untergehen!
Ferdinands Sekretär hatte ihm zu einer anderen Inschrift geraten.
Man könne dies missdeuten, hatte der Besserwisser gemeint. Ferdinand hatte herrisch den Kopf geschüttelt: »Quid dixi, dixi!«,
hatte er unter Aufbietung der Reste seines Lateinunterrichts
gesagt und den Kopf nach hinten geworfen.

Der Monarch freute sich über den gelungenen Coup. Freilich,
als neuer alter Polizeichef sollte Graziani etwas sicherer im Sattel
der Rechtschreibung sitzen. »Schallubbe« und »masagrirt« – das
war peinlich. Andererseits: Besser ein gewiefter Stratege als ein
Studierstubenpupser – wie dieser Offmanno einer war!

Das Licht einer Kerze fiel auf die Rückseite von Grazianis Brief.
Ferdinand sah ein Wasserzeichen. Eine Göttin zeigte sich im Strahlenkranz, darunter entzifferte er das Wort »Berolina«. Seltsam,
von dieser antiken Dame hatte er noch nie gehört. Er kannte auf
dem Olymp Hera und Aphrodite, wohl auch Artemis – aber Berolina? Nun, die alte Götterwelt war groß, und deren verwandtschaft-
liche Beziehungen waren verworren. Ferdinand nahm sich vor,
demnächst den Sekretär nach diesem Frauenzimmer zu fragen.

~ ~ ~

Berolina thronte über einer Stadt an der Spree, die sich alle Mühe
gab, ihren Charakter eines Fischer- und Kleinkrämerkiezes abzu-
streifen und sich den Anstrich der Kapitale eines Königreiches zu
geben. Eines Königreiches allerdings, das auf lockerem Grund
errichtet war. Doch sang man sonntags zum Gottesdienst in Sankt
Marien oder Sankt Nikolai unverdrossen den Bach'schen Choral
»Wer nur den lieben Gott lässt walten«, der mit den tröstlichen
Worten endet: »... der hat auf keinen Sand gebaut«.

Man war entschlossen, mit Gott, König und Vaterland in die
Zukunft zu blicken und ein mächtiges Reich zu errichten. Ein
Reich, das auf protestantischen Tugenden, soldatischer Disziplin
und politischer Kaltschnäuzigkeit gründete und sich bemühte,

dem englischen Löwen, dem russischen Bären und dem öster-
reichischen Doppeladler hinterrücks etwas von der Beute weg-
zuschnappen, die sie erlegt hatten. An diesen Kadavern war noch
so viel Fleisch, dass sogar manches abfiel für das Wahre, Schöne
und Gute.

Ein Museum war gebaut, das von König Friedrich Wilhelm den
Musen und Künsten gewidmet war und mit einer immensen Kuppel prunkte, die man gleichwohl nur von innen bestaunen konnte,
etwa wenn Alexander von Humboldt einen seiner legendären Vor-
träge über die Naturwunder der Welt hielt. Von außen jedoch glich
das Gebäude am Lustgarten eher einem Theater mit Bühnenhaus.
Denn statt einer Kuppel, wie man sie vom Petersdom oder vom
Pantheon kannte, ragte ein viereckiger Kubus aus dem mit griechischen Säulen geschmückten Musentempel empor. Im Innern
des Würfels war die Kuppel an Ankern und Seilen aufgehängt. Und
so war es vielfach mit Spree-Athen, wie sich die der Göttin Berolina
geweihte Stadt großmäulig nannte: Sie hing in den Seilen und war
oft nur von *einer* Seite betrachtet eine Augenweide.

In den Seilen hing auch König Friedrich Wilhelm an diesem
sonnigen Oktobertag. Er hatte schlecht geschlafen und übel
geträumt: Seine Luise selig hätte ihn mit Napoleon betrogen und
einen Balg geboren, der immerzu »Vive la France!« schrie. Nun
aber auch noch dieser Artikel aus der »London Times«, den ihm
der preußische Gesandte in England per Eilpost hatte zukommen
lassen. England hatte offiziell die Souveränität über »Graham
Island«, wie die Briten die neue Insel im Mittelmeer nannten,
erklärt. Ein Kriegsschiff unter Vizeadmiral Hotham hatte bereits
vor Wochen geankert und den Union Jack gehisst. Unterdessen
gab es Hinweise auf eine bewaffnete französische Intervention.
Der Ausgang dieser Kampagne war dem Korrespondenten in Sizilien, einem gewissen Lewis Newman, jedoch nicht bekannt. Er
habe lediglich mit zwei französischen Forschern sprechen können, die sich von Graham Island, wo inzwischen auch ein französisches Kriegsschiff ankere, abgesetzt hätten und nach Sciacca auf

Sizilien geflohen seien. Unterdessen sei ein neapolitanischer Sondergesandter spurlos verschwunden. Es gebe ernstzunehmende Hinweise, er sei ein Geheimnisträger, ein Doppelagent gar. Man müsse in diesem Durcheinander von sicheren und lancierten Informationen einen bevorstehenden Krieg von europäischen Ausmaßen befürchten. Auch sei zu fragen, welchen Wert zwei Großmächte wie Britannien und Frankreich einer kleinen Geröllinsel am Rande der abendländischen Welt zumäßen, und vor allem: weshalb?

»Gibt es«, so mutmaßte Newman am Ende seines Artikels, »auf der Insel etwas, das mehr wert ist als nur eine knappe halbe englische Quadratmeile Schutt, mehr als nur eine fadenscheinige strategische Position? Gibt es Bodenschätze? Gold? Diamanten? Oder gar ein Geheimnis aus Urzeiten, das die Entsendung von Spezialisten der Königlichen Geologischen Gesellschaft zu Paris erklärt? Und«, so fragte der Korrespondent raunend, »weshalb ist auch das Königreich Preußen seit Monaten an der Insel interessiert? In Sciacca hält sich ein Geologe aus Berlin auf, Professor Friedrich Hoffmann, der sich offensichtlich ebenfalls in geheimer Mission bewegt und dessen Doppelrolle (er ist offiziell in Diensten des Königs von Neapel!) zu mancherlei Spekulationen Anlass gibt.«

Während König Friedrich Wilhelm über das offensichtliche Versagen seiner Befriedungspolitik schäumte, wobei er seinen Kummer mit Danziger Goldwasser zu versilbern suchte, und Sophie von Prittwitz seit Stunden in der Antichambre des Stadtschlosses ausharrte, um – parfümiert mit dem neuesten Duft der Saison – Seiner Majestät die Aufwartung zu machen, schritt Alexander von Humboldt mit wissenschaftlichem Elan gerüstet die Treppe seines Berliner Hauses in der Oranienburger Straße hinab.

Trotz seiner zweiundsechzig Jahre nahm er zwei Stufen auf einmal, was der Diener, der am oberen Treppenabsatz stand, mit tadelndem Kopfschütteln kommentierte. Humboldt warf die Haustür hinter sich ins Schloss, dass die eingefassten bunten Glasscheiben herauszufallen drohten. Der Diener seufzte, ging in

Humboldts Arbeitszimmer, das trotz des altweibersommerlichen Wetters durch Samtvorhänge abgedunkelt war. Die Luft stand brackig. Der Diener stolperte über am Boden liegende Bücher und stieß ein Einweckglas um. Er hob es auf, schaute hinein. Im Dämmerlicht konnte er eine giftgrüne, spannenlange Eidechse ausmachen, die ihn anglotzte und ihre Zunge spöttisch vorschob. Angeekelt stellte er das Glas auf ein Tischchen, ging zum Fenster, riss Vorhänge und Fensterflügel auf. Staubwolken tanzten im Sonnenlicht.

Er sah hinab: Dort unten, etwa dreißig Schritte vom Haus entfernt, ging sein Herr quer über die Straße, vorbei an einer wartenden Mietdroschke. Humboldt wechselte ein paar Worte mit dem Kutscher, der die Mütze abgenommen hatte. Was sie sprachen, konnte der Diener nicht verstehen. Er sah aber, dass sein Herr unwirsch mit dem Stock in die Luft stieß, sich zwischen Kutscher und Gaul hindurchdrängte und zu Fuß in Richtung Schloss eilte. Der Kutscher setzte seine Mütze wieder auf und brüllte ihm etwas hinterher. Der Diener konnte das Wort »Geizhals« ausmachen.

Humboldt ging an den salutierenden Wachen des nach dem Barockbaumeister Eosander benannten Portals vorbei in den großen Schlosshof, wandte sich nach rechts, schritt durch ein zweites Portal und gelangte in ein Treppenhaus, wo ein junger Adjutant des Königs wartete und ihn begrüßte.

»Sind Majestät zu sprechen?«, fragte Humboldt und wandte sich bereits zur Treppe.

»Majestät haben Generalaudienz, es befinden sich Bittsteller im Vorzimmer. Jedoch weiß ich nicht, ob Majestät ... pässlich sind.«

Humboldt drehte sich auf den Absätzen um und tippte mit dem elfenbeinernen Stockknauf dem Adjutanten an die Schulter: »Was heißt das, junger Mann, ›nicht pässlich‹? Der König wird mich ja wohl den anderen vorziehen!«

Der Adjutant räusperte sich. »Sicherlich werden Majestät das tun – sofern Majestät überhaupt empfangen.«

»Was sollte dagegensprechen?«, meinte Humboldt und eilte, ohne eine Antwort abzuwarten, die Treppe hinauf.

Der Adjutant lief hinterher. »Majestät fühlen sich nicht ganz wohl ...«

»Das gibt sich. Ich habe frohe Kunde für ihn.«

»Es ist weniger die Gesundheit als vielmehr ... die allgemeine politische Lage ...«

»Weshalb? Ist doch alles in Butter! Der Sommer war schön, die Ernte gut, die Russen verhalten sich wieder still. Was soll denn sein mit der politischen Lage?«

»Herr Baron, ich weiß nicht, ob ich ... der geheime Charakter gewisser Nachrichten verbietet es mir ...«

»Papperlapapp«, sagte Humboldt nur, schob einen Wachsoldaten beiseite und öffnete selbst die Tür zum Vorzimmer. »Geheime Nachrichten! Pfft! Ich habe mehr Geheimnisse dieser Welt gelüftet, als Sie sich vorstellen können.«

Roten Kopfes stolperte der Adjutant hinter Humboldt drein. Der stand bereits mitten in der Antichambre. Auf Stühlen saßen ein paar Bürger, Handwerker und Vertreter des niederen Adels. Eine vorzeitig verblühte Frauengestalt in violetter Robe, über die sie eine schwarze Seidenstola geworfen hatte, erhob sich und ging freudestrahlend auf Humboldt zu.

»Verehrtester Baron, Sie! Welch eine Fügung ...«

»Des Schicksals! Ich weiß. Gnädige verzeihen das lückenhafte Gedächtnis eines alten Mannes ... wer sind Sie?«

»Sophie von Prittwitz. Sie erinnern sich vielleicht ... im Sommer ... es war um die Mittagsstunde ... eine unglaubliche Hitze.«

»Ach was, das war gar nichts. Sie hätten mal erleben sollen, wie die Hitze am Orinoko wütet. Wenn Ihnen die Kleider am Leibe faulen, so feucht ist es dort. Und die Moskitos myriadenweise über einen herfallen, ganz zu schweigen von den Ameisen und den Tausendfüßlern, fingerlang, die ...«

Frau von Prittwitz wurde blass. Aus ihrem Necessaire nahm sie einen Flakon, zog den Stöpsel und roch begierig daran.

»Ah, jetzt erinnere ich mich«, Humboldt tippte sich an die Stirn, »natürlich, es war dieser angenehm warme Tag, wir begegneten uns im Treppenhaus, führten ein anregendes Gespräch über Veilchen. Viola silvatica?«

»Herr Baron«, sagte Sophie von Prittwitz, »ein Gespräch möchte ich es nicht unbedingt nennen. Aber Veilchen, ja, die spielten eine Rolle. Mein Veilchenparfüm ...«

»Das hier«, Humboldt deutete auf den Flakon, »ist aber nicht Viola silvatica. Ich tippe«, Humboldt reckte den Hals vor und schnupperte, »ich tippe eher auf Citrus bergamia.«

»Wie?«

»Bergamotte.«

»Beim Himmel, ja! Das ist es!«, rief Frau von Prittwitz begeistert. »Herr Baron, Sie sind ein Genie. Es ist der Duft der Saison: ›Mystère de la Sicile‹. Kommt aus Paris.«

»Ah, Sizilien, womit wir beim Thema wären.«

Humboldt wandte sich brüsk von ihr ab und dem Adjutanten zu: »Majestät müssen mich empfangen! Hier!« Er fuchtelte mit einem gefalteten Papier vor des Adjutanten Nase: »Eine Nachricht aus Sizilien! Von Friedrich Hoffmann! Sagen Sie das dem König!«

»Ja, aber ich weiß nicht ...«

»Sofort!«, befahl Humboldt barsch.

Der Adjutant verschwand gehorsam hinter einer Tür, die zum Audienzzimmer führte.

»Sizilien?«, frage Sophie von Prittwitz. »Von dort kommt das Öl der Bergamotte!«

»Ja«, sagte Humboldt, »aber das interessiert uns jetzt weniger, Gnädigste. Hier ist die Politik im Spiel!«

Der Adjutant erschien wieder: »Majestät sind zwar etwas unpässlich, lassen aber Herrn Baron unbedingt bitten.«

»Also auf gut Deutsch: Es ist angerichtet!«

»Wie meinen?«

»Ich meine: Ein Gläschen Sekt werde ich wohl bekommen?«

»Herr Baron!«

»Na, na, junger Mann ... werden wohl ein Späßchen verstehen. Vorhin schon hat ein Kutscher vor meinem Haus so humorlos reagiert ... Gnädige Frau!«

Humboldt deutete eine Verbeugung an – Frau von Prittwitz schlug züchtig den Blick zu Boden – und betrat das Audienzzimmer. Friedrich Wilhelm war inzwischen besserer Laune. Allerdings konnte er seine Empfindungen nicht mehr ganz klar artikulieren. Als sich Humboldt höfisch verbeugte, winkte der König ab: »Schon jut, Humboldt, in unserm Alter nich mehr. Kreuz nich mehr wie bei nem Jungspund.«

»Majestät sagen es.« Humboldt betrachtete seinen König: Aus dem einst so hübschen und ranken Mann, den die feengleiche Luise geliebt hatte, war ein feistschädliger Mensch mit Doppelkinn, Schweinsäuglein und Embonpoint geworden. Humboldt empfand so etwas wie Verachtung. An ihm selbst war das Alter auch nicht spurlos vorbeigegangen, aber er hatte sich diszipliniert schlank und drahtig gehalten.

»Na, schießen Se los«, sagte Friedrich Wilhelm jovial, »watt Neuet uff der Welt?«

»Majestät, von Schießen würde ich nicht sprechen wollen ...«

»Wollen! Wollen!« Der König war plötzlich unwirsch. »Ick schon lang nicht mehr!« Er warf Humboldt ein paar Zeitungsblätter hin. »Ditt Neueste aus Lonnon ... ress ... ressediwe ...«

»Respektive«, entwischte es Humboldt. Er hätte sich auf den Mund hauen können. Den Monarchen zu korrigieren war ein unverzeihlicher Fauxpas.

»Sag ick doch, Humboldt, sag ick doch.«

Humboldt war von des Königs Berlinern peinlich berührt. Peinlicher noch als von dessen altbekanntem Sprechen in Ellipsen und Infinitiven.

»Hier«, Friedrich Wilhelm deutete auf die Zeitungsausschnitte, »ditt Neueste aus Lonnon. Vom preußischen Jesandten übermittelt. N Korres ... Korressent der ›Times‹ nen Artikel jeschrieben über die neuesten Entwicklungen uff der Insel da bei Sizilien ...«

»Ah, Bergamotte«, Humboldt hatte noch immer den Duft in der Nase.

»Bergawatt? Nonsens«, sagte der König und goss sich erneut ein Gläschen Danziger Goldwasser ein, »ooch eenen?«

»Danke, Majestät, zu früh am Tage. Vielleicht besser etwas Fencheltee.«

»Unsinn, jeteiltet Leid is doppelt Leid.«

»Halbes Leid, Majestät.« Humboldt biss sich auf die Lippe.

»Na, heut aber streng mit mir, Humboldt. Sag ick doch: halbe Freud. Ejal. Jedenfalls, in Sizilien, da unten, wo diese Insel, wie heißen?«

»Ferdinandea.«

»Also jedenfalls der Engländer nennt se anners. Weil, is da nämlich schon unn hat sich mitm Franzosen anjelegt. Jefechte. Tote. Detonationen. Sollen jedenfalls bevorstehen. Watt weeß ick ...« Friedrich Wilhelm kippte den Schnaps hinunter.

»Wirklich?«, fragte Humboldt.

»So isset. Der Engländer zettelt schon nen Krieg an, und der Franzose schickt een Kriegsschiff. Unn een Doppelagent ooch im Spiel. Unn de Heilije Allianz ... allet jefährdet. Fraglich, wie der Russe reagiert!«

»Verzeihung, Majestät, was geht das Preußen an?«

»Preußen??!«, schrie Friedrich Wilhelm jetzt ungehalten. »Preußen an nem Gleichjewicht der Kräfte liegen! Haben vadammt viel zu valieren, wenn der Russe vom Schwarzen Meer her Kriegsschiffe ins Mittelmeer schickt, wenn der Engländer de Meerenge von Gibraltar sperrt, unn der Franzose von Norden unn vom Süden sich in ner Zange wähnt ... denn, meen Bester!«, der König fuchtelte mit der halbleeren Flasche vor Humboldts Gesicht herum, »denn Schluss mit lustig. Finito! Capito! Unn apopo Italienisch ... is noch de Fraje, wie der Ferdinand von Neapel ... n junger Hitzkopp ... ständig sich Zinnsoldaten wünschen ... wie also Ferdinand reagieren. Is ja schließlich vor seener Haustür, nich? Truppen hat er nich ville, Schiffe nur morsche Kähne, aber in seener Vazweiflung seene dynastischen Vawandten in Spanien zum Krieje jejen England anstiften. Denn ham wa den Salat: Krieg an allen Fronten. Unn Preußen mittenmang! Unn der Russe sucht nur nen Vorwand ... is doch scharf uff Ostpreußen unn Pommern. Oder glauben Se, Humboldt, dass die lange fackeln? Sehen Se doch, wie die in Warschau zujehauen haben, als de Pollacken jemuckt ... nee, Humboldt, ditt is keen Pappenstiel, isset nich!«

Friedrich Wilhelm hatte sich in Rage geredet, was das Berliner Kind in ihm erst recht ans Licht katapultierte.

Humboldt nickte untertänig.

»Sajen Se mal, Humboldt, watt führt Se eijentlich her? Zu so früher Stunde?«

»Majestät, es geht bereits auf Mittag zu.«

Der König winkte müde ab. »Lassen Se, vahandeln Se nich. Sajen Se, watt Se wollen, unn denn wieder ab.«

Humboldt räusperte sich. »Majestät, ich verstehe Ihre Sorge, aber ...«

Friedrich Wilhelm sah ihn verächtlich an: »Jar nischt vastehen Se, Humboldt, jar nischt. N Leben lang nur im Dschungel rumjekrochen unn dicke Bücher jewälzt, aber vom wirklichen Ernst des Lebens keen blassen Schimmer nich. Aber nu sajen Se endlich, watt Se wollen.«

Humboldt nahm erneut Anlauf: »Majestät, hier«, er legte einen gefalteten Brief auf den Tisch, »ein Schreiben von Friedrich Hoffmann. Sie wissen doch, jener zu besten Hoffnungen Anlass gebende junge Professor der Geologie ...«

»Der in Neapel?«

»Eben der. Oder besser: Seit ein paar Monaten ist er auf Sizilien, um von dort auf wissenschaftlichen Expeditionen Ferdinandea zu erforschen.«

»Ah«, Friedrich Wilhelm nickte, »ja unn?«

»Hoffmann schreibt mir, er habe das Gestein von Ferdinandea genau untersucht und dabei Asche, pulverisierte Kohle, Mergel, Kalk, Schwefel und Salpeterausblühungen gefunden.«

»Unn dafür wird der Kerl bezahlt?« Der König stierte Humboldt fassungslos an.

»Nein, Majestät ... das heißt, ja ...«

»Watt nu?«

»Ja, natürlich wird er dafür bezahlt. Aber erstens bezahlt ja König Ferdinand ihn ...«

»Sag ick doch, der Ferdinand, der hat se nich alle.«

»... und zweitens sind diese Ergebnisse von unschätzbarem Wert.«

»Wieso? Jibt's uff der Insel ooch Jold? Oder Diamanten?«

»Sicherlich nicht, Majestät.«

»Aber der Kerl da inner Zeitung behaupten.«

»Majestät, die Zeitungen behaupten vieles.«

»Ach, Humboldt, lassen Se ditt ewije ›Majestät‹. Weeß selbst, dett ick der König bin. Hab nie watt anneret jelernt. Also: Watt soll mir ditt Jequatsche ›Merjel unn Ausblühungen‹?«

»Majestät! Hoffmann schreibt, vor Kurzem – der Brief war nur zwölf Tage unterwegs – sei ein Vulkan ausgebrochen, habe durch einen Krater im Inselinneren Lava und glühende Gesteinsbrocken ausgestoßen und auf der Insel verteilt.«

»Na, da wern sich de Engländer und Franzosen unn watt weeß ick, wer sich uff der Insel rumtreiben, mächtig jefreut haben ... Kommen Se, Humboldt, trinken Se ennlich eenen mit.« Der König goss ein.

Humboldt nahm das Glas widerwillig und kippte, als sich der König einmal kurz abwandte, die mit Blattgold versetzte Flüssigkeit in den Topf einer Zimmerlinde, die ziemlich ramponiert aussah.

»Nein, Majestät, Gold gibt es dort bestimmt nicht. Aber wir wissen jetzt mehr über die Entstehung der Landmassen. Wir durften der Geburt eines neuen, wenngleich auch kleinen Landes beiwohnen! Offensichtlich sind doch die vulkanischen Kräfte ausschlaggebend!«

»Watt denn, Humboldt, schon ausjetrunken? Komm' Se, kriejen noch eenen.« Erneut goss der König Humboldt ein.

»Majestät erlauben, die Wissenschaft steht vor einem Durch-
bruch!«

»Unn Europa vor nem Krieg! Nu trinken Se schon, Humboldt.«

»Majestät, ich muss jetzt wirklich gehen. Bitte entlassen Sie
mich.«

»Ick Se ennlassen? Nich mit Jehalt zufrieden?«

»Neinneinnein. Ich meine, doch. Darf ich gehen? Gerne würde
ich diese epochemachenden Erkenntnisse mit Majestät ein andermal ausführlicher besprechen, bei besserer Gelegenheit.«

Friedrich Wilhelm winkte ab: »... ja, ja, Humboldt, vaschwin-
nen Se. War nett, dass Se vorbeijekuckt haben, sehen, watt Ihr
oller König denn so tagein tagaus macht. Ja watt mach ick eijentlich? ... Ick rejiere! Unn wissen Se, watt ditt is?«

Humboldt sagte besser nichts.

»Ditt is, Depeschen rumschicken, zwischen Lonnon, Paris,
Berlin unn Moskau. Hin unn her. Her unn hin. Unn Jeschenke.
Hin unn her unn her unn hin. Neulich aus Paris Klaviernoten
bekommen. So 'ne Faxen. Dabei kann ick jar nich spielen. Hab
ick gleich dem Ferdinand nach Neapel weiterjeschickt. Der hätte
aber lieber Zinnsoldaten jehabt, hab ick mir sajen lassen. Na,
ihm denn welche anjewiesen. Preußische. Unn nassauische. Die
hat er hoffentlich noch nich. Na, unn dem Earl Grey in England,
dem schick ick heute noch n liebes Briefchen, er soll doch brav
sein unn wejen ner Merjelinsel nich n Krieg anfangen. Von
wejen de Heilije Allianz mit Russland unn Österreich. Der Habsburger jerade noch jefehlt. Mit seinen Schinakeln von Triest aus
ooch noch de Adria unn ditt Mittelmeer vastoppen, als wär' dort
unnen nich schon jenuch los. Unn jetzt jehen Se, Humboldt, aber
sajen Se meenem Sekretär, soll zum Diktat kommen. Unn de
übrijen Varückten da draußen«, er deutete zur Tür ins Vorzimmer,
»sollen nächste Woche wiederkommen. Bin ick n Doktor uff
Visite, oder watt?«

Humboldt erhob sich, verbeugte sich, und ging rückwärts zur
Tür, wobei er beinahe über eine Teppichkante gefallen wäre.

»Vorsicht, ollet Haus«, sagte Friedrich Wilhelm, »keene Dummheiten machen. Am Schluss noch heißen, ick hätt' Se umbringen wollen.« – »Nee, nee, ditt Rejieren is nich leicht, isset nich«, grummelte Friedrich Wilhelm, als er endlich allein war.

~ ~ ~

Nein, das Regieren war nicht leicht. Auch Earl Grey empfand das so, als er – etwas früher als Friedrich Wilhelm in Berlin – durch die »Times« Nachricht von den Verwicklungen im Mittelmeer erhielt. Hatten die den Verstand verloren? Er hatte doch Befehl gegeben, die Franzosen totzufüttern, nicht, sie totzuschießen! Und wie würde Frankreich reagieren? Und Russland? Und die Heilige Allianz? Nicht auszudenken!

Earl Grey nippte widerwillig an seinem Bergamottetee. Daran hatte er sich abgetrunken. Was er jetzt brauchte, war ein anständiger schottischer Whiskey! Das Einzige, was die Barbaren dort oben im Norden Gutes hervorgebracht hatten. Na ja, die Schmöker von Sir Walter Scott waren auch nicht zu verachten. Apropos: Wo war der alte Herr derzeit eigentlich? Hatte Ophelia nicht geäußert, sie würde »ihren« Sir Walter auf Malta treffen? Hoffentlich blieb sie dort und kam nicht wieder auf die absurde Idee, Globetrotterin zu spielen, jetzt, wo sich dort unten allerhand zusammenbraute, wenn man dem Reporter glauben durfte. Freilich, ein Amerikaner, wie ihm sein Sekretär gesteckt hatte. Da war Vorsicht geboten. Andererseits: Konnte einer so lügen? War nicht zumindest ein Gran Wahrheit daran? Und wenn ja, ging nicht wertvolle Zeit verloren, wenn man abwartete und Tee trank? Unterdessen würden die Franzosen – dieser Louis Philippe mit seinen schlecht gebügelten Hosen! – die ihnen zugefügte Scharte auswetzen wollen und von Marseille eine ganze Flotte nach Graham Island schicken! Die hatten es näher zum Kriegsschauplatz als die Engländer!

Kriegsschauplatz! Da war es! Was einmal in Gedanken gefasst war, war nicht mehr aus der Welt zu schaffen. Wurde Wort, wurde Tat! Hatte er einmal irgendwo gelesen. Aber wo? Vielleicht bei Sir

Walter Scott? Nein, eher nicht, solch tiefgründige Gedanken traute Earl Grey dem alten schottischen Barden nun auch wieder nicht zu. Er klingelte nach seinem Sekretär. »Bringen Sie mir einen Black Grouse.«

»Jawohl, Sir.«

»Warten Sie, wie viele englische Kriegsschiffe liegen in Gibraltar derzeit vor Anker?«

»Meines Wissens vier, Sir.«

»Und auf Malta?«

»Fünf.«

»Aha, geben Sie Order, geheime Order, versteht sich, dass sich je zwei Schiffe von Gibraltar und von Malta auf den Weg machen sollen. Mehr nicht, denn die West- und Ostflanke muss weiterhin gedeckt sein. Voll besetzt und unter Waffen, nach Graham Island. Weitere Befehle folgen über eigene Botenschiffe.«

»Jawohl, Sir. Möchten Sie vielleicht auch frischen Tee?«

Der Premierminister winkte ab: »Lassen Sie. Alles nützt sich ab. Auch der Bergamottetee. Und ›Mystère de la Sicile‹ sprühen sich, wie ich hörte, die Damen in London inzwischen auch nicht mehr aufs Dekolletee.«

»Stimmt, Sir. Aber in Berlin tun sie es.«

»Ja, Berlin«, Earl Grey lächelte müde, »ist ja auch knapp vor Russland. Apropos: Ich habe schon länger nichts mehr von unserem alten Frederick William gehört.«

»Es soll ihm nicht gut gehen, Sir.«

»Noch immer die Trauer um seine Luise?«

»Nein, Sir, man munkelt, der Alkohol. – Ich bringe Ihnen jetzt den Whiskey.«

Schach und Badefantasien

Von den Trübungen des Himmels und der Gemüter in Berlin, Paris oder London wusste man im Süden nichts. Die Sonne wärmte Ferdinandea und ließ vergessen, dass man sich vor Kurzem um die Insel noch gestritten hatte. Aber nicht die milde Oktobersonne allein war es, die das Ländchen, das mittlerweile vier Namen trug, zu einer Stätte erhöhten Menschseins machte. Das Fluidum war noch anderer Natur, anderen Elements: Wasser hatte Ferdinandea benetzt, die Insel zum Gelobten Land werden lassen, die Menschen zu Bewohnern Edens.

Nachdem der von den Toten wiederauferstandene Lorenzo Graziani die französische Kolonie mit der Nachricht seines Quellwasserfunds überrascht hatte, waren die Arbeiter rasch wieder zu ihrem Tagwerk zurückgekehrt. Es galt, keine Zeit zu verlieren! Neu Vichy benötigte Süßwasser. Schließlich konnte man die hoffentlich bald eintreffenden Gäste nicht allein mit Sekt verköstigen und in Rotwein baden. Auch verhielten sich Palmen, Lorbeerbäume und Rosensträucher, die man anzupflanzen gedachte, gegen Salzwasser recht unwirsch.

Graziani ging in seiner wiedergefundenen Rolle des Inselgouverneurs auf. Sein Französisch machte von Tag zu Tage erstaunliche Fortschritte – was er, wie er fand, seiner Position schuldig war. In einer Fantasie-Uniform, die er sich vom Schiffsschneider hatte anfertigen lassen, ging er geschäftig seinem Amt nach: Überall war er zur Stelle, erklärte die kleinsten Handgriffe zur »Chefsache« – wie er sich mit aufgeblähten Backen ausdrückte –, stand – die Daumen beider Hände am Lederkoppel eingehängt – breitbeinig da, um Anweisungen zu geben, ehe er schon wieder davonsprang – erstaunlich leichtfüßig für einen Mann seines Körperumfangs –, um an anderer Stelle den Fortgang der Arbeiten zu überwachen.

Eine Karawane von Arbeitern mühte sich, das lebensspendende Wasser in Wachstuchsäcken und Fässern aus der nahen Schlucht nach Neu Vichy zu befördern. Doch begriff Graziani mit der Scharfsinnigkeit des Bürokraten, dass das den künftigen Bedürfnissen des Kurortes nicht genügen würde. Eine zukunftsweisende Lösung musste gefunden werden! Er hieß Zimmerleute die von den Engländern gelieferten Balken mit Äxten und Stemmeisen zu Rinnen aushöhlen. Bereits nach wenigen Tagen wand sich eine Leitung aus Neu Vichy hinaus.

»Die Rinnen reichen bei Weitem nicht.« Admiral Derussat schüttelte missmutig den Kopf, als er die hölzerne Schlange sah, die zweihundert Meter hinter der letzten Baracke abrupt im Geröll endete.

»Wir werden eben noch mehr Balken ausstemmen«, antwortete Graziani mit verächtlichem Blick auf den Offizier.

»Das waren *alle* Balken! Wissen Sie, dass Sie unser Bauholz verhunzt haben!? Der Winter steht vor der Tür, die Regenzeit wird kommen und diesen Dreckshaufen in eine Schlammwüste verwandeln und –«

»Wie sprechen Sie von Giulia, der Perle des französischen Weltreichs?«

»Der was?!«, schrie Derussat.

»Der Per – le des fran – zö – si –«, artikulierte Graziani überdeutlich.

»Alle verrückt geworden!«, brüllte Derussat, wandte sich um, ging in das halbfertige Offizierskasino, dem noch das Dach fehlte, und schlug die Tür hinter sich zu. Ein nur eingekeilter Fensterrahmen löste sich und brach polternd heraus.

»Hysteriker!«, zischte Graziani dem Admiral hinterher.

Neu Vichy brauchte Wasser. Wenn man nur wüsste, ob es auch heilkräftig war? Man würde es einfach behaupten! Jedenfalls roch es frisch und schmeckte vorzüglich. Wieso sollte es also nicht Krankheiten vertreiben? Im Übrigen versetzte der Glaube bekanntlich Berge. Und die fehlenden Balken? Die Engländer sollten sich gefälligst etwas anstrengen!

Federnden Schrittes verließ Graziani die Baustelle und ging in seinen beschädigten Amtssitz, über dessen drei Wänden sich der blaue Oktoberhimmel wölbte. Graziani spannte gegen die Sonne einen Schirm auf, setzte sich an ein wackeliges Tischchen und schrieb an Vizeadmiral Hotham eine Order, »im Dienste der Zusammenarbeit zweier befreundeter Völker und zum Wohle der heilsuchenden Menschheit« die logistischen Anstrengungen zu verdoppeln.

~ ~ ~

Vizeadmiral Sir Henry Hotham trank seinen Fünf-Uhr-Tee – eine neue Mischung, mit Bergamotte versetzt, eine Mode aus England, wie ihm der maltesische Händler versichert hatte. Dabei las er Grazianis Brief und schmeckte plötzlich Bitteres. Was bildeten sich die Franzosen ein? Und dieser »Laurent Graziani«! Irgendwie kam ihm der Kerl bekannt vor. Sehr französisch klang der Name nicht! Ein Provençale vielleicht? Man wusste bei den Welschen nie. Gaben sich vordergründig patriotisch und hatten bei der ersten Brotpreiserhöhung nichts Besseres zu tun, als ihren König um einen Kopf kürzer zu machen. Moralisch verlottert waren sie! Man brauchte sich nur den derzeitigen Souverän anzusehen! Hotham hatte gelesen, dass sich Louis Philippe, der »Bürgerkönig«, wie er sich selbst nannte (was für ein widersprüchlicher Blödsinn!), in den Tuilerien dem Volk zeigte, hoch zu Ross, anbiedernd den Zylinder lüpfend, in schlecht gebügelten, faltigen Hosen. Widerlich!

Der Vizeadmiral schüttete den Tee in den Sand und griff zur Whiskey-Flasche. Eigentlich ungut, vor sechs Uhr zu trinken –

aber angesichts der Umstände ... Immerhin war es guter schottischer Whiskey, »The Black Grouse«, also mehr Medizin als Alkohol. Hotham kippte ein Glas von der malzbraunen Flüssigkeit hinunter. Sogleich fühlte er sich mit der Welt ein wenig versöhnt. Er goss erneut ein. Sein Kummer war immerhin groß genug. Nun gut! Sollten die Franzosen ihren Willen haben! Den Ton der »Order« wollte er vergessen. Schließlich hatte auch er Befehl, allerhöchsten Befehl, von Premierminister Grey: die Franzosen lieber totzufüttern als totzuschießen.

Ächzend erhob sich Hotham und verließ das Zelt, das man für ihn am Strand aufgeschlagen hatte. Seit die Franzosen an ihren Baracken bauten, war es aus mit der Ruhe in der englischen Bucht. Vorbei die Zeit, als man unschuldig im Sand lümmeln konnte, ein Buch in Händen, oder dem Tennisspiel frönte. Jetzt hieß es arbeiten, organisieren, die »Bestellungen« des Feindes bearbeiten und nach Malta oder England weiterleiten, dann wiederum die eingehenden Waren auf Vollständigkeit und Qualität überprüfen, die Rechnungen nach London expedieren, die Waren auf Schlitten mühselig in die Franzosenbucht schleifen ... alles nur, um den Spleen einiger Pariser Herren zu nähren, dekadenter Dandys, die sich dort drüben wohl eine Art »Quartier Latin« bauen wollten, mit leichten Mädchen, billigem Fusel und Tanz bis nach Mitternacht!

Hotham spuckte angewidert in den Sand. Es ging knapp neben einem Paar halbhoher Stiefel nieder. Er blickte auf: Lewis Newman stand grinsend vor ihm.

»Was führt Sie denn schon wieder her?«, polterte der Vizeadmiral.

»Mister, ich war drüben in der französischen Kolonie ...«

Hotham stampfte wütend auf. »Das ist keine Kolonie! Das ist eine Bande Verrückter!«

»Immerhin bauen die Verrückten mit erstaunlicher Verbissenheit an einem Kurort.«

»Bah! Ein paar Baracken, aus Holz, das wir ihnen aus Gründen, die ich vor Ihnen nicht auszubreiten gedenke, liefern. Baracken, in den Sand gesetzt! Wie auch das ganze Geld hier auf Graham Island in den Sand gesetzt ist! Die komplette Staatsaktion: in den Sand gesetzt!!«

Hotham hatte sich in Rage geschrien. Die umstehenden Matrosen blickten auf.

»Sie brauchen nicht so zu brüllen, alter Junge. Oder glauben Sie, Ihre illoyalen Ansichten sind förderlich für die Moral Ihrer Mannschaft? Sie haben Ihre Sache ohnehin nicht mehr im Griff.«

Es war genug! Das war der Tropfen, der das Fass der Geduld zum Überlaufen brachte!

»Wachen!«, rief Hotham. Sogleich waren zwei Soldaten zur Stelle. »Nehmt den Kerl fest!«

Die Soldaten ergriffen Newman an beiden Armen.

»Moment, Mister«, sagte der Amerikaner mit scharfer Stimme. Der Ton ließ den Vizeadmiral aufhorchen. »Vielleicht interessiert es Sie – da Sie glauben, Herr über dieses Eiland zu sein –, dass sich in der französischen Niederlassung einiges tut.«

»Was soll sich dort tun, Sie Klugscheißer? Die Bekloppten sägen an den Balken, die wir ihnen liefern. Und?«

»Ich bin erstaunt über diesen Ton aus dem Munde eines Offiziers der britischen Marine.«

»Schnauze!!«, brüllte Hotham. Die Soldaten zuckten zusammen.

»Ihre Herrschaft dürfte sich bald anders gestalten«, setzte Newman gelassen nach.

»Was wollen Sie damit sagen?!«

»Mister, es tun sich Dinge in Neu Vichy, machtpolitische und logistische, die würden Sie sich in Ihren kühnsten Träumen nicht zusammenreimen.«

»Was soll dieses sibyllinische Geraune?! Bringt den Kerl aufs Schiff und sperrt ihn ein!«

»Das wird Ihnen noch leidtun!«, rief Newman.

Die Soldaten schleiften den Journalisten zum Ufer.

»Ich protestiere im Namen der Pressefreiheit! Die amerikanische Regierung wird Ihr Verhalten zum Anlass ...«

Den Rest verstand Hotham schon nicht mehr. Er ging in sein Zelt zurück und beugte sich wieder über die Bestellliste der Franzosen. Missmutig ging er die Posten durch. Wozu brauchten die Bescheuerten so viel Holz? Auch Zierpalmen, Hibiskus- und Lavendelsetzlinge wurden gewünscht! Der Vizeadmiral seufzte und zeichnete alles ab. Und Bettzeug! Linnen, Kissen, Matratzen! Waren diesen welschen Schnöseln die Pritschen nicht mehr gut genug? Oder wollten sie ein Inselbordell einrichten? Hatten sie aus Sciacca vielleicht irgendwelche Frauenzimmer herübergeschmuggelt?

Der Erste Offizier, ein Ire, schlug die Zeltplane zurück und unterbrach Hothams Grübeleien.

»Was ist denn?« Missmutig blickte Hotham auf.

»Die Franzosen, Sir.«

»Immer die Franzosen! Was wollen die denn schon wieder? Vielleicht auch noch Seidenwäsche?«

»Wasser, Sir!«

»Wir haben ihnen erst vor drei Tagen Wasser geliefert! Aber ich vergaß, diese Dandys haben ja alle einen Waschzwang. Verbrauchen drei Mal so viel wie normale Leute.«

»Nein, Sir! Sie missverstehen. Einer unserer Matrosen hat sich – übrigens gegen die Vorschriften – heute Mittag vom Standort entfernt und ging spazieren ...«

»Spazieren? Bei Gott, sind unsere Leute unterbeschäftigt? Das wird sich ändern!«

»... er ging spazieren, kam auf eine der beiden Hügelkuppen und blickte hinab auf Neu Vichy ...«

»Wie malerisch!«

»... und sah dort unten eine lange hölzerne Rinne ...«

»Deswegen also der große Bedarf an Balken!«

»... eine Rinne, die sich in die Hügel hineinzieht. Der Matrose sah um eine Geröllzunge mehrere französische Arbeiter biegen, die Wachstuchsäcke geschultert hatten ...«

»Schleppen die etwa Schutt zur Küste?«

»Der Matrose schlich sich näher heran. Er kam zu einer Art Klamm, die wir bislang nicht entdeckt hatten …«

»Wir hatten die Klamm nicht entdeckt? Ja, seid ihr blind?!«

»Also, der Matrose steigt ein Stück in die Klamm hinein … und sieht dort unten … sieht dort …«

»Was, den Leibhaftigen?«

»Wasser, Sir! Wasser! Dort unten ist eine Quelle! Süßwasser! Wir haben Wasser auf Graham Island! Neu Vichy kann entstehen!«

Hotham starrte seinen Ersten Offizier fassungslos an. »Wasser?«

»Rein wie die Jungfrau Maria.«

»Sie sind katholisch?«

»Ja, Sir.«

»Nun mal ehrlich. Wasser! Rein wie die Jungfrau Maria! Glauben Sie das wirklich? Hier? Auf dieser stinkenden Schwefelhalde? Ich habe den Eindruck, der Mannschaft tut das heiße Klima nicht gut. Wir schlittern nach und nach in einen Zustand der Hysterie.«

»Ich verstehe nicht recht.«

»Gegenseitig vor- und weitergesponnenes Seemannsgarn, um es einfach zu sagen.«

Der Erste Offizier schwieg verständnislos.

»Wir sind alle blöd geworden!«, herrschte Hotham ihn an.

Zögerlich nickte der Offizier.

»Na also«, meinte der Vizeadmiral mit hochgezogenen Brauen, »dann haben wir uns ja verstanden und können uns wieder an unser Tagwerk machen.«

Der Erste Offizier riss die Augen auf.

»Ich bin im Übrigen zu der Überzeugung gelangt«, fuhr Hotham fort, »dass uns allen, das heißt, *Ihnen* allen etwas Beschäftigung guttäte.«

»Sir, Beschäftigung? Darf ich daran erinnern, dass wir tagtäglich die Franzosen mit Lebensmitteln und Baumaterial zu versorgen haben?«

»Ich weiß, und wir werden unsere Anstrengungen anscheinend

verdoppeln – was sage ich –, vervielfachen müssen, um unser Ziel zu erreichen.«

Hotham zeigte auf die auf dem Tisch liegende Bestellliste: »Die jüngsten Wünsche unserer ehrenwerten französischen Nachbarn. Die Liste geht heute noch nach Malta ab. Was noch in unserem Lager ist, wird auf beschleunigtem Vertriebsweg nach Neu Vichy gebracht.«

»Sir, wir haben nur zwei Schlitten, und der Geröllweg lässt –«

»Das weiß ich auch«, schnitt Hotham dem Ersten Offizier das Wort ab. »Wir werden daher eine befestigte Straße nach Neu Vichy bauen. Und wir werden aus Malta Maultiere und zweirädrige Lastenkarren herschaffen lassen. Wenn die Franzosen ihren Kurort haben wollen, dann sollen sie ihn haben. Und wenn wir das noch vor Wintereinbruch schaffen wollen – immerhin haben wir bereits Oktober, und es ist nicht selbstverständlich, dass das Wetter so beständig bleibt –, dann müssen wir uns verdammt noch mal gehörig anstrengen!«

Hothams Stimme hatte einen scharfen Ton angenommen. Der Offizier zog instinktiv die Schultern ein.

Von draußen war Gelächter zu hören. Der Vizeadmiral sah sofort nach. Er traute seinen Augen nicht: Dort spielten zwei Matrosen ausgelassen Federball! Hotham pfiff.

»He, ihr da! Sofort mit dem Quatsch aufhören! An die Arbeit!« Die Matrosen schauten verdutzt. »Habt ihr nicht gehört? Muss ich euch erst Beine machen?!«

»Sir«, stotterte der eine, »wir ... also ... liebend gerne ...«

»Haltung annehmen!«, brüllte Hotham.

Die Männer ließen die Schläger fallen und nahmen Haltung an.

»... es ... es ist nur so, Sir, dass ... also, wir haben Pause!«

Der Vizeadmiral lief rot an. Sollte er die Taugenichtse in Arrest nehmen lassen? Er besann sich eines anderen und wandte sich erneut dem Ersten Offizier zu: »Da sehen Sie es!« Er schnaubte durch die behaarten Nasenlöcher. »Die Kerle sind nicht ausgelastet! Es ist höchste Zeit! Wir werden eine Straße bauen. Noch heute wird damit begonnen! Geben Sie die nötigen Anordnungen! Hiermit ernenne ich Sie zum Bauleiter!«

Der Offizier sah seinen Vorgesetzten fassungslos an. »Sir, darf ich daran erinnern, ich bin Seemann der Königlichen Marine.«

»Soll ich Sie wegen Befehlsverweigerung vors Kriegsgericht bringen?!«

»Jawohl, Sir, ich meine, nein, Sir. Selbstverständlich. Wir fangen noch heute mit dem Bau der Straße an.«

»Na also ... und wie war das vorhin mit dem jungfrauenreinen Wasser? Das war doch eine Fantasie?«

»Sir, nie würde ich mir erlauben, Seemannsgarn ... nein ... die Franzosen ... sie haben Wasser gefunden und bauen bereits eine Leitung nach Neu Vichy! Und wir helfen ihnen dabei auch noch.«

Hothams Gesichts hellte sich auf.

»Sir, mit Verlaub, habe ich mich deutlich genug ausgedrückt?«

Der Vizeadmiral winkte väterlich ab. »Lassen Sie es gut sein, keine Aufregung. Wollen Sie einen Schluck Whiskey? Ein schottischer übrigens ... die Schotten, störrisch, aber vom Brennen verstehen sie etwas ... ach ja, die Franzosen ... Neu Vichy ... hehe, herrlich, finden Sie nicht auch?«

Er reichte dem verdutzten Offizier ein Glas, goss sich selbst auch eines ein und prostete dem anderen zu: »Cheers!«

Hotham trank, der Erste Offizier starrte ihn an.

»Was ist?«, fragte der Vizeadmiral. »Hat es Ihnen die Sprache verschlagen? Ich will Ihnen sagen, wie ich über die Sache denke: Wir spielen dieses Spiel einfach mit! Keine Ahnung, was Earl Grey und die hohen Herren in London sich so denken, in ihren nebelfeuchten Hirnwindungen ... Das bleibt jetzt aber unter uns, verstanden? Also, wenn Sie mich fragen – Sie fragen mich zwar nicht, aber ich bin ja der Vizeadmiral und darf deshalb auch einmal ungefragt meine Meinung äußern –, also, sollen die Franzosen doch ihr Neu Vichy haben! Sie haben Wasser gefunden? Umso besser für uns. Müssen wir die schweren Fässer nicht mehr von Malta herschaffen und zur anderen Inselseite schleppen. Und den Rest besorgen wir in Gottes Namen auch noch. Wir schaukeln das Kind, deichseln die Chose, wie immer Sie wollen. Noch vor Einbruch des Winters muss Neu Vichy in den wichtigsten Gebäuden stehen und die Versorgung sichergestellt sein. Die bekloppten Franzosen sollen dort baden und kuren und zechen und meinetwegen auch Bordelle eröffnen ... Alles nicht unser Bier! Wir sind hier nur die Handlanger, und auch wenn sie Verrückte heranschippern, die sich partout ins kalte Wasser stürzen und zwischen dampfenden Schwefellöchern promenieren wollen – gut! Sollen sie! Wir machen unseren Job, und spätestens im Frühjahr, vielleicht sogar schon vor Weihnachten, erhalten wir Order aus London, dass wir abziehen können, nach Hause, back to England. Weihnachten bei der Familie, verstehen Sie? Und was die hier auf diesem gottverlassenen Eiland weiter treiben, soll nicht unser Problem sein. Graham Island ist jedenfalls britisch, davon zeugt der Union Jack dort oben auf dem Hügel. Und wenn die Franzosen hier ein paar Touristen beherbergen ... ja und? Britische Gastfreundschaft, würde ich sagen. Wir können sie notfalls mit Bajonetten ins Wasser jagen oder ihr jämmerliches Schiff mit ein paar Flankenschüssen auf den Meeresgrund schicken, wenn die Kerle dort drüben einmal nicht Acht geben. Wir haben die Oberhand. So, und jetzt Schluss mit dem Sermon. An die Arbeit! Ich zähle auf Sie!«

»Jawohl, Sir!« Der Erste Offizier schlug die Hacken zusammen und verließ das Zelt.

Hotham wandte sich wieder der Bestellliste der Franzosen zu. »Sämtliche Werke Sir Walter Scotts, in Leder gebunden«, las er. Waren die völlig übergeschnappt? Was wollten denn Franzosen mit den Werken Scotts? Und wieso ausgerechnet Scott? Er selbst schätzte Johnson und Defoe weit mehr. »Scott!« Er schüttelte missbilligend den Kopf und setzte sein Kürzel hinter den Posten. Sollten die auf Malta schauen, woher sie die Schwarten bekämen! Wahrscheinlich musste man das Zeug aus Edinburgh heranschaffen lassen. Nicht sein Problem!

Hotham faltete den Bogen, schrieb ein paar Zeilen dazu, adressierte und siegelte ihn und läutete seinem Adjutanten.

»Wann kommt das nächste Transportschiff aus Malta?«

»Sollte heute schon eintreffen, Sir, spätestens aber morgen.«

»Gut. Hier noch eine erweiterte Liste für Baumaterial und Sonstiges. Unsere Leute auf Malta müssen notfalls zwei oder drei Schiffe pro Woche herschicken. Oberster Befehl aus London! Koste es, was es wolle!«

»Sir, erlauben Sie mir eine persönliche Meldung.«

»Ja?«

»Ich war vorhin auf dem Schiff. Es geht um diesen Amerikaner, Newman. Als ich an seiner Arrestkajüte vorbeikam, fand ich diesen Zettel – offensichtlich aus seinen Notizen gefallen. Sir, wahrscheinlich nur das Geschreibsel eines überspannten Zivilisten, dennoch meine ich, Sie sollten –«

Der Vizeadmiral las halblaut das Bleistiftgekritzel: »Meuterei! Wird der Schotte neuer Machthaber? Gelingt der Putsch? Putschversuch geglückt! Ein Schotte ist Gegenkönig auf Ferdinandea!«

»Sir«, schaltete sich der Adjutant ein, »ich finde, wir sollten keine Zeit verlieren. Was immer da drüben vor sich geht, der Bogen ist meines Erachtens überspannt. Wir sollten endlich zu den Waffen greifen und die Kerle –«

»Halten Sie den Mund!«, herrschte Hotham ihn an. »Ihre Meinung zählt hier nicht! Das ist das Geschreibsel eines Fantasten, eines Tollhäuslers. Egal. Der Amerikaner ist auf dem Schiff gut arretiert und kann keinen Unsinn mehr verbreiten. Und außerdem: Sollen die Franzosen meinetwegen rebellieren und Revolution spielen – das sind wir von ihnen gewohnt! Wir werden sie in Schach halten, auf kleiner Flamme köcheln lassen! Beobachten, nicht mehr! Ein Schotte! So ein Unsinn! Was wohl Louis Philippe, dieser ›Bürgerkönig‹ mit seinen faltigen Hosen, dazu sagen würde? Unsinn all das! Verkomplizieren wir die Sache nicht! Wir füttern die Franzosen weiter tot und hoffen, bis Weihnachten wieder zu Hause zu sein! Und jetzt an die Arbeit!«

»An die Arbeit?«

»Ja, wenden Sie sich an den Ersten Offizier. Der besitzt Instruktionen!«

Der Adjutant salutierte und schlug verunsichert die Augen nieder.

»Vertrauen Sie mir. Ich habe alles im Griff! Wir sind dabei, eine großartige Schlacht zu schlagen.«

Die Augen des Adjutanten funkelten. »Also doch? Zum Ruhme Englands und des Königs in die Schlacht?«

»Ja!« Hotham schlug dem Adjutanten väterlich auf die Schulter. »Aber eine ganz andere Schlacht, als Sie sich denken können! Eine Schlacht, die mit Schläue geführt wird, eine Schlacht, die sich zwischen Palmen und Hibiskushecken, an schönen Kurpromenaden und in adretten Badehäusern abspielen wird.«

Der Adjutant machte ein enttäuschtes Gesicht.

»Kopf hoch. Wird schon. Das nennt man Strategie. Moderne Kriegsführung. Ein Schachspiel um Graham Island, wenn Sie so wollen. Mit einem englischen und einem französischen König, Läufern in den Farben der Trikolore, Springern mit dem Union Jack ... Nur, wer die Damen darstellen soll, ist mir noch ein Rätsel! ... Vielleicht könnten wir den Amerikaner in ein Kleid stecken?«

~ ~ ~

Die Damen waren bereits an Land. Durch Paravents vor Männerblicken beschützt, nahmen Pauline de Chermette und Ophelia Grey ein Bad in großen Zubern. Das Wasser, über einem offenen Feuer erhitzt, stammte aus der frisch entdeckten Quelle. Lady Grey hatte etwas Bergamotte-Öl hinzugegeben.

»Puuh, Ophelia, immerzu Bergamotte. Findest du nicht, wir könnten einmal etwas anderes an uns lassen?«

»Ich verstehe dich nicht. Das ist doch gut. Sogar im Tee schmeckt es.«

»Ganz England trinkt das. Was zu viel ist, ist zu viel. Und dann dieses ›Mystère de la Sicile‹! Das ist doch inzwischen abgeschmackter als Kölnischwasser.«

»Pauline, sei froh, dass wir überhaupt so etwas wie Badezusatz haben. Ich hätte auch Schwefel nehmen können. Viel mehr hat die Insel ja nicht zu bieten.«

»Noch nicht. Das Breakfast mit Sir Walter war jedenfalls ein fulminanter Beginn. Neu Vichy mag noch etwas rustikal sein, aber gerade der Charme des Urtümlichen spricht unsere überreizten Nerven an.«

»Ich wüsste da noch andere Reize«, gluckste Lady Grey.

Pauline hob scherzend den Zeigefinger: »So kenne ich dich gar nicht. Ein Anflug von Frivolität? Ist das die südliche Sonne?«

Lady Grey errötete. »Vielleicht auch der Charme der Franzosen.«

»Das ist doch gar nichts«, sagte Pauline, »verglichen mit dem Feuer gewisser Sizilianer.«

»Du meinst den jungen Burschen aus der Pension?«

Pauline schmunzelte vieldeutig.

»Sag, Pauline, unter Freundinnen ... hast du ... ich meine ...«

»Es gibt Dinge im Leben einer Frau, die wird sie nicht einmal ihrer besten Freundin erzählen.«

Pauline holte tief Luft und tauchte ganz in dem öligen Wasser unter. Sie dachte daran, wie sie vor wenigen Stunden gestaunt hatte, als unten am Pier ein Fischkutter aus Sciacca angelegt hatte und der deutsche Professor, der Maler, das deutsche Fräulein und die beiden französischen Gelehrten an Land gegangen waren. Und ... Angelo! Er hatte an ihr vorbeigehen müssen, denn sie war am Ende des Stegs gestanden. Er hatte die Augen niedergeschlagen und kein Wort gesagt ...

»Pauline!«, hörte sie undeutlich durchs Wasser und tauchte wieder auf.

»Mein Gott, Pauline, ertrinke mir nicht!«

»Unsinn. Und wenn schon, dann im Meer. Ich habe übrigens vor, morgen als erster Kurgast die Badesaison am Strand zu eröffnen.«

»Du willst ins offene Wasser gehen? Vor allen Leuten?«

»Nicht vor allen Leuten. Dieser Graziani hat mir vorhin gestenreich erklärt, dass nun auch ein Badewagen gezimmert ist. Man wird darin ein Stück ins Meer geschoben und kann auf der Hinterseite des Karrens – vor Blicken geschützt – bequem ins Wasser steigen.«

»Du wirst ertrinken!«

»Keine Sorge. Ich lasse mich an ein Seil binden.«

»Du wirst mitsamt dem Seil ertrinken!«

»Ich werde um Hilfe rufen, und ein Engel wird mich retten!«

Auf der anderen Seite der Paravents war ein verlegenes Hüsteln zu hören.

»Meine Damen«, sie erkannten die Stimme Paul de Caillacs, dem sie zu ihrer großen Überraschung in Neu Vichy wiederbegegnet waren. »Bitte verzeihen Sie die Störung. Ich beabsichtige, hier auf der Herrenseite des derzeitig noch unfertigen Kurhauses ebenfalls ein Bad zu nehmen. Ich bitte das nicht als Ungehörigkeit zu interpretieren, aber gewisse Umstände gebieten es ... Umstände, die im medizinischen Bereich liegen.«

Lady Grey blickte empört, Madame de Chermette kicherte.

Man hörte, wie Badeknechte Wasser in einen Zuber gossen.

»Lassen Sie sich um Himmels willen nicht stören«, fuhr Caillac umständlich fort. »Ein richtiger Kurbetrieb wird noch weit mehr Gäste an Land spülen, wenn Sie mir dieses Bild erlauben. Auch mir liegt daran, das heilkräftige Wasser von Neu Vichy zu nutzen, weniger um der Schönheit willen, wie es die Damen wohl tun mögen, als vielmehr, um die Gebrechen eines alternden Körpers hoffentlich in die Schranken zu weisen.«

Caillac hüstelte nervös, dann hörten die Damen, wie er in den Zuber stieg und sich mit einem Laut des Wohlbefindens plätschernd niederließ.

»Himmel, tut das gut!«, hörte man ihn sagen. »Hoffen wir auf ein Einsehen von Mutter Natur, dem schwachen Leib wieder aufzuhelfen.«

»Was versteht er unter ›aufhelfen‹?«, flüsterte Lady Grey ihrer Freundin zu.

Pauline hielt die Hand vor den Mund, um nicht laut aufprusten zu müssen. »Ophelia«, kicherte sie, »vielleicht hat dieses Wasser ja noch ganz andere Wirkungen, als wir gegenwärtig zu erträumen wagen.«

»Was meinst du damit?«

»Hast du noch nie vom Jungbrunnen gehört?«

Lady Grey schlug die Hand vor den Mund.

»Und vielleicht«, fuhr Pauline fort, »wirkt das Wasser ja nicht nur stimulierend auf Menschen, sondern auch auf Engel.«

Engelskunde und Inselsegnung

Was wissen die Menschen schon von Engeln? Gelehrte Doctores der Theologie haben sie beschrieben und neun Ordnungen zugewiesen: Erzengel, Seraphime, Throne, Gewalten und dergleichen mehr. Lichtgestalten seien sie, Sphärenwesen, die sich in der Liebe Gottes wie an einer Flamme verzehren.

Anton Raphael von Kupffer wusste weniger als die Gelehrten – und doch mehr: weil er liebte. In der reinsten Form, deren Menschen fähig sind: weil er unglücklich liebte, einseitig begehrte. Weil sich die Schönheit, die er abzubilden versuchte, ihm entzog. Und weil er ahnte, dass seine Kunst – ein Menschenwerk – sterblich war; nach fünfhundert Jahren vergessen, nach tausend zu Staub und Moder zerfallen.

Die Schönheit aber war unsterblich. Kupffer wusste: Sie war grausam. Sie war schrecklich. Sie machte ihn einsam und lächerlich. Wenn er an seiner Staffelei stand und Angelo, den schönen und grausamen Engel, zu malen wagte, ahnte der Maler, wie unvollkommen sein Handwerk war, wie schmal das Spektrum seiner Farben, wie begrenzt sein zeichnerischer Ausdruck. Die Schönheit erwählte und verwarf, sie erhöhte und kreuzigte, und sie tat das mit leichter Hand und lächelndem Gesicht.

Kupffer empfing Angelo mehrere Male in seinem neuen Unterschlupf, der Hütte draußen vor Sciacca. Er porträtierte ihn als geflügelten, mit einem Flammenschwert bewaffneten Wächter des Paradieses, der den Menschen den Eintritt zur Erlösung verwehrt.

Das Bild war etwa zur Hälfte ausgeführt, noch fehlte der Hintergrund, das Tor zu Eden, und auch die Beine und das Schwert waren erst vorkonturiert, da erhielt der Maler Friedrich Hoffmanns Bitte, sich einer erneuten Expedition nach Ferdinandea anzuschließen.

»Wir müssen uns beeilen«, drängte Hoffmann in seinem Billett. »Bevor die Winterstürme einsetzen, soll die Insel kartiert und beschrieben sein. Und Ihre Zeichnungen und Aquarelle, lieber Freund, sind für einen abschließenden Forschungsbericht unabkömmlich. Ein Prachtband schwebt mir vor, ähnlich der ›Relation historique‹ meines verehrten Lehrers Alexander von Humboldt.«

Kupffer hatte seine Arbeit ungern unterbrochen. Er mochte Hoffmann und wollte ihm die Bitte nicht abschlagen. Den »Wächter des Paradieses« hatte er in Rupfen eingeschlagen und mit nach Ferdinandea genommen. Er wollte die abendlichen Stunden nutzen, das Bild zu vollenden. Ihm grauste jedoch vor dem stumpfsinnigen Abzeichnen von Kalk- und Sinterformationen, Schwefel- und Salpeterausblühungen und was dergleichen die Insel an ungestalter Natur ausgespien hatte. Kunst, so dachte er jetzt wieder, als er vor der Staffelei stand und an einem Hügelprofil Ferdinandeas arbeitete, sollte den Menschen zum Mittelpunkt haben ...

»Sir, gehen Sie aus dem Weg! Eine Baustelle ist keine Kurpromenade.« Kupffer fühlte sich von zwei starken Arbeiterhänden beiseitegeschoben. Ein anderer Arbeiter packte die Staffelei und trug sie zehn Schritte weiter in ein Geröllfeld.

»Meine Herren, so geht das aber nicht!«, versuchte Kupffer sich zu wehren. »Sie verändern die Perspektive! Es stimmt ja nichts mehr!«

Die englischen Arbeiter beachteten den Maler nicht weiter. Sie schleppten Balken und Bretter, fuhren in Schubkarren Schutt weg. Sie ebneten den Boden und begannen, die Straße, die hier entstehen sollte, mit feinen Kieselsteinen einzubetten. Ein Provisorium, das nur den Winter über halten sollte. Im nächsten Jahr wollte man – so versprach Vizeadmiral Hotham – mehrere Ladungen bester Pflastersteine aus England herbeischaffen. Denn, so versicherte er in einem schwülstigen Schreiben an Derussat, die englische Regierung habe allen Anlass, die friedlichen Absichten der Franzosen zu fördern. Es gehe nicht nur um einen Kurort zum Wohle der leidenden Menschheit. Vielmehr sei das der erste Schritt zur Befriedung der lange Jahrhunderte unsinnig zerstrittenen europäischen Nationen, der erste Spatenstich zur Errichtung eines gemeinsamen europäischen Hauses!

»Weiche die Rüstung dem Friedensgewand und der löblichen Handlung der Lorbeer!«, so schloss Hotham mit einer Sentenz Ciceros. Derussat las den Brief beim vormittäglichen Appell der französischen Mannschaft vor. – Die englischen Arbeiter hatte die Friedensbotschaft nicht erreicht. Sie schufteten bereits seit sechs Uhr morgens und gönnten sich keine Pause.

»Ah, Monsieur de Kupffer!« Der Maler wandte sich um. Es war Paul de Caillac. »Genießen Sie auch die frische, heilkräftige Luft, den Odem Gottes in der Natur?«

Kupffer räusperte sich und legte sein bestes Konversationsfranzösisch zurecht: »Es freut mich, Sie in so aufgeräumter, poetischer Laune anzutreffen.«

»Ist dies nicht«, fuhr Caillac leutselig fort, »ein hübsches Fleckchen Erde? Ich meine, die Kargheit, die ein Fremder hier auf Giulia bemängeln könnte, ist ja nur vordergründig. Wir Giulianesen hingegen«, der Botschafter wies mit der Hand einen weiten Bogen über Baustelle, Hügel und Meer, »sehen uns durch die harte Pionierarbeit zusammengeschweißt, in der Idee eines künftigen Jungbrunnens Europas verbunden und in Menschenliebe einander zugetan! Ist's nicht so?«

Zwei englische Arbeiter mit vollen Schubkarren hasteten schwitzend und fluchend vorüber. Kupffer sah den Franzosen ratlos an.

»Nehmen wir ein Beispiel«, fuhr Caillac unbeeindruckt fort, »ich selbst, ein nicht mehr junger Mann, aber auch noch nicht in einem Alter, in welchem man den Freuden des Lebens abschwören wollte, also, ich meine ... Sie verstehen mich?«

Kupffer schwieg.

»Der Körper«, Caillac war von seiner eigenen Rede ergriffen, »ist ja keineswegs ein faulendes Gefängnis der Seele, wie in alten Zeiten behauptet wurde. Oh nein! Der Körper ist etwas Wunderbares. Eine Maschine, von Gott erschaffen, mag sein, aber auch ein Automat hat seine Schönheit. Doch was ist, wenn eine Maschine schlecht gewartet wird? Wenn nicht die nötigen regelmäßigen Kontrollen durchgeführt werden?«

Der Botschafter sah Kupffer fragend an. Der zog die Schultern hoch.

»Ist doch klar: Der Automat begeht Fehler, im schlimmsten Fall versagt die Mechanik, die Apparatur steht still. Und ähnlich verhält es sich mit dem menschlichen Körper! Ich weiß aus eigener, leidvoller Erfahrung, wovon ich spreche! Zu lange empfand ich es als Selbstverständlichkeit, dass mein Körper funktioniert. Bis ein sogenanntes ›Herrenleiden‹ mir in den angeblich besten Jahren vor Augen führte, wie anfällig diese physische Apparatur ist, komplizierter und anfälliger als ein feines Uhrwerk! Ölen wir ein Uhrwerk nicht beständig? Reinigen wir es nicht von Schmutz und Staub? Und unseren Körper? Wie misshandeln wir ihn! Führen ihm Gifte zu, Alkohol, Tabak, entziehen ihm leichtfertig den Schlaf, lassen ihm nicht genug Bewegung zukommen. Und die Folge? Der Apparat fängt an zu stottern, versagt gar seinen Dienst, und das in einem Alter, wo der Geist meist noch zu Höchstleistungen – «

»Platz da!« Das war Graziani. Die Messingknöpfe seiner Fantasie-Uniform blitzten in der Sonne. »Meine Herren, Sie behindern das Baugeschehen!« Er winkte zwei Arbeitern, die Pflöcke schleppten. »Da, da und dort! Und so fort, alle zehn Schritte!«

Mit wenigen Holzhammerschlägen rammten die Arbeiter entlang der künftigen Straße Pfähle in den Geröllboden. Graziani spulte eine rotgefärbte Schnur von einer Spindel und spannte sie von einem Pflock zum nächsten.

»Was tun Sie da?«, fragte Caillac entgeistert.

»Ich sichere die Baustelle! Betreten verboten. Die Arbeiten müssen ungehindert voranschreiten können! Immerhin haben wir bereits die ersten Kurgäste hier, die beiden Damen aus England und den schottischen Herrn. Und weitere sind auf der Fahrt hierher. Hörte ich munkeln.«

»Ich habe Vollmachten«, rief Caillac empört, »von Seiner Majestät persönlich!«

»Ich weiß«, antwortete Graziani, ohne von seiner Arbeit aufzusehen, »Vollmachten, Neu Vichy zu erschaffen. Eben das will ich auch. Und nun verlassen Sie das Baugelände.«

Kupffer, der die Aussichtslosigkeit seines Unterfangens einsah – ein Gesundheitsapostel und ein Baustellenleiter! –, rollte das angefangene Bild zusammen, klemmte die Staffelei unter den Arm und zog den unschlüssig dastehenden Caillac mit. »Kommen Sie«, sagte er begütigend, »plaudern wir noch ein wenig bei einem Glas Wein im neuen Kurcafé! Dort fehlen zwar noch die Fenster, aber es ist ja ein milder Tag.«

Wie alte Freunde schritten Kupffer und Caillac den Pfad zur Kurpromenade hinunter. Dort waren Arbeiter dabei, neu angelegte Wege zu harken und Oleanderbüsche und Hibiskusstöcke, die die Engländer geliefert hatten, zu setzen. Entlang der Straße wuchsen Holzhütten in die Höhe. Bei einigen waren bereits Fenster eingesetzt, auf den meisten stand schon ein Dachstuhl, ein paar Dächer waren bereits mit Schindeln gedeckt. Zimmerer sägten und hämmerten an der Schalung für die Orchestermuschel. Der Postmeister von Sciacca, so war durchgesickert, habe das Kurorchester »Polyhymnia« eingekauft, das man in den nächsten Tagen erwartete. Auch verhandele man mit sizilianischen Marionettenspielern über ein Engagement.

»Nicht vor dem Frühjahr«, hatte Caillac zu bremsen versucht.

»Aber nein«, war ihm der zufällig vorbeihinkende Sir Walter

Scott ins Wort gefallen. »Jetzt! Sofort! Ich habe mir sogar erlaubt, ein eigenes Figurenspiel zu ersinnen! ›Die Serenade‹. Hübsch in Verse und Reime gebracht. Spielt in Spanien. Eine Verwechslungskomödie, mit Gesang, Mondschein, Irrungen und Wirrungen, Liebesleid und Liebesfreud. Etwas fürs Herz, ohne allzu sentimental zu sein. Kurz: Die Puppenspieler müssen kommen!«

Das ging Kupffer durch den Kopf, als er mit Caillac in Richtung Kurcafé schlenderte.

Der Botschafter deutete hinaus aufs Meer: »Ein Schiff! Bringt es neue Gäste?«

»Möglich«, meinte Kupffer. »Aber wo sie unterbringen?«

»Was soll die Schwarzmalerei? Das erste Hotel ist fast fertig.«

»Ich weiß nicht, ob man dieses Blockhaus ›Hotel‹ nennen darf.«

»Ich bitte Sie, Monsieur, wir sind nicht in Paris oder London. Ein Restaurant wird in wenigen Tagen eröffnet ...«

»Und wer wird kochen?«

»Der Schiffskoch der ›Gloire du Midi‹. Nein, lachen Sie nicht. Ein gar nicht übler Mann. Hat in Paris gelernt. Wollte ins Hotelfach gehen. Geriet dann wegen einer Frau – eine dumme Eifersuchtsgeschichte – auf die schiefe Bahn und rettete sich mit einer Verpflichtung von zwanzig Jahren zur Königlichen Marine. Geben Sie ihm bessere Zutaten, und er zaubert Ihnen ein fünfgängiges Menü, von dem Sie noch in Jahren träumen werden!«

»Ich hoffe, nicht in meinen Alpträumen«, lachte Kupffer.

Caillac blies verächtlich in die Luft.

Der Maler fasste ihn am Arm: »Kommen Sie, Caillac, lassen Sie uns schauen, welche Gäste das Schiff bringt: malade, mondäne oder maliziöse.«

»Oder alle drei Sorten gleichzeitig«, lachte der Botschafter.

Sie betraten den Bootssteg. An dessen Ende stand Angelo und blickte nach dem Schiff. Er wandte sich um. Kupffer versuchte zu lächeln. Angelo nickte ihm zu und blickte wieder hinaus. Der Maler stand jetzt neben ihm. Er sah in Angelos Augen einen feuchten Schimmer.

»Traurig?«, fragte er.

Angelo schüttelte missmutig den Kopf. »Es ist nur der Wind.«
Das Meer lag ruhig da. Kupffer suchte vergebens nach einem
Wort. Caillac stand zwei Schritte hinter ihnen. Kupffer hätte den
Botschafter in diesem Augenblick verwünschen mögen.

»Das ist Micheles Fischkutter«, sagte Angelo.

Caillac schaltete sich ein: »Fischer? Was machen die in französischem Hoheitsgebiet? Verpesten mit ihrer stinkenden Ladung
die heilkräftige Luft von Neu Vichy!«

Kupffer wandte sich um: »Die kommen nicht vom Fang. Sicherlich bringen sie Gäste. Vielleicht sollte man Derussat Bescheid
geben?«

Caillac nickte und ging den Steg zurück. Die »Marina« war
keine Viertelstunde mehr entfernt. Nicht lange, dann würden sich
Schaulustige einfinden. Kupffer hatte ein Knäuel wirrer Gedanken
im Kopf. Er wollte auf das noch unfertige Porträt zu sprechen kommen, auf Angelos Schönheit, auf die Unsterblichkeit, die er dem
Jungen leichtfertig versprochen hatte. Auch auf die Endlichkeit
aller Schönheit, auf die Endlichkeit der Kunst, einer von Menschen erdachten, hilflosen Geste ... Er fühlte einen stechenden
Schmerz über dem rechten Auge, schloss die Lider und drückte
den Zeigefinger darauf. Das Pochen ließ nach.

Angelo unterbrach das quälende Schweigen: »Sind Sie auch
traurig?«

Kupffer öffnete die Augen und sah, dass der Bursche ihm ein
Taschentuch anbot. Schreiend flog eine Möwe knapp über sie hinweg.

»Und du?«, fragte der Maler im Gegenzug.

»Was soll mit mir sein?« Angelos Gesicht verfinsterte sich
erneut. »Hier, nehmen Sie.«

Kupffer drückte sich das Tuch an die Brust.

»Was bedrückt dich?«

Angelo starrte in die Ferne. Seine Lippen bewegten sich, form-
ten aber keine Worte.

»Hat es mit dem Fischkutter dort zu tun? Willst du nach Sciacca zurück?«

»Ich will nicht zurück.«

»Bist du etwa gern auf Ferdinandea?«, fragte Kupffer ungläubig.

Angelo schüttelte den Kopf. »Ich mag die Leute hier nicht.«

»Mich auch nicht?«

»Doch. Sie kann ich leiden. Aber hier ... ich gehöre nicht hierher.«

»Aber nach Sciacca gehörst du doch? Zu deiner Schwester?«

Der Bursche zuckte mit den Schultern. »Ich weiß nicht. Sie ist nicht schlecht, aber sie behandelt mich wie einen Jungen. Und in ihrem Wirtshaus bin ich doch nur der Knecht.«

»Jeder fängt einmal unten an«, sagte Kupffer hilflos. Er schämte sich für diese banale Bemerkung.

»Sie auch?«

»Natürlich. Ich ging zur Schule. Dann fing ich eine Lehre an, bei einem Meister. Einfache Arbeiten ließ er mich zunächst verrichten. Aber er sah, dass ich fleißig bin und Talent habe. Und so unterstützte er mich, und ich lernte immer mehr von ihm.«

»Ich habe Ihnen doch in Sciacca Zeichnungen von mir gegeben.« Angelo blickte Kupffer an. »Haben Sie sich die angesehen?«

»Die Zeichnungen, ja ...«, Kupffer suchte nach Worten. Angelo hatte ihm am Abend vor dem Aufbruch – sie waren eben mit einer Sitzung fertig gewesen – einige Bleistiftskizzen überreicht. Die Blätter waren kleinformatig, an den Kanten eingerissen, voller Eselsohren, und Kupffer hatte kurz vor dem Zubettgehen einen Blick darauf geworfen. Es waren Skizzen von Häusern in Sciacca, von Eseln, Hunden, Katzen, auch die eine oder andere Baumstudie war darunter. Alles verriet einen zeichnerischen Blick, aber es stammte von einer Hand, die nie einen pädagogischen Hinweis erhalten hatte. Ob Talent vorhanden war? Kupffer konnte das anhand der Skizzen weder mit Ja noch mit Nein beantworten. Erst ein Unterricht würde nach einigen Monaten erweisen, was in dem Burschen wirklich schlummerte. Vor allem war das nicht nur eine Sache des Auges und der Hand, sondern des Verstandes, der Erfahrung, des Wissenshungers. Wie aber sollte ein junger Mann in dieser geistigen Ödnis seinen Hunger stillen können? Die Köpfe in Sciacca waren so trocken wie die Felder im Sommer. Angelo müsste aus diesem Einerlei heraus.

Der Maler blickte hinaus aufs Meer. Die »Marina« war ein gutes Stück nähergekommen. Jeden Augenblick konnten die Gaffer aus Neu Vichy – was für eine hochtrabende Bezeichnung für eine Ansammlung von Holzbuden, dachte er – auf dem Steg erscheinen und sie stören.

Mit einem Mal überkam Kupffer Sehnsucht. Er wollte fort von hier. Fort von der ewigen Sonne, dem vermaledeiten blauen Himmel, dem Geröll. Fort von den Verrückten, die ein Eldorado gefunden zu haben glaubten, obwohl sie sich nur in Schmutz und Staub und windschiefer Ärmlichkeit bewegten. Vor seinem inneren Auge sah er plötzlich eine deutsche Landschaft: Unten im Tal lag ein verwinkeltes Fachwerkstädtchen, die Schieferdächer glänzten blau, in den Ställen der Ackerbürger muhten Kühe und gackerten Hühner. Er glaubte den Duft von Tannennadeln zu riechen, von blühendem Holunder, von gemähtem Gras. Und er sah ein paar Mädchen, die an einem Ziehbrunnen ihre Eimer mit klarem Wasser füllten und dabei ein Lied sangen. Es waren deutsche Verse. Das Herz zog sich ihm in schmerzlicher Wonne zusammen. Er drückte Angelos Tuch noch fester an die Brust.

»Ist Ihnen nicht gut?«, hörte er Angelos besorgte Stimme.

Kupffer fragte unvermittelt (später erst wunderte er sich über die Worte, die sich ohne seinen Willen geformt hatten): »Magst du mit mir nach Deutschland gehen? In die Lehre?«

Angelo sah an ihm vorbei, sein Blick verengte sich, als schaute er in eine weite Ferne. Leise sagte er: »Ja.«

Kupffer konnte gerade noch lächelnd nicken, da kamen schon die Ersten mit Geschrei angerannt.

Wenige Minuten später ankerte die »Marina«. Michele stand breitbeinig an der Reling und warf Angelo ein Tau zu: »Da, Kleiner, dass du das Arbeiten nicht verlernst!«

Derussat, Caillac, Hoffmann und Graziani waren zur Stelle. Caillac, der den sizilianischen Dialekt nur schwer verstand, bat Graziani: »Fragen Sie den guten Mann, wie es mit Gästen aussieht!«

Michele grinste. »Meine Frau hat in ihrer Pension alle Zimmer vermietet. Der Laden brummt. Im Wirtshaus biegen sich die Tische. Wir haben Leute einstellen müssen, um den Betrieb zu schmeißen ... nachdem du«, er blickte strafend auf Angelo, »dich aus dem Staub gemacht hast.«

»Und wollen diese Leute nach Neu Vichy?«, ließ Caillac fragen.

»Na klar«, antwortete Michele aufgeräumt. »Sie haben ja nicht zum Spaß so weite Wege auf sich genommen. Bis aus England, aus Frankreich, aus Österreich und Deutschland sind sie gekommen. Sogar ein Baron aus Moskau ist dabei. Der trägt sogar jetzt in der Wärme einen Zobel!«

»Und warum hast du diese Leute nicht mitgebracht, Michele?«, fragte Graziani ungeduldig.

»Na, Entschuldigung, erstens sind die bei uns gut untergekommen. Und zweitens muss ich ja erst schauen, wie es hier auf dem Schutthaufen so geht und steht.«

»Halt den Mund!«, fauchte Graziani. »Wie soll es schon stehen? Es steht bestens! Wir sind bereit! Hotel, Kaffeehaus, Kurhaus und Orchestermuschel sind fertig ... beinahe jedenfalls! Also schaff die Gäste ran, aber zackzack!«

»Schon gut«, beschwichtigte Michele. »Übrigens habe ich ein paar Briefe mitgebracht. Der hier«, er reichte Graziani ein versiegeltes Schreiben, »ist für Sie!«

Graziani erkannte das Siegel König Ferdinands und brach in Schweiß aus.

»Bis wann können Sie die Gäste hierherbringen?«, fragte Hoffmann.

»Meinetwegen schon morgen«, meinte Michele etwas kleinlaut, »obwohl ... das wird meiner Frau gar nicht passen.«

Graziani hatte sich wieder gefasst: »Überlass das Denken

anderen! Hol die Gäste her! Und jetzt zu deiner Ladung: Du hast ja wohl nicht nur Post dabei?«

Michele zeigte wortlos hinter sich. Dort standen vier abgerissene Gestalten. Einer trug an der Hüfte eine Trommel, ein anderer hatte eine Fiedel unter den Arm geklemmt, ein Dritter hielt in der Hand eine zerbeulte Trompete, dem Vierten hing über der Schulter ein Hackbrett.

»Was sind denn das für Schießbudenfiguren?«, fragte Graziani entgeistert.

»Das, mein sauberer Herr aus dem sauberen Neapel«, giftete Michele ihn an, »ist das bestellte Orchester!«

»Aha«, sagte Graziani. Vor lauter Schrecken entging ihm, dass ein Fischer den Gouverneur beleidigt hatte. »Na dann ... sollen sie mal an Land kommen.« Er machte eine einladende Geste. »Aber zuerst soll der Schiffsarzt sie untersuchen. Wir wollen uns nicht Pest und Cholera nach Neu Vichy einschleppen lassen.«

»Und Läuse und Flöhe«, hörte man im Hintergrund Else von Göchhausen rufen. Sie war à la mode antik gekleidet: Ein einfaches, knapp unter der Brust gegürtetes weißes Kleid fiel gerade an ihr herab, kleine Puffärmelchen zierten es. Das Fräulein trug Spitzenhandschuhe und drehte recht graziös ein Sonnenschirmchen.

Hinter ihr brummte ein schwarzbärtiger, untersetzter Matrose: »Läuse und Flöhe? Die haben wir seit Marseille, groß wie Fingernägel!«

Else von Göchhausen war geneigt, ohnmächtig umzusinken, unterließ es aber, als sie merkte, dass keiner Notiz von ihr nahm. In diesem Augenblick nämlich ging ein Ah und Oh durch die Menge. Hinter der Tschuschenkapelle war ein weiterer Besucher an der Reling erschienen, in vollem Ornat, in der Hand den Weihwasserschwengel: Don Sebastiano grüßte seine Schäfchen, auch die »katholischen französischen Brüder«, wie er sich feierlich ausdrückte, und begann, den Bootssteg und die Wartenden mit gesegnetem Nass zu besprengen. Die Franzosen und Sizilianer gingen wie auf Kommando auf die Knie und falteten die Hände.

»Was soll das?«, fragte Hoffmann.

Don Sebastiano zog es vor, auf diese einfältige Frage eines der lutherischen Abgötterei anhängenden Mannes keine Antwort zu geben und verpasste auch ihm ein paar Spritzer.

»Der Herr segne diese Insel und alle, die darauf Heilung von ihren mannigfaltigen Leiden suchen«, rief der Geistliche in einem pseudo-gregorianischen Singsang. Als er glaubte, genug Weihwasser versprengt zu haben, stellte er den Kessel ab und spulte in bester Aussprache ein paar englische Sätze ab, die er sich seit Tagen zurechtgelegt hatte: »And now, where is the famous Gentleman, the divine poet from Scotland? I already had the honour to become acquainted with him in the ›Seamaiden‹! Lead me to his room, I intend to have some nice conversation about his novels!«

Die noch immer Knienden glaubten ein lateinisches Gebet zu vernehmen. »Amen!«, scholl es aus rauen Männerkehlen.

Vulkanisten, Neptunisten und die pflichtvergessene Jugend

ALS ECKERMANN ERWACHTE, glaubte er, ein Mühlstein schleife in seinem Schädel. Der verdammte Wein vom Stein! Die verfluchten Konversationsabende! Immer wenn der Alte sich mit der Bouteille seinem, Eckermanns, Noppenglas näherte, legte der abwehrend die Hand darauf. Und immer fragte der Alte dann unwirsch, fast im Befehlston: »Will Er mir beim Trinken nicht Gesellschaft leisten?! Ist das eine Art?!« Wie Eckermann die altbackene Anrede in der dritten Person hasste! Aber der Alte liebte solch verquaste Förmlichkeiten. Und so zog Eckermann die Hand vom Glas zurück und sah bekümmert zu, wie es sich mit dem schweren goldenen Wein füllte.

Eckermann spielte das Spiel mit. Notgedrungen. Es galt ja, möglichst viel Buchenswertes aus dem Alten herauszulocken, ihn bei redseliger Laune zu halten, nur damit sich die Kladden füllten, in die Eckermann noch in der Nacht – im Schlafgewand, am wackeligen Tisch hockend – schrieb, bevor er sich zu seiner Bettstatt schleppte und in einen schweren, traumlosen Schlaf fiel.

Anderntags hieß es dann zum Diktat antreten. Der Alte erledigte seine Korrespondenz, die in alle Welt, bis nach Schottland, Russland und Amerika reichte, stets am frühen Vormittag. Dabei ging er, die Arme auf dem Rücken verschränkt, in einen weißen Flanell-Morgenmantel gehüllt, langsam im Arbeitszimmer auf und ab, sechs Schritte hin, sechs zurück – niemals sieben oder fünf (wie Eckermann diese abgezirkelte Genauigkeit verachtete!) –, und diktierte flüssig seine Briefe – in einem druckreifen, hochstilisierten Deutsch. Eckermann beneidete den Alten um diese Fähigkeit und hasste ihn dafür zugleich. Es war der stumpfe Hass des Mindertalentierten, der sich alles mühselig hatte aneignen müssen, dem nichts zugefallen war und der es dennoch nie bis zur Meisterschaft brächte.

Eckermann setzte sich auf, stierte ein paar Sekunden blöde auf den blauen Himmel vor dem Fensterchen seiner Dachkammer und sprang nach einem Blick auf die auf dem Nachttisch liegende Taschenuhr – ein Geschenk seiner Braut Hanne, die bereits seit dreizehn Jahren auf die Hochzeit wartete – aus dem Bett. Der leere Nachttopf fiel um und kollerte durch den Raum. Eckermann fluchte, hinkte – sein rechtes Bein war eingeschlafen – zur Waschkonsole und betrachtete die kaputte Fassade, die tags zuvor noch sein Gesicht gewesen war.

Rasch rasierte er sich, sprang in die Kleider vom Vortag, fuhr mit dem Kamm durch das schulterlange, strähnige Haar, griff zur Schreibmappe und rannte aus der Kammer. Die Notizen vom Vorabend würde er nachmittags ausformulieren, bevor es abends wieder zur Konversation ging, bei schwerem Wein. Manchmal waren auch die hysterische Schwiegertochter des Alten und ihre verzogenen Bälger dabei. Wie ihn das abstieß!

Eckermann polterte die halsbrecherisch steile Stiege hinab. Die Küchentür im Erdgeschoss wurde aufgerissen. Das aufgedunsene Gesicht der Zimmerwirtin visierte ihn feindselig.

»Herr Doktor, die Monatsmitte ist vorüber und das Zimmer noch nicht bezahlt!«

»Ich weiß.«

»Ah, Sie wissen! Ist ja schön! Sie sind doch ein studierter Kopf. Also, dann wissen Sie wohl auch, dass ich Sie mitsamt Ihrem Krempel an die Luft setze, wenn ich den Mietzins bis kommenden Sonntag nicht in Händen habe!«

»Jawohl, Frau Wirtin!«

»Und noch eines: Sie wissen, dass ich Damenbesuch in meinem Haus nicht dulde. Vorgestern Abend ...«

»Vorgestern war mein freier Tag. Und da habe ich es mir mit meiner Braut etwas gemütlich gemacht.«

»So, ›gemütlich machen‹ nennt sich das! Sie beide können Ihre Gemütlichkeiten meinetwegen draußen im Wald austauschen!«

»Es goss in Strömen!«

»Mir egal, Herr Doktor! Und eines sage ich Ihnen: Ich werde Sie am Sonntag, wenn das Geld nicht da sein sollte, hinauswerfen, selbst wenn es in Strömen regnet! Dann sogar mit besonderer Wonne!«

Die Küchentür schlug zu. Eckermann verließ das Haus. Er fühlte sich wie begossen, trotz des herrlichen Sonnenscheins. Sein strähniges, fettiges Haar sah aus, als hätte ihm jemand einen Eimer Wasser übergestülpt.

Geduckt, als fürchtete er jeden Augenblick Peitschenhiebe, eilte er zum Frauenplan. Dort lag das stolze barocke Haus in gleißendem Licht. Eckermann ging zum Nebeneingang und holte tief Luft. Der Klingelzug lag bereits in seiner Hand, doch zögerte er: Wie ihm grauste!

Erst gestern hatte sich der Alte wieder lang und breit über die heutige Jugend ausgelassen und ihn, Eckermann, angehalten, »nur alles recht treulich für die Nachwelt zu notieren«. Eckermann hatte das Tintenfass aufgeschraubt, die Kladde aufgeschlagen, die Feder gezückt – »Sauber anspitzen«, hatte der Alte moniert – und in die Tinte getunkt. »Nicht zu tief! Das gibt Kleckse! Wir gedenken, den Nachkommenden reinliche Handschriften zu vererben!«. Eckermann hatte die überflüssige Tinte am Glasrand abgestreift, dann endlich konnte es losgehen, und der Alte hatte wie üblich die Arme auf dem Rücken verschränkt und andantino im Zimmer auf und ab gehend diktiert:

»›Wenn die Jugend ein Fehler ist, so legt man ihn sehr bald ab.‹ – Hat Er das?«

Eckermann hatte genickt.

»Dann weiter: ›Der Irrtum ist recht gut, solange wir jung sind; man muss ihn nur nicht mit ins Alter schleppen.‹ – Zu Papier?«

»Jawohl, Exzellenz.« Der Alte bestand auf dieser verzopften Anrede.

»Weiter: ›In der Jugend bald die Vorzüge des Alters gewahr zu werden, im Alter die Vorzüge der Jugend zu erhalten, beides ist nur ein Glück.‹ Punkt.«

Eckermann hatte einen Punkt gesetzt und aufgeblickt.

»Das genügt für heute«, hatte der Alte gesagt. »Wir fahren morgen in den ›Maximen zu den Lebensaltern‹ fort.«

Daran denkend wischte sich Eckermann die kalten Schweißperlen von der Stirn, dann zog er an der Klingel. Das Hausmädchen öffnete.

»Herr Doktor, wo bleiben S' denn so lang? Wissen S' denn, wie spät es ist? Der Herr Geheime Rat wartet schon seit einer Viertelstunde.« Sie machte eine Geste, die dicke Luft andeuten sollte. »Na, in Ihrer Haut möcht' ich nicht stecken.«

»In der stecke ich selbst nicht gern«, brummte Eckermann und nahm die Treppe in den oberen Stock. Der lateinische Gruß »Salve« war als Mosaik in den Fußboden vor der Tür eingelassen. Links standen die Dioskuren, eine Kopie nach römischem Original. Eckermann drehte den beiden Burschen eine lange Nase. Dann ging er hinein. Der Diener Stadelmann, ein stadtbekannter Suffkopf, stand im Vorraum. Seine Schnapsnase leuchtete.

Stadelmann ahmte die Stimme und Ausdrucksweise seines Herrn nach: »Erfüllte Pflicht empfindet sich immer noch als Schuld, weil man sich nie ganz genug getan.« Dann kicherte er in sich hinein und flüsterte: »Der Alte ist hinten im Arbeitszimmer.«

Eckermann ging mit strengem Gesicht an dem Diener vorbei. Er hatte keine Lust, sich mit dem Gesinde gemein zu machen.

An der Tür lauschte er kurz. Drinnen hörte er den Alten sich räuspern. Er klopfte an – zu zaghaft, wie er selbst bemerkte. Von drinnen erscholl ein lautes »Herein!«. Eckermann öffnete die Tür und machte ein schuldbewusstes Gesicht.

Zu seiner Verwunderung war Goethe in aufgeräumter Stimmung.

»Ah, Herr Doktor! Hat Er gestern den Wein vom Stein nicht recht vertragen? Sieht man Seinem Gesicht an. Vielleicht versuchen wir heute Abend den ›Winkeler Hasensprung‹? Setz Er sich nur gleich, bevor Er mir umfällt. Will Er einen Kaffee?«

Eckermann hauchte ein »ja, gerne«. Goethe rief in den Gang hinaus: »Stadelmann! Kaffee für den Herrn Doktor!«

Dann wandte er sich erneut Eckermann zu. »Ein wunderbarer Tag, nicht wahr? Im Übrigen, hat Er einmal daran gedacht, Urlaub zu nehmen?«

»Exzellenz, Sie waren vergangenes Jahr bereits so großzügig, mich als Begleiter Ihres Herrn Sohnes – Gott hab ihn selig – nach Italien in die Vakanz zu schicken.«

»Ach ja«, Goethe winkte ab, »der arme August! Aber die Natur ist ehrlich. Sie ist nicht grausam, oh nein, sie ist ehrlich. August war zu schwach, um sich den Pflichten des Lebens, dem tätigen Walten und Schalten zum offenen Kampfe zu stellen. Also hat sie ihn früh abberufen. Freilich schade für sein Weib und die Kinder, aber nun ja ... schreib Er«, der Geheimrat sah Eckermann ungeduldig an, der daraufhin die Feder zückte und sie ins Tintenfass tauchte, »schreib Er: ›Die Natur bekümmert sich nicht um irgendeinen Irrtum; sie selbst kann nicht anders als ewig recht handeln, unbekümmert, was daraus erfolgen möge.‹ – Lies Er das vor!«

Eckermann las vor.

»Gut, gar trefflich«, murmelte Goethe zu sich selbst. Dann wandte er sich wieder an den Sekretär: »Nun, die Begleitung meines Sohnes auf seiner italienischen Reise, das war wohl nichts Rechtes, ich meine, sie musste ja vorzeitig abgebrochen werden. Hatte ja wohl auch persönliche Gründe, nicht? Differenzen, nicht wahr? August war aber auch ein schwieriger Mensch. Der faule Apfel von einem gesunden Stamm. So etwas kommt in der Natur vor, öfter, als wir gemeinhin glauben.«

Eckermann nickte.

»Vielleicht sollte Er wieder einmal auf Reisen gehen«, meinte Goethe jovial. »Nach Italien?«

Eckermann bekam große Augen. »Exzellenz ... nichts lieber als das ... ich meine ... also, ich bin ...«

»Fass Er sich kurz.«

»Also, nichts lieber als das. Aber Exzellenz dürfen nicht vergessen: Ich habe Verpflichtungen, gegenüber meiner Braut, die schon seit so vielen Jahren auf eine Verehelichung hofft, vergebens, denn, Exzellenz, ohne dies als Vorwurf zu werten, meine geldlichen Ressourcen reichen nicht aus, um sie heimzuführen.«

»Geld, Geld!«, blaffte Goethe. »Die Jugend will immer nur Geld! Wo bleibt der Idealismus?«

»Exzellenz, von Jugend würde ich nicht mehr sprechen wollen. Ich bin beinahe vierzig Jahre alt, meine Braut –«

»Unsinn!«, unterbrach ihn Goethe. »Wenn man älter wird, muss man mit Bewusstsein auf einer gewissen Stufe stehen bleiben.«

Eckermann sah ihn stumm an.

»Das kann Er aufschreiben«, sagte Goethe.

»Exzellenz, mit Verlaub, das hatten wir schon einmal.«

»Ah so? Nun, man neigt im Alter dazu, Dinge, die man als richtig und ewigwährend erkannt hat, zur besseren Memorabilität zu wiederholen. – Aber nun, Herr Doktor, kommt Zeit, kommt Rat. Italien läuft nicht weg, und sicherlich findet sich für Seinen Ehewunsch noch eine Lösung. Zunächst heißt es, meinen geistigen Nachlass zu ordnen und abzurunden. Und mir bleibt nicht mehr viel Zeit ...«

Eckermann machte eine abwehrende Geste.

»... nein, nein, streit Er es nicht ab. Ich weiß es besser. Die Zeit neigt sich dem Ende zu. Und es gibt noch viel zu tun. Im zweiten Teil meines ›Faust‹ muss der Schluss nochmals überarbeitet werden. Die Erlösung im Ewig-Weiblichen, das habe ich damals noch nicht klar genug umrissen. Such Er mir das Skript heute Nachmittag heraus, ich will mich nochmals darüber machen. Aber jetzt, in den klaren Stunden des Vormittags, wollen wir die anstehende

Post erledigen. Alexander von Humboldt – und das ist die Ursache meiner heiteren Gelassenheit – hat mir aus Berlin geschrieben. Ich habe das Schreiben vorhin erhalten, als Er noch mit schwerem Kopf in den Federn lag.«

Eckermann machte eine zerknirschte Miene. Der Diener Stadelmann brachte den Kaffee.

»Hat lange genug gedauert«, tadelte Goethe.

»Verzeihung, Eure Exzellenz«, antwortete der Diener, »die Köchin hat die Dose mit dem Kaffee nicht gleich gefunden.«

»Was soll das heißen?«

»Verzeihung, Exzellenz, aber Sie selbst haben die Dose versteckt.«

»Ich soll den Kaffee versteckt haben?«

»Ja, Exzellenz, ich erinnere daran, dass letzten Monat der Kaffee offensichtlich gestohlen wurde, und dass sich Exzellenz nicht nur die Schlüssel zur Vorratskammer und zum Holzschuppen nachts unters Kissen legen, sondern dass Exzellenz auch den Kaffee verwahrt hatten.«

»Ah so, ja, Er hat recht. Und wohin hatte ich die Dose getan?«

»Sie fand sich im Juno-Zimmer, bei den Kleinskulpturen aus Italien.«

»Na ja, ein Haus verliert nichts«, sagte Goethe mit Nachdruck.

Stadelmann machte einen Diener und ging hinaus.

Eckermann fragte: »Soll ich das aufschreiben?«

»Nein, das gibt es schon. Ist eine Volksweisheit. Aber zurück zu Humboldts Brief: Er schrieb mir einen ausführlichen, hochinteressanten Bericht über eine Insel südlich von Sizilien, die vor etwa drei Monaten aus den Fluten aufgetaucht ist. – Beiläufig eine Gegend, die mir nicht fremd ist. Vor über vierzig Jahren war ich dort, auf meiner Italienreise: Messina, Palermo, Agrigent, der rauchende Ätna ... Auch in Sciacca war ich kurz, unbedeutendes Nest. Doch scheint es nun Furore zu machen ...«

Eckermann schaute blöde.

»Humboldt also«, fuhr Goethe ohne weitere Erklärung fort, »legte in Abschrift den Brief eines jungen deutschen Geologen bei

– Friedrich Hoffmann sein Name –, der dort unten weilt und das Phänomen wissenschaftlich untersucht. Die neue Insel, sie wird nach dem neapolitanischen König ›Ferdinandea‹ genannt, gibt im Augenblick gleichwohl mehr Rätsel auf, als sie preisgibt. Die Vulkanisten scheinen vordergründig recht zu bekommen. Eindeutig vulkanische Tätigkeit, die den Bergkegel aus den Tiefen des Meeres nach oben hob! Aber andererseits herrschen, so schreibt Humboldt, lockerer Mergel und Kalk vor. Vulkangestein dagegen, oder gar Basalt, nur vereinzelt. Genaueres weiß er nicht, da die Erkundungen dieses Hoffmann noch nicht abgeschlossen sind. Es stellt sich nun die Frage –«

Der Geheimrat wurde von einem lauten Klatschen unterbrochen, das durch das offene Fenster hereinhallte. Drunten im Garten hatte das Hausmädchen einen Teppich über die Stange gehängt und haute ihn mit dem Klopfer kräftig durch.

Verärgert trat Goethe ans Fenster und rief hinunter: »Kann Sie ihre Arbeit nicht anderswo verrichten?! Weiß Sie nicht, dass Wir dem Herrn Doktor diktieren?!«

Das Hausmädchen maulte irgendetwas und trollte sich davon. Kopfschüttelnd wandte sich Goethe Eckermann zu.

»Es stellt sich also die Frage, ob die Vulkanisten durch dieses Ereignis tatsächlich bestätigt werden, oder ob wegen des Mangels an vulkanischem Gestein nicht auf die Mitwirkung neptunischer Kräfte zu schließen ist. Wohl gemerkt, eine Mitwirkung, denn je länger ich über das alte Problem nachdenke, desto unwahrscheinlicher ist mir, dass die chaotischen Kräfte in der Natur immer nur auf die eine oder andere Weise walten. Jawohl, ›walten‹ sage ich, denn aus dem Chaos entsteigt die Gestalt, wird wesenhaft, erlangt Form, bis sie so weit gereift ist, dass der Mensch sich der vorgeformten Natur annehmen kann und ihr seine künstlerische Vollendung als Stempel aufdrückt.«

»Soll ich das mitschreiben?«, fragte Eckermann.

Goethe winkte ab. »Noch zu ungestalt. Wir formulieren das noch anders. Also, was Ferdinandea anbelangt –«

Stadelmann riss die Tür auf: »Verzeihung, Exzellenz, eben hat der Bote noch einen Brief gebracht.« Mit einem Diener überreichte er Goethe das versiegelte Schreiben. Schnapsdunst schwallte herüber.

»Danke. Wo sind eigentlich die beiden Knaben? Die kleine Alma habe ich bereits unten im Garten spielen sehen, aber die Knaben? Und was macht meine Schwiegertochter?«

»Exzellenz, Frau Ottilie ist mit der Köchin auf den Markt gegangen. Und die Knaben ...« Stadelmann suchte nach Worten.

»Nun, was?«, fragte Goethe ungeduldig.

»Exzellenz. Sie sagten, sie verspüren keine Lust aufzustehen.«

»Wie? Es geht schon auf zehn Uhr zu! Geh Er zu den beiden und richt Er aus: Der Großvater wünscht es!«

»Jawohl, Exzellenz!« Stadelmann hinkte hinaus.

»Seit wann hinkt er?«, fragte Eckermann.

»Ist vorgestern Nacht die Treppe hinuntergefallen, als er auf den Abort wollte. Ich hatte die Ölfunzel gelöscht. Bedauerlich für den alten Mann, aber ich muss darauf achten, dass mir die Wirtschaftskosten nicht die Haare vom Kopf fressen. Außerdem wird im Haus geklaut wie in Neapel. Apropos: Dieser Professor Hoffmann, er ...« Goethes Blick fiel auf das Schreiben in seiner Hand. »Von wem ist das eigentlich? Wo ist die Lupe?« Vergebens suchte er sie auf dem Tisch. »Lies Er mir den Brief vor.«

Eckermann erbrach das Siegel, faltete das Blatt auseinander und begann zu lesen:

»*Else von Göchhausen an den Geheimen Rat ...*«

Goethe verdrehte die Augen, was Eckermann über den Brillenrand hinweg durchaus bemerkte.

»*Eure Exzellenz! Glücklich bin ich durch Italien gekommen, glücklich auch war die Überfahrt zwischen Scylla und Charybdis hinüber nach Sizilien.*«

»Pute«, brummte Goethe.

»*Schon unterwegs hatten wir Erstaunliches von einer aus dem Meer gestiegenen Insel gehört. Ferdinandea ihr Name. Ich ließ mir die Gelegenheit nicht entgehen, nach Sciacca zu reisen, einem Städt-*

chen an der Südküste. Was für eine reizende, romantische Gegend!
Wir werden nach meiner Rückkehr noch so manchen abendlichen
Plausch bei einer Tasse Schokolade ...«

»Bäh, Schokolade! Weibergesöff!«

»... gemeinsam genießen können, und es wird viel zu erzählen
geben.«

»Ich fürchte es!«

»Inzwischen ist es mir gelungen, nach Ferdinandea überzusetzen!
Nie habe ich befremdlichere Natur gesehen! Aber es geht voran. Die
Franzosen errichten hier einen Kurort. Schon blühen Oleander und
Hibiskus, schon baden wir, wie Gott uns schuf, in dem heilkräftigen
Wasser, auch schon im Meere, und fühlen uns wie die alten Götter
Griechenlands ...«

»Es reicht!«, unterbrach Goethe Eckermann barsch. »Genug mit
dem Geschwätz! Hibiskus und Oleander! Auf einer eben erst dem
Meer entstiegenen Insel! Wo es nur Mergel, Kalk und Schwefel
gibt! Wo es noch aus den Erdspalten raucht und dampft! Wahnwitziges, vorlautes Frauenzimmer! Lästige Bremse! Soll mich in
Frieden lassen!«

Verlegen faltete Eckermann das Blatt zusammen. »Dann kann
ich den Brief also ins Archiv legen?«

»Tu Er das!«

»Und keine Antwort?«

»Nein! Die Göchhausen wird früh genug nach Weimar kommen und mich mit ihrer Schokolade und ihren Fantasmagorien
inkommodieren!«

Es klopfte an der Tür. Stadelmann trat ein.

»Verzeihen die erneute Störung, Exzellenz, aber ... die beiden
Knaben ...«

»Na, sind sie munter aus dem Bett? Schon in ihrer Studierstu-
be? Ärgern sich wohl selbst, die Sonne schon so hoch am Himmel
zu sehen?«

»Exzellenz! Ich betrete die Schlafkammer und sage: ›Aufstehen! Euer Großvater wünscht es so!‹«

»Und? Wie die Rehkitze aufgesprungen?«

»Nein. Haben sich auf die andere Seite gedreht und weiterge-schlafen.«

»Hm«, brummte Goethe und sah ratlos zur Decke. Dann sagte er: »Na, egal. Den Versuch war es wert. Er kann gehen, Stadel-mann.«

Der Diener verließ das Zimmer. Es stank nach billigem Fusel.

Goethe wandte sich wieder Eckermann zu: »Wir wollen, lieber Herr Doktor, noch ein wenig diktieren. Der Brief unseres verehr-ten Humboldt hat mich stimuliert, über die alte Vulkanisten-Neptunisten-Debatte Abschließendes zu verlautbaren.«

Eckermann tunkte die Feder ins Fass.

»Nicht zu viel, nicht zu viel! Weiß Er, wie teuer die Tinte ist?«, mahnte Goethe.

Eckermann strich die Tinte am Glasrand ab.

»Also ... schreib Er«, Goethe hatte die Arme auf dem Rücken verschränkt. Langsam ging er im Zimmer auf und ab, sechs Schrit-te in die eine Richtung, sechs Schritte in die andere. Sein weißer Flanell-Morgenmantel bauschte sich bei jeder Kehrtwende. Ecker-mann saß in gespannter Haltung.

»›Sobald man‹«, diktierte der Geheimrat, »›in der Wissenschaft einer gewissen beschränkten Konfession angehört, ist sogleich jede unbefangene treue Auffassung dahin. Der entschiedene Vulkanist wird immer nur durch die Brille des Vulkanisten sehen so wie der Neptunist und der Bekenner der neuesten Hebungstheorie durch die seinige. Die Weltanschauung aller solcher in einer ein-zigen ausschließenden Richtung befangener Theoretiker hat ihre Unschuld verloren, und die Objekte erscheinen nicht mehr in ihrer natürlichen Reinheit. Geben sodann diese Gelehrten von ihren Wahrnehmungen Rechenschaft, so erhalten wir, ungeachtet der höchsten persönlichen Wahrheitsliebe des Einzelnen, dennoch keineswegs die Wahrheit der Objekte; sondern wir empfangen die Gegenstände immer nur mit dem Geschmack einer sehr starken subjektiven Beimischung.‹ – Hat Er das?«

»Jawohl, Exzellenz!«, sagte Eckermann. »Erlauben Sie mir eine persönliche Anmerkung?«

»Ja?«

»Das ist trefflich gesprochen!«

»Ich weiß«, bestätigte Goethe.

Stadelmann polterte herein. Er war patschnass.

»Kann Er nicht anklopfen?«

»Verzeihen, Exzellenz, aber ich habe mich eben so aufregen müssen! Die Bengel! Man müsste ihnen den Hosenboden glattstreichen!«

»Nanana! Was haben sie denn angestellt?«

»Ich wollte nochmals versuchen, die Schlingel zu wecken. Drücke die Türklinke, die Tür stößt an einen Gegenstand. Ich drücke und schiebe, schiebe schließlich die Tür auf, sehe, der schwere Tisch ist dagegengestemmt. Drücke die Tür weiter auf – mit einem Mal kippt vom Türrahmen oben ein mit Wasser gefüllter Eimer, und ... da!« Stadelmann deutete mit beiden Händen auf sich. »Versohlen sollte man die Rotzlöffel, Eure Exzellenz!«

»Mäßige Er sich! Ein Bubenstreich. War Er nicht auch einmal jung?!«

Stadelmann nickte unwillig.

»Na also«, sagte Goethe streng, hob den Zeigefinger und verkündete: »›Die jungen Leute sind neue Aperçus der Natur.‹«

»Ist das wieder eine Volksweisheit?«, fragte Eckermann gelangweilt.

»Nein, das kann Er aufschreiben. Ist von mir.«

Ein philanthropischer Engel

WAS WILL DIE SCHREIBENDE ZUNFT? Der Nachwelt Bedenkenswertes und Abgeklärtes hinterlassen, damit sie es leichter habe, durch die Wirrungen des Lebens zu finden, hin zu einem höheren, helleren Sein? Oder sich im eigenen Ruhm sonnen, der Vergänglichkeit ein Schnippchen schlagen? Wohl beides. Noch dazu, wenn es sich mit dem Anspruch verbindet, der Welt die Wahrheit – selbst die ungeliebte – ins Gesicht zu schleudern. Um der Wahrheit willen ging schon mancher in den Kerker, gab seine Freiheit hin, damit die Freiheit des Wortes gewahrt blieb.

Lewis Newman war so ein Held des freien Wortes. Seit Tagen saß er in englischer Haft. Eingesperrt in einer Kajüte der »St. Vincent«, deren Bohlentür mit Eisenstangen gesichert war, kauerte der Journalist auf Stroh bei Wasser und Brot. Zwar war das Stroh in Kissen und frisches Leinenlaken gestopft, das Brot mit Fisch und Wurst belegt und das Wasser mit maltesischem Wein großzügig aufgegossen, doch verlangte die Einbildung des Märtyrers nach der Labsal der Metapher. Er hatte, um vor der Nachwelt Zeugnis abzulegen, mit einem Gefängnistagebuch begonnen, worin er weniger Erlebtes (denn er erlebte in der Zelle ja eigentlich nichts) als Gedachtes niederschrieb. Newman mühte sich mit Maximen ab, die ihn und sein Karzerdasein über die Zeiten hinweg retten sollten, und es entstanden Sentenzen wie »Frei das Wort, frei der Gedanke!«, »Die Freiheit ist alt, und der Despotismus ist

neu« oder das von Vorurteilen nicht freie Wort »Sie lispeln englisch, wenn sie lügen«. Was hätte Newman wohl gesagt, wenn
findige Philologen ihn des Plagiats bezichtigt hätten? Dabei ist
doch nichts so frei wie das dichterische Wort, und die Philologen
selbst sind Liebhaber des Geistigen, weil sie es als ihr Eigentum
betrachten und wie einen Steinbruch ausbeuten.

Newmans bittersüßes Einsiedler- und Häftlingsdasein wurde
eines Nachmittags jäh unterbrochen. Er hörte, wie jemand die
Eisenriegel zurückschob, den Schlüssel ins Schloss steckte und
umdrehte. Quietschend wurde die Tür aufgerissen, ein helles
Lichtviereck stach in Newmans Augen. Aus dem gleißenden
Rechteck löste sich ein Wesen in weißem Gewand. Er glaubte
Flügel rauschen zu hören. Vielleicht waren es auch die Wellen, die
unentwegt unter den Kiel rollten, doch die Gestalt, die vor dem
Amerikaner stand und ihn anlächelte, hatte nichts mit dem Meer
zu tun. Der Engel öffnete den Mund. Gleich würde Newman
himmlische Gesänge vernehmen ...

»Aha, da haben wir es: unwürdige Unterbringung in engsten
Verhältnissen. Mangelndes Licht. Das gilt erschwerend.«

Der Engel strich über Newmans Strohsack, roch an dessen
Teller, auf dem eine halbe Portion Fisch müffelte, und verzog das
Gesicht.

»Und unzureichende Verpflegung. Wahrscheinlich auch Läuse
und Flöhe im Stroh. Wir werden das melden!«, unterstrich der
Engel sein Vorhaben.

Hinter dem Engel hörte man Vizeadmiral Hotham kleinlaut:
»Der Strohsack ist frisch gestopft. Und das Essen ist das gleiche,
wie es die Mannschaft –«

»Ein Fraß ist das, kein Essen!«, widersprach der Engel mit che-
rubimischer Festigkeit. »Wir haben allen Anlass, diese Missstände
an die Direktion nach Berlin zu melden!«

»Nach Berlin?« Hothams Stimme wurde immer leiser. »Mistress, Sie sprachen vorhin von der Sektion in Neu Vichy, hier auf
Graham Island ...«

»Giulia«, stellte der Engel richtig.

»Oh nein«, widersprach der Vizeadmiral kleinlaut, »ich muss doch als Oberkommandierender dieses Schiffs der britischen Marine –«

Weiter kam er nicht. Der Engel hatte sich von Hotham abgewandt und blickte wieder auf den Gefangenen: »Sir, wie geht es Ihnen? Haben Sie Schmerzen? Wurden Sie gefoltert?«

Newman wunderte sich über den kontinentalen Akzent des Cherubs. Das englische Englisch ließ etwas zu wünschen übrig.

Der Engel schien in Newmans Gesicht lesen zu können, denn nun erklärte er: »Verzeihen Sie, ich habe mich noch nicht vorgestellt: Else von Göchhausen mein Name. Ich stamme aus Deutschland und halte mich zurzeit in Neu Vichy auf. Wir – die Preußische Gesellschaft der Philanthropen mit Sitz in Berlin, deren korrespondierendes Mitglied als Sächsisch-Weimarische Bürgerin ich bin – haben von diesem Fall des Freiheitsentzugs ohne gerichtliches Urteil und der Knebelung der Pressefreiheit vernommen. Ich fühle mich daher verpflichtet – auch wenn die Direktion von meiner Intervention noch nichts weiß –, die Umstände Ihrer Haft zu erkunden, nach Ihrem Wohlergehen zu fragen und darüber einen Bericht zu verfassen, der nach Berlin gehen wird und sicherlich eine Protestnote an die Regierung von England ...«

»Bitte, Mistress«, Hothams Stimme war brüchig, »bitte provozieren Sie keine diplomatischen Verwicklungen. Dieser Mann hat auf englischem Boden –«

»Giulia ist französisch«, widersprach der Engel Else mit fester Stimme.

»– er hat jedenfalls versucht, Spionage zu betreiben –«

»Habe ich nicht, Mann!«, schaltete sich Newman barsch ein. »Ich mache nur meinen verdammten Job! Und das heißt: Ich berichte für englische und amerikanische Zeitungen. Die Öffentlichkeit hat zum Teufel noch mal ein Recht, von den Vorgängen auf dieser gottverlassenen Insel zu erfahren.«

Der Engel schien angesichts von Newmans blasphemischer

Ausdrucksweise etwas indigniert: »Sir! Ich muss doch bitten! Mäßigen Sie sich!«

Der Amerikaner machte ein schuldbewusstes Gesicht, was im Halbdunkel der Zelle jedoch nicht zu erkennen war.

Else von Göchhausen wandte sich an Hotham: »Admiral, ich möchte mit dem Gefangenen fünf Minuten allein sprechen.«

»Ich wüsste nicht, was mich dazu veranlassen sollte.«

»Vielleicht, wenn ich an den Gentleman in Ihnen appelliere?«

Hotham spitzte die Lippen, schnaubte durch die behaarten Nasenlöcher, überlegte einen Augenblick, sagte dann: »In Ordnung, Mistress, aber drei Minuten müssen genügen«, und verließ die Zelle. Die Tür blieb angelehnt.

»Ich habe Ihnen hier ein Büchlein mitgebracht, zum Trost in Ihrer Gefangenschaft und zur geistigen Erbauung«, sagte Else von Göchhausen und überreichte Newman ein in braunes Leder gebundenes Bändchen im Oktavformat.

Im mageren Licht, das durch den Türspalt und eine kleine vergitterte Luke hereinfiel, entzifferte Newman laut: »Gäidichtiie fonn Goathiie«.

»Gedichte von Goethe«, verbesserte das Fräulein. »Kennen Sie die Werke unseres Weimarer Meisters? Ich wohne in derselben Stadt wie der Olympier und gehe bei ihm ein und aus. Es war mir seit je ein besonderes Anliegen, seine Schriften – es sind Werke der Weltliteratur – weiterzureichen, für sie zu werben, andere Menschen für sie zu entzünden ...«

»Mistress, was, zum Kuckuck, wollen Sie eigentlich von mir?«

»... zumal diese Werke auch einen dezidiert philanthropischen Charakter haben ...«

»Weshalb stören Sie meine Abgeschiedenheit?«

»... wie auch unsere Gesellschaft ihn zu propagieren versucht ...«

»Ich meine, Sie kommen hier mir nichts, dir nichts herein, als habe der Himmel Sie ...«

»... dabei hat Goethes Werk nicht nur einen spezifisch deutschen Kern – eines Pudels Kern, wenn Sie mir diese poetische Anspielung erlauben –«

»Von welchem Köter sprechen Sie?«

»... nein, die gesamte Menschheit, alle Völker und Kulturen, können von der tiefen Seelenkenntnis des Meisters das Ihrige für sich herausziehen und ...«

»Was faseln Sie da?«

»... an Nachkommende weiterreichen, zur Erziehung und Läuterung des gesamten Geschlechts ...«

»Mistress, sprechen Sie eigentlich nicht mit mir?«

»... nehmen wir nur ein Beispiel – selbstverständlich spreche ich mit Ihnen, deswegen bin ich ja hergekommen! –, nehmen wir also nur ein Beispiel: Goethe hat sich sogar über Amerika geäußert. Lobend geäußert! Übrigens auch etwas, was mit dieser Insel zu tun hat! Jawohl, mit ihr! Denn in einem seiner Gedichte geht es um die alte Streitfrage, ob vulkanische oder neptunische Kräfte an der Entstehung neuen Landes beteiligt sind. Hier könnte die Wissenschaft einen Schritt vorankommen, dieses uralte Schöpfungsrätsel zu lösen. Goethe hingegen, der sich sehr wohl für naturwissenschaftliche Fragen interessiert und beiläufig seinen Beitrag zur Farben- und Lichtlehre geleistet hat, Goethe also sieht das Problem weiter gefasst, nämlich als ein zivilisatorisches: Wie soll die Menschheit voranschreiten können, wenn sie immer im Althergebrachten, Überlieferten dumpf verharrt? So auch ist sein Gedicht über Amerika zu verstehen«, Else von Göchhausen klopfte Newman zutraulich auf die Schulter, »jawohl, auf Ihre Heimat, Mister, das mit den Worten beginnt«, sie positionierte sich wie eine Heldin der französischen Tragödie und rezitierte im Original:

»*Den Vereinigten Staaten.*
Amerika, du hast es besser /
Als unser Kontinent, das alte, /
Hast keine verfallene Schlösser /
und keine Basalte ...«

»Mistress, um Himmels willen, ich verstehe kein Deutsch!«

»... das macht nichts, ich habe eigens eine Übersetzung für Sie angefertigt, also:

America, your lot is better /
Than ours with all our ancient faults: /
No castle ruins there to fetter, /
And no basalts. /
Your heart keeps direction /
Mid your quivering life: /
No vain recollection, /
No profitless strife. //
Employ with skill your present days, /
And when your sons seek poet's glories, /
May kindly fate preserve their lays /
From mysteries and pale ghost-stories.«

Von draußen hämmerte eine Faust an die Tür. »Mistress, die Zeit ist um.«

»Einen Augenblick noch«, rief Else von Göchhausen über die Schulter.

»Na, hat es Ihnen gefallen?«, fragte sie Newman. »Passen Sie auf, ich unterbreite Ihnen einen Vorschlag: Ich werde Sie von nun an jeden zweiten Tag besuchen, und wir werden gemeinsam das Büchlein lesen.«. Dabei deutete das Fräulein auf den Oktavband in Newmans Händen. »Ich werde Ihnen die Gedichte in Ihre Muttersprache übersetzen, und wir werden beide durch den Adel der Gedankenwelt des Meisters zu besseren Menschen heranreifen!«

Newman war aufgesprungen. Else von Göchhausen breitete in Erwartung der philanthropischen Verschwisterung die Arme aus.

»Mistress«, flüsterte Newman hastig, »hier, ein Brief an die amerikanische Regierung in Washington. Bitte, ich flehe Sie an, expedieren Sie das Schreiben irgendwie dorthin, vielleicht über die Redaktion des ›Baltimore Chronicle‹!«

Else von Göchhausen nahm halb entrüstet, halb wonnevoll wahr, dass Newman ihr ein zusammengefaltetes Blatt Papier in den Ausschnitt schob. Dessen Kante kitzelte angenehm an ihrem Busen. »Ich muss doch ... protestieren!«, hauchte sie.

In diesem Augenblick riss Hotham die Zellentür auf und sagte laut: »Verzeihen die Herrschaften, aber die Besuchszeit ist um. Darf ich bitten, Mistress?« Er machte eine ausladende Geste, die Zelle zu verlassen.

Else von Göchhausen tat zwei Schritte zur Tür und sagte zu Hotham: »Admiral, wir, die Preußische Gesellschaft der Philanthropen, erwarten von Ihnen, dass der Gefangene in Zukunft besser untergebracht und behandelt wird. Ich selbst werde die Angelegenheit kontrollieren und nötigenfalls auch einen negativen Bericht an die Direktion nach Berlin schreiben. Übermorgen komme ich wieder.«

Dann wandte sie sich nochmals an Newman: »Verlieren Sie nicht die Hoffnung, guter Mann! Oder, wie unser Goethe so trefflich zu sagen weiß: ›Hoffnung ist die zweite Seele der Unglücklichen.‹« Danach schwebte sie, engelsgleich in ihrem duftig-weißen Gewand, hinaus und hinterließ eine Aura feierlicher Bestürzung.

Hotham löste sich als Erster aus der Erstarrung und fragte: »Mister Newman, fehlt es Ihnen an irgendetwas? Essen? Eine weitere Decke? Haben Sie einen Wunsch?«

Lewis Newman sah den Vizeadmiral mit großen Augen an. In seinen Händen lag das Oktavbändchen, schwer wie Blei, wie ihm schien. Er schüttelte wie geistesabwesend den Kopf und sagte dann unter Mühen: »Nein ... das heißt, doch ... halten Sie mir dieses Gutweib vom Leib.«

Meuterei
im Schlaraffenland

DIE BEWOHNER VON NEU VICHY strotzten vor Geschäftigkeit. Es war die Vita activa der Gesunden und Gesundeten: Die wärmende Sonne, das heilkräftige Quellwasser, die Aussicht auf das endlose Meer wirkten anregend. In heiterer Gelassenheit gingen die Franzosen ihren Beschäftigungen und Zerstreuungen nach.

Admiral Derussat, dem das ständige Landleben nicht behagte, nutzte die exponierte Lage Ferdinandeas, um mit Kapitän Turbot auf der »Gloire du Midi« die umliegenden Gewässer zu erkunden. Sie gelangten dabei zur südlich gelegenen Insel Pantelleria, dem fast vergessenen Vorposten des Königreichs beider Sizilien. Träge lag das Eiland in der Oktobersonne, die schmutzigen Hütten des Inseldorfes duckten sich unter einer Staubglocke. Auf den fast kahlen Hügeln suchten Schafe und Ziegen nach dürren Grasbüscheln.

Ob Giulia – ging es Derussat durch den Kopf – nach seinen stürmischen Anfängen auch einmal so verkommen würde?

Auf der Weiterfahrt begegneten sie einem arabischen Piratenschiff, das mit geblähten Segeln Kurs auf sie nahm. Derussat gab Befehl, Steuerbord zu drehen, und ließ eine volle Breitseite abfeuern. Der Erfolg war durchschlagend: Planken und Masten splitterten wie Glas, eine halbe Stunde später versank das Piratenschiff mit Mann und Maus im blauen Meer.

»Was für ein triumphales Bild!« Derussat sah Kapitän Turbot

begeistert an. »Wenn wir diesen deutschen Maler an Bord hätten, könnte er Frankreichs Heldentat für die Nachwelt auf Leinwand bannen.«

Turbot blickte auf den Strudel, der eben Hauptmast, Rah und Krähennest der Piraten verschlang, und murmelte: »Die armen Schweine.«

Der Kapitän musste an Graziani denken. Ob der auch auf dem Grund des Meeres lag, von Haien angefressen, von Muscheln bedeckt? Zwei Tage zuvor war gemeldet worden, dass ein kleines Beiboot fehlte. Beim Appell war die Mannschaft vollständig. Wer also hatte das Boot entwendet? Bis Caillac Stunden später schnippisch fragte, wo denn der »Bauleiter« sei. Man hatte das Ausbleiben von Grazianis Instruktionen angenehm vermisst. Caillac sah seine eigene Position wieder aufgewertet – und das bei gestärkter Blase!

Graziani hatte nachts die Insel in einer besseren Nussschale verlassen und war aufs offene Meer hinausgerudert. Doch wohin? Nach Sciacca? Kaum denkbar, war er doch – wie man von Hoffmann wusste – bei König Ferdinand in Ungnade gefallen. Hinüber zu den Muselmanen? Nicht vorstellbar. Es blieb ein Rätsel. Kapitän Turbot seufzte und ging hinunter in seine Kajüte.

Am Abend tauchte im Dunst die tunesische Küste auf.

Derussat blickte durch sein Teleskop: Noch war dies Teil des Osmanischen Reichs! Aber im Jahr zuvor hatten französische Truppen Algier erobert. Nicht mehr lange, so würde der gallische Hahn auch über Tunis krähen, würden französische Siedler ins Land kommen, um Wein, Pomeranzen, Zitronen und Bergamotte anzubauen, würden französische Bürger im milden Winter dort ihr Domizil aufschlagen. Neu Vichy aber wäre in den heißen maghrebinischen Sommermonaten der balsamische Rückzugsort! Im lauen Wind vom Meer würde Algeriens und Tunesiens Elite ausspannen!

Derussat ließ das Fernrohr sinken und wischte sich eine Träne der Rührung aus dem Augenwinkel.

~ ~ ~

Rührung verspürte auch Don Sebastiano. Er war nicht nur nach Ferdinandea gekommen, um die Insel zu weihen. Vielmehr verfolgte er mehrere Ziele, wie ja auch sein Rosenkranz, den er in seiner weiten Talartasche bei sich trug, viele Perlen besaß. Der Geistliche fingerte daran, ließ die Kügelchen durch die Finger gleiten und dachte mit Wonne an das, was er hier für Mutter Kirche erreichen wollte: Die Insel war geweiht und damit den Dämonen der Finsternis, aus der sie stammte, entrissen! Zudem hieß es, die Engländer nicht nur nach und nach zu bekehren, nein, sie sollten dafür auch schuften!

Don Sebastiano suchte Caillac auf. Gestenreich setzte er ihm auseinander, dass Neu Vichy ein Gotteshaus brauche, und zwar im Zentrum des Ortes, gleich neben dem Kurhaus. Dort war noch ein Bauplatz frei.

Caillac schlug ein: »Einverstanden, Hochwürden. Wir bauen Ihnen eine Kirche. Das heißt, nicht wir, sondern die Engländer. Wozu haben wir sie schließlich?«

Don Sebastiano strahlte. Ein Glas burgundischen Chablis nahm er gerne an.

»Und welchem Patron wollen Sie die Kirche weihen?«, fragte der Botschafter.

»Dem heiligen Sebastian«, schoss es aus dem Pfarrer heraus.

»Ah, persönliche Vorlieben? Ich meine, wegen Ihres eigenen Namens?«

Don Sebastiano raunte geheimnisvoll: »Wir haben in Sciacca seit einigen Wochen ein Wunder! Eine tränendes Sebastiansbild! Ich wollte Sciacca zum Wallfahrtsort aufblühen lassen. Aber da die Fremden nun hierherströmen, muss der Heilige eben mitwandern! Ihm ist es kein Schaden und den Kurgästen nur zum Vorteil!«

Bereits wenige Tage später wuchs die hölzerne Kirche zum heiligen Sebastian im Schweiße der englischen Angesichter in die Höhe. Michele brachte auf seiner meereserprobten »Marina« das wundertränige Gemälde nach Ferdinandea. Die Stifterin Rosalia hatte den Heiligen zunächst ungern ziehen lassen. Doch konnte sie sich gegen Hochwürdens Willen nicht auflehnen. Zudem verbrachte sie – Michele war in den florierenden Fährdienst eingebunden – die Stunden und Tage der Vakanz in recht angenehmer Weise mit dem schwarzhaarigen Postmeister.

Schwarzhaarig war auch Don Sebastianos neuer Ministrant: Francesco, der sich als Erster des Sebastiansbildes angenommen hatte, versah wieder seinen fürsorglichen Dienst – nun in dem neuen, wenngleich noch unfertigen Kirchlein in Neu Vichy. Morgens versammelte sich die Gemeinde zur Messe und bat um Gottes Segen an diesem arbeitsreichen Tag. Englands Söhne schufteten derweil bereits auf den Baustellen. Die Straße, die den englischen Ankerplatz mit dem Kurort verbinden sollte, wand sich entlang der Küste und wuchs ihrem Zielpunkt entgegen.

Eben läutete Francesco, vor dem Altar kniend, das Wunder der Wandlung ein. Und während Don Sebastiano den Leib des Herrn präsentierte, rannen im Hintergrund dem Altarbild Tränen der Rührung über die Ankunft der Christenheit auf dem jüngsten Eiland des Erdkreises über die Wange.

Das Leben auf Ferdinandea bestand nicht nur aus Beten und Singen. Zwar waren die Hütten aus Holz, keineswegs hölzern jedoch verlief die Konversation. Schon tummelten sich entlang der Promenade, im Kurhaus, im Café und am Strand Gäste aus vieler Herren Länder: Man konnte das leichte Perlen des Französischen ebenso hören wie das Gaumige des Englischen, die deutsche Sprache kam klar, aber durch das südliche Ambiente gemildert von den Lippen, das Russische stolzierte pfauenhaft und erhaben, ebenso das Spanische, vielleicht nur ein bisschen weniger melodiös als das Idiom von der Moskwa. Das Portugiesische wusste auf liebenswürdige Weise zu nuscheln, und das Italienische blühte im Dreiklang von Sonne, Meer und Wind zu einem strahlenden Belcanto auf.

Don Sebastiano hörte durchs offene Fenster das Stimmengewirr der Völker, als er sich nach dem Gottesdienst in der Sakristei umzog und die Messutensilien verstaute. Er freute sich auf den

Nachmittag, den er an einer lauschigen Stelle am Strand, etwas abseits von Neu Vichy, mit Sir Walter Scott verbringen würde – hingelagert auf einer schottischen Wolldecke mit Kiltmuster, bei sizilianischem Wein, frischem Brot, Käse, Pasteten und Obst.

Beiden war es inzwischen, als kannten sie sich seit Langem. Des Pfarrers Englisch war etwas didaktisch und umständlich, doch erinnerte es Sir Walter mit leisem Amüsement an die Sprache seiner lang verstorbenen Großeltern im fernen Schottland. Wie ihn auch, hatte er Don Sebastiano gestanden, die Kargheit Ferdinandeas an die herbe Schönheit seiner nördlichen Heimat wehmütig gemahnte. Don Sebastiano erzählte von seinen Lese-Eindrücken stets mit so viel Verve, so viel dilettierender Leidenschaft, dass es Scott erheiterte, aber in seiner Unverstelltheit auch rührte. Bald wurden sie vertraulich, der Dichter hatte dem Pfarrer sogar einen Besuch auf Schloss Abbotsford in Aussicht gestellt.

»Bis es aber so weit ist – sofern es uns gewährt ist –, wollen wir noch ein gutes Weilchen Neu Vichys Annehmlichkeiten genießen!«, hatte der Dichter gesagt und das Glas zu einem Toast erhoben.

An all das musste Don Sebastiano in Vorfreude denken, als er das Allerheiligste einschloss, sich vor dem tränenreichen Heiligen verneigte, dem wartenden Jungministranten Francesco eine Kupfermünze in die Hand drückte und sich mit seinem Picknickkorb auf den Weg zum Rendezvous machte.

~ ~ ~

Sir Walter Scott, der seit einem Schlaganfall hinkte, erhoffte sich vom heilkräftigen Wasser und dem herbstlich angenehmen Klima der Insel Besserung und trank täglich das frische Quellwasser, das man durch eine hölzerne Leitung von der Klamm bis in den Ort führte. Zudem bestand er mit der Dickschädligkeit des Alters auf einem allmorgendlichen Bad in der See. Ein Holzwagen war gezimmert, den man mit Hilfe eines Pferdes ein Stück ins Meer schob, so weit, dass dem Gaul das Wasser bis an die Flanken stand. Im Inneren konnte man sich umziehen, an der Stirnseite, dem offenen Meer zugekehrt, befand sich eine Tür, durch die man dann über mehrere Holzstufen hinab in die Fluten steigen konnte. Sir Walter Scott bebte äußerlich wie innerlich, wenn er das frische, salzige Nass auf seiner Haut spürte. Er hatte sich von Angelo, der seit Neuestem den Dienst eines Badeknechts versah, vorsichtshalber an einem Seil anbinden lassen und ruderte nun, aufgestützt auf ein hölzernes Brett, ein bisschen im Kreis, ehe er sich wieder zurückziehen und hinauf in den Umkleidewagen bugsieren ließ.

Er war nicht der Einzige, der das Bad im Meer genoss: Auch Pauline de Chermette und Ophelia Grey planschten beinahe täglich in den Wellen.

»Sag einmal, Pauline«, sagte Lady Grey und hob die Nase witternd in den Wind, »findest du nicht auch, dass das Wasser und die Luft so eigentümlich duften?«

»Das sind das Salz und die Algen«, meinte Pauline nüchtern.

»Nein«, Lady Grey schloss genießerisch die Augen und sog die Luft tief ein, »nein, Pauline, das ist die Aura Ferdinandeas. Und weißt du was? Wenn ich wieder in London bin, will ich mich mit einem Parfümeur zusammentun und diesen Duft einzufangen versuchen.«

»Statt ›Mystère de la Sicile‹?«

Ophelia nickte. »Mal ehrlich, ein bisschen Bergamotte-Öl als Parfüm, das erschien mir seit je etwas einfältig.«

»Hört, hört, vor ein paar Monaten hast du anders geklungen.«

»Ja, das Reisen lässt uns zu anderen Menschen werden.«

»Und welchen Namen soll der neue Duft tragen?«

»Nun, nach der Insel: ›Arôme de Ferdinandea‹.«

»Nein, das klingt nicht gut. Wie wär's denn mit: ›Fragrance de Giulia‹?«

Lady Grey kicherte. »Pauline, du bist unvergleichlich. Die Sache kann eigentlich gar nicht schief gehen.«

Während die beiden Damen angeseilt planschten und neue Düfte ersannen, kauerte Angelo auf einer Art Kutschbock auf der landstirnigen Seite des Wagens, dem Gaul gegenüber, und hatte für den Notfall parat zu sein. Der war noch nicht eingetreten, jedenfalls nicht so richtig: Zwar hatte Pauline einmal gellend um Hilfe gerufen, woraufhin Angelo, in kurzen Hosen und weißem Hemd, ins Wasser gesprungen und zu ihr geschwommen war (Pauline hatte wohlwollend wahrgenommen, dass Angelos nasses Hemd durchsichtig war! Lady Grey hingegen hatte ostentativ die Augen geschlossen und tat, mit Hundstappern schwimmend, so, als hielte sie das Gesicht in die Sonne); von solchen kurzen Aufwallungen und Aufspritzungen abgesehen, hatte Angelo aber keine nähergehenden Erlebnisse zu verzeichnen. Er langweilte sich und hoffte auf den Tag, an dem er mit Kupffer in kühlere Breiten zöge.

~ ~ ~

Von solch fleischlichen und geistigen Anfechtungen ahnte Don Sebastiano auf dem Weg zum vereinbarten Picknick nichts. Der Pfad führte vorbei an dem strandnahen Tennisplatz, wo sich Russen und Deutsche, Portugiesen und Franzosen einträchtig tummelten und das schöne Bild eines friedlichen Europas abgaben.

Die Insel war von solcher Utopie ferner, als die kurenden und spielenden Gäste in ihrer Unschuld ahnen konnten. Das Unglück braute sich zusammen – in mehrerlei Gestalt. Don Sebastiano hätte zumindest eine ahnen können, als er den Pfad, den er doch zwei Tage zuvor noch gegangen war, an einer Stelle vergebens suchte und sich ein paar Fuß weiter oben seinen Weg durchs Geröll bahnen musste.

Der Geistliche schirmte die Augen mit der Hand und spähte aufs Meer hinaus. Weit im Westen zogen hohe, bleifarbene Wolken auf. Nahte ein Gewitter? Nun, es würde sich verziehen! Und später würde die Sonne wieder kosend die Flanken Ferdinandeas bescheinen! Er murmelte ein »Deo Gratias!« und ging weiter: Dort hinten, in einer kleinen Bucht, konnte er seinen Freund Sir Walter Scott erkennen, der es sich schon auf seiner Kiltdecke bequem gemacht hatte.

~ ~ ~

Auf der anderen Seite der Insel spähte ein Mann ebenfalls hinaus aufs Meer: Vizeadmiral Hotham war von Captain Humphrey Senhouse an Deck der »St. Vincent« gerufen worden. In der Ferne waren Schiffe gesichtet worden. Hotham stand auf der Brücke und äugte durch ein Fernrohr auf den von Senhouse angezeigten Punkt.

»Dort, Admiral, Südsüdwest!«

»Tatsächlich! Vier Schiffe! Ich kann die Flaggen nicht erkennen.«

»Sie kommen rasch näher, Sir.«

Die Minuten vergingen. Die Silhouetten wurden deutlicher. Schließlich ließ Hotham das Fernrohr sinken, reichte es Senhouse und sagte: »Sie haben den Union Jack gehisst!«

Ein paar umstehende Matrosen hatten die Bemerkung gehört. Lauter Jubel brach aus. Hotham versuchte nicht, das Schreien und Lachen zu unterbinden. Er fühlte sich plötzlich unsagbar müde. Die Erschöpfung von Monaten übermannte ihn, er drohte darin wie in einem Schwemmsandtrichter zu versinken. Mit beiden Händen stützte er sich auf die Reling.

»Sir«, fragte Senhouse, »was die wohl beabsichtigen?«

»Ich ... weiß es ... nicht«, antwortete der Vizeadmiral stockend, »wir werden es erfahren. Ich weiß nur, dass mich dieser Job hier erdrückt. Nur noch sieben Wochen bis Weihnachten, und wir werden das Fest wohl auf diesem Schutteiland verbringen müssen, mit kurenden und tanzenden Verrückten als Nachbarn.«

Auf dem Hauptdeck, unterhalb der Brücke, hörte man Gerangel und Schimpfen. Senhouse wandte sich um und rief zu einer Gruppe von etwa zwanzig Matrosen hinunter: »Was soll das? Was schart ihr euch zusammen? Geht gefälligst an eure Arbeit!«

»Sir!«, rief der Anführer der Gruppe, ein älterer, breitschultriger Matrose mit Blatterngesicht. »Wir wollen Vizeadmiral Hotham sprechen!«

Senhouse wollte sie bereits mit einem Fluch auseinanderscheuchen, da spürte er Hothams Arm auf seinem. »Lassen Sie mal, Captain, die Männer sollen sprechen.«

»Was wollt ihr?«, rief der Vizeadmiral hinunter.

»Sir«, sagte der Blatternnarbige mit fester Stimme, »die Männer und ich, wir haben beratschlagt und sind übereingekommen, dass wir als Matrosen und Soldaten nicht angeheuert wurden, um den Franzosen Tanzhäuser und Kirchen und Kurpromenaden zu bauen.«

»Was wollt ihr damit sagen?!«, schrie Hotham erbost.

»Sir, wir sind einfache Leute, aber wir sind auch ehrenwerte Leute! Wir sind nicht studiert, aber so viel wissen wir doch, dass das nicht Recht sein kann!«

»Ihr denkt mir zu viel!«, brüllte der Vizeadmiral. »Überlasst das Denken anderen! Ihr habt zu gehorchen, mehr nicht!«

»Sir, wir haben dem König von England einen Eid geleistet, nicht dem von Frankreich!«

»Ich kann euch alle in Ketten legen lassen, wenn ihr das wollt!«, schrie Hotham.

»Sir, dann müssten Sie alle in Ketten legen lassen! Und dann liegt die Baustelle bei den Franzosen brach, und auch die ›St. Vincent‹ bewegt sich keine Spanne mehr!«

»Soll das eine Meuterei sein?!« Hotham war fassungslos.

»Nein, Sir, aber wir wollen nur einmal sagen, dass es für alles Grenzen gibt! Schauen Sie sich dieses Neu Vichy doch an! Dort tummeln sich nicht nur Franzosen, sondern inzwischen auch Deutsche, Russen, Spanier. Die leben in Saus und Braus, schlemmen und zechen wie die alten Götter, spielen Tennis, frühstücken am Strand, tanzen und singen bis in die Nacht hinein! Und wir? Nehmen die Bestelllisten entgegen, liefern ihnen alles, was das Herz begehrt, schuften auf den Baustellen und essen abends Hafergrütze und trinken Wasser! Jawoll!«

Aus der Menge erhob sich zustimmendes Murmeln.

Hotham zögerte. Sollte er die Männer verhaften lassen? Aber standen denn die Soldaten noch hinter ihm? Und hatten die Männer nicht recht? Freilich, es gab Earl Greys Befehl, die Franzosen »totzufüttern«. Aber wie sollte er das diesen einfachen Burschen erklären? Und hatte er selbst nicht die Nase voll von diesem Himmelfahrtskommando?

Der Vizeadmiral erschrak über sich selbst. Das ganze Unternehmen Graham Island wuchs ihm über den Kopf, ließ ihn verrohen und abstumpfen. Es war höchste Zeit, von dieser verdammten Schwefelinsel wegzukommen! Back to England! Nach Hause! Weihnachten bei der Familie! Was also sollte er den Männern sagen? Dass sie – verdammt noch mal! – recht hatten?

Hotham fielen die vier englischen Kriegsschiffe ein, die sich von Süden näherten. Was hatte das zu bedeuten? War es die überfällige Ablösung? Würde man ihnen mitteilen, das Projekt sei gelaufen, sie mit Orden und Dotationen versehen und im Triumph nach England zurückbringen? Oder fing die Chose erst richtig an? Brachten die Schiffe neues Baumaterial und weitere Arbeiter, damit man den Franzosen noch mehr Annehmlichkeiten und Luxus verschaffen konnte?

Der Vizeadmrial entschied sich zu lavieren und die Zeit für sich arbeiten zu lassen.

»Seht ihr dort die Schiffe am Horizont?«, rief er deshalb den Männern zu. Inzwischen konnte man sie mit bloßem Auge gut erkennen. »Das sind englische Schiffe! Männer! Ich weiß nicht, welche Nachricht sie bringen werden. Jedenfalls sollt ihr wissen, dass das Vaterland euch nicht vergessen hat! Man hat Verstärkung geschickt! Und immerhin Kriegsschiffe! Voll mit Proviant, mit Waffen und Soldaten! Ich weiß im Augenblick nicht mehr als ihr. Aber wir werden es erfahren. Und nun seid vernünftig, geht zurück an eure Arbeit, vertraut mir und den Befehlen der englischen Regierung. Ihr habt die Schiffe dort draußen vor Augen, die euch euer guter König William schickt! Geht jetzt!«

Was Hotham kaum zu hoffen gewagt hatte, geschah: Die Männer trollten sich ohne ein weiteres Widerwort und gingen zurück an ihre Arbeit. Müde blickte er Senhouse an.

»Großartig, Sir!«, meinte der. »Ein triumphaler Auftritt! Ein wichtiger Sieg!«

»Lassen Sie«, winkte der Vizeadmiral ab, »es ist doch alles umsonst.«

Langsam stieg Hotham die Stufen zum Deck hinab. Noch einmal blickte er sich nach den Schiffen um. Was wohl Earl Grey und seine Bürostuhlpupser in London wieder ausgetüftelt hatten, fragte er sich.

Ein böiger Wind kam auf und blies ihm Staub ins Gesicht. Hotham bedeckte seine Augen mit der Hand. Am westlichen Horizont türmten sich die blauschwarzen Wolken inzwischen bis hoch in den Himmel.

Ein Großadmiral und
Scopinis Störmanöver

Von Wolken war in Ferdinands Sommerresidenz Caserta nichts zu sehen. Der Himmel wölbte sich hoch, die Sonne schien großmütterlich in den Altweibersommer hinein. Majestät hatten beschlossen, mit dem engsten Hofkreis ein paar Tage des Dolcefarniente auf dem Lande zu verbringen.

Eben ließ sich Ferdinand von seinem Sekretär die jüngsten Zeitungsberichte vorlesen. Der König verachtete die Journaille, er hasste die Neuigkeiten aus der Welt. Sie stahlen ihm die Zeit, verhunzten die schönen Opernarien, die ihm durch den Kopf schwirrten, besudelten seine Monarchenehre. Manchmal hätte er am liebsten eine Bombe gezündet. Aber er hätte nicht gewusst, gegen wen. Ferdinand seufzte. Die verdammte Moderne! Seine Vorfahren vor einhundert Jahren hätten die Zeitungen kurzerhand eingestellt, die Boten geköpft, den lästigen Sekretär, der auf Erfüllung der minimalen Regentenpflichten pochte, ins Verlies werfen lassen. Stattdessen musste er sich das Gesalbader der Berufsschmierer anhören, musste sich von Demokraten und Liberalen, von Bürgern und Emporkömmlingen erklären lassen, was ein »contrat social« ist und dass ein Monarch der erste Diener seines Staates sei.

Nebenan klimperte ein Frauenzimmer unerträglich süßliche Melodien zu wirren Harmonien. Ferdinand hatte in seiner königlichen Güte den Fehler begangen, den Band Klaviernoten, den er von Federico Guglielmo aus Berlin erhalten hatte, den Hofdamen zu überlassen. Das Gesummse dieses Scopini oder wie immer er hieß! Die Frauen waren verrückt danach!

Hirnerotik!, fuhr es ihm durch den Kopf. Der Ausdruck gefiel ihm. Fantasmenkoitus!, schob eine innere Stimme hinterher. Er lachte auf.

»Majestät amüsieren sich?«

Ferdinand wurde aus seinen Gedanken gerissen. Der Sekretär stand noch immer vor ihm, in der Hand ein Bündel Zeitungsausschnitte. Wie lange war er abgedriftet? Hatte er etwas Wichtiges verpasst? Zum Teufel, was sollte schon Wichtiges sein! Der König nahm einen Schluck von dem eben servierten schwarzen Tee – und spuckte angewidert aus. Seine Parade-Uniformhose bekam dabei ein paar Spritzer ab. Eifrig beugte sich der Sekretär vor und wollte mit einem Taschentuch die Hose abtupfen.

»Lassen Sie«, herrschte Ferdinand ihn an. »Wir ziehen Uns zur Ausfahrt ohnehin um ... Aber was ist das für widerliches Zeug?«

»Majestät, das ist der letzte Schrei aus England. Tee, versetzt mit dem Aroma der sizilianischen Bergamotte. Man erzählt sich, Premierminister Earl Grey persönlich habe das kreiert.«

»Solch ein Gesöff setzt man Uns vor?!«, schrie Ferdinand. »Sollen die Engländer sich vergiften, wie sie wollen! Wir in Neapel haben mit diesen Barbaren nichts zu schaffen!«

»Sehr wohl, Majestät.« Der Sekretär stopfte verlegen sein Taschentuch in den Ärmel und klingelte nach dem Diener. »Für Majestät einen anderen Tee.«

»Nein, Champagner«, rief Ferdinand. »Sind Wir in der Verbannung, oder was?!« Und mit einem verzweifelten Blick zur Zimmerdecke: »Oh, Caserta, was ist nur aus dir geworden?!«

Von nebenan perlten noch immer die Klaviertöne. Die Pianistin war von einem Andante in ein leidenschaftliches Allegro übergegangen. Hin und wieder stolperte sie in einem Lauf, als müsste die Melodie über einen Pflasterstein springen. Zudem spielte sie in der linken Hand konstant ein und denselben Ton falsch.

»Dur, nicht Moll!«, rief Ferdinand Richtung Tür. Die dilettierende Pianistin spielte verstockt im falschen Tongeschlecht weiter.

»Majestät, darf ich mit der Lektüre fortfahren?«, versuchte der Sekretär anzuknüpfen.

»Meinetwegen. Aber fassen Sie sich kurz!«

»Nun, nach diesen Noten aus Paris und London ...«

Paris? London? Ferdinand schien da etwas verpasst zu haben. Sollte er nachhaken? Repetieren lassen? Ach was! Er wollte nachmittags eine Ausfahrt in die Parkanlagen machen. Der Schwätzer sollte endlich zum Ende kommen!

»... hier noch ein Kuriosum aus den Vermischten Nachrichten: In Sciacca auf Sizilien ...«

»Welches Sizilien?«, fragte Ferdinand unwirsch. »Wir besitzen drei!«

»Auf der großen Insel Sizilien«, verbesserte sich der Sekretär, »soll es ein wundersames Bildnis des heiligen Sebastian geben ...«

Der Diener erschien mit einer Flasche Champagner, köpfte sie. Der Korken flog an den Plafond.

»... ein wundersames Bildnis, dem salziges Wasser über die Wange fließt.«

»Aha«, murmelte Ferdinand gelangweilt und stürzte den Champagner hinunter. Der Diener goss erneut ein.

»Da fällt Uns ein«, sagte Ferdinand, »ist Unser hochgeschätzter Graziani in Neapel, oder ist er mit nach Caserta gekommen?«

»Der Herr Polizeichef ist hier im Palast.«

Der König trank und schnalzte mit der Zunge. Der Diener goss ein drittes Mal ein.

»Dann lassen Sie ihn kommen. Sofort! Belassen wir es für heute mit den Schnödigkeiten aus der wundertränigen Welt.«

Der Sekretär verneigte sich und verließ den Raum. Nebenan spielte die Hofdame noch immer Chopin, jetzt, so schien es Ferdinand, in einer Kirchentonart. Unwillig schleuderte er die volle Sektflöte an die Tür. Augenblicklich verstummte das Geklimper.

Kurz darauf betrat Lorenzo Graziani den Raum. Er trug die gleiche Uniform, die er vor den vulkanischen und neptunischen Abenteuern gehabt hatte. Graziani, der – des Königs Brief mit der Rehabilitierung in der Tasche – als Fischersfrau verkleidet in einem Ruderboot die Überfahrt von Ferdinandea nach Sciacca geschafft hatte und von dort auf einem Schiff weiter über Messina nach Neapel gereist war. Abgerissen war er bei Hofe erschienen. Die Frauenkleider hatte er abgelegt, dennoch hatte man den einst so mächtigen Mann nicht erkennen wollen und ihm den Zutritt zur Audienz verwehrt. Daraufhin hatte Graziani wild mit dem Blatt Papier gefuchtelt, bis der Adjutant endlich des Königs Unterschrift erkannt und den fremden Mann mit den eingefallenen Gesichtszügen vorgelassen hatte.

Graziani hatte sich innerhalb weniger Tage erholt und war wieder in seine frühere Position hineingewachsen. Als er jetzt in der Tür zu Ferdinands Arbeitszimmer stand, sah man ihm die Strapazen seiner Flucht nicht an. Beinahe hüpfend bewegte sich der Polizeichef zur Zimmermitte. Sein Gesicht glänzte wie das eines Säuglings. Sein Haar war frisch pomadisiert. Er verbeugte sich tief, als besäße er keine Gelenke.

»Da sind Sie ja, mein Bester«, sagte der König gütig. »Wir dachten, Sie seien in Neapel geblieben?«

»Mitnichten. Die Sicherheit Eurer Majestät liegt mir über alle Maßen am Herzen. Spione, Frondeure, Intriganten kann es überall geben. Umso wichtiger ist es, dass ich persönlich vor Ort –«

»Schon gut«, winkte Ferdinand ab. Er hatte Hunger, wollte endlich das Mittagsmahl einnehmen und danach spazieren fahren. »Was sagen Sie übrigens zu diesem wundervollen Altweibersommer? Und so spät! Immerhin haben wir Anfang November. Um diese Zeit regnet und stürmt es gewöhnlich.«

»Eine Laune der Natur«, pflichtete Graziani bei. »Auch bei meiner Abreise aus Sizilien –«

»Welches Sizilien?«, unterbrach der König ihn.

»Majestät, der großen Insel Sizilien.«

»Und was ist mit Sicilia minor?«

»Wie?«

»Ferdinandea!«

»Ach, Ferdinandea!«, Graziani griff sich wie zur Entschuldigung für seinen Fauxpas an die Stirn. »Ebenfalls schönes Wetter, durchaus.«

»Die Berichte von dort unten sind ja höchst seltsam«, sagte der Monarch.

Graziani fühlte ein Unwohlsein aufkeimen.

»Wundersam geradezu«, fuhr Ferdinand fort. »Tränende Heiligenbildnisse und dergleichen.«

»Ah«, murmelte Graziani erleichtert, um dann doch nachzuhaken: »Und dergleichen?«

»Nur so eine Floskel«, meinte Ferdinand.

Graziani entspannte sich wieder.

»Aber mal ehrlich«, der König lehnte sich bequem zurück, »und ganz unter Uns: Sie sind ein gewiefter Hund! Hätten Wir Ihnen gar nicht zugetraut.«

»Wie?«

»Ja, das zum Beispiel«, Ferdinand öffnete eine Schublade seines Schreibsekretärs, »wo ist es denn«, murmelte er, »die meisten Schreiben sind ja in Neapel, schon bei den Akten, aber hier ... Wir hatten doch diesen Brief ...« Er wühlte in der Schublade.

Graziani schwante Schlimmes. »Ein Brief, Majestät?«

»Ja, ein Schreiben, das Sie in einem ganz neuen Licht zeigt ... Zum Teufel, wo ist es nur?«

Graziani war unwohl. »Majestät verzeihen, darf ich mich setzen?«

»Nur zu, nur zu«, sagte Ferdinand, ohne aufzublicken. Der Polizeichef ließ sich in einen Fauteuil fallen.

»Ah, da ist es ja«, rief der König und zog ein Blatt heraus.

Graziani lugte ängstlich auf das Schreiben. »Majestät«, sagte er hastig, »Sie wissen, überall gibt es Neider, Missgünstige, Lügner, die einem den Erfolg nicht gönnen.«

»Was reden Sie da, Graziani?« Ferdinand schüttelte den Kopf. »Sie werden ja wohl noch Ihre eigene Handschrift erkennen?« Er zeigte aus einigem Abstand seinem Polizeichef den Brief. Der blinzelte ins Gegenlicht.

»Graziani, Graziani«, Ferdinand drohte mit dem Finger, »Sie sind ein Tausendsassa!«

»Majestät, ich verstehe nicht.«

»Oh, doch, Sie verstehen sehr wohl! Sie sind ein ganz Durchtriebener!«

»Ma ... jestät«, stotterte Graziani jetzt panisch, »nie ... niemals ... ich ... versichere ...« Er sank in seinem Sessel zusammen.

Der König deutete auf das Schreiben: »Hier, wie hübsch Sie über Ferdinandea berichtet haben. Der grandiose Sieg über die Franzmänner und die Engländer! Herrlich! Und Unsere guten treuen Sciacchitani! Eigentlich hätten die Besseres verdient als ein tränendes Heiligenbild, finden Sie nicht auch?«

Graziani nickte mechanisch, ohne ein Wort zu verstehen. Er legte sein Schicksal in Gottes Hand.

»Woran denken Sie?«, durchbrach Ferdinand die schwarze Wolke, die sich in Grazianis Kopf breitgemacht hatte.

»Ich lege mein Schicksal in Gottes Hand«, murmelte der Polizeichef.

»Na, das ist ja eine Einstellung!« Ferdinand lachte. Von drüben hob die Hofdame wieder zu klimpern an. »Hören Sie das?«

Graziani stierte verständnislos auf eine Litze am Revers des Königs.

»Der jüngste Import aus Paris. Scopini oder so ähnlich heißt der Komponist. Fürchterliches Gejaule. Kein Belcanto. Aber die Frauen sind verrückt danach. Und hier«, Ferdinand zeigte auf die Teekanne – Graziani machte eine Geste dankender Ablehnung –, »da drin ist Tee, jedenfalls behauptet das Unser Sekretär. Eigentlich Krötensaft. Soll mit Bergamotte parfümiert sein. In England der letzte Schrei. Von Earl Grey, dem alten Lumpen, höchstpersönlich kreiert.«

»England ist eine Nation im Niedergang«, murmelte der Polizeichef mit letzter Kraft.

Ferdinand haute mit der flachen Hand auf den Tisch, dass das Teegeschirr klirrte. »Sie sind Uns einer, Graziani! Ein alter Fuchs! Ein Hallodri! Ein Haudegen! Wir wollen einmal die Etikette aus dem Spiel lassen und von Mann zu Mann reden!«

Graziani duckte sich in seinem Fauteuil wie unter Faustschlägen.

»Graziani! Wir haben Uns entschlossen, Ihr Tun auf Ferdinandea, über das Wir ja anhand dieses und anderer Briefe genügend unterrichtet wurden, gebührend zu vergelten!«

Dem Polizeichef wurde dunkel vor Augen. Mit letzter Kraft kämpfte er gegen eine Ohnmacht an. »Majestät, ich bitte um ... Gna ...«.

»Nein!«, unterbrach der König mit fester Stimme. »Sie haben hier nichts zu erbitten! Sie nicht, Graziani! Es ist an Uns! Wir ... oh ja! Wir und das gesamte Königreich dreier Sizilien haben zu erbitten! Nämlich, dass Sie Uns weiter erhalten bleiben und den Ruhm des Reiches vermehren! Ich sage nur ›Expedition Imperium‹! Genial! Wir empfinden eine tiefe Schuld, eine große Verpflichtung Ihnen gegenüber! Wir haben Uns daher entschlossen, Ihnen den höchsten Dank des Vaterlandes abzustatten!«

Ferdinand sprang auf. Der Brief glitt vor Grazianis Füße.

Stumpf blickte der Polizeichef darauf. Er sah eine Signatur seines Namens, aber es waren nicht seine Schriftzüge. Eine Fälschung! Er war einer Fälschung auf den Leim gegangen! Dieser verdammte Postmeister in Sciacca! Dieser Serna! Und sein Flittchen, die Wirtin Rosalia, mit ihrem verlotterten Bruder! Und all das falsche Lausepack dort unten in dem gottverlorenen Nest! Am liebsten wollte Graziani das ganze Städtchen ausmerzen, mit einer Schiffsladung Pulver in die Luft jagen, mitsamt dem Pfaffen und seinem wundertränigen Bildnis und dem deutschen Professore obendrein!

Der König stand direkt vor dem Polizeichef. »Erheben Sie

sich!«, befahl er. Graziani schraubte sich hoch. Ferdinand fasste ihm mit beiden Händen an die Epauletten.

Jetzt wird er sie mir herunterreißen!, dachte Graziani. Er wird mich degradieren und ein zweites Mal verstoßen! Oder als Rudersklave auf die Galeere schicken!

»Mein Freund!«, sagte Ferdinand väterlich und griff mit der linken Hand in seine Rockinnentasche.

Graziani fühlte sein Ende nahe. Er sah den König eine Pistole ziehen und schießen –

Ferdinand holte etwas hervor. Mit angstgeweitetem Blick stierte Graziani in des Königs Gesicht. Dann spürte er etwas an seiner Brust. Der Monarch nestelte an seiner, Grazianis, Uniform. Die Degradierung wurde vollzogen! Die Füsilierung erfolgte!

Ferdinand klopfte Graziani auf die Schulter und sagte feierlich: »Kraft Unseres von Gottes Gnaden verliehenen Amtes ernennen Wir Sie zum Großadmiral über die Flotte des Königreichs dreier Sizilien! Gott mit Ihnen, lieber Graziani!«

Graziani blickte verwirrt an sich hinab: Auf seiner Brust prangte ein goldener Adler im Strahlenkranz.

»Was ... wes ... halb ...«, entrang es sich ihm.

Die Hand des Königs lag noch immer auf Grazianis Schulter: »Sie haben Uns Ferdinandea erschlossen, es erfolgreich gegen die feindliche Übermacht verteidigt, das sizilianische Volk in seinem vaterländischen Eifer bestärkt und zusammengeschweißt und Uns darüber mit pflichtschuldigster Hingabe regelmäßig und vertrauensvoll Bericht erstattet. – Auch wenn die Orthografie zu wünschen übrig ließ! Aber das steht auf einem anderen Blatt. – Wir stehen tief in Ihrer Schuld, Großadmiral!«

Graziani nickte. In seinem Kopf blähte sich ein großes weißes Nichts.

»Graziani, da Sie nun hoher Offizier sind, können Sie auch Geheimnisträger sein! Wir planen nämlich Großes! Erhabenes!«

Graziani nickte erneut.

»Ferdinandea mag eine kleine Insel sein, nicht sonderlich

fruchtbar, aber strategisch günstig gelegen, genau in der Meerenge zwischen Sizilien und Tunesien. Sie wissen ja, dass die Franzosen vergangenes Jahr Algier erobert haben. Und England versucht, sich von Malta aus breitzumachen. Dem muss entgegengehalten werden. Die Engländer sollen ihren ranzigen Tee trinken und die Franzosen ihren Scopini klimpern!«

Nebenan legte die Hofdame auf dem Piano gerade ein Allegretto appassionato hin.

»Wir werden den Allüren der Feinde Einhalt gebieten und selbst ein Großreich an Afrikas Nordküste errichten. Und Ferdinandea soll uns hierzu Stützpunkt, Drehscheibe, Festung sein!«

Die große weiße Blase in Grazianis Hirn ließ seinen Kopf auf und ab bewegen.

»Und«, Ferdinand erhob feierlich die Stimme, »dank Ihrer Vor- und Umsicht, Großadmiral, wird Uns dieses Vorhaben gelingen! Es war sehr klug von Ihnen, noch vor Einbruch des Winters den Bau einer befestigten Zitadelle auf Ferdinandea anzuordnen, wie Wir Ihrem letzten Brief entnehmen konnten.«

Grazianis Kopf wackelte unentwegt.

»Wir haben bereits Order an eine Korvette in Palermo gegeben, nach Ferdinandea zu segeln, um dort den Fortgang der Befestigungen zu verfolgen, Genaueres über die siegreiche Schlacht gegen die Feinde zu erfahren und Uns darüber Bericht zu erstatten. Kennen Sie Kapitän Raffaele Cacàce?«

Graziani nickte wieder.

»Sie nicken? Eigentlich können Sie ihn gar nicht kennen. Egal. Ein fähiger Mann, leider im Offiziersrang nicht sehr hoch gestiegen. Sporadische Alkoholprobleme. Früher auch Spielschulden. Aber ein loyaler Kerl. Ginge für seinen König, ohne zu zaudern, in den Tod.«

Der frisch ernannte Großadmiral nickte einmal mehr.

»Jedenfalls ist Cacàce bereits unterwegs. Übrigens heißt sein Schiff ›Etna‹. Wenn das mal keine Bestimmung ist! Wir haben es in letzter Zeit öfters mit speienden Bergen zu tun, so Unser Eindruck.«

»Vulkanismus, Majestät«, brachte Graziani mühsam heraus.

»Ja, und Mythologie«, sagte Ferdinand. »Kennen Sie die antike Entstehungssage von Sizilien? Der Gigant Enkelados erhob sich gegen die Götter. Athene begrub ihn lebend unter Felsbrocken. Das Steingrab ist der Ätna, anderer Überlieferung nach die ganze Insel Sizilien. Ein blutiger Beginn für ein Land. Hoffen wir, dass das Ende nicht auch blutig sein wird. Wenn man Uns den Kampf aber aufzwingt, wollen Wir Uns notfalls sogar gegen die Götter erheben.«

Graziani nickte.

»Was ist, Großadmiral?«, fragte Ferdinand barsch. »Haben Sie es mit den Nerven oder weshalb zucken Sie dauernd mit dem Kopf?«

»Nein, Majestät ... ich bin nur .... bewegt.«

»Wer ist das nicht in diesen bewegten Zeiten! Alles im Fluss. Panta rhei, wie die alten Griechen sagten. Aber wir gehen einer glorreichen Zukunft entgegen! Und Ferdinandea wird in der Gloriole das Herzjuwel sein!«

»Nicht jeder Stein ist ein Diamant«, gab Graziani zu bedenken.

»Keine Schwarzseherei, Großadmiral! Man muss die Steine brechen und schleifen, dann sondert sich bald Juwel von Geröll.«

»Ich befürchte es«, flüsterte Graziani.

Das hatte der König nicht gehört. Von drüben erscholl jetzt ein Presto furioso. Ferdinand seufzte. »Dieser Scopini macht einem die Knochen weich. Gäbe es doch wieder einmal Krieg! Der Frieden lässt die Menschen verweichlichen und die Frauenzimmer sentimental werden. – Lieben Sie eigentlich die Oper, Großadmiral?«

Graziani nickte eifrig. »Majestät, mit allen Fasern meines Herzens! Ich selbst singe leidenschaftlich gern.«

»Welche Stimmlage?«

»Tenor, Majestät.«

»Tenor? Wir auch!« Ferdinand drückte Graziani freundschaftlich an beiden Schultern. »Haben Sie schon ›La sonnambula‹ von

Bellini gehört? Wurde erst dieses Jahr aus der Taufe gehoben. Wie auch Ferdinandea ...«

Der König nahm die Pose eines Heldentenors ein und begann unvermittelt zu schmettern: »Son geloso del zefiro ...«

Nebenan brach Scopinis Furioso in sich zusammen.

Palaver
bei Windstärke zehn

Auf den von Norden wehenden Zephir brauchte man nicht eifersüchtig zu sein. Er brachte nur Kälte, Wolken und schlechtes Wetter. Und davon hatte man in Sciacca seit zwei Wochen mehr als genug. Nach dem schier endlosen Altweibersommer, der das Kurtreiben Neu Vichys liebkost hatte, war das Wetter umgeschlagen. Von einer Stunde auf die nächste hatte ein Sausen und Brausen eingesetzt, ein Tosen und Toben, Rufen und Raufen von Wind, peitschendem Regen, schneidender Kälte. So sehr der Sommer getändelt hatte, so berserkerhaft gebärdete sich nun der Winter. Der Nordwind hatte seine Hunde losgelassen, jagte die Wolken über die Enden des Horizonts, klatschte Mensch und Tier nasse Laken ins Gesicht, strich mit Harken über Feld und Wald, Fels und Strand, Städte und Dörfer, dass sich die Natur schaudernd in sich selbst zurückzog.

Die Menschen suchten einander, weil in Gemeinschaft die Unwirtlichkeit der tristen Jahreszeit leichter zu ertragen war. Rosalia Fiorinis Gasthaus »Zur Meermaid« war nach Wochen der Leere wieder gut besucht und die Wirtin ganz in ihrem Element. Sie stand in der Küche, ließ sich auch im Schankraum, wo Michele am Tresen stand, sehen, warf lustige Bemerkungen in die Schar der Gäste, sang hin und wieder ein Lied mit, wenn es ein italienisches war. Denn obgleich die ausländischen Gäste weniger geworden waren, konnte man zwischendrin noch immer russische

Flüche, portugiesische Plaudereien, ja sogar wehmütigen deutschen Gesang hören. Diese Wehmut, diese verhaltene Trauer erschien Rosalia gleichnishaft für das Wesen der Menschen aus dem Norden. Zwar verstand sie die Worte nicht, doch sehr wohl die Sprache der Musik. Und wenn sie in ihrer Geschäftigkeit einen Augenblick innehielt, um Friedrich Hoffmanns weinseligem Gesang zu lauschen, bekam sie eine leichte Gänsehaut. Konnte jemand so singen, obwohl er vom Alkohol berauscht war? Und wie würde er anderntags aufwachen, allein in seinem Bett liegend, dem Katzenjammer des lichten Tages ausgeliefert?

Wenn denn der Tag licht gewesen wäre! Rosalia konnte sich nicht an einen ähnlich finsteren und kalten Winter erinnern. Sie ging zu Hoffmanns Tisch und fragte, ob der Professor noch etwas zu trinken wünsche. Statt einer Antwort schob er ihr sein leeres Weinglas hin, und sie goss aus einem irdenen Krug nach. Auch Hoffmanns Gegenüber, ein kleiner, hagerer Mann mittleren Alters, dem die dünne Haut wie Pergament über das Gesicht spannte, ließ sich nachschenken. Empfand Rosalia für den Deutschen noch so etwas wie Mitleid, so war ihr der andere suspekt.

Raffaele Cacàce war mit seiner Korvette »Etna« in Sciacca angelandet, an einem Abend, der so düster und regendurchpeitscht war, dass man von der Mole aus kaum die Umrisse des Schiffes hatte ausmachen können. Finster war er an Land gegangen, seinen Hut tief in die Stirn gezogen, und hatte für sich und seine Mannschaft um Unterkunft gefragt. Rosalia hatte die Matrosen bei Verwandten untergebracht, den Kapitän aber in ihrer Pension einlogiert. Mit Cacàce hieß es vorsichtig sein, das sagte ihr der Instinkt. Und sie hatte von Alessandro Serna gelernt. Immerhin trug sie nicht nur dessen Postgeheimnisse teilhaberisch im Kopf, sondern auch sein Kind unter dem Herzen.

Rosalia musterte jetzt Cacàces Gesicht. Hegte er böse Absichten? Es war durchgesickert, der König habe den Kapitän nach Ferdinandea gesandt. Aber der Sturm hatte die »Etna« nach Sciacca getrieben und hielt sie nun fest. Rosalia war gewillt, Cacàces Plan aufzudecken.

Hoffmann, in Trunkenheit und Kummer gebeugt am Tisch hockend, sang eben dem Kapitän leise ein Lied vor. Rosalia verstand es nicht, aber die traurige Melodie rührte sie an.

»Dihie Sonne scheint nicht meeehr soho schön«, sang Hoffmann und stierte dabei ins verqualmte Nichts der Schankstube, »als wie vorheeer, der Tag ist nicht so heiteher, so liebreich gar nicht mehr ...«

Er brach ab, seufzte, leerte das Glas. Rosalia schenkte nach.

»Heimweh?«, fragte Cacàce.

Hoffmann nickte.

»Und weshalb gehen Sie dann nicht nach Deutschland zurück?«

»Meine Verpflichtungen ...«

»Gegenüber König Ferdinand?« Cacàce nickte zustimmend. Loyalität hielt er hoch. Vielleicht war er einer der wenigen im Königreich, die nicht zuerst an sich selbst und ihren Vorteil dachten.

»Nein«, antwortete Hoffmann und nahm einen großen Schluck. »Am liebsten würde ich Sizilien und Neapel verlassen und nach Berlin zurückgehen. Vor zwei Tagen erhielt ich einen Brief von Alexander von Humboldt –«

»Wer?«

»Ein berühmter Weltreisender und Naturforscher. Er will mich an die Universität zu Berlin empfehlen, für eine Professur ...«

Cacàce nickte anerkennend und griff sich ans Herz, um sein Mitgefühl für Hoffmanns Wehmut zu zeigen.

»Und worauf warten Sie noch?«

»Ich bin verpflichtet – gegenüber der Hauptperson in dieser ganzen Geschichte. Eigentlich gar keine Person, kein lebendiges Wesen ... und doch ... es zischt und spuckt und bewegt sich und atmet ...«

»Sie sprechen in Rätseln, Professore.«

»Die Natur spricht in Rätseln, nicht ich. Und dieses Rätsel zu lösen bin ich hergekommen.«

»Und ist Ihnen das gelungen?«

»Ich glaubte, kurz davor zu sein. Aber sie ist eine schwierige Dame.«

»*Sie* sind es, der in Rätseln spricht! Von wem reden Sie?«

Hoffmann versuchte zu lächeln. »Von der ›Dame sans merci‹, der Dame ohne Mitleid.«

»Und wer ist diese Frau, die Ihnen das Gemüt so beschwert?«

»Ferdinandea. Sie ist die Hauptperson, die Diva, die meine Tage mit ihren Allüren beschwert und die mich nachts mit ihren Fragen verfolgt.«

Hoffmann winkte Rosalia heran. Die goss erneut ein.

Cacàce grinste hilflos: »Wieso soll so ein Stückchen Neuland einem die Nachtruhe rauben? Und wieso bezeichnen Sie die Insel als Dame? Da wüsste ich in den Armen einer Frau doch andere Freuden, als mich von Steinen piksen zu lassen!«

Der Professor richtete sich trotz seiner Trunkenheit auf. »Kapitän«, dozierte er, »die Liebe zur Wissenschaft, das Begehren nach Erkenntnis ist durchaus erotischer Natur, aber nicht nach Art der Fleischeslust. Es ist eine zerebrale Liebe, ein Verlangen der Seele.«

»Ihr Deutschen müsst gleich so innerlich sein.«

»Sie verstehen mich nicht«, brummte Hoffmann.

»Oh, doch, ich verstehe. Sie sind ehrgeizig in der Wissenschaft, vielleicht zu ehrgeizig, das kann sich rächen ...«

»Was reden Sie da? Wissen Sie, was es für einen Forscher bedeutet, als Erster auf neuem Land zu stehen? Zur Erkenntnis zu gelangen, wie neues Land entsteht, welche Kräfte im Innern der Erde walten, einen Blick tun zu dürfen in die Geheimnisse des Werdens und Vergehens?«

Cacàce zog die Augenbrauen hoch und rief nach Wein. Statt Rosalia, die in der Küche war, erschien Francesco und bediente.

»Eh, Kleiner«, sagte Cacàce, »du machst deine Sache aber schon gut. Wenn du groß bist, willst du dann die Wirtschaft übernehmen?«

»Nein, Signore«, erwiderte Francesco, »ich bin viel lieber Ministrant. Später will ich Pfarrer werden, wie Don Sebastiano. Am liebsten drüben auf Ferdinandea.«

»Habt ihr denn da eine Kirche?«, staunte Cacàce.

»Oh ja, die war voll. Auch Franzmänner waren da, die glauben nämlich auch an den lieben Gott.«

Cacàce lachte. »Junge, du hast vielleicht Fantasie. Vielleicht solltest du später besser Naturkundler werden wie der Professore.«

Francesco wurde von Michele gerufen und verschwand.

Hoffmann sah Cacàce missbilligend an: »Ich weiß nicht, wem Sie mehr Glauben schenken – «

Cacàce unterbrach ihn: »Ich habe zu viel von der Welt gesehen, um noch meinen Glauben verschenken zu wollen. Hier in Sciacca wird mir so viel Seemannsgarn gesponnen, dass man meinen könnte, man wäre in den Hafenkaschemmen von Marseille oder London ... und nun noch dieser Junge ... der Pfaffe hat ihn mit seinen Geschichten ja mächtig beeinflusst.«

Hoffmann winkte ab. »Lassen wir das! Das Volk braucht solche Geschichten. Ich hingegen bin ein Mann der Ratio, des wissenschaftlich nachprüfbaren Wissens. Und das will ich zum Nutzen der Menschheit vergrößern. Ich will erkunden, welche Kräfte unterirdisch walten und nach und nach das Gesicht unseres Planeten verändern, im Laufe von Zehntausenden, vielleicht von Millionen Jahren. Ferdinandea ist eine seltene Gelegenheit hierzu, so selten zu betrachten wie der Halley'sche Komet!«

Cacàce erhob das Glas. »Auf Ihr Wohl, Professore, und auf die Erkenntnis! Glauben Sie mir, es liegt mir fern, mich über Sie zu erheitern. Im Grunde verstehe ich von Ihren Belangen nichts. Aber ich beobachte andere Menschen gern und frage mich, was sie antreibt. Und Ihre selbstlose Art – oder ist sie gar nicht so selbstlos? –, sich der ›Erkenntnis‹ zu opfern, fehlte bislang in meinem imaginären Kuriositätenkabinett. Zum Wohl!«

Hoffmann erwiderte den Trinkspruch nicht. »Ich glaubte, dem Geheimnis der Insel auf der Spur zu sein. Als ich das erste Mal dort war, wurde mir alles klar: vulkanisch geboren. Mein Eindruck bestätigte sich, als es nochmals zum Ausbruch kam – damals saßen wir übrigens hier in der ›Meermaid‹. Wir hörten ein ohrenbetäu-

bendes Knallen und sahen am Horizont Feuer aus dem Berg auf-
schießen ... Aber später kamen mir Zweifel, als das Expeditionskorps
längere Zeit auf Ferdinandea weilte.«

»Das Korps?«

»Ja. Auch ein Maler war dabei. Wir benötigten ihn für die
exakte Illustrierung des Forschungsberichts.«

»Ist er noch hier?«

»Er ist abgereist, wollte zurück nach Deutschland. Vor etwa
einer Woche brach er auf. Er dürfte bereits in Lyon sein.«

»Er reist über Frankreich?«

»Ja, per Schiff nach Marseille, auf der ›Gloire du Midi‹, mit den
beiden anderen Forschern, Prévost und Joinville, und mit dem Bruder der hiesigen Wirtin. Die Franzosen wollten zurück nach Paris.
Auch ein philanthropisches Frauenzimmer war dabei – unter uns:
schwer erträglich. Sie hat Kupffer überredet, nach Weimar zu
gehen, in ihre Heimatstadt. Goethe lebt dort. Schon mal gehört?«

Cacàce schüttelte verwirrt den Kopf.

»Ein berühmter Dichter und nebenbei auch Naturforscher. Hat
sich mehrfach über Vulkanismus und Neptunismus geäußert.
Bereiste übrigens früher Italien, schrieb darüber auch ein Buch.«

»Ah«, Cacàce schnalzte anerkennend mit der Zunge.

»Jetzt ist er schon sehr betagt. Über achtzig. Ein Universalge-
lehrter. Alexander von Humboldt in Berlin kennt ihn näher. Auch
Humboldt ist ja ein allumfassend gebildeter Mann. Leider eine
aussterbende Spezies in diesen modernen Zeiten.«

»Was soll diese Weltmüdigkeit? Sie selbst scheinen mir der
Gegenbeweis Ihrer schwarzgalligen These zu sein.«

»Kapitän, Sie schmeicheln! Aber leider ist etwas dran. Wir wissen immer mehr, wissen es aber nicht mehr zu verbinden! Fast wie
der Mergel von Ferdinandea. Vielleicht ist die Insel ja ein Symbol
unserer Zeit?«

»Wie das?«

»Nun, ich komme auf den Aufenthalt auf Ferdinandea zurück,
auf das Expeditionskorps und auf meine Zweifel: Als wir erneut

aufbrachen, um im Inselinneren die Gesteinsschichten zu untersuchen und zu dokumentieren – es war zwei Tage vor der über-
stürzten Flucht –, da teilte sich vor meinen Augen der Vorhang.«

»Professore! Etwas weniger deutsche Poesie, bitte!«

Hoffmann räusperte sich. »Es war also auf dieser Expedition. Wir
waren in die Klamm hinabgestiegen, um die Quelle zu erkunden.«

»Süßwasser! Beste Voraussetzungen, auch für das Königreich!
Eine neapolitanische Kolonie genau in der Meerenge zwischen
Sizilien und Nordafrika! Die Franzosen und Engländer werden
sich schwarzärgern! Und die Idee der Fortifikation – großartig!«

»Welche Fortifikation?«, fragte Hoffmann irritiert und winkte
Rosalia heran, die wieder in den Schankraum gekommen war.

»Na, hören Sie mal«, sagte Cacàce. »Keine Geheimniskräme-
reien! Die Zitadelle! Und dass die Franzosen und Engländer vertrieben wurden.«

Rosalia schenkte nach und hörte gespannt zu.

»Vertrieben? Ja, wenn Sie's so nennen wollen. Also, der Winter
kam zwar reichlich spät, aber dafür umso heftiger. Doch zurück
zur Expedition ...«

Rosalia wischte umständlich den Nachbartisch und lauschte.
Die Eingangstür wurde aufgerissen. Don Sebastiano trat ein. Er
setzte sich an den Tisch, den Rosalia eben gesäubert hatte.

»... wir waren also in die Klamm hinabgestiegen. Bestes Süßwasser! Rein und klar!«

»Na also«, triumphierte Cacàce, »da könnte man ja glatt einen
Kurort etablieren.«

»Sie sind nicht der Erste, der diese Idee hat«, meinte Hoffmann.

»Kann ich mir denken«, lachte Cacàce und nahm einen kräftigen Schluck. »Aber auf die Dauer ist Wasser allein doch nichts.
Wirtin, schenken Sie ein!«

»Sie vertragen viel, Kapitän«, sagte Hoffmann mit schwerer
Zunge.

»Auch nicht mehr als Sie, Professore! Zum Wohl! ... Aber nochmals zu Ihren Weltzweifeln, woran machten Sie die fest?«

»Wir waren tief hinabgestiegen. Unter die Oberflächenschichten. Die hatten mich nicht mit Zuversicht erfüllt. Loser Mergel, Schutt, Asche, Staub ... nur wenige Flöze erkalteter Lava, die aber kein Netz bildeten, sondern nur hier und da ihre Adern ausstreckten. Wir hofften auf festes Gestein, gebundene Schichten, quasi ein Fundament für die Insel. Darüber hatte ich mich schon vorher mit Constant Prévost unterhalten ...«

»Die Freizügigkeit, mit der sich diese Franzosen auf Ferdinandea bewegen konnten, finde ich beiläufig etwas seltsam.«

»Ein exzellenter Kopf«, fuhr Hoffmann fort, »ebenso wie sein Kollege, der Zeichner Joinville. Nichts gegen Kupffer. Ich mochte ihn sehr. Aber Joinville ist als naturkundlicher Illustrator ausgebildet, im Detail genauer, weniger poetisierend als Kupffer, der im Einzelnen immer das Allgemeine sucht, ganz nach Goethes Symboldefinition ...«

»Scheint ja ein außergewöhnlicher Bursche zu sein, dieser Goethe«, sagte Cacàce hilflos. Er verstand von diesen deutschen Geistes- und Seelenfragen kein Wort.

»Schade nur«, seufzte Hoffmann, »dass sie alle abgereist sind, die Franzosen, Kupffer, selbst der Kleine, dieser Angelo, er geht mir irgendwie ab ...«

»Oh ja«, mischte sich vom Nebentisch Don Sebastiano ein, »mir geht er auch ab, und mehr noch unser hochverehrter schottischer Poet, mein lieber Freund Sir Walter.«

Cacàce blickte ratlos von Hoffmann zu Don Sebastiano und zurück. Was um alles in der Welt hatten die nur mit ihren Poeten und Malern und Gelehrten? Brauchte man so etwas in einer Zitadelle? »Ein Schotte?«, fragte er nach.

Hoffmann beachtete den Kapitän nicht. Zum Pfarrer gerichtet sagte er: »Ich kann das nachempfinden. Sie hatten sich ja prächtig mit dem alten Herrn verstanden.«

»Ja, über die Leidenschaft für die schöne Literatur hinaus war es auch eine Seelennähe.«

Schöne Literatur! Seelennähe! Cacàce rollte mit den Augen.

Waren denn in diesem Nest alle von der Gutmenschenkrankheit befallen?

Der Postmeister kam herein. Er begrüßte Michele mit Handschlag.

»Lass uns nachher eine Partie Wurfzabel spielen«, sagte Michele.

Alessandro nickte und bestellte einen Viertelliter roten Wein.

»Mehr nicht?«, fragte Rosalia.

»Ich muss morgen arbeiten. Das Postschiff aus Malta kommt.«

»Es wird bei dem Sturm kaum fahren«, meinte Michele.

»Wir werden sehen«, sagte Alessandro.

»Das Postschiff aus Malta?«, rief Don Sebastiano über die Tische hinweg. »Sag mir Bescheid, mein Junge, wenn etwas für mich dabei ist. Ich habe englische Romane bestellt.«

»Ah«, schaltete sich Hoffmann ein, »noch immer ehrgeizig am Lernen?«

»Die Sprache ist es nicht mehr so sehr. Ich habe im Umgang mit meinem Freund Sir Walter große Fortschritte gemacht. Aber mir wurde bewusst, wie fragmentarisch mein Wissen über die englische Literatur ist. Er hat mir eine Lektüreliste zusammengestellt. Die will ich nach und nach durcharbeiten. Oh ja! Lektüre ist Arbeit, das gab mir Sir Walter zu verstehen. Ein feiner und so selbstloser Mann! Leider steht es mit seiner Gesundheit nicht zum Besten.«

»Trotz der Badekur?«, fragte Hoffmann.

»Was will man machen«, seufzte Don Sebastiano. »Eine alte Geschichte. Ein Schlaganfall vor einigen Jahren, das wird nicht mehr ganz. Und das Alter, das Alter! Das Wasser von Ferdinandea ist auch kein Jungbrunnen. Es liegt eben alles in Gottes Hand.«

»Amen«, sagte Cacàce spöttisch.

Don Sebastiano nahm den Fremden ins Visier: »Sind Sie ein Freigeist, Signore?«

Cacàce streckte die Hände von sich. »Keineswegs. Ich bin nur ein Kapitän Seiner Majestät.«

»Welcher Majestät?«, fragte Don Sebastiano ungeduldig.

Rosalia, die das Gespräch verfolgt hatte, stieß Alessandro an.

»Pass auf«, raunte sie, »ich hoffe, die verquatschen sich nicht. Du musst wieder die Post kontrollieren. Cacàce ist ein Spion von Ferdinand!«

Alessandro nickte: »Kein Problem! Wir werden das Kindchen schaukeln.« Stolz blickte er auf Rosalias sich wölbenden Bauch.

»Wir hatten nämlich in letzter Zeit die Vertreter mehrerer Majestäten hier«, sagte Don Sebastiano unwirsch zu Cacàce. »Zeit, dass wieder Ruhe einkehrt.«

»Sie werden jetzt im Winter so viel Ruhe haben, dass Sie Ihre Lektüreliste von vorn und von hinten durcharbeiten können«, meinte Hoffmann.

»Welche Majestäten?«, fragte Cacàce nach. Er musste fast schreien, denn im Schankraum wurde es immer lauter. Die Russen hatten begonnen, ein Volkslied zu singen. Zwei hatten sich untergehakt und tanzten, wobei sie in die Hocke gingen und die Beine im Takt von sich warfen. Manche Gäste schauten nur stumpf zu. Andere klatschten und johlten das russische Lied auf einen sinnlosen Fantasietext mit.

»Wenn ich mir das so ansehe«, meinte Don Sebastiano, »sehne ich mich geradezu nach Ruhe und Stille. Wie die Sprachverwirrung beim Turmbau zu Babel. Sie kennen die Geschichte doch, Professore? Oder wird das in lutherischen Kirchen nicht gepredigt?«

»Doch, Hochwürden«, Hoffmann nickte. »Wir sind nicht so barbarisch, wie Sie glauben.«

»Ich glaube gar nichts!«, rief Cacàce dazwischen. »Ich will Fakten! Welche Majestäten? Und wie war das dort unten in der Klamm?«

»Kann ich mich dazusetzen?« Alessandro war an den Tisch des Pfarrers getreten.

»Komm nur, mein Junge, und lass uns die beiden Tische zusammenschieben. Bei dem Krach fällt es schwer, sein eigenes Wort zu verstehen.«

Sie schoben die Tische zusammen. Die Russen wurden immer

lauter, der Tanz raste dahin. Das Gegröle schwoll bacchantisch an. Rosalia kam und schenkte allen nach. »Geht auf Rechnung des Hauses.«

»Oho, Rosalia«, rief Don Sebastiano. »Gibt es etwas zu feiern? Nachwuchs gar?« Er schaute lächelnd auf die Wölbung.

»Nicht doch, Hochwürden«, sagte Rosalia verschämt, »wir sind nur froh, dass alles so glimpflich abging. Und wir sollten trotz des Winters unsere Lebensfreude nicht verlieren.«

»Da haben Sie recht«, lallte Hoffmann und reichte der Wirtin das leere Glas. »Das ganze Gejammer führt zu nichts.«

»Ach, Professore«, hakte Cacàce ein, »eben blickten Sie noch so melancholisch drein. Was ist denn die Ursache des Stimmungswandels? Und was war denn nun in der Klamm?«

»Wir sollten es den russischen Freunden gleichtun«, rief Rosalia, »feiern und fröhlich sein, einfach aus dem Augenblick heraus!«

Die anderen nickten.

»Auf das Leben!«, rief Alessandro und erhob das Glas.

»Auf das Leben und die Liebe!«, riefen ein paar von den Nachbartischen.

»Und auf die Literatur!«, rief Don Sebastiano. »Ja, und natürlich auf die heilige Rosalia und den heiligen Sebastian!«

»Und auf König Ferdinand!«, ergänzte Rosalia und stieß Cacàce aufmunternd an.

Die anderen reagierten auf diesen Toast nicht, nur der Kapitän rief in gequälter Hochstimmung: »Ja, ja, natürlich, auf Seine Majestät! Zum Wohl!« Sein Arm ragte als Einziger in die Höhe.

»Hochwürden, was ist eigentlich mit dem heiligen Sebastian?«, fragte Rosalia. »Können wir den noch holen?«

»Ich hoffe es, mein Kind. Es ging einfach alles zu schnell ... zuerst Professore Offmannos Warnung – ach, ich hätte es eigentlich selbst ahnen können.«

»Weshalb denn?«, fragte Hoffmann.

»Was denn?«, wagte Cacàce zu fragen. Keiner schenkte ihm Beachtung.

»Schon einmal, auf dem Weg zu der kleinen Bucht, wo ich mich mit Sir Walter zum Picknick traf … es war nach der Messe, ich war guter Dinge, das Kirchlein war voll gewesen …«

»Sie treffen sich mit Ausländern zum Picknick?«, warf Cacàce ein.

»… bis auf die Engländer – aber die sind ja Anglikaner – waren fast alle da gewesen, auch die Franzosen, eigentlich ein netter Menschenschlag, manchmal etwas eitel, aber das Herz auf dem rechten Fleck …«

»Ihre Parteinahme für den Feind macht mich stutzig!«, merkte der Kapitän an.

»… ich hatte also das Messgeschirr weggeschlossen, hatte den Picknickkorb unter dem Arm, schlenderte so vor die Tore hinaus …«

»Ah, also ist der Bau der Zitadelle schon weit vorangeschritten! Wie sieht es mit Wällen und Gräben aus?«, fragte Cacàce.

»… ich kannte den Weg ja genau, eigentlich ein Saumpfad, doch diesmal fand ich ihn an einer Stelle nicht mehr! Wie weggezaubert … oder besser: weggeschwemmt! Ja, weggeschwemmt! Vom Meer! Ich dachte mir seltsamerweise nichts dabei, bahnte mir etwas weiter oben meinen Weg durch den Kies … ach, es waren wieder unvergessliche Stunden mit dem feinen, großherzigen Mann!«

»Ja und?«, fragte Cacàce in die Runde.

»Das deckt sich mit meinen Beobachtungen«, meinte Hoffmann. »Unten in der Klamm … keine feste Grundschicht, kein Fels, nicht einmal Lava. Alles Mergel, loser Schutt. Prévost und ich waren uns sofort einig: Die Insel hat auf Dauer keinen Halt. Mir war das ungeheuerlich. Und was für einen Spalt die Eruption in die Insel gerissen hatte! Wie faules Holz, das beim ersten Schlag auseinanderbricht!«

»Was soll das heißen?«, frage Cacàce.

»Wir hätten auf Sie hören sollen«, nickte Don Sebastiano, »als Sie zurückkamen und uns warnten.«

»Es war *mein* Fehler«, bezichtigte sich Hoffmann. »Ich hätte Sie auffordern sollen, die Glocke zu läuten, die Menschen zusammenzurufen! Stattdessen ging ich zu Monsieur de Caillac ... ein braver, aufrichtiger Mann, aber eben zu sehr in seine Idee vernarrt.«

»Schon wieder ein Franzose?« Cacàce kam nicht mehr mit.

»Er wollte die Bauten nicht aufgeben.«

»Wie auch! Eine Fortifikation den Feinden überlassen?!«, meinte Cacàce.

»Der Admiral verbot sogar eine Preisgabe.«

»Recht so!«, stimmte Cacàce zu.

»Natürlich sprach sich das auch bei den Engländern herum.«

»Das Postschiff aus Malta?«, fragte Cacàce.

»Das kommt morgen«, sagte Alessandro. Er gab Rosalia ein Zeichen. Sie legte den Finger auf den Mund und goss dem Kapitän erneut ein.

»Nicht so viel, Frau Wirtin, mir ist ganz schummerig«, sagte Cacàce.

»Aber ich bitte Sie, Kapitän. Sie müssen morgen ja nicht ausfahren. Viel zu stürmisch.«

»Aber sobald es geht, muss ich hinüber nach Ferdinandea. Die Zitadelle begutachten. Und dem König nach Neapel berichten, wie sein Vorposten sich gemacht hat.«

»Welcher Vorposten?!«, raunzte Don Sebastiano ihn an.

Rosalia goss auch dem Pfarrer ein und sagte: »Habe ich Ihnen eigentlich schon erzählt, Hochwürden, dass Grampi bei sich noch ein Bild gefunden hat? Von dem Deutschen. Der hatte es hinter den Kleiderschrank geschoben und dort vergessen. Ein männliches Porträt.«

»Nochmals ein Sebastian?« Des Pfarrers Züge hellten sich auf. »Mir ist gar nicht wohl, wenn ich daran denke, dass wir den schönen Heiligen drüben lassen mussten ... aber es musste auch alles so verdammt«, er räusperte sich, »ich meine, so rasend schnell gehen ... es glich ja einer Flucht ... und nun wird der heilige Sebastian vor sich hin weinen, und keiner sieht es.«

»Wieso sollte der Heilige weinen?«, fragte Cacàce verständnislos.

Rosalia schenkte nach. »Trinken Sie, das beantwortet so manche Frage.«

»Und was soll das für ein Bild sein, hinter dem Schrank?«, fragte Don Sebastiano.

Rosalia zuckte mit den Schultern. »Ich weiß es nicht, habe es nicht gesehen. Grampi sagt, ein Jünglingskopf. Hals und Schultern sind unvollendet. Aber der Schmied kann das fertigpinseln. Er ist ja geschickt in solchen Dingen.«

»Ein Jünglingskopf?«, fragte Don Sebastiano. »Da fällt mir ein, wir haben in unserer Kirche noch keinen Johannes Evangelist. Ja, es muss der Apostel Johannes sein!« Er streckte die Hand aus, damit Rosalia einschlüge. »Sprich mit Grampi«, bat er, »ich will das Bild haben. Er soll es fertig malen. Ich bezahle ihn anständig. Ich weiß auch schon, wo ich das Bild aufhängen werde. Natürlich bei einem feierlichen Hochamt. Mit allem Drum und Dran! Weihrauch und Segnung. Ich werde dem Bischof schreiben. Vielleicht springt sogar ein Ablass heraus!«

Ein paar Umsitzende murmelten zustimmend.

Cacàce fragte: »Und warum der Apostel Johannes?«

»Ja warum denn nicht?«, wies Don Sebastiano den Kapitän zurecht. »Sie haben doch gehört: ein hübscher Jüngling. Na also! Und außerdem ist er der Patron der Maler. Das heißt, Kupffer hat gewusst, wen er malt!«

»Kupffer ist Protestant«, wandte Hoffmann ein.

»Papperlapapp«, sagte Don Sebastiano unwirsch. »Professore, die Heiligen gelten für alle! Und der heilige Johannes für alle Maler. Und so schlecht war Kupffer auch wieder nicht! Ich meine, als Maler. Freilich, das andere«, er pfiff durch die Zähne, »aber schweigen wir hiervon! ... Ach, und übrigens«, er wandte sich an Alessandro, »der heilige Johannes Evangelist ist auch der Patron der Schreiber und Beamten.«

»Ich bin Postmeister«, sagte Serna.

»Das kommt aufs Gleiche heraus«, sagte der Pfarrer. »Rosalia, schenk mir nach. Und auch dem Kapitän. Er hat ja nichts mehr.«

Cacàce wollte abwehren, aber er wurde schon längst nicht mehr gefragt.

»Außerdem«, fuhr Don Sebastiano fort, »steht der Festtag des Heiligen bevor: der 27. Dezember. Das passt also auch. Bis dahin müsste Grampi es ja schaffen, Hals und Schultern hinzuzufügen. Francesco!«, rief er den Jungen heran. »Geh doch gleich mal hinauf zum Schmied und richte ihm aus, er soll morgen Vormittag zu mir kommen. Ich habe mit ihm zu reden!«

Francesco machte einen Diener und wollte schon hinaus, da hielt der Pfarrer ihn am Ärmel zurück. »Und dass du dich nicht nur hier im Wirtshaus aufhältst, hörst du?! Schließlich ist deine Mutter«, er sah Rosalia streng an, »eine fromme Frau, wie wir wissen. Ich will dich am Sonntag wieder zum Ministrantendienst sehen!«

Francesco nickte gehorsam und verschwand.

Rosalia lenkte ein: »Hochwürden! Selbstverständlich soll der Junge weiterhin Ministrant sein. Aber ich brauche eben auch hier Hilfe. Jetzt, wo Angelo mit dem Maler fortgezogen ist. Na, vielleicht besser für ihn. Diese Französin hätte ihm nur den Kopf verdreht.«

Hochwürden bekam einen zornesroten Kopf. »Bah, diese Weibsbilder! Dass die endlich fort sind, ist an der Sache eigentlich das Beste. Diese Madame de Irgendwas und die andere, wie hieß sie noch?«

»Die Engländerin?«, frage Rosalia.

»Genau die! Wollte, wie ich hörte, nach London zurück und dort ein neues Parfüm kreieren. O vanitas vanitatum! Aber man sieht ja, wohin alle Eitelkeit, aller Prunk führt. Die Insel ist uns dafür vielleicht ein Sinnbild.«

»Ich bitte Sie, Hochwürden«, wandte Alessandro ein, »ein heftiger Wintersturm, nun gut. Aber nach dem Winter kommt das Frühjahr, dann werden wir wieder hinausfahren und mit uns die Gäste!«

»Ich fürchte, sie werden es nicht tun«, sagte Hoffmann mit düsterer Miene.

»Bitte, wer soll wohin fahren?«, fragte Cacàce.

Rosalia schenkte dem Kapitän ein.

»Jetzt, wo die Engländer weg sind, wird manches vielleicht sogar einfacher«, sagte Alessandro unbedacht. Rosalia stieß ihm den Ellbogen in die Seite.

»Die Engländer?«, fragte Cacàce nach.

»Die Engländer!«, höhnte Don Sebastiano. »Sind ja bei der ersten Gefahr abgedampft, mitsamt ihren Kriegsschiffen, die da noch aus Gibraltar geschickt worden sind! Das heißt, fleißig waren sie, das muss ich zugeben, und spendabel! Aber sonst?« Er machte eine wegwerfende Geste. »Vielleicht besser so. Nur schade um meinen Freund Sir Walter. Irgendwie machte ihm das alles zu schaffen. Gesundheitlich, meine ich. Er wollte nach Malta zurück. Und von dort im Frühjahr wieder hoch nach Schottland, in seine Heimat. Er hat mir viel davon erzählt. Auch von Schloss Abbotsford, wohin er mich einladen will, nächstes Jahr vielleicht. Schottland sei eine herbe Schönheit, ähnlich wie Ferdinandea, sagte er einmal zu mir.« Der Geistliche seufzte wehmütig. Tränen stiegen ihm in die Augen.

Rosalia tätschelte ihm die Schulter. »Na kommen Sie, Hochwürden, er wird sicherlich wiederkommen, Ihr schottischer Freund. Das Postschiff wird ihn im Frühjahr wieder herbringen, ganz bestimmt! Und um die anderen, diesen Hotham und diese Frauenzimmer mit ihrem Bergamotte-Spleen, ist es nicht schade!«

»Also, wie war das denn nun mit den englischen Kriegsschiffen aus Gibraltar?«, hakte Cacàce beharrlich nach. »Nach unseren Informationen – ich kenne natürlich auch nur den Bericht des Polizeichefs aus Neapel, übrigens ist der neue nur der alte –, also demnach ...«

»Polizei?«, sagte Don Sebastiano streng. »Die brauchen wir hier nicht! Und schon gar nicht aus Neapel! Wir haben unseren Herrgott und unsere Heiligen, und hier gibt es mich, den Pfarrer! Außerdem sind wir Sizilianer und keine Schnösel vom Festland!«

Lauthals stimmten alle zu und erhoben die Gläser. Don Sebastiano lehnte sich befriedigt zurück. »Und was Ferdinandea anbelangt«, schob er nach, »so werden wir sehen. Erst einmal ist Winter, und im Frühjahr ... nun vielleicht wieder ... aber ohne die Engländer und Franzosen! Aber die Kirche dort geben wir nicht auf! Immerhin haben wir noch den wundertränigen Sebastian.«

»Wenn es die Insel bis dahin noch gibt«, nuschelte Hoffmann.

Keiner beachtete ihn. Nur Cacàce, dem vom vielen Wein schlecht war, hatte das gehört und fragte: »Wieso sollte es Ferdinandea nicht mehr geben? Ich meine, so eine starke Zitadelle, mit Wällen und Mauern und Türmen und Toren ... Die wird wohl ein paar läppischen Winterstürmen standhalten.«

Hoffmann ließ sich von Rosalia erneut nachschenken und trank aus. Dann stierte er den Kapitän mit glasigen Augen an und lallte: »Lose ... alles lose.«

Cacàce machte ein dummes Gesicht. Er wandte sich von Hoffmann ab und sagte zu Rosalia: »Frau Wirtin, ich will morgen einen Bericht nach Neapel schicken, an den König. Wann kommt das Postschiff aus Messina?«

»Fragen Sie den Postmeister.«

»Bei diesem Wetter überhaupt nicht«, stellte Alessandro klar.

»Und bei gutem Wetter?«

»In fünf Tagen.«

»Dann werde ich so lange warten. Hab's ja nicht eilig. Ich werde Ihnen also in den nächsten Tagen ein Schreiben an Seine Majestät geben.«

»Nur zu! Wir werden uns darum kümmern.«

»Auf die Postmeisterei ist Verlass«, versicherte Rosalia und goss nochmals ein.

Cacàce machte eine abwehrende Geste. »Oh Gott, Frau Wirtin, mir ist schwindelig! Schlimmer als bei Windstärke zehn. Wo ist der Abort?«

Rosalia wies mit einer Drehung des Kopfes auf die hintere Tür. »Dort hinten, quer über den Hof, dann links.«

Der Kapitän wollte sich erheben, zögerte aber noch. Er wusste nicht, wie er nach draußen gelangen sollte.

Francesco stürzte herein, rot vor Aufregung. Seine schweiß-
nassen Haare klebten an der Stirn. »Draußen ... die Insel!«, rief
er. »Sie spuckt wieder! Der Himmel ist rot! Es donnert!«

Die Gespräche rissen ab. Die Russen hatten aufgehört zu singen. Sie hatten zwar nichts verstanden, aber sie spürten, dass
irgendetwas Ungutes in der Luft lag.

Alle rannten vor die Tür, um nach dem roten Widerschein am
Abendhimmel zu sehen.

Nur Hoffmann und Cacàce blieben sitzen.

»Was donnert?«, lallte der Kapitän.

Hoffmanns Gesicht war eingefallen. »Lose ... alles lose«, wiederholte er leise und starrte stumpfsinnig auf die Tischplatte, wo
vergossener Wein Rinnsale bildete.

Hinter ihnen waren Schritte zu hören.

»Verzeihung«, sagte eine Männerstimme, »wir suchen einen
ausländischen Herrn, der hier in Sciacca zu Gast ist ...«

Der Professor und Cacàce blickten auf. Cacàce wusste, er hatte
zu viel getrunken. Er sah doppelt, so kam es ihm vor: Zwei groß-
gewachsene Männer, die den gleichen breitkrempigen Filzhut mit
Strickkordel und die gleiche Joppe trugen, darunter das gleiche
geringelte Hemd. Beide grinsten. Der Kapitän ließ den Kopf sinken und schloss die Augen. Viel zu viel Wein! Wahrscheinlich
würden gleich weiße Mäuse ein Ballett aufführen.

Hoffmann ergriff mühselig das Wort: »Was ... zum Teufel ... seid
ihr denn für Klabautermänner?«

Einer der beiden zog den Hut und ergriff das Wort (Cacàce sah
das nicht und musste so noch immer an eine Doppelung glauben):
»Wir sind ehrenwerte Puppenspieler aus Palermo und haben uns
trotz des schlechten Wetters hierhergekämpft, um unsere Aufwartung zu machen ...«

»Puppenspieler?« Hoffmann zog eine Grimasse. »Wozu? Hier
gibt's doch schon genug zu lachen, hier ...«, er machte mit dem
Arm eine ausladende Geste, »in diesem Nest mit all seinen
Bekloppten! Was brauchen wir da noch Puppenspieler?!«

Auch der zweite Puppenspieler nahm seinen Hut ab und sagte in ernstem Ton: »Signore, wir haben einen Kontrakt erhalten«, er griff in seine Joppentasche und holte ein zerknittertes Blatt Papier hervor, »hier, von einem ausländischen, hochgeborenen Herrn, il Conte Gautiero Scott!« Er blickte Hoffmann triumphierend an.

Der Erste ergriff wieder das Wort: »Der Graf hat uns herbestellt. Es soll hier eine Insel vor der Küste geben, mit einem Kurort und vielen Gästen ...«

»Und mit einem neu errichteten Puppentheater!«, ergänzte der Zweite.

»Jawohl«, sagte der Erste, »und wir wurden vom Grafen beauftragt, sein jüngstes Stück zu spielen. ›Die Serenade‹. Wir haben es in wochenlanger Arbeit einstudiert und für die Bühne eingerichtet!«

»Und nun bestehen wir auf der Einhaltung des Kontrakts!«, betonte der Zweite.

Hoffmann schaute die beiden Männer groß an. Er war unendlich müde. Konnte man ihn nicht einfach in Ruhe lassen? Er nahm seine letzte Kraft zusammen und lallte: »Rutscht mir doch den Buckel runter. Kontrakt! Wo kein Auftraggeber, da kein Kontrakt! Euer schottischer Edelmann hat sich aus dem Staub gemacht. Sitzt drüben auf Malta, vielleicht ist er auch schon zurück nach Schottland, trinkt Whiskey und schreibt an seinen Schwarten.«

Die Puppenspieler glotzten Hoffmann an.

»Und«, fuhr der Professor fort, »es ist einfach so: Ihr zwei seid schlicht zu spät gekommen! Ja, zu spät! Kein Scott, kein Geld, klar? Und jetzt verschwindet und lasst mich in Frieden.«

Hoffmann griff nach dem Weinglas, sah, dass es leer war, und ließ erschöpft den Kopf auf die Tischplatte sinken. Schimpfend und fluchend verließen die Puppenspieler das Wirtshaus.

Jetzt wand sich Cacàce mühsam hoch. Die doppelte Vision hatte sich glücklicherweise verflüchtigt. Der Weg war frei. Er hangelte sich durch den Schankraum, stolperte durch die Tür, die in den Hinterhof führte. Bis zum Abort schaffte er es nicht mehr. An der Mauer kauernd, entleerte er unter Konvulsionen seinen Magen. Teufel! Was hatte ihm die Wirtin nicht alles eingeflößt! Von ferne hörte er ein Donnern. Erschöpft sah er auf. Der Himmel über ihm schimmerte rötlich. Das Pflaster unter ihm roch säuerlich und scharf. Ihm war noch immer übel. Alles drehte sich. Was tat er hier nur? Er wünschte, sterben zu können.

Viel Lärm um nichts

DAS KARUSSELL DER KORRESPONDENZ drehte sich schneller denn je. Nur mühsam gelang es Alessandro und Rosalia, die Fäden des Spiels in der Hand zu behalten. Cacàces Berichte, die auf dem, was ihm in der »Meermaid« weinselig zugesteckt worden war, wucherten, mussten zurechtgestutzt oder ausgeschmückt werden, um die Fortifikation von Ferdinandea uneinnehmbar und auch im Winterhalbjahr besiedelt erscheinen zu lassen. In der Folge ließ sich König Ferdinand nicht lumpen und ernannte in Absprache mit Großadmiral Graziani – der bei der Unterredung seine Offiziersmütze mit von kaltem Schweiß klammen Händen knüllte – Kapitän Cacàce zum Vizeadmiral der Kriegsflotte des Königreichs dreier Sizilien. In Ferdinands Begleitbrief zur Ernennungsurkunde wurden einige Fragen gestellt, die in einer bewegten nächtlichen Redaktionssitzung in Sernas Bett Beantwortung fanden. Der König war freilich pikiert über die orthografische Schwäche seiner hohen Marine-Offiziere, hatte er doch ein entsprechendes Defizit bereits bei Graziani feststellen müssen. Doch erschienen ihm gesunder Menschenverstand und fester männlicher Charakter wichtiger als philiströse Gelehrsamkeit. Die wehte ihm aus einem Schreiben Federico Offmannos entgegen, einem Entlassungsgesuch, das Ferdinand mit ungeduldiger Geste gegen den Sekretär abwies: »Solange die Sonne nicht jedes Geheimnis auf Ferdinandea aufgedeckt hat«, wie er dem Faktotum in die Feder diktierte.

Diesen Brief Seiner Majestät leitete Alessandro Serna ohne Besserung an Hoffmann weiter, der das Schreiben im Beisein des Postmeisters öffnete und überflog. Ein hohes und – wie es Serna schien – wahnwitziges Lachen brach aus dem sonst so zurückhaltenden Gelehrten hervor. Verlegen stahl sich der Postmeister aus dem Zimmer und kehrte in sein Büro zurück. Noch einige Minuten lang hörte er durch die Wand das irrlichternde Gelächter des Deutschen.

Eine Stunde später klopfte Hoffmann an Sernas Tür.

»Wann geht das nächste Postschiff nach Malta? Ich will nach Deutschland zurück. Mir wurde eine Professur in Berlin in Aussicht gestellt.«

»Das Wetter hat sich beruhigt«, antwortete Alessandro Serna etwas ratlos, »also, wenn nichts dazwischenkommt, dann landet das Postschiff übermorgen an.«

Hoffmann nickte, zählte dem Postmeister den Mietzins auf den Tisch, murmelte ein »grazie« und ging hinaus.

Tags darauf hatte sich das Wetter gebessert, die Winterstürme waren abgeflaut, die Kälte jedoch war geblieben. Das Postschiff aus Malta war früher als erwartet angekommen. Don Sebastiano erhielt ein paar englische Romane und einen in englischer Sprache verfassten Brief. Ihm zitterten die Hände, als er die Schrift Sir Walter Scotts erkannte:

Mein Freund,

nehmen Sie diese Bücher als bescheidene Gabe zur Komplettierung Ihrer Bibliothek. Leider bin ich so schwach, dass an eine Rückkehr nach Sciacca im Frühjahr nicht zu denken ist. Behalten Sie mich in guter Erinnerung. Die Stunden mit Ihnen auf Ferdinandea sind mir kostbar wie Weniges auf dieser Welt.

Don Sebastiano schossen Tränen in die Augen. Sein verwaschener Blick fiel auf das Bildnis des heiligen Johannes Evangelist, des Lieblingsjüngers Jesu Christi. Grampi hatte es zur Begutachtung vorbeigebracht. In diesem Augenblick beschloss Don Sebastiano, den Altar, den er in zwei Wochen mit dem Gemälde schmücken würde, für sich, ganz für sich, dem Kult der Freundschaft zu weihen. Dass das Porträt Angelos Züge trug, rührte ihn nur umso mehr.

~ ~ ~

Der leibhaftige Angelo traf in jenen Tagen vor Weihnachten des Jahres 1831 gemeinsam mit Anton Raphael von Kupffer und Else von Göchhausen in Weimar ein. Das gelehrte Fräulein hatte die anstrengende Reise zu Wasser und zu Land, auf Schiffen, Booten, Fähren und in Kutschen mit dem Vorlesen von allerlei Maximen und Reflexionen des »Olympiers von der Ilm« zu versüßen gewusst.

»Das Leben vieler Menschen«, rezitierte sie, »besteht aus Klatschigkeiten, Tätigkeiten, Intrige zu momentaner Wirkung.« Und seufzend setzte sie nach: »Wie wahr!«

Kupffer lag meist in einem Winkel der Koje oder der Kutsche und flüchtete sich in einen mentalen Dämmer. Angelo hingegen, dem der Maler die Grundlagen der deutschen Sprache zu vermitteln begann, war im Idiom des Dichterfürsten noch nicht weit genug, um sich um den Sinn dieser Sentenzen scheren zu müssen.

Else von Göchhausen, die vor ihrer Abreise in einem Anflug freiheitssüchtigen Neubeginns ihre Weimarer Wohnung gekündigt hatte, kam nun bei Hofe unter. Eine ihrer Kusinen führte dort das langweilige Leben einer Hofdame und setzte sich bei Herzog Carl Friedrich für ihre Anverwandte ein: »Hoheit«, versicherte sie, »meine Base Else – Sie kennen sie von den Soireen Ihrer Gemahlin – ist nicht nur eine abenteuergesättigte Frau, sie hat auch das seltene Talent, Mitteilsamkeit mit Distinktion zu verbinden. Selbst *Goethe* schätzt sie außerordentlich!«

Das Zauberwort war gefallen. Carl Friedrich, den die Soireen seiner Frau Maria Pawlowna kalt ließen, nickte die Eingabe ab: »Genehmigt. Vielleicht weiß die Demoiselle Kurioses und Unerhörtes aus der Welt zu berichten.«

Else von Göchhausen bezog daraufhin das verwinkelte, über die Jahrhunderte entstandene Schloss in der unerschütterlichen

Absicht, es zu einem Tempel der Menschenliebe zu machen. Die Nicht-Erleuchteten sollten sie noch kennenlernen!

Auch Kupffer fand Unterkunft – und Anstellung. Johann Heinrich Meyer – »Kunscht-Meyer« nannte man den gebürtigen Zürcher und Direktor der Weimarer Zeichenschule nicht ohne Respekt – studierte eifrig eine Mappe des Kollegen und begeisterte sich für dessen Studien italienischer Häuser und Landschaften, Pflanzen und Tiere.

»Das isch grandios!«, sagte der Schweizer mehrmals in bestem Schwyzerdütsch, »wie guet Sie die Küäh und die Gämsche troffe händ!«

Einige Zeichnungen und Aquarelle einer Feuer und Rauch speienden unwirtlichen Insel hingegen riefen Meyers Widerwillen hervor, ja flößten ihm Angst ein: Hier fehlten klassische Mäßigung und Bändigung, edle Einfalt und stille Größe, wie der große Winckelmann sie gefordert und Goethe sie vollbracht hatte! Und dann waren da ein paar freizügige Aktzeichnungen, die einen Jüngling darstellten! War das nicht der Bursche, der in Kupffers Begleitung gekommen war und sich neugierig im Direktorat umblickte? Meyer wandte diese Blätter rasch um, fasste sich verlegen an seine altväterliche Kappe und meinte nur: »Das isch virtuos! I will luäge, dass Sie ä Profässur brchömet! Aber«, er deutete auf die Aktzeichnungen, »das söttet Sie äm Herzog nid zäige!«

»Und Goethe?«, fragte Kupffer arglos, »immerhin hat er doch in seiner ›Schweizer Reise‹ das Bad mit den Brüdern Stolberg –«

»Nüt drfo!«, fauchte Meyer ihn an – die Worte kamen kloßig aus hinterster Schweizer Kehle –, »dr Goethe isch a nume ä Mönsch gsi!«

»Wie?«

»Är het sech überwunde! Es gaht ihm übrigens nöd sehr guet. Är isch jo zäh Johr älter als ich. Gäischtig isch er immer no ganz läbig. Diktiert äm Dokter Eckermann no halbi Täg lang. Aber dr Lib, dr Lib ... das Seelegfängnis! Mir wänd nöd unke. Äs hät halt alles sis Zitleche!«

»Ja«, seufzte Kupffer, »selbst die Schönheit, auch sie ist von Trauer umwittert, weil sie das Licht nur geliehen empfängt.« Ihm war mit einem Mal sehr poetisch zumute. Er blickte zu Angelo, der selbstvergessen ein Aquarell, eine Darstellung der Nymphe Salmakis und des Jünglings Hermaphroditos, betrachtete. »Und doch«, setzte Kupffer hinzu, »kann die Kunst der Vergänglichkeit ein Schnippchen schlagen.«

»Ach«, Meyer runzelte skeptisch die Stirn, »die Kunscht ...«

~ ~ ~

»Die Vergänglichkeit?«, rief Earl Grey fassungslos. »Du willst die Vergänglichkeit in einen Duft bringen?!«

»Ja, gerade die Vergänglichkeit«, insistierte seine Tochter Ophelia. »Dahinter steht nicht nur eine Kunst, sondern eine Idee. Bislang hat man immer recht wahllos Düfte von Pflanzen und Tieren herausgefiltert, sie neu gemischt und mit einem poetischen Namen versehen. Ihnen die Poesie quasi übergestülpt. Aber dahinter stand keine wirkliche Idee! Meine Idee ist es, den Hauch der Vergänglichkeit selbst zu bannen ...«

»Die Vergänglichkeit bannen!«, äffte Earl Grey seine Tochter nach.

Die fuhr unbeirrt fort, von der Flamme ihrer Idee genährt: »Jawohl, ein Paradoxon, aber nur ein scheinbares. Pauline sieht es übrigens genauso.«

»Die Chermette?« Der Premierminister nahm angewidert einen Schluck vom Bergamottetee. »Muss ich erst die Lagerbestände von ganz England aufbrauchen, bevor man mir etwas anderes serviert?«

»Papa, lass dir das nicht gefallen. Sollen die Preußen den Bergamottetee trinken. Die sind, wie ich hörte, ganz wild danach.«

»Na ja, Preußen!«, schmunzelte Earl Grey. »Was will man von einem Volk auch erwarten, das den Exerzierstock verschluckt hat und dem jede feinere Lebensart abgeht.«

»Übrigens, Papa ... deine Beinkleider ...«, Ophelia machte ein betrübtes Gesicht.

»Was soll mit ihnen sein?«

»Das ist ähnlich wie mit dem Bergamottetee. Passé. Solche Beinkleider trägt man heute nicht mehr, jedenfalls nicht in Paris.«

»In Paris?«

»Ja, Monsieur de Caillac hat uns das erzählt. König Louis Philippe hat eine neue Hosenmode kreiert: die Bügelfalte.«

»Die Wäschefrau ließe ich in den Tower werfen!«

»Papa, du bist ein Mann der Macht, ein Mann von Welt. Du kannst nicht immer den Moden hinterherhinken!«

»Was gehen mich deine Moden an?«

»Sie sind ein sicheres Zeichen von Geschmack, davon, das Atmosphärische der eigenen Zeit wahrzunehmen. Womit wir wieder beim Thema wären. Also Pauline ...«

»Geh mir mit diesem fadenscheinigen Frauenzimmer!«

»Sie ist eine gebildete und lebenslustige Frau. Was dir bisweilen abgeht.«

»Wärest du nicht meine Tochter ...«

»Ich fürchte, ich bin dir in Vielem sogar sehr ähnlich, immerhin bin ich deine Tochter. Also, Pauline hat bereits mit einem der besten Parfümeure aus Paris Kontakt aufgenommen. Wir wollten zunächst einen in London konsultieren, aber, na ja, London eben ...« Lady Grey zuckte verächtlich mit den Schultern. »Wir verfolgen also die Idee, die Vergänglichkeit selbst zu bannen, aber das mit dem flüchtigsten Element, das wir kennen, dem Duft. Übrigens soll die Essenz den beziehungsreichen Namen ›Fragrance de Giulia‹ führen.«

»Warum denn das?!«

»Erstens, weil uns die Idee dazu auf Giulia kam, und zweitens, weil wir versuchen wollen, Düfte der Insel hineinzukomponieren.«

»Weshalb?«

»Weil auch Giulia ein Symbol der Vergänglichkeit ist.«

»Nenn die Insel bitte Graham Island. Schließlich ist sie in englischem Besitz. Und sie ist nicht vergänglich! Sie ist ein wichtiger Baustein des britischen Empires.«

»Monsieur Prévost ist da anderer Meinung.«

»Wer?«

»Ein Geologe aus Paris, der mit uns dort war. Er glaubt, die Insel ist aus solch lockerem Material, dass um ihren Fortbestand zu fürchten ist.«

»Unsinn. Ein Pariser Geologe! Wahrscheinlich einer von diesen Salbadern mit pomadisiertem Haar und mit Bügelfalte in der Hose, wie auch sein König.«

»Papa, mach dich nicht lächerlich! Ich werde heute bei deinem Schneider ein halbes Dutzend neuer Beinkleider für dich in Auftrag geben.«

»Das wirst du nicht tun!«

»Doch, ich werde. Wenn du das nächste Mal vor dem Unterhaus sprichst, will ich nicht, dass du zum Gespött wirst.«

»*Ich* auch nicht! Aber noch einmal zu Graham Island: Die Franzosen sind also abgezogen?«

Lady Grey nickte.

»Na, umso besser. Die Angelegenheit wurde nachgerade teuer. Ich fürchtete schon einen Aufstand des Parlaments – diese Pfennigfuchser, die immer nur kurzsichtig auf die Ausgaben schielen und nie das Ganze im Blick haben.«

»Und Vizeadmiral Hotham hat die Insel auch verlassen.«

»Ich weiß«, sagte Earl Grey. »Die Kriegsschiffe, die ich sandte, sind nach Malta gefahren, ins Winterquartier. Ein taktischer Rückzug, kein Ende des Krieges um Graham Island! Jetzt im Winter wäre es Unsinn, vor Ort auszuharren. Aber im Frühjahr sind wir wieder zur Stelle, und das, mein Kind, ich verspreche es dir«, der Premierminister ballte die Faust, »noch *vor* den Franzosen und irgendwelchen sizilianischen Insulanern. Und wenn wir im Mittelmeer ein flammendes Inferno entfachen müssten! Rule, Britannia! Britannia, rule the waves!«

Lady Grey rollte mit den Augen. »Papa, hättest du die Geduld, dass ich deine Hosenmaße abnähme?«

»Weshalb das?«

»Weil dein alter Schneider einen Schlaganfall hatte, und ich traue seinem jungen Nachfolger nicht. Übrigens eine Altmännerkrankheit. Auch Sir Walter Scott hat vor einigen Jahren einen Schlaganfall erlitten. Er hinkt noch heute und spricht etwas langsam.«

»Ich bin noch kein alter Mann.«

»Ja, Papa ... und jetzt bitte deine Hosenmaße.«

~ ~ ~

In frisch gebügelten Hosen mit Falte saß König Louis Philippe beim Frühstück und sah die neuesten Zeitungen aus dem In- und Ausland durch. Der »Figaro« brachte unter »Vermischtes« einen Artikel über die Inhaftierung eines amerikanischen Journalisten namens Lewis Newman durch die britische Marine. Louis Philippe wollte schon weiterblättern, als sein Blick an dem Wort »Giulia« hängen blieb. Die Engländer hatten einen Amerikaner auf Giulia festgenommen? Pikant! Da traf es sich gut, dass für den Vormittag eine Unterredung mit Paul de Caillac angesetzt war, der sich wenige Tage zuvor aus dem Süden zurückgemeldet hatte.

Louis Philippe blickte durch das Fenster auf die Tuilerien: alles grau in grau, der Himmel, die Stadt, die Menschen. Kein Wetter für einen Ausritt. Und Caillac hatte sich monatelang auf Staatskosten unter blauem Himmel am azurnen Meer tummeln können!

Eine Stunde später erschien Caillac. Louis Philippe erkannte ihn kaum wieder. Braungebrannt, mit entspannten Gesichtszügen, in straffer Haltung, so stand der Botschafter in London vor dem König. Louis Philippe erinnerte sich noch an die Begegnung im Sommer in den Tuilerien, und wie eingefallen und schmerzzerfurcht Caillacs Gesichtszüge damals auf ihn gewirkt hatten.

Der Monarch ließ es sich nicht nehmen, von seinem Sessel aufzustehen und dem Heimkehrer mit zum Gruß ausgestreckter Hand entgegenzugehen. Das war er, so fand er, seinem Ruf als Bürgerkönig schuldig.

Caillac verneigte sich nach alter Etikette. Louis Philippe fasste den Diplomaten sanft an den Schultern: »Nicht doch, mein Bester, wir sind doch unter uns. Beiläufig, es ist die Zeit des zweiten Frühstücks. Sie müssen mir Gesellschaft leisten, bei ein wenig Lachs, Kaviar und Champagner ...«

Der Diener legte ein zweites Gedeck auf und schenkte Tee und Champagner ein. Louis Philippe machte ihm ein Zeichen, den Raum zu verlassen. »Danke, wir bedienen uns selbst.«

Er wandte sich wieder Caillac zu: »Sie müssen mir ein paar Details erzählen, von dort unten. Ist ja nicht alles für fremde Ohren bestimmt.«

Sie setzten sich. Der König bot Lachs an. Caillac litt unter dieser etikettelosen Geste. Lieber hätte er sich im Audienzsaal gesehen, das Knie gebeugt, in demütiger Haltung.

»Sie sehen gut erholt aus«, eröffnete Louis Philippe das Gespräch.

»Danke, Majestät, ich fühle mich auch sehr wohl.«

»Dann bekam Ihnen das südliche Klima?«

»Ja, und nicht nur das Klima. Giulia hat noch weiteres heilkräftiges Potenzial.«

»Und das wäre?«

»Majestät, da wir unter uns sind, wage ich auch von intimen Belangen zu sprechen, die nicht für die Öffentlichkeit bestimmt wären.«

»Ich bin Ihr König. Sie dürfen mich als Ihren Beichtvater betrachten.«

Caillac wollte sich dankend erheben und sich verbeugen, doch Louis Philippe drückte ihn nonchalant in die Polster zurück.

»Majestät, also ... unter Männern ... ich wurde seit Jahren von einem Leiden des Unterleibs heimgesucht, das man gern und nicht zu Unrecht als Altherrenleiden apostrophiert ... eine gewisse Blasenschwäche mit heftigem Drang ...«

Louis Philippe nickte verständnisvoll.

»Nun, Majestät, nicht nur das milde Klima auf Giulia, nein, auch Bäder im salzigen Meerwasser und vor allem eine Trinkkur mit dem dort entdeckten heilkräftigen Wasser, frisch geschöpft aus einer tiefen Klamm –«

»Sie sagten Heilwasser?« Louis Philippe strahlte.

»Ja, bestes heilkräftiges Wasser. An der Qualität ist nicht zu zweifeln. Auch Monsieur Prévost von der Königlichen Geologischen Gesellschaft wird Ihnen das bestätigen. Er ist übrigens bereits in Paris und bereitet – gemeinsam mit dem Zeichner Joinville – einen offiziellen Bericht vor, den Majestät in den nächsten Tagen vorgelegt bekommen.«

»Schon gut. Ihre persönlichen Ausführungen sind mir mehr wert als das trockene Gefasel der Wissenschaftler. Zurück zu Giulia: Also heilkräftiges Wasser! Reichlich?«

»Im Übermaß! Das wird die nächsten Jahrhunderte nicht knapp werden!«

»Wir haben also Anlass, uns über einen Kurort zu freuen?«

»Majestät! Der Kurort steht bereits! ›Neu Vichy‹ – so haben wir die Siedlung auf Ihre Anregung hin genannt – ist in den wichtigsten Anlagen fertig: Hotel, Kurhaus, Gastronomie, Badebetrieb, Promenade, Orchestermuschel, Wasserleitung, sogar eine dem heiligen Sebastian geweihte Kirche gibt es, mit einem wundertränigen Bildnis!«

Der König lachte und drohte scherzend mit dem Finger: »Ihnen geht die Fantasie durch, mein Bester. Wollen Sie Ihren König zum Narren halten?«

Caillac wurde rot. »Mitnichten, Majestät! Wir haben in harter Arbeit all diese Gebäude errichtet – zunächst noch aus Holz, versteht sich, aber im Laufe der nächsten Jahre werden wir Häuser aus Stein errichten. Und der Badebetrieb ist bereits angelaufen. Gäste aus Italien, Deutschland, Portugal, Schottland, ja sogar aus dem fernen Russland suchen auf Giulia Genesung, Entspannung und angenehme Gesellschaft.«

Louis Philippes Mund stand offen: »Wirklich?«

»Majestät! Sie zweifeln an meinen Worten? Sogar der berühmte Dichter Sir Walter Scott – auch er ein alter, leidender Mann –

suchte dort in den Armen Äskulaps Zuflucht – und wurde nicht enttäuscht!«

Der Monarch sprang erregt auf. »Caillac! Ich habe manches munkeln hören, doch was Sie erzählen, übertrifft meine kühnsten Hoffnungen. Wiewohl ich nie an Ihrem Einsatz und Ihren Fähigkeiten gezweifelt habe. Aber das! Wie haben Sie das in der kurzen Zeit nur geschafft! Und woher nahmen Sie all die Mittel, die Baumaterialien, die Arbeitskräfte?«

Caillac rutschte verlegen in seinem Sessel hin und her. »Ach, das ... Hilfe von außen.«

»Ich verstehe«, Louis Philippe goss dem Botschafter und sich Champagner nach. »Wanderarbeiter! Nun ja, Sizilien ist nahe, und dort gibt es große Armut. Die neapolitanische Malaise! König Ferdinand ist in seiner Position wahrlich nicht zu beneiden. Umso wichtiger auch für ihn, dort, vor seiner Haustür sozusagen, ein blühendes Eldorado zu haben. Giulia soll sich segensreich auswirken, nicht nur für Genesungssuchende. Nein, Caillac, mir schwebt noch weit mehr vor!«

Wie unter Schlägen wurde der Botschafter kleiner und kleiner.

»Gibt es«, fragte der König, »auf der Insel einen günstigen Anlegeplatz? Vielleicht gar einen natürlichen Hafen, außerhalb von Neu Vichy? Für Kriegs- oder Handelsschiffe?«

»Kriegsschiffe, Majestät?«

»Was schauen Sie denn so verängstigt? Keine Sorge. Ich will keinen Krieg anzetteln. Aber man muss gewappnet sein. England ist alarmiert, seit wir Algier erobert haben und uns im Maghreb nach und nach ausbreiten. Die Engländer fühlen sich bedroht. Ich an deren Stelle empfände nicht anders. Was wollen die denn?! Mit ihrem Gibraltar, dieser Affenkolonie. Und Malta – ein paar steinige Felsen im Meer! Wenn diese beiden Kolonien nicht strategisch so günstig lägen, wären sie keinen Pfifferling wert. Deswegen auch die Angst vor uns. Algerien, und jetzt Giulia. Zugegeben, unsere Insel ist klein, aber sie hat Potenzial! Quellwasser en masse. Und ihre strategische Position macht uns im Mittelmeer unverwundbar. Die Schiffsrouten von Marseille nach Algier sind nun endlich von einer Flanke geschützt. Kein Durchkommen von Malta mehr. Die Meerenge zwischen Sizilien und Afrika kontrollieren wir. Und Gibraltar werden wir in Schach halten, sobald wir die südliche Seite der Meerenge besetzt haben. Die Vorbereitungen dafür laufen schon – aber das ist Staatsgeheimnis, Caillac.« Der König legte den Finger auf den Mund und fuhr flüsternd fort: »Wir lassen uns nicht mehr aus dem Mittelmeer vertreiben. Und wir werden dem englischen Leoparden die flammende Kraft der Jungfrau von Orléans entgegensetzen. Vive la France!«

»Vive la France«, murmelte Caillac.

»Wie ist das nun mit einem Naturhafen auf Giulia?«

»Äh, ja, eigentlich ganz gut. Auf der anderen Seite der Insel, eine kleine Bucht, tief genug für große Schiffe.«

»Woher kennen Sie die Tiefe?«

»Ich vermute es, das heißt, nein, aus Erfahrung, weil, da lagen schon einmal Schiffe.« Caillac sah seinen König bleich an.

Louis Philippe fasste sich an die Stirn: »Natürlich, ja, diese Sache mit den Engländern! Habe ich vor ein paar Wochen in der Zeitung gelesen. Ich weiß nicht mehr, in welcher. Ich muss ja immer die Presse der halben Welt studieren. Gab es da nicht ein Gemetzel? Eine Kanonade? Aber Derussat hat die französischen Interessen glänzend verteidigt! Die Engländer haben sich jaulend zurückgezogen, wie Hunde, denen man eines auf die Schnauze gegeben hat!«

Caillac schwieg betreten.

Enthusiastisch fuhr der König fort: »Eines schwöre ich Ihnen: Wir lassen uns dort unten nicht mehr vertreiben! Das Mittelmeer ist Frankreichs Hinterhof. Die natürliche Interessensphäre der Grande Nation. Und wenn ich einen Flächenbrand legen müsste. Und nun erheben Sie sich!«

Der Botschafter stand auf. Seine Knie waren butterweich. Er stützte sich mit einer Hand auf den Tisch.

»Gerade Haltung annehmen, Caillac, wenn ich bitten darf!«

Caillac tat sein Bestes, Bauch rein, Brust raus.

Der König nestelte in seiner Westentasche, zog etwas heraus und heftete es Caillac an die Brust. Der wagte nicht, nach unten zu schielen, und starrte nach oben, an den Plafond. Auf einem Fresko war Enkelados zu sehen, vom Ätna begraben, dahinter die triumphierenden Götter des Olymps.

»Hiermit«, hörte Caillac den Monarchen feierlich sagen, »ernenne ich Sie zum Gouverneur von Algerien samt Giulia. Ich vertraue auf Sie, der Sache Frankreichs zu dienen, seinen Ruhm zu mehren und dort unten für klare und geordnete Verhältnisse zu sorgen!«

Caillac machte einen Diener. »Majestät«, hauchte er mit von Tränen fast erstickter Stimme. Er spürte des Königs Hand auf seiner Schulter.

»Schon gut, wir haben alle am Wasser gebaut. Sie fahren nach Algier, sobald das Wetter es zulässt. Die Audienz ist beendet. Ich muss noch ein wenig regieren.«

Caillac verneigte sich und verließ, rückwärts gehend, das Zimmer. Louis Philippe setzte sich, strich seine Bügelfaltenhose glatt und gönnte sich noch ein Glas Champagner. Regen trommelte an die Scheiben. Dennoch erschien ihm der Tag nicht mehr so grau wie noch am Morgen.

~ ~ ~

Von einem »Tag« war in Berlin in jenen Dezemberwochen des Jahres 1831 kaum zu sprechen. Es dämmerte erst vormittags und dunkelte bereits gegen halb vier Uhr nachmittags. Die Stunden dazwischen waren von fahlem Glunst durchwoben, der die Farben nicht zum Leuchten brachte und das schneenasse Pflaster und die nebelfeuchten Hausmauern grau und vage erscheinen ließ. Wer konnte, blieb zu Hause, wickelte sich in Wolldecken und suchte sich beim Schein einer Petroleumlampe das Dasein mit Lektüre und einem Glas Glühwein zu versüßen. Die Betulichen lasen Goethes »Hermann und Dorothea« – da konnte man nichts falsch machen und sah sich keinen Anfechtungen ausgesetzt –, die Vorwitzigen bevorzugten dessen »Wahlverwandtschaften«, die Frivolen hingegen bezogen ihre Literatur aus dem liberalen Ausland: die galanten Geschichten von Honoré de Balzac oder »Hernani« von Victor Hugo. Auch die süffigen Historienwälzer Sir Walter Scotts erfreuten sich nach wie vor großer Beliebtheit, wenngleich man seit zwei Jahren, seit der »Anne von Geierstein«, vergebens auf neue Ergüsse des schottischen Meisters wartete. Befand er sich in einer schöpferischen Krise? Oder war er gar unpässlich? Man munkelte in den Kreisen der Scott-Liebhaber von veritablen gesundheitlichen Schwierigkeiten.

Wem diese Art innerer Wärmung nicht ausreichte, dem war der Besuch eines Vortrags Alexander von Humboldts anzuraten. Eingedenk des großen Zustroms selbst im heißesten Sommer hatte die Akademie der Wissenschaften erneut den Kuppelsaal des Museums am Lustgarten angemietet. Die Rechnung ging auf: Auf einfachen Holzstühlen sitzend, drängten sich Damen und Herren jeglichen Alters, Bürger und Adlige jeden Rangs um den Katheder des silberhaarigen Mannes, der erneut über seine zwei Jahre zuvor auf Einladung des Zaren unternommene Expedition durch Sibirien und Zentralasien referierte. Humboldt berichtete dabei ausführlich und in schillernden Farben. Er bereite, so verriet er, eine mehrbändige Darstellung seiner Erlebnisse und Erkenntnisse vor. Er sei sich sogar sicher, dass noch weit spätere Generationen seine Vermessung der Welt zum Anlass nähmen, Traktate, Essays oder gar Romane zu verfassen.

Humboldt hatte die Reise nach Sibirien im Sommer unternommen, in kurzen und weißen Nächten und an durchglühten, mückenverseuchten Tagen. Glücklicherweise im Sommer. Denn andernfalls wäre dem vom Winter bedrückten Publikum, das unter der Scheinkuppel hockte, kalt ums Herz geworden. So aber konnte man – sicher vor Stech- und Kriebelmücken und unbelästigt vom tranigen Gestank in den Jurten der Nomaden – den Ausführungen des beredten wie redseligen Mannes lauschen und sich im Geiste bereits auf den heimischen Salon mit dem bullernden Ofen und auf den würzigen Punsch freuen. Humboldts Schlusssentenz nahm man denn auch nicht persönlich auf, sondern dumpf-gelassen: »Die gefährlichste aller Weltanschauungen ist die der Leute, welche die Welt nie angeschaut haben.«

Humboldt hatte geendigt. Rhythmischer Applaus brandete ihm entgegen. Durch die klatschende Menge hindurch bahnte er sich einen Weg zum Ausgang. Ein paar Damen hielten ihm Bücher zum Signieren hin. Der Gelehrte warf flüchtige Schnörkel auf die Vorsatzblätter und ignorierte den enttäuschten Gesichtsausdruck der Verehrerinnen, die sich eine – womöglich gereimte – Widmung erhofft hatten. Die Herren hingegen äußerten ihre Bewunderung eher in Zurufen wie »phänomenal« oder »sensationell«. In der Vorhalle war es ruhiger. Humboldt tat ein paar tiefe Atemzüge. Nur schnell nach Hause!

Nachmittags hatte er eine Unterredung mit dem König. Es ging um die Akademie, und um Humboldts Wunsch, Friedrich Hoffmann nach Berlin zu berufen. Humboldt würde den fähigen jungen Mann schon durchdrücken, da war er sich sicher. Vor Kurzem hatte er, Humboldt, noch einen zweiten Forschungsbericht aus Sizilien erhalten. Eigentlich hatte der Brief nicht sehr zuversichtlich geklungen, was die Konsistenz der neuen Insel anbelangte. Andererseits: Die Erkenntnisse des jungen Geologen straften all die »Neptunisten« und »Vulkanisten« Lügen. Humboldt musste über die Altbackenheit der Termini grinsen. Es gab nicht nur *eine* Ursache für die Entstehung neuen Landes! Die Beziehungen in der Natur waren weit komplexer, ineinander verschränkt, sie bedingten einander. Und jede kleinste Bewegung konnte eine Lawine auslösen, von der der heutige Menschenverstand sich kaum eine Vorstellung machte, machen konnte! Aber man war auf der richtigen Spur, und Ferdinandea war eine wichtige Fährte auf diesem verwachsenen Pfad. Und selbst wenn er, Humboldt, den Weg nicht würde zu Ende gehen können – den Jüngeren, darunter Hoffmann, würde es gelingen!

Eine Dame in violettem Wintermantel trat dem Gelehrten in den Weg. Humboldt schrak aus seinen Gedanken hoch.

»Verzeihen Sie, Herr Baron. Sie erinnern sich an mich?«

Humboldt erinnerte sich nicht. »Selbstverständlich, wir sind uns schon einmal bei einem Vortrag begegnet.«

»Nein«, korrigierte die Dame, »zuletzt im Vorzimmer des Königs. Vor ein paar Monaten. Ich wartete, und Sie kamen und erhielten sogleich Zutritt.«

»Oh!«, sagte Humboldt. Vergebens suchte er in seiner Erinnerung. »Das waren wohl wichtige Staatsangelegenheiten.«

»Vermutlich. Sie hatten damals die Güte, mein neues Parfüm richtig nach seinem Grundstoff zu erraten: Bergamotte.«

»Ah«, sage Humboldt. Er erinnerte sich noch immer nicht. »Übrigens rät ein Forscher nicht, er leitet ab.«

Die Dame nestelte in ihrer Handtasche und zog ein kleines Bändchen im Oktavformat und mit Goldschnitt hervor. »Darf ich Ihnen dieses Büchlein dedizieren?« Sie reichte es ihm.

Humboldt streckte es weit von sich (er hatte seine Lesebrille bereits verstaut) und entzifferte mühselig, durch die Weitsichtigkeit behindert: »Jo – hann – Wolf – gang von Goe – the Ver – se und Sprü – che.« Sieh an, Gedichte von seinem alten Freund! Der alte Fuchs in Weimar warf seine Sachen ja nur so auf den Markt!

»Es steht auch etwas von mir drin«, meinte die Dame verlegen.

Humboldt schlug den Innentitel auf und sprach halblaut vor sich hin: »Dem ver – ehr – ten Meister, von Ihrer treu – en Bewun – derin So – phie von Priffwitz.«

»Prittwitz«, verbesserte die Dame etwas indigniert. »Ich heiße Prittwitz. Übrigens sind wir uns noch früher begegnet. Es war in diesem heißen Sommer, bei Ihnen im Hause ...«

»Ach ja«, Humboldt fasste sich an die Stirn. »Sie verzeihen einem alten Mann. Natürlich. Sie hatten dieses bezaubernde Bergamotte-Parfüm an sich.«

»Nein, Veilchen.«

»Veilchen. Natürlich. Die Natur weiß uns reich zu beschenken.

Und der Geist natürlich auch. Was hat er denn da nur wieder zustande gebracht, mein Freund Goethe?«

»Sie kennen ihn persönlich?«

Statt zu antworten, schlug Humboldt eine Seite auf, streckte das Bändchen noch weiter von sich und las etwas stockend:

»*Denn die Männer sind heftig und denken nur immer das Letzte, /
Und die Hindernis treibt die Heftigen leicht von dem Wege; /
Aber ein Weib ist geschickt, auf Mittel zu denken, und wandelt /
Auch den Umweg, geschickt zu ihrem Zweck zu gelangen.*«

Humboldt blickte auf. Sophie von Prittwitz sah ihn tränenverklärt an. »Wie wahr«, hauchte sie.

»Na ja«, sagte Humboldt, den Kopf wiegend, »irgendwie wiederholt er sich, der alte Knabe. Ich meine: Es gibt Besseres von ihm. Und was soll das: ›die Männer denken nur immer das Letzte‹? Als wären die großen Männer Trottel gewesen, die nur immer den geraden Weg gingen, hau drauf, mit der Machete rein in den Urwald und eine Schneise geschlagen! Ich kann da aus meinem eigenen, langjährigen Forscherleben anderes berichten.«

»Oh ja, Meister, bitte, tun Sie das! Darf ich Sie zu einem nachmittäglichen Kaffee einladen, in mein bescheidenes Heim? Ich bin sicher, wir hätten uns so viel zu sagen!«

Humboldt räusperte sich. »Ein andermal, werte Frau von Priffwitz. Ich bin in Eile. Majestät erwarten mich. Es geht um die wichtige ökonomische Frage, inwiefern man ...«, er kramte boshaft in den schwärzesten Kammern seiner Fantasie, »... inwiefern man der vierjährlichen Maikäferplage in Preußen dadurch einen Nutzen abgewinnen kann, dass man die nährstoffreichen Körper der Tiere – Eiweiß und Fette! – in Getreidemühlen mahlt und dem Brot beimengt! Habe ich übrigens in Russland selbst probiert. Gar nicht übel. Weit besser munden jedoch die Engerlinge. In Mexiko habe ich die gegessen – kross gebraten, mit Salz und Pfeffer, eine wahre Delikatesse!« Humboldt küsste wie ein Gourmet seine Fingerspitzen und sagte dann: »Habe die Ehre!« Er deutete eine Verbeugung an und ließ das Büchlein in seine Manteltasche rutschen. »Empfehlen Sie mich Ihrem Herrn Gemahl.«

Humboldt eilte hinaus, sprang behände die Stufen zum Lustgarten hinab und ließ die mit Bildern des Ekels kämpfende Verehrerin bleich zurück. Bleich war auch der Himmel über Berlin an diesem Dezembertag, bleich vom Widerschein des Schnees.

~ ~ ~

Heller, gleichsam adventlich-versöhnlich, zeigte sich das Wetter unter Sciaccas Firmament. Die Stürme flauten nach Wochen ab, der Regen hörte auf, die Wolkendecke riss auf und ließ ein paar Sonnenstrahlen durch, die etwas Wärme vorgaukelten.

Raffaele Cacàce hatte diese Wochen in seelischer Dumpfheit durchharrt. Nur noch selten hatte er sich in Rosalias Wirtshaus blicken und sich stattdessen Essen und Wein auf sein Zimmer kommen lassen. Wein vor allem. Denn in ihm liegt weniger Wahrheit als Trost. Und Trost hatte Cacàce nötig. War ihm doch nicht nur der Wintersturm auf die Galle geschlagen, sondern auch das ölige Essen und das Ausbleiben von Nachrichten aus Neapel. Dabei hatte der Kapitän seinem König einen ausführlichen Brief geschrieben und ihm darin das Erfahrene – die Gespräche und Gerüchte aus Rosalias Wirtshaus – zur Kenntnis gebracht. Er hatte das Schreiben dem Postmeister anvertraut. Ein Schiff hatte sich noch durch die winterlichen Wogen nach Sciacca kämpfen können und war anderntags wieder zurück nach Messina geschlingert. Sollte die Nachricht nicht angekommen sein? War der Brief verloren? Oder deutete Ferdinands Schweigen auf eine majestätische Verstimmung? Gar auf eine Intrige bei Hofe? Cacàce fürchtete insgeheim bereits um seine Mission.

Dem galt es entgegenzuwirken!

Als sich das Wetter endlich beruhigte, ließ Cacàce klar Schiff machen. Mit gellenden Befehlen, die man dem dürren, unscheinbaren Mann gar nicht zugetraut hätte, scheuchte er die Matrosen über Deck, ließ Planken und Kajüten schrubben, Taue und Wanten ausbessern, Bram-, Vormars- und Focksegel probeweise hissen, Kanonen und Pulver prüfen, Vorräte verstauen.

Die Unruhe auf der vor Anker liegenden Korvette »Etna« übertrug sich auf das Städtchen wie die Eruption eines Vulkans. Wilde Gerüchte liefen von Tür zu Tür und wuchsen mit jeder Schwelle, über die deren Träger traten. Vor allem in der Postmeisterei blähten sich die Segel an den Rahen der Neugier, zerrte die Kette am Anker der Geduld.

»Er lässt ausfahren! Nach Ferdinandea!«, warnte Rosalia, als sie in Alessandros Bett lag und die unruhige See nachahmte. »Und er wird ... vergebens nach einer ... neapolitanischen Festung ... suchen und ... nur die Hütten der Franzosen ... vorfinden«, fügte sie – nun bei heftigerem Seegang – keuchend hinzu.

»Mag er sehen, was ... er will«, japste Alessandro, »er schafft ... es nicht ... an unserer Zensur vorbei ... Und wenn ... er kommt –«

Weiter kam er nicht. Eine Woge hatte ihn mitgerissen.

~ ~ ~

Die Korvette riss sich ungeduldig los, als der Anker gelichtet wurde, und segelte, von einem freundlichen Wind getrieben, aus dem Hafen hinaus. Rasch kam die »Etna« in Fahrt, die Küste Siziliens schwand bereits zu einem dünnen Strich. Die Wolken brachen auf, stahlblaue Himmelsflicken zeigten sich, groß genug, wie die Matrosen sagten, um eine Seemannshose zu schneidern.

Raffaele Cacàce hatte sich bereits in Neapel die Stelle auf der Karte markiert, an der Ferdinandea, das dritte Sizilien, Neapels Ruhm, zu finden war. Er kannte die Koordinaten auswendig und murmelte sie vor sich hin, als er auf Achterdeck stand und ungeduldig durch sein Fernrohr linste, ob nicht schon etwas zu sehen war: »37 Grad 11 Minuten nördlicher Breite, 12 Grad 44 Minuten östlicher Länge.« Auf sein Gemurmel antworteten mit heiseren Schreien nur die Möwen, die das Schiff begleiteten. Cacàce blickte nach oben, in die Wanten und Rahen. War Ferdinandea schon nahe? Er erinnerte sich an den Bericht des Christoph Columbus, der natürlich ein Italiener gewesen war und kein Spanier, wie diese anmaßenden Iberer, die kaum ein seetüchtiges Schiff bauen konnten, stets behaupteten! Columbus hatte auf seiner ersten Fahrt nach Westindien Möwen gesichtet und die murrende Mannschaft darauf hingewiesen: »Wo Vögel sind, da ist auch Land!«

Der Wind schlug um, drehte von Nord nach West und hielt der Korvette entgegen. Die Möwen, die bislang die Bramstengen umkreist hatten, wurden heckwärts abgetrieben. Sie überließen sich den Böen und waren nach wenigen Minuten im Wolkendunst verschwunden. Der Himmel hatte sich wieder bedeckt, am Horizont, gegen Westen, türmte sich eine Regenfront auf. Cacàce sah missmutig hinaus. So erwartungsvoll hatten sie den Hafen von Sciacca verlassen. Jetzt drohte schon wieder ein Wetterumsturz den Winter über Meer und Land zu jagen!

Wieder murmelte der Kapitän: »37 Grad 11 Minuten nördlicher Breite, 12 Grad 44 Minuten östlicher Länge.« Die dürren Koordinaten waren ihm Verheißung, er betete sie wie eine Litanei. Mehrmals ließ er den Steuermann die Position berechnen. Sie hielten genau Kurs. Ferdinandea konnte nur noch wenige Meilen entfernt sein.

Merkwürdig, dass man die Insel noch nicht erblickte! Angestrengt stierte Cacàce durchs Teleskop. Der deutsche Professore hatte ihm die Insel doch beschrieben, neulich, im Wirtshaus »Zur Meermaid«. Von zwei Hügeln war die Rede, die beide um die zweihundertfünfzig neapolitanische Fuß aufragten. Die musste man aus dieser Entfernung doch ausmachen können!

Die Wolkenwand im Westen kam näher, färbte sich jetzt von Grau in Blauschwarz, verhüllte und verdunkelte den Himmel. Zog da ein Wintergewitter auf? Der Steuermann sah den Kapitän mit Sorgenmiene an, sagte aber nichts. Er wusste, dass Cacàce nicht umkehren würde. Zu lange hatten sie in Sciacca gewartet, zu sehr waren die Nerven gespannt, endlich, endlich nach Ferdinandea zu kommen und den knirschenden Kies der neuen Insel unter den Stiefeln zu spüren!

Sie hielten weiter Kurs, fuhren auf die Wetterwand zu. Teufel, sie hatten doch fast den Lagepunkt der Insel erreicht! Wieso sah man sie dann nicht? Waren die Koordinaten falsch? Hatte es in Neapel einen Übermittlungsfehler gegeben? Aber Hoffmann hatte die Angaben doch bestätigt! Cacàce reichte das Fernrohr dem Steuermann. »Versuchen Sie Ihr Glück! Sie haben jüngere Augen.«

Der Steuermann linste hindurch. Nach ein paar Sekunden sagte er: »Dort! Halbrechts.«

»Geben Sie her!« Cacàce riss dem Steuermann das Teleskop aus den Händen. »Ich sehe nichts«, knurrte er verärgert.

»Aber doch, dort, das Weiße!«

»Die Gischt dort?«, fragte der Kapitän verunsichert.

»Genau.«

Cacàce sah den Steuermann tadelnd an. »Wir suchen eine Insel und keinen Felsen, an dem sich die Wogen brechen!«

»Aber Kapitän«, widersprach der Steuermann, »dort vorne, das ist die angegebene Position!«

»Unsinn!«, unterbrach ihn Cacàce barsch. »Was immer das sein mag, es ist jedenfalls keine Insel, zweihundertfünfzig Fuß hoch, mit einer neapolitanischen Festung darauf!«

Beleidigt schwieg der Steuermann. Sie fuhren direkt auf den Punkt zu.

Als sie nur noch eine Viertelmeile entfernt waren, hieß Cacàce die großen Segel einholen. Langsam trieb das Schiff auf die Gischt zu. Jetzt konnten sie das Phänomen mit bloßem Auge gut sehen. Dennoch griff Cacàce erneut nach dem Teleskop. Er sah eine Dampfsäule, die aus einer kleinen, kaum die Wellen überragenden Fontäne aufstieg.

Der Steuermann hielt sich die Nase zu. »Kapitän«, näselte er, »riechen Sie das? Es stinkt wie in der Küche von des Teufels Großmutter!«

»Wieso? Waren Sie da schon mal?«

»Nein.«

»Na, also. Reden Sie keinen Unsinn! Sie scheuchen nur die

Mannschaft auf. Sie wissen doch, wie abergläubisch die Matrosen sind!«

Auch die Seeleute hatten sich an der Reling versammelt und starrten auf den Punkt.

Die »Etna« schaukelte immer näher. Auch Cacàce hielt sich die Nase zu. Es stank erbärmlich nach Schwefel und Bitumen. Sie waren nur noch einen Steinwurf von der brodelnden Wasser- und Dampfsäule entfernt.

»Anker werfen!«, befahl der Kapitän.

Die Kette rasselte nach unten. Nach nur wenigen Sekunden stoppte sie.

»Wir haben bereits Grund!«, rief der Matrose an der Winde.

»Allenfalls vierzig Fuß!«

»Vierzig Fuß? Rechnen Sie nochmals nach!«, fuhr Cacàce den Steuermann an.

Der maß und rechnete und sagte dann: »Kapitän, es stimmt, wir befinden uns genau ... genau vor Ferdinandea.«

Cacàce stand mit hängenden Schultern und krummem Rücken da. Er hielt sich an der Reling fest. Dann blickte er den Steuermann mit von Tränen trüben Augen an.

»Irrtum, Steuermann«, sagte er mit belegter Stimme, »wir befinden uns *über* Ferdinandea.«

Der Steuermann sah Cacàce ratlos an.

»Wir ...«, Cacàce suchte nach Worten. Seine Stimme drohte zu brechen, »wir sind zu spät gekommen ... Ferdinandea ist dorthin zurückgekehrt, woher sie kam ... ins Meer.«

Erst jetzt sah der Kapitän ein paar Bretter und Balken durchs Wasser treiben. Ein Gegenstand machte ihn stutzig, er schaukelte eben backbord vorbei. Es war etwas Rechteckiges, Buntes.

»Fischt das aus dem Wasser!«, befahl er.

Den Matrosen gelang es, das Ding mit einem Enterhaken zu fassen und an der Bordwand hochzuziehen. Als es auf den Planken lag, beugten sich alle darüber. Cacàce stieg die Stufen zum Hauptdeck hinunter und bahnte sich einen Weg durch die Gruppe. Als er vor dem Treibgut stand, hielt er den Atem an. Es war ein Gemälde, durch das Salzwasser angefressen, aber noch deutlich zu erkennen. Ein Jüngling, aufreizend nackt an einen Baum gefesselt.

»Ein heidnischer Gott!«, rief einer der Matrosen.

»Quatsch!«, sagte ein anderer mit rauer Stimme. »Ein heiliger Sebastian!«

»Ein Wunder!«, rief ein Dritter. »Es ist ein Wunder! Ein Heiligenbild, das übers Meer zu unserem Schiff getrieben wurde!«

Die Männer murmelten erregt, einige knieten vor dem Bild nieder und bekreuzigten sich.

In diesem Augenblick schien es, als weinte der Heilige, von dessen Gesicht das salzige Meerwasser abperlte, Tränen. Ein seltsamer Kontrast zu seinen Lippen, um die ein leises, beinahe schelmisches Lächeln spielte.

~ ~ ~

Das Lächeln verging dem amerikanischen Präsidenten Andrew Jackson an diesem späten Januartag des Jahres 1832, als er die Schlagzeile im »Washington Globe« las: »Europäischer Krieg unausweichlich?« Die Unterzeile verkündete marktschreierisch: »Graham Island: Neapel, Paris und London rüsten zum Schlagabtausch.« Der Präsident saß beim kleinen Frühstück im Oval Office und blätterte die Zeitungen durch, bevor er um neun Uhr den Sekretär der Navy zu einer Lagebesprechung empfangen wollte.

Von der seltsamen, rauchspuckenden Insel im Mittelmeer hatte er bereits vor Monaten gehört. Die Engländer, so war ihm berichtet worden, hätten den Schutt- und Aschehügel besetzt, da sie sich einen strategischen Vorteil erhofften. Nun gut! Ein Fleckchen Land mehr oder weniger in einem wirtschaftlich bedeutungslosen Binnenmeer am Rande des Alten Kontinents! Was focht das die Vereinigten Staaten von Amerika an? Mochten die Briten irgendwelche Geröllhaufen okkupieren, für Jackson waren das nur Scheingefechte einer im Abstieg begriffenen Nation.

Er musste daran denken, wie er vor beinahe siebzehn Jahren als Befehlshaber die Engländer in einem sensationellen Handstreich vor New Orleans besiegt hatte. Sechstausend Amerikaner gegen eine doppelt so starke Übermacht! In die Flucht hatte er die Invasoren getrieben, zurück auf ihre Schiffe. Und dabei waren nur acht eigene Leute gefallen. Nie wieder – davon war er überzeugt – würde die einstige Kolonialmacht es wagen, auch nur einen Fuß auf geheiligten amerikanischen Boden zu setzen, in »God's own country«! Endlich war zwischen der Alten und der Neuen Welt die Scheidegrenze gezogen! Mochten die Engländer sich in den schalen Gewässern jenseits des Atlantiks tummeln – die Weite der Neuen Welt gehörte den Amerikanern!

Jackson musste grinsen: »Old Hickory«, »alter Walnussbaum« nannten ihn die Bürger seit dem Sieg von New Orleans. Er liebte den Beinamen. Ja, er war wie ein knorriger, alter Baum, dem Sturm und Unwetter nichts anhaben konnten, so tief wurzelte er in der Erde. Und dass die Engländer sich in ihren Himmelfahrtsexpeditionen nicht täuschten! Immerhin hatte einer von Jacksons Vorgängern im Amt, Präsident James Monroe, vor einigen Jahren die Doktrin erlassen: »Amerika den Amerikanern, Europa den Europäern!«

Das hieß aber nicht, dass man allem Treiben der Machthaber des Alten Kontinents tatenlos zusehen würde! Jackson schnaubte durch die Nasenlöcher. Sein Nacken versteifte sich bei der Vorstellung, die Engländer könnten im Mittelmeer das Gleichgewicht der Kräfte zerstören! Und nun dieser Zeitungsbericht, von einem gewissen Lewis Newman. Jackson war vor vielen Jahren Chefredakteur des »Washington Globe« gewesen. Er kannte dort noch etliche Verantwortliche, war mit ihnen freundschaftlich verbunden. Aber Newman? Lewis? Nie gehört. Musste ein Newcomer sein. Jedenfalls klang das, was er schrieb, recht beunruhigend: Bewaffnete Auseinandersetzungen zwischen Engländern und Franzosen; eine Seeschlacht vor Graham Island; Versuche König Ferdinands von Neapel, die Insel unter seine Gewalt zu bekommen; diplomatische Noten aus Berlin; Pläne Louis Philippes, Algier zur Basis eines kolonialen Empires zu machen; Earl Grey, der eine Kette starker Befestigungen quer durchs Mittelmeer ziehen wolle; und nicht zuletzt: seltsame Bestrebungen aufständischer Schotten, einen Gegenkönig auf den Thron zu bringen und nach Jahrhunderten der Knechtung das englische Joch abzuschütteln!

Ein weniger weitsichtiger Politiker hätte sich über diese Zerrüttung und Selbstzerfleischung im Hause des Feindes gefreut. Doch Jackson war ein zu alter Hase auf dem diplomatischen Parkett, als dass er darin nicht eine Gefahr für den reibungslosen Handel Amerikas mit seinen überseeischen Partnern gesehen hätte. Es galt hier weniger, die Gemetzel der europäischen Nationen um einen Schutthaufen zu belächeln, als vielmehr den freien ökonomischen Verkehr zu verteidigen! Es ging um Amerikas Wohlstand, um sein Business, um sein Money!

Doch was tun? Jackson schaute versonnen hinaus in den tief verschneiten Park. Diplomatische Protestnoten nach London, Paris und Neapel senden? Dort würde man das allenfalls belächeln. Noch immer, so schien es ihm, nahm man im alten Europa den jungen amerikanischen Staat nicht ganz ernst. Aber was dann? Eine Kriegsflotte ausrüsten und ins Mittelmeer schicken? Die Kanonen zeigen, so wie man im Mittelalter den Delinquenten die Daumenschrauben vorführte? Aber verstieß das nicht gegen die Monroe-Doktrin? Er konnte unmöglich ein Postulat, das zum Schutz der amerikanischen Interessensphäre erlassen worden war, aufgeben und sich in ein Abenteuer in Übersee stürzen. Auch die Börse in New York würde das nicht goutieren, die Kurse würden in den Keller rauschen. Und das wäre Jacksons politisches Ende!

Der Präsident riss sich vom Anblick des Parks los und starrte wieder auf Newmans Artikel im »Washington Globe«. Er blieb an einem Absatz hängen. Darin behauptete dieser Newman, sich wochenlang auf Graham Island in Gefangenschaft der Briten befunden zu haben, bevor er nach London gebracht wurde und von dort fliehen und auf einem Passagierschiff nach Amerika gelangen konnte.

Ein amerikanischer Bürger in britischer Geiselhaft? Im Gefängnis? Wohl gar im Kerker? Angekettet, bei Wasser und Brot? Jackson tanzten wüste Bilder eines elenden, verwanzten und verdreckten Häftlings auf dem Grunde eines Verlieses vor dem inneren Auge. Niemals! Niemals durfte das sein! Erregt schlug er die Teetasse auf den Tisch. Sie zerbrach, ein großer brauner Fleck breitete sich auf der Zeitung aus. Was war denn das für ein Gesöff? Sollte das Tee sein? Es schmeckte so seltsam, leicht säuerlich.

Ärgerlich klingelte er nach dem Diener.

»Was ist das für eine Brühe?«, herrschte Jackson ihn an.

»Mister President, eine neue Mischung aus England. Bergamotte-Aroma. ›Earl Grey‹ genannt.«

»Earl Grey?!«, schrie Jackson fassungslos. »Können wir Amerikaner nicht unsere eigenen Teesorten mischen?«

»Es ist das Modegetränk der Saison, zumindest in Europa.«

»In Europa! Wir sind aber Gott sei Dank nicht in Europa, sondern auf gutem amerikanischen Boden! Ist Woodbury da?«

»Soeben eingetroffen.«

»Und weshalb wird er mir nicht gemeldet?«

»Weil Sie einen nicht zu Wort kommen lassen.«

»Auch noch frech werden?!«

»Mister President, ich bin ein freier Mann. Bitte mäßigen Sie sich.«

Jackson zwang sich zur Besonnenheit. »Bitten Sie Mister Woodbury herein«, sagte er.

Wenige Augenblicke später stand Levi Woodbury, der Sekretär der Navy, im Oval Office. Er trug eine ausgebeulte Weste. Seine Wangen glänzten rot, ebenso seine polierte Glatze. Ein Backenbart rahmte das Gesicht mit den harten, stechenden Augen und vervollständigte das Bild eines etwas kauzigen, aber tatkräftigen Pioniers.

»Mister President, haben Sie bereits den Artikel im ›Washington Globe‹ über diese Geröllinsel im Mittelmeer gelesen?«

»Soeben, lieber Freund, soeben. Setzen Sie sich. Möchten Sie einen Schluck Tee?«

»Nein, das ist nicht nach meinem Geschmack. Starken Kaffee, wenn ich bitten darf. So stark, dass der Löffel aufrecht stecken bleibt.«

Der noch wartende Diener nickte und verließ das Office.

»Also«, sagte Jackson, »dieser Bericht ... beunruhigend ... ich meine, das Gleichgewicht der Kräfte ... und die amerikanischen Handelsinteressen.«

Woodbury saß ohne sichtliche Reaktion da.

»Und dann diese Geschichte von der Festnahme eines amerikanischen Bürgers, eines Reporters noch dazu. Geiselnahme, Festungshaft womöglich. Ein heimtückischer Anschlag auf die Freiheit der Presse, auf ein Grundrecht der Menschheit!«

Noch immer sagte der Sekretär kein Wort.

»Ich frage mich, Woodbury, ob mit dieser ganzen Graham Island-Geschichte nicht ein Lebensnerv Amerikas verletzt ist. Sollten wir uns nicht veranlasst sehen, eine militärische Intervention zu starten? Eine Flotte ins Mittelmeer zu entsenden, um dort für Freiheit und Demokratie zu sorgen?«

Jackson hatte sich in Verve geredet. Er war aufgesprungen und blickte über den Schreibtisch hinweg erwartungsvoll auf den völlig ruhig dasitzenden Woodbury. Der schaute den Präsidenten mit seinen durchdringenden Augen an, schwieg, räusperte sich, suchte umständlich etwas in seiner Westentasche und zog ein Blatt Papier hervor.

»Mister President ...«, begann er langsam und stockend, »bevor wir die Monroe-Doktrin verletzen und den Europäern das hohe Gut der Freiheit bringen, sollten wir ... hier ...«, er hielt das Papier weit von sich, kramte mit der anderen Hand in der anderen Westentasche, zog einen Kneifer hervor und klemmte ihn sich vors Auge. »Hier ... habe ich heute Morgen erhalten ... eine Depesche von unserem Konsul in Neapel. War leider vier Wochen unterwegs. Der Seeweg ging ja flott, aber die Post in Italien ... noch etwas verbesserungswürdig, um es höflich auszudrücken. Nun, unser Mann vor Ort berichtet, dass sich die ganze Sache erledigt hat ... von selbst.«

Jackson verstand nicht. »Was hat sich erledigt?«

»Nun, alles. Der Interessenkonflikt, das Wettrennen um Graham Island oder Ferdinandea, die diplomatischen Verwicklungen, der drohende Krieg, eben alles.«

»Alles?«

Woodbury nickte. Das fahle Schneelicht von draußen spiegelte sich auf seiner Glatze. »Alles, Mister President. Unser Mann in Italien schreibt, kürzlich habe ein neapolitanischer Korvettenkapitän namens Coocase oder so ähnlich an Stelle der Insel ... nur noch eine nach Schwefel und Bitumen stinkende Wasser- und Dampfsäule vorgefunden.«

»War der Kerl betrunken?«

»Nein, Mister President. Die Koordinaten stimmten. Nicht Coocase war betrunken, sondern offensichtlich die Natur, wenn Sie dieses gewagte Bild erlauben. Eine Laune! Wie begonnen, so zerronnen! Aufgetaucht und wieder abgesunken! Oder, um mit Shakespeare zu sprechen: ›Viel Lärm um nichts‹.«

»Und der Bericht in der Zeitung?« Jackson klatschte mit der offenen Hand in die Earl Grey-Pfütze.

»Hoffnungslos veraltet, um es freundlich auszudrücken. Oder anders gesagt: Eine ›Ente‹, wie man es im Journalisten-Jargon nennt.«

»Woodbury, ich war lange genug selbst im Zeitungsmetier tätig ...«

»Mister President, ich habe noch einen anderen Bericht erhalten«, der Sekretär nestelte erneut in einer seiner Westentaschen und zog ein weiteres Papier hervor, »von einem unserer Spione in London. Demnach ist dieser Newman eine ... fragwürdige Erscheinung. Seine Artikel beruhen eher auf ... dichterischer Inspiration denn auf harten Fakten. ›Schottischer Gegenkönig‹ und dergleichen – alles Unsinn. Ein Armleuchter, wenn Sie diesen saloppen

Ausdruck erlauben, ein geistiger Flachwassertaucher, nicht mehr. Meiner Ansicht nach wäre zu prüfen, ob seine unvorsichtige ›Berichterstattung‹ nicht unsere guten Beziehungen zu den europäischen Partnern gefährdet hat, sprich: Ob er nicht ureigene nationale Interessen grob und wissentlich verletzt hat!«

»Aha«, sagte Jackson. Er war angesichts der Wendung der Dinge etwas ratlos. »Und ... wo ist dieser Newman jetzt?«

»Wurde wegen seiner ›Enthüllungsstory‹ vor zwei Tagen zum Redakteur im Politik-Ressort beim ›Washington Globe‹ befördert.«

»Ach? Bei meiner ehemaligen Zeitung?«

»Genau. Manche Menschen fallen eben nach oben. Newman scheint dazuzugehören.«

»Und nun?«

»Die Sache ist bereits so gut wie erledigt.« Wieder nestelte Woodbury in seinen scheinbar unerschöpflichen Westentaschen. »Hier, ein Entlassungsschreiben, vom Chefredakteur zu unterzeichnen. Und er wird gern und sofort unterzeichnen, wenn Sie, Mister President, als sein alter Freund, Ihre Signatur daruntersetzen!«

Jackson musste grinsen. »Woodbury, Woodbury! Sie sind ein alter Fuchs! Her damit!« Der Präsident nahm das Blatt und unterschrieb. »Mister Newman, good bye! ... Oder besser: Never come back!«

Lachend reichte er das Papier Woodbury.

»Aber«, Jacksons Gesicht verfinsterte sich wieder, »etwas liegt mir doch auf dem Herzen ... gerade, wenn ich Sie, mein alter Freund, so vor mir sitzen sehe ... ich meine, Sie als Sekretär der Navy ... wenn ... also, wenn diese Insel nicht mehr existiert, gibt es ja keinen Zankapfel mehr.«

»Dem Himmel sei Dank«, meinte Woodbury trocken.

»Aber dann ... haben wir ja keine Möglichkeit mehr, eine militärische Intervention zu starten.«

Woodbury erhob sich ächzend. »Mister President, kommt Zeit, kommt Rat. Oder, um wieder mit Shakespeare zu sprechen: ›Es steigt der Mut mit der Gelegenheit.‹ Und die Gelegenheit, sie wird noch kommen. Man muss warten können. Und Amerika kann warten.«

»Ja, aber wie lange?«

»Lange, Mister President. Und wenn hundert oder hundertfünfzig Jahre darüber vergehen. Graham Island ist nicht vergessen. Zuverlässig in unseren Marinekarten eingetragen. Und wenn die Insel durch eine Laune der Natur wieder einmal auftaucht, und die europäischen Nationen zanken sich darum – nun, so werden wir die Ersten sein, die sie unter Beschuss nehmen!«

»Wen? Die Insel? Oder die feindlichen Schiffe?«

Woodbury zuckte mit den Schultern. »Notfalls beide. Besser zu viel gebombt als zu wenig. Oder wie der Dichter sagt: ›Und bist du nicht willig, so brauch ich Gewalt!‹«

»Ah! Shakespeare!«, sagte Jackson mit kennerisch hochgezogenen Brauen.

»Nein, Mister President, Goathee.«

»Nie gehört«, brummte Jackson.

»Ein Deutscher. Angeblich lebt er noch.«

~ ~ ~

Geheimrat Goethe fühlte sich seit einigen Wochen nicht recht wohl. Der Winter saß ihm in den Knochen. In letzter Zeit musste er des Öfteren über das Sterben nachdenken, doch verbarg er das vor der Schwiegertochter und den Enkeln. Er wollte sie nicht beunruhigen. Auch Eckermann gegenüber, dem Famulus seines Nachruhms, spielte Goethe weiterhin den unerschöpflichen Olympier. Die Legende des Dichterfürsten war erschaffen, es galt nun, nicht am Blattgold des Standbildes zu kratzen!

Unruhig tapste Goethe an diesem Vormittag im Februar 1832 in seinem Arbeitszimmer auf und ab und sah missmutig auf den noch immer verschneiten Garten hinaus. Wenn es nur schon Frühling wäre! Wenn die Natur doch wieder zum Leben erwachte! Er würde dem Tod noch einmal ein Schnippchen schlagen!

Sein Blick fiel auf ein Billet auf dem Tisch, das seit ein paar

Tagen dort lag und ihm die Laune verdarb. Er nahm es zur Hand. Es stank nach Bergamotte. Er zog die Nase kraus, fächelte sich mit der anderen Hand Luft zu. Eine Einladung der Göchhausen zur heißen Schokolade, in den Räumen der Großherzogin. Machte die leidige Bremse sich dort lieb Kind! Er hatte nicht die Absicht, darauf zu antworten oder gar der Einladung zu folgen. Und er hatte keine Lust, dieses ekelige Gesöff zu goutieren und den überspannten Frauenzimmern zum Spielball ihrer gepflegten Langeweile zu dienen. Überhaupt sah er nicht ein, der Göchhausen auch nur ein Jota seines Nachruhms zu gönnen, nicht einmal eine Fußnote sollte diese Person in seiner Biografie hinterlassen!

Goethe schraubte das Tintenfass auf und schob das Blättchen zur Gänze hinein. Geschwärzt und getilgt!

Es klopfte an der Tür. Auf Goethes »Herein!« trat Eckermann ins Zimmer.

»Zum Diktat, Eure Exzellenz«, sagte Eckermann.

Missmutig blickte Goethe auf das lange, strähnige Haar des Sekretärs: »Er sollte es mit der Brennschere zu Locken toupieren wie ich! Ein halbes Leben lang habe ich das getan, und es hat meinem Haar nicht geschadet, im Gegenteil!«

»Sehr wohl, Eure Exzellenz«, bestätigte Eckermann mechanisch und setzte sich an den Schreibtisch. »Haben Eure Exzellenz schon das Neueste aus Sizilien vernommen? Diese neue Insel, Ferdinandea, ist vor ein paar Wochen wieder in den Fluten versunken. Abgetaucht, wie sie aufgetaucht war! Komisch, nicht wahr?«

Goethe blickte Eckermann finster an, dann sagte er mit scharfer Stimme: »Komisch? Er weiß nicht, was Er spricht! In der Natur ist nichts komisch! Ich habe ein ganzes Leben gebraucht, um zu erkennen, dass alles in der Natur Widerschein des allumfassenden Göttlichen ist. Uns Menschen steht es nicht an, läppische, närrische Komik darin zu vermuten!«

»Sehr wohl«, brummte Eckermann und spitzte die Feder, wobei sein verwunderter Blick auf das offene Tintenfass fiel, worin ein vollgesogenes Stückchen Papier schwamm.

»Schneid Er nicht zu viel ab«, raunzte Goethe ihn an. »Fertig?«
Eckermann nickte.

»Schreib Er, für die Sammlung der Maximen: ›Die Natur
bekümmert sich nicht um irgendeinen Irrtum; sie selbst kann
nicht anders als ewig recht handeln, unbekümmert, was daraus
erfolgen möge. Unbekümmert, ob Neptunismus oder Vulkanismus.‹ ... Hat Er das?«

Eckermann nickte. Dann räusperte er sich: »Verzeihung, Eure
Exzellenz, aber ... ich meine ... für die Sammlung der Maximen ...
geht es nicht ... verzeihen ... etwas bündiger?«

Goethe traute seinen Ohren nicht. Ihn schwindelte. »Bündiger?«, hauchte er fassungslos. »Sind wir denn unter Studenten?«
Er musste sich an der Tischkante festhalten.

Wieder klopfte es an der Tür. Stadelmann trat ein. Eine Dunst-
fahne billigen Schnapses wehte durch den Raum.

»Exzellenz«, sagte Stadelmann und sah Goethe mit glasigem
Blick an, »Ihre Enkel wollen wieder nicht aufstehen. Liegen im
Bett und ziehen sich die Decke über die Köpfe.«

»Was?«, krächzte Goethe.

»Sie sagen, früh aufzustehen verstoße gegen ihre Natur.«

»Gehe Er wieder hinauf und richte Er vom Großvater aus: Mor-
genstund' hat Gold im Mund!«

»Sehr wohl.«

Stadelmann wandte sich um und verließ das Arbeitszimmer.
Auf dem Gang holte er einen Flachmann aus der Westentasche,
nahm einen tüchtigen Schluck, rülpste, verdrehte die Augen und
sagte halblaut, wobei er die Stimme seines Herrn imitierte: »Mor-
genstund' hat Mundgeruch.« Dann wankte er die Stiege zu den
Schlafkammern hinauf.

EPILOG

Der Taucher

In Sciacca erleben wir nicht viel Neues. Die Stadt liegt am Rande Italiens. So schlimm wie früher ist es freilich nicht mehr. Aber eben Provinz. Der Tourismus bringt Geld. Auch der Handel mit Gütern aus Nordafrika. Da hat sich manches getan, im Gegensatz zu früher. Noch im 19. Jahrhundert hatte man hier Angst vor Piraten und den »Muselmanen«, so hat man die Araber genannt. Der Tourismus ist für unsere Region die Zukunft. Auch ich verdiene mein Brot damit, als Tauch- und Surflehrer, zwischendrin auch als Animateur in einem Ferienclub.

Das Tauchen hat es mir angetan. Eine Wunderwelt dort unten! Kaum zu glauben, was sich im Meer tummelt, was da schwimmt und gedeiht: Fische, Korallen, Seeanemonen. Und das Spiel der Farben, wenn an klaren Tagen das Sonnenlicht tief hinabstrahlt! Das kann man gar nicht in Worte fassen. Dazu müsste man ein Dichter sein. Oder ein Künstler.

Einer meiner Vorfahren war Maler. Angelo hieß er. »Il Tedesco« nennen sie ihn. Mein Großvater hat mir erzählt, dass dieser Angelo 1831 – das war dieses seltsame Jahr mit der Aufregung um Ferdinandea – Sciacca in Begleitung eines deutschen Künstlers verließ und in dessen Heimat ging, um dort Malerei zu studieren. Mein Großvater wusste auch noch, dass dieser Angelo der jüngere Bruder meiner Urururogroßmutter Rosalia Fiorini gewesen ist. Fiorini heiße ich selbst auch. Alessandro Fiorini. Übrigens wie der zweite Sohn dieser Rosalia. Auch darüber wusste mein Großvater eine Anekdote: Dieser Alessandro wurde ein halbes Jahr nach dem Untergang von Ferdinandea geboren, und er hatte, anders als sonst in der Familie, nicht rotes oder blondes Haar, sondern schwarzes. Soll ein Balg gewesen sein, das Kind eines Postmeisters. Das finde ich komisch, wie sich das so lange vererben kann: Mein Vater und mein Großvater hatten beide rötliches Haar, wie viele hier auf Sizilien. Normannisches Erbe. Aber ich? Tiefschwarz! Da haben die Gene jenes Postmeisters voll durchgeschlagen!

Bei uns in der Kirche gibt es übrigens ein Ölporträt, ein Johannes Evangelist, dafür soll dieser Angelo als junger Mann Modell gestanden haben. Aber ich finde das Bild verpfuscht. Das Gesicht ist zwar eindeutig von der Hand eines Meisters gemalt, aber das Drumherum: irgendwie daneben. Seltsam. Auch Bilder haben ihre Geschichten. Mein Großvater erzählte, es soll da noch ein weiteres Bild existiert haben, für das Angelo Modell gestanden hat. Ein heiliger Sebastian. Genaueres wusste er aber nicht. Auch nichts über den Verbleib des Gemäldes. Eines ist klar: Wenn ich einmal nach Deutschland kommen sollte, will ich mich auf Spurensuche nach diesem Angelo machen. Im Internet habe ich gegoogelt und bin auf Weimar gestoßen, eine Stadt in Mitteldeutschland, wo der Dichter Goethe gelebt hat. Ist doch hochspannend, so jemanden in der eigenen Familie zu haben! Fehlt bloß noch, dass jemand einmal einen Roman darüber schreibt! Verrückt genug wäre die Geschichte ja. Nicht das mit meinen Ahnen, sondern die Sache mit Ferdinandea.

Wir in Sciacca wissen seit jeher von dem Riff draußen im Meer. Und dass es da kurzzeitig eine Insel gegeben hat. Die war nach König Ferdinand II. von Neapel benannt. Wir Sizilianer nennen ihn immer nur »il Re Bomba«, weil er 1848 die Aufständischen niedermetzeln und Messina in Schutt und Asche schießen ließ. Das haben wir in der Schule gelernt. Gott sei Dank haben wir die Republik, und dass das Risorgimento von Sizilien ausging, darauf sind wir heute noch stolz.

Nein, mit der Monarchie habe ich nichts am Hut. Deswegen war ich skeptisch, als vor einigen Jahren diese Sache mit dem Bourbonenprinzen gestartet wurde. Ich persönlich war nur Handlanger, man brauchte mich als Taucher. Drahtzieher war Domenico Macalusa. Ich kenne ihn schon lange. Er ist ebenfalls Hobbytaucher, aber auch als Lokalhistoriker engagiert. Macalusa hat die Sache ins Rollen gebracht. Wir alle wussten von Ferdinandea, und als die Amerikaner 1986 das Riff bombardierten, weil sie glaubten, es sei ein libysches U-Boot, haben wir uns ganz schön über sie lustig gemacht. Die hatten das Riff nicht auf ihren militärischen Karten eingezeichnet! Neuen Zündstoff bekam die Geschichte dann im Jahr 2002, als Geologen seismische Aktivitäten im Inneren von Ferdinandea maßen. Das ging im In- und Ausland durch die Presse. Man glaubte, Ferdinandea könnte wieder auftauchen. Und das war für Macalusa der Auslöser, dass er sich dachte: Bevor sich die Engländer oder schlimmer noch die Libyer die Insel unter den Nagel reißen, tun wir es. Mit »wir« meine ich die Sizilianer, nicht die Italiener.

Macalusa machte ein Event daraus: Er lud Presseleute zu einem anberaumten Termin und hat sogar diesen Bourbonen, einen Nachfahren des »Re Bomba«, aufgespürt: Carlos von Kalabrien kam in einer schwarzen Mercedes-Limousine angerauscht, mit seiner Frau Camilla. Ja, ehrlich, die beiden heißen so. Wie das Prinzenpaar aus England! Am Hafen warteten die Presseleute, der Bürgermeister, die Stadtväter, sogar der Pfarrer. Der segnete mit Weihwasser eine große Marmorplatte, die Macalusa bei einem Steinmetzen hatte anfertigen lassen. Darauf stand etwas geschwollen: »Dieser Erdsaum, einst die Insel Ferdinandea, war und wird immer dem sizilianischen Volke zu eigen sein.« Und darunter die Namen der beteiligten Herrschaften. Irgendwie ging einem da schon das Herz auf. Das mit den Bourbonen hätte nicht müssen sein, aber »sizilianisches Volk« ist schon Klasse.

Wir sind mit mehreren Fischkuttern hinaus zum Riff gefahren. Ich war auch dabei, und vier andere Kumpel vom Taucherklub. Die

Marmorplatte wog rund zwei Zentner. Alles wurde fotografiert und gefilmt. Der Bourbone salbaderte ein paar pathetische Worte, dann wurde die Platte an einem Seil in die Fluten hinabgelassen. Wir Taucher waren schon unten am Riff und nahmen sie entgegen. Die Spitze von Ferdinandea ragt ja bis auf acht Meter unter die Meeresoberfläche. Ganz oben wollten wir die Platte nicht anbringen, wegen der darüberfahrenden Schiffe. Nicht dass doch noch einmal eines daran hängen bleibt und alles herunterreißt. Also sind wir etwas weiter hinuntergetaucht, auf etwa zwanzig Meter, und haben die Platte mit großen Schrauben und Metall-halterungen befestigt. Es gibt ein Foto, das mit einer Unterwas-serkamera geschossen wurde, das zeigt uns Taucher neben der Marmorplatte vor dem Riff. Wie für die Ewigkeit geschaffen, so dachte ich damals.

Bis dann einige Monate später Macalusa nochmals hinausge-fahren und hinuntergetaucht ist. Da sah er die Bescherung: Die schöne Marmorplatte mit der Inschrift in zwölf Teile zerschlagen! Ich sage »zerschlagen«, denn durch tektonische Spannungen wäre die Platte allenfalls in zwei oder drei Stücke zersprungen. Aber nicht in zwölf. Da muss jemand heimlich hinabgetaucht sein und mit einem Hammer die Platte zerstört haben! Irgendjemand, der den Anspruch Siziliens auf die Insel anficht! Ich glaube nicht, dass das eine Einzelperson war. Bestimmt steckt ein Geheimdienst dahinter. Vielleicht die Engländer? Die haben es doch nie verkraf-tet, dass sie keine Weltmacht mehr sind. Und dass sie Malta in die Unabhängigkeit entlassen mussten. Die hätten Ferdinandea jetzt wohl gern, so als zweites Gibraltar! Oder die Amerikaner? Viel-leicht auch die Franzosen? Man weiß nie. Alle waren sie damals, 1831, erpicht auf Ferdinandea.

Aber die Insel bleibt sizilianisch. Schließlich ist sie nach unse-rem König Ferdinand benannt. Sonst bin ich bestimmt kein Monarchist, aber in diesem Punkt dann doch. Das wäre ja noch schöner. Uns unsere Insel wegnehmen! Sollen sich alle zum Teufel scheren, was haben die denn überhaupt hier verloren?

Meinetwegen können die Fremden gern hierherkommen und es sich als Touristen gut gehen lassen. Aber sie sollen sich aus unseren Angelegenheiten heraushalten. Wenn da nicht noch ein Krieg daraus wird. Ich hoffe nicht, aber wenn dem so wäre: Ich wüsste, auf welcher Seite ich stehe!

Die vulkanische Insel Ferdinandea am 6. August 1831.
Zeichnung von C. Hullmandel.

Anmerkung

Die englische Übersetzung des Gedichts »Den Vereinigten Staaten« von Johann Wolfgang Goethe (»Amerika, du hast es besser«) in Kapitel 31 (S. 292) stammt von Klaus Mann.

Danksagung

Mein herzlicher Dank für Anregung, Gespräch, Anmerkungen und dialektale Hinweise geht an: Roland Biener, Xaver Frühbeis, Harald Gröhler, René Gronau, Ludwig Lugmeier, Christoph Minder, Kathrin Schmidt, Carsten Schöneberger, Hans Therre.

Die Arbeit an dem Roman wurde unterstützt durch das Stipendium »Burgschreiber zu Beeskow«. Den Institutionen und Verantwortlichen, vor allen Tilman Schladebach, gebührt mein großer Dank.

Bildnachweis

Gemeinfreie Abbildungen, als solche gekennzeichnet auf https://de.wikipedia.org/wiki/Ferdinandea

S. 2: https://de.wikipedia.org/wiki/Ferdinandea#/media/ Datei:SMYTHE(1832)_17_FERDINANDEA,_AS_SEEN_4_ MILES_DISTANT,_AUGUST_6TH_1831.jpg

S. 373: https://de.wikipedia.org/wiki/Ferdinandea#/media/ Datei:SMYTHE(1832)_21_THE_NEW_VOLCANIC_ISLAND_ OF_FERNANDEA,_6TH_AUGUST_1831.jpg

Bibliografische Information der Deutschen Nationalbibliothek
Die Deutsche Nationalbibliothek verzeichnet diese Publikation in der Deutschen
Nationalbibliografie; detaillierte bibliografische Daten sind im Internet über
http://dnb.dnb.de abrufbar.

ISBN 978-3-87800-142-3

© Südverlag GmbH, Konstanz 2021
Lektorat: Annette Güthner
Umschlag, Layout und Satz: Silke Nalbach, Mannheim
Umschlagabbildung: akg-images / Pasquale Sorrentino / Science Photo Library
(AKG4020905)
Druck und Bindung: CPI books GmbH, Ulm und Leck

Südverlag GmbH
Schützenstr. 24, 78462 Konstanz
Tel. 07531-9053-0, Fax: 07531-9053-98
www.suedverlag.de